btb

Als Therapeutin ist sie erfolgreich. Als Mutter eine Versagerin. Doch das weiß niemand. Bis jemand zur Behandlung kommt, der beide Rollen in ihr anspricht.

Ruth Hartland ist Leiterin einer renommierten Traumatherapie-Einrichtung. Sie ist selbstbewusst und beruflich anerkannt. Aber ihr Privatleben liegt in Scherben: Vor mehr als einem Jahr ist ihr 17-jähriger Sohn Tom verschwunden, und sie quält sich mit Selbstvorwürfen. Hat sie ihren Beruf über die Familie gestellt? War sie keine gute Mutter? Als ein neuer Patient zu ihr kommt, der Tom erschreckend ähnlich sieht, weiß sie als Therapeutin genau, was zu tun ist. Aber als verzweifelte Mutter trifft sie eine ganz andere Entscheidung. Mit fatalen Konsequenzen.

Bev Thomas war viele Jahre als klinische Psychologin tätig. Ihr Thriller-Debüt *Mutterlüge* erhielt großes Presselob und wurde von den Leserinnen und Lesern für die besondere psychologische Tiefe bei der Figurengestaltung gefeiert. Derzeit arbeitet sie als Beraterin für psychische Gesundheit in verschiedenen Unternehmen. Sie lebt mit ihrer Familie in London. Ein weiterer psychologischer Thriller bei btb ist bereits in Vorbereitung.

Bev Thomas

Mutterlüge

Psychothriller

Aus dem Englischen
von Yvonne Eglinger

btb

Die englische Originalausgabe erschien 2019 unter dem Titel
A Good Enough Mother bei Faber & Faber, London.

Der Verlag behält sich die Verwertung der urheberrechtlich
geschützten Inhalte dieses Werkes für Zwecke des Text- und
Data-Minings nach § 44 b UrhG ausdrücklich vor.
Jegliche unbefugte Nutzung ist hiermit ausgeschlossen.

Die Übersetzerin dankt dem Land Baden-Württemberg und dem
Freundeskreis zur Förderung literarischer und wissenschaftlicher
Übersetzungen e.V. sehr herzlich für ein Arbeitsstipendium, mit dem
die vorliegende Übersetzung gefördert wurde.

Penguin Random House Verlagsgruppe FSC® N001967

1. Auflage
Deutsche Erstveröffentlichung Januar 2025
Copyright © der Originalausgabe 2019 by Good Enough Ltd.
Copyright © der deutschsprachigen Ausgabe 2025
btb Verlag in der Penguin Random House Verlagsgruppe GmbH,
Neumarkter Str. 28, 81673 München
Covergestaltung: semper smile, München
Covermotiv: Umschlagmotiv: © Shutterstock / Cafe Racer,
Marusoi, Ensuper
Satz: Uhl + Massopust, Aalen
Druck und Einband: GGP Media GmbH, Pößneck
MA · Herstellung: BB
Printed in Germany
ISBN 978-3-442-77483-8

www.btb-verlag.de
www.facebook.com/penguinbuecher

Für Colin

1

Auf dem Papier wirkte Dan Griffin kein bisschen außergewöhnlich. Er war ängstlich, er stand unter Druck, er war wie jeder andere Patient bei uns in der Trauma-Abteilung. »Unauffällig«, so beschrieb ich ihn der Polizei. Als die Beamten in meinen Aufzeichnungen jener ersten Therapiesitzungen nach Antworten suchten, lasen sie vom Bluterguss auf seinem Gesicht, von der Angst in seiner Stimme und den Flashbacks, die so stark waren, dass es ihm den Atem verschlug, aber nichts deutete auf Gewaltbereitschaft hin. Absolut nichts ließ erahnen, wozu er imstande war. Ich brauchte eine Weile, ehe ich verstand, dass die entscheidende Frage nicht lautete: »Warum habe ich es nicht kommen sehen?«, sondern: »Warum bin ich nicht aus der Schussbahn gegangen?«

Dans Erstgespräch findet an einem Freitagnachmittag im April statt, am Ende einer schwierigen Woche – Unmengen von Neuaufnahmen, eine E-Mail über Budgetkürzungen und dann, just an jenem Morgen, der unerwartete Anruf zum Tod eines Patienten, Alfie Burgess. Die Hospizschwester ist einfühlsam, als sie mir davon berichtet. »Friedlich«, sagt sie, »im Kreis seiner Familie.« Dann noch ein paar weitere Einzelheiten, die ich nicht höre. »Sie sagen es Ihrem Team?«, fragt sie am Ende des Gesprächs. Natürlich sollte ich als Abteilungsleiterin allen davon erzählen, und früher wäre ich Führungsaufgaben wie dieser nur allzu gern nachgekommen. Ich war gut darin, die Arme auszubreiten und den Kummer meiner Abteilung aufzufangen. Kompetent, fähig. Doch an jenem Tag, so kurz vor Toms Geburtstag, zittert mir die Hand, als ich auflege.

Es ist schlimmer geworden, dieses Gefühl. Das einstige Flattern in der Magengrube ist zu einer starken Spannung im Brustbereich geworden. Es überfällt mich bei jeder Todesmeldung, ganz gleich, wer gestorben ist; ob es sich um den Freund eines Nachbarn handelt oder ich nur in der Zeitung davon lese. Doch wenn es jemand ist, den ich gut kenne, wie Alfie, wird das Spannungsgefühl stärker, bis ich mich nur noch mit Mühe bewegen kann. Nie entsteht ein Bild oder eine Vorstellung in meinem Kopf, da ist nur dieses schleichende Grauen in Bezug auf Tom. Ich versuche, mich auf Alfie zu konzentrieren, und wie ich es dem Team sagen werde, aber mein Körper ist ganz starr, als ob er in Deckung gegangen wäre.

Toms Geburtstag ist zur Obsession geworden. Das war mir schon vorher klar. Letztes Jahr war es genauso. Neuerdings kann mir so gut wie jedes Ereignis die verstreichende Zeit vor Augen führen; die ersten bunten Blätter im Herbst, der erste zarte Raureif oder die ersten lila und gelben Kleckse der Krokusse. Alles kleine Hinweise, dass die Welt sich ohne ihn weiterdreht. Aber der Tag seiner Geburt? Sein *Geburtstag*? Welche Mutter möchte sich nicht in den wunderbaren Kokon dieses Augenblicks zurückversetzen, egal wie alt ihr Kind ist? Da ist so eine nervöse Vorfreude, von der ich weiß, dass sie ins Leere laufen wird. Das Datum wird ohne ihn kommen und gehen, die Hoffnung wird in sich zusammenschrumpfen, wie ein leerer Luftballon, und manchmal ist es mir schon zu viel, ihn wieder in die gewohnte Form zu pumpen. Ich hatte bereits früher solche Tage, und ich weiß, sie gehen vorüber. Trotzdem bin ich in diesem Moment zu sehr davon eingenommen. Ginge es um jemand anderen, irgendein anderes Mitglied meines Teams, würde ich der Person klarmachen, dass sie bei der Arbeit nichts verloren hat. »Geh nach Hause«, würde ich sagen, »und gönn dir eine Pause.« Aus offensichtlichen Gründen ist zu Hause der letzte Ort, an dem ich sein will.

An jenem Tag bin ich wie eine übervolle Badewanne. Tropf, tropf, tropf. Die Last macht mich schwer, als würde ich beim nächsten kleinen Anliegen überschwappen, mich über den ganzen Boden ergießen. Und doch bürde ich mir immer noch mehr auf. Eine neue Patientin? Eine weitere Supervisionsgruppe? Eine Präsentation auf einer Konferenz? *Ja, ich mach's*, höre ich mich sagen. Und ich tue es in der Hoffnung, dass es die Leere füllen wird. Ich suche nicht nach einer Rechtfertigung. Es gibt keine. Doch mein Gemütszustand an dem Tag, als ich Dan Griffin kennenlerne, lässt sich nicht leugnen.

Nach dem Anruf sitze ich noch eine Weile am Schreibtisch. Ich stelle mir vor, wie ich den anderen das mit Alfie erzähle, und ich weiß genau, wie es ablaufen wird. Ernste Gesichter. Trauer, Tränen, gedämpfte Stimmen und Umarmungen. Wir werden Tee kochen und uns an ihn erinnern, an sein munteres »Na, alles klar?«, wenn er in die Aufnahme kam. In Gedanken werden wir bei seinen Eltern sein, die ihr Schicksal still und mit Würde getragen haben; gemeinsam werden wir unserer Wut über all die Ungerechtigkeit Luft machen. Wir werden einander daran erinnern, dass er krank war, dass Porphyrie eine degenerative Erkrankung ist. Dass er alle Erwartungen übertroffen hat. »Er hat sich so gut geschlagen«, werden wir schließlich sagen, »wenn man bedenkt ...«

Bei aller Kameradschaft und Anteilnahme wird man den untergründigen Wettstreit spüren: Wer kannte ihn am besten, wer hat das Anrecht auf die größte Trauer? Wir werden daran denken, wie lange er schon wegen seiner Spritzenphobie zu uns kam, mit Unterbrechungen seit über acht Jahren, vielleicht länger. Ich weiß noch, wie ich Tom einmal von ihm erzählt habe. Natürlich, ohne seinen Namen zu nennen. Tom hatte Albträume, und ich wollte ihn beruhigen, seine Ängste ins Verhältnis setzen. Mit weit aufgerissenen Augen saß er da, während ich ihm Alfies Panik schilderte, und wie wir ihm zu helfen versuchten. »Siehst du«, sagte ich und strich Tom übers Haar, »jeder hat seine Probleme.«

Wir werden uns in Erinnerung rufen, wie gut es Alfie zu gehen schien, als er zuletzt gekommen ist. Wir werden auf einer Beileidskarte unterschreiben und Geld für einen Kranz sammeln; mich schwindelt, wenn ich nur daran denke. Aufgaben, die ich über Jahre gern erledigt habe und die mir zudem leichtgefallen sind, scheinen mir heute kaum zu bewältigen.

Ich will nicht noch mehr Kummer. Noch mehr Tod. Ich fühle mich schon jetzt davon verfolgt. Ich will den Hörer auflegen und so tun, als wäre nichts passiert. Aber das geht nicht. Es würde auf mich zurückfallen. Ruth Hartland. Leiterin der Trauma-Abteilung. Ich trage die Verantwortung. So steht es auf dem Schild an meiner Tür.

Diesmal habe ich Glück. Nachdem ich es meinen Kolleginnen und Kollegen in den Nachbarbüros erzählt habe, laufe ich im Flur Paula in die Arme, und da sie ganz in ihrer neuen Stellung als Büroleiterin aufgeht, bin ich mir sicher, dass sie es dem Rest des Teams mitteilen und bis zum Mittag die Sammlung für den Kranz organisiert haben wird.

Den restlichen Morgen über gehe ich weiteren Begegnungen und Gesprächen aus dem Weg, aber am Nachmittag muss ich bei der Hauptverwaltung die Akten für die neu eingewiesenen Patienten anlegen. Ich nehme die leise Trauer ringsum wahr. Auch stoischer Widerstand ist dabei. Schau her, scheint einem die Atmosphäre zu sagen, wir sind Klinikpersonal, wir wurden dafür ausgebildet, mit schwierigen Gefühlen umzugehen – inklusive unserer eigenen. Tom hat oft darüber gewitzelt. »Mum«, sagte er immer, »du bist jetzt zu Hause, du musst nicht mehr die Therapeutin spielen.« Und doch stelle ich eine gesteigerte Empfindsamkeit fest, alle gehen sehr vorsichtig miteinander um, als wären sie besonders verletzlich. Nach zehn Minuten bekomme ich wegen all der Liebenswürdigkeit und mitfühlenden Blicke keine Luft mehr.

Diese Stimmung ändert sich bald; der Tod macht uns selbstsüchtig. Irgendwann ziehen wir uns in uns selbst zurück und denken über das eigene Leben und unsere Familien nach. Ausnahmsweise bin ich dankbar für Paula, die stets überschwänglich im Namen des Teams spricht. Sie sieht von ihren Papieren auf. »Ein solches Ereignis erinnert uns daran, wie viel wir oft als selbstverständlich hinnehmen«, sagt sie und wirft einen Blick in die Runde. »Ich will jetzt einfach nur nach Hause und meine Kinder in den Arm nehmen.« Sie schlingt die Arme um sich selbst und drückt sich fest. »Das geht uns sicher allen so.«

Ich sage nichts. Ich nehme sie nicht beiseite und erinnere sie an Eve, die keine Kinder hat, sich aber welche wünscht. Ich lächle nur und nicke. Ich rede nicht von mir selbst. Das kann ich nicht. Niemand weiß Bescheid. So ist es besser.

Dan Griffin ist an jenem Nachmittag mein letzter Patient. Mein Zimmer liegt nahe beim Wartebereich, und ich brauche nur etwa eine Minute, um einen Patienten von dort abzuholen – ein Gang, den ich in den letzten 25 Jahren Hunderte Male gemacht habe. Als Tom und Carolyn noch klein waren, haben sie mich manchmal hier besucht. Ich weiß noch, dass Tom den »Kreiselstuhl« in der Hauptverwaltung mochte, wo er ab und zu saß und aus dem Fenster über die Baumwipfel blickte. Sie wären beide überrascht, wie wenig sich hier verändert hat; der Teppich und die Möbel sind noch immer dieselben. Im Lauf der Jahre ist an den Flurwänden ein bisschen was dazugekommen: der gerahmte Beacon Award für exzellente medizinische Einrichtungen, das Anerkennungsschreiben der Stiftung für herausragende klinische Leistungen. Aber davon abgesehen, ist alles beim Alten; das Meeresbild beim Aufzug, die Reihe abstrakter Gemälde mit versprengten geometrischen Formen und das Motiv, das Tom am liebsten mochte: der durch den Regen springende zottige Hund. Genau das bieten wir unseren Patienten: ein Gefühl der Beständigkeit, etwas Gleichbleibendes und Verlässliches, das stark traumatisierte und von schrecklichen Ängsten geplagte Menschen so dringend brauchen. Heutzutage würde David bei solcherlei psychologischer Theoretisierung mit den Achseln zucken. »*Was macht das schon für einen Unterschied?*«, würde er fragen. Vielleicht wegen dem, was mit unserer eigenen Familie passiert ist.

Wenn ich einen neu überwiesenen Patienten abhole, nehme ich mir in der Regel kurz Zeit, um mich zu sortieren; ich richte meine Gedanken auf die neue Person und den Prozess aus, der vor uns liegt. Heute tue ich das nicht. Gern würde ich behaupten, dass ich an Alfie und seine Eltern gedacht habe, aber das wäre gelogen.

Meine Schritte sind langsam und zielstrebig, den Blick halte ich auf die schwimmbadblauen Teppichfliesen gesenkt. Erst als ich am Treppenhaus vorbei bin, schaue ich auf und entdecke ihn im Wartezimmer am Ende des Flurs. Ich bleibe stehen und starre ihn an. Alles andere schwindet, tritt in den Hintergrund.

Er sitzt zusammengekauert auf dem Stuhl neben der Tür, den Kopf in die Hände gestützt, die Haare hängen ihm über die Finger. Ich höre mich selbst einen Laut ausstoßen, wie ein erstickter Schrei, und dann rollt eine sanfte Woge durch mich hindurch. Plötzlich fühle ich mich leicht. Wie hochgehoben. Er hat sich die Haare wieder lang wachsen lassen. David würde es hassen. Aber ich freue mich. Kurz bevor ich ihn zum letzten Mal gesehen habe, hatte er sie sich völlig abgesäbelt und lange goldene Locken im Waschbecken hinterlassen, bei deren Anblick ich am liebsten losgeheult hätte. Jetzt sind sie bis auf die Schultern nachgewachsen. Lange Haare stehen ihm, denke ich, während ich mit einer Hand Halt an der Wand suche.

Als ich näher komme, sehe ich seine Donkeyjacke. Die, die wir ihm mal zu Weihnachten geschenkt haben. Mit dem Schottenkaro als Innenfutter. Mein Herz pocht jetzt heftig. Er trägt ein neues T-Shirt, das ich nicht wiedererkenne, und ein roter Rucksack liegt auf seinem Schoß. An den Füßen: Doc Martens. Immer diese schwarzen Stiefel. Wie ich sie so sehe, muss ich lächeln. *Tom, da bist du ja*, denke ich, oder vielleicht sage ich es auch laut. Mein Brustkorb hebt und senkt sich, und dann renne ich unbeholfen los, sodass die Patientinnen und Patienten im Wartezimmer aufschrecken. Ein paar schauen hoch. Auch Tom. Als er den Kopf hebt, fährt mir ein dumpfer Schmerz in die Magengrube, wie ein Schlag. Er ist es nicht.

Ich halte abrupt inne. Taumele zurück. Eine seltsam torkelnde Bewegung. Der junge Mann, der aufblickt – eigentlich noch ein Junge –, sieht mich kurz mit ausdruckslosem

Gesicht an, dann blickt er wieder nach unten in seine Handflächen. Ich bemerke das blaue Auge, den Bluterguss auf der Wange und den Kopfverband. Es ist nicht Tom. Mir ist schwindlig, geradezu schlecht. Ich greife nach dem Türrahmen und halte mich daran fest.

Ich bin es gewohnt, meinen Sohn an den unterschiedlichsten Orten zu sehen. Ich habe inzwischen verstanden, dass das normal ist, dass es uns allen so geht. In den letzten anderthalb Jahren habe ich ihn oft »gesehen«. Erst letzte Woche lief er den Hügel zu seiner alten Grundschule hoch. Es war kurz vor seinem Wachstumsschub in der vierten Klasse. Er war mit Finn unterwegs, trat nach dessen Tasche, lachte und alberte herum, während sie einander anrempelten.

Manchmal sehe ich ihn, wie er schon älter ist. Eine winzige Kleinigkeit kann mich in den Bann ziehen; die gekräuselten Haare im Nacken, wenn er aus der U-Bahn steigt, oder sein leichter, schwebender Gang, wenn er einen Strand entlangläuft. Manchmal, und das macht mich immer am traurigsten, sieht er genauso aus wie zu der Zeit, als ich ihn zuletzt gesehen habe. Siebzehn, mit ruhelosem Blick und einem grausamen Haarschnitt. Diese flüchtigen Eindrücke verfliegen jedes Mal schnell, Bilder, die aufschimmern und wieder verschwinden, sobald ich genauer hinschaue. In der Regel weiß ich sehr gut, was ich da tue; dass ich ihn willentlich heraufbeschwöre, dass ich das Gesicht ahnungsloser Fremder in jenes verwandle, das ich sehen will. Als ich an diesem Tag im Türrahmen stehe, verblasst oder verschiebt sich die Ähnlichkeit nicht, sie ist klar und hart und beunruhigend.

»Dan Griffin?«, frage ich und lasse den Blick durchs Wartezimmer schweifen. Ich weiß genau, wer gleich aufstehen wird. Beim Klang seines Namens fährt er verlegen hoch und nickt mir zu. Danach erinnere ich mich an fast nichts mehr. Vielleicht schwitzt er, vielleicht zittern ihm die Hände, als er nach seinem Rucksack greift; nichts davon ist mir im Gedächtnis geblieben. Ich achte kaum auf ihn. Während ich zurück zu meinem Büro gehe, richte ich all meine Kraft darauf, meinen Körper aufrecht zu halten und meine Schritte gerade und gleichmäßig über die blauen Teppichfliesen zu lenken.

Auf dem Überweisungsschein stand, dass er zweiundzwanzig ist, aber er sieht viel jünger aus. Er wurde mit dringlicher Überweisung von Dr. Jane Davies zu uns geschickt, einer Vertretungsärztin aus Hackney, die ich nicht kenne.

Sehr geehrte Ruth Hartland,

ich wäre Ihnen dankbar, wenn Sie diesen jungen Mann, der neu in die Gegend gezogen ist, vordringlich beurteilen könnten. Dan Griffin hatte kürzlich ein höchst traumatisches Erlebnis, und er zeigt die klassischen PTBS-Symptome. Über den Vorfall konnte er nicht sprechen, aber ich vermute, dass es ein übler Angriff in einem Park war. Angesichts seiner starken Ängste habe ich ihn allerdings nicht gedrängt, mir Einzelheiten zu nennen. Ich habe die Aufzeichnungen seines früheren Hausarztes angefordert …

Mit kollegialen Grüßen usw., Dr. Davies

Dan schaut zu Boden und drückt den Rucksack an die Brust. Sein Körper ist angespannt, der Blick verunsichert. Ich stelle mich ihm vor, frage, wie ich ihm helfen kann. Es folgt eine lange Pause. Er sieht auf, schluckt mehrmals, dann starrt er mich so intensiv an, dass ich am liebsten den Blick abwenden würde.

Vielleicht bemerkt er meine Bedrängnis nicht, weil er so sehr mit seiner eigenen beschäftigt ist. Mein rotes Gesicht, das noch immer wie wild pochende Herz; es scheint mir unmöglich, dass er das unter meinem taillierten blauen Blazer nicht sieht. Ist es der Schock? Die Enttäuschung? Wut oder Scham über meine eigene Dummheit? *Was habe ich mir nur gedacht?* Was hätte David sich gedacht? Ich stelle mir sein Augenrollen vor, aber zugleich frage ich mich wirklich, ob er gesehen hätte, was ich gerade sehe.

Zu Beginn der Sitzung redet Dan viel. Seine Stimme klingt abgehackt und atemlos, als er mir erzählt, dass er »verzweifelt« ist, es »nicht auf die Reihe« kriegt, und mir das Ausmaß seiner Flashbacks offenbart. Ich bin dankbar für diese Informationen und nutze die Chance, mich unauffällig wieder zu fangen. Aber sogar während er spricht, spüre ich Widerstand in mir aufbranden, wilde und hoffnungsvolle Gedanken, die abstreiten wollen, wer da wirklich vor mir sitzt. Ich bewege mich nicht. Ich atme.

Bald spüre ich meine Beine wieder, sehe meine Hände im Schoß liegen, und ich höre ihm zu, als er von seinen Symptomen abkommt und sich über die Klinik beschwert, seiner Enttäuschung Luft macht. Wie klein sie sei. Wie runtergekommen. Wie schwer zu finden.

»Das hat mich überrascht«, sagt er, »bei einer Einrichtung mit einem solchen Ruf.« Er erwähnt den abgewetzten Teppich. Den kaputten Aufzug. Die Wände, die »ein wenig Farbe vertragen« könnten und die spärliche und widersprüchliche Beschilderung. »Ich meine: *Geht's noch?*«, sagt er. »Soll das so eine Art Test sein, oder was? Eine Orientierungsprobe?« Und dann ein vager Anflug von Paranoia: »Als ob ihr wollt, dass wir hier noch mal komplett abfucken.« Und er redet weiter, füllt die Sitzung mit Beschwerden und Unmut. »Die

Abteilung wurde mir sehr empfohlen. *Fachleute* auf ihrem Gebiet. *Einmal die Woche*, stand auf der Überweisung. *Sechs Termine?* Das reicht doch hinten und vorne nicht.« Er klingt nicht wütend, eher resigniert. Die Klinik. Unser Ansatz. *Ich.* Er hatte mehr erwartet. Wir haben ihn jetzt schon enttäuscht. Und aus irgendeinem Grund überrascht ihn das nicht. Ich erkenne ziemlich schnell, dass er das gewohnt ist. Dass er mittlerweile damit rechnet. Er sieht die Welt durch eine Brille der Enttäuschung. Er zuckt mit den Achseln. »Ich schätze, ich hab gedacht, das Ganze würde ein bisschen …«, und er hält inne, sucht nach dem passenden Wort, »*besonderer* werden.«

Als ich ihn frage, was er sich für sich persönlich von der Abteilung erhofft, meint er, er wolle, »dass die Dinge wieder so werden wie früher«. Und bei diesen Worten beugt er sich vor, nimmt eine vertrauliche Haltung ein, als wären wir gute Bekannte, oder Freunde, die sich nach längerer Zeit wiedersehen. Ich muss mich sehr anstrengen, um keine Regung zu zeigen. Widerstehe dem Drang, mich ihm zu nähern. Mit dem Finger zieht er eine unsichtbare Linie über sein Jeansbein.

»Vorher … und nachher, und ich will wieder hierhin zurück«, meint er und tippt energisch auf den »Vorher«-Bereich seines Oberschenkels. Erwartungsvoll sieht er mich an.

Daran erinnere ich mich am deutlichsten aus dieser ersten Sitzung mit Dan Griffin: sein Kreisen darum, fast schon seine Besessenheit, wieder so zu werden, wie er »vorher war«. Es ist ein Wunsch, den viele unserer Patienten teilen, und ich bin erleichtert, zurück auf vertrautem Terrain zu sein, in einer Welt, über die ich Kontrolle zu haben meine.

»Wenn etwas Schlimmes passiert«, sage ich, »ist es verständlich, sich wieder in ein Davor zurückzuwünschen.«

Ich erkläre ihm, dass, egal was vorgefallen ist, das Ziel einer Therapie nicht darin besteht, ein Ereignis auszulöschen. Ganz im Gegenteil. »Hier in unserer Abteilung arbeiten wir daran, das traumatische Erlebnis oder die Erlebnisse wieder in Ihr Leben zu integrieren«, sage ich.

Steif sitzt er auf seinem Stuhl, Schweißperlen stehen ihm eine neben der anderen auf der Stirn.

Ich spreche, wähle die richtigen Worte, nicke und stelle all die passenden Fragen, während meine Augen ihn begierig abtasten, so wie die Finger eines Blinden ein Gesicht ertasten. Ich kitzle alle Tom-haften Anteile aus ihm heraus. Die Art, wie ihm das Haar in die Stirn fällt. Die Rundung seines Kinns. Die Verletzlichkeit, die sich manchmal in seinem Gesicht zeigt. »Wir können schlimme Dinge, die uns zugestoßen sind, nicht wieder ungeschehen machen«, sage ich. Und natürlich kann ich das mit voller Überzeugung tun. »Alle Erlebnisse aus Ihrer Vergangenheit machen Sie zu dem, der Sie heute sind …«

»Ich hab das schon mal geschafft«, fährt er dazwischen. »Mir ist schon früher was zugestoßen … vor Jahren. Das hab ich einfach ausgeblendet.« Er schaut mich sehr aufmerksam an. »Damals hat es funktioniert …« Ich öffne den Mund, um etwas zu erwidern, aber er redet weiter. »Ich habe es einfach nicht an mich rangelassen. Es hat nichts bedeutet.« Seine Stimme wird lauter, dann schüttelt er den Kopf und fährt rasch mit der Hand durch die Luft, als würde er eine Fliege verscheuchen. »Jetzt muss ich nur dafür sorgen, dass es auch diesmal funktioniert.«

Er sieht mich trotzig an, als würde er mich zum Widerspruch auffordern. Kurz blitzt Wut in seinen Augen auf. Und darüber bin ich froh. Meiner Erfahrung nach ist das häufig ein gutes Zeichen. Wut darüber, was einem zugestoßen ist.

Wut kann ein Hinweis auf den gesunden Teil der Psyche sein. Auf den Teil, der kämpfen will. Auf den Wunsch, dass es einem wieder besser geht. Es kann ein Anzeichen für Energie sein, für Hoffnung. Aber nicht immer.

»Das, was da passiert ist ... das war so dämlich«, faucht er, »ein paar Arschlöcher. Ein paar dumme Wichser im Park, und jetzt, gucken Sie hier.« Er hebt die Hand, um mir seinen Tremor zu zeigen. »Was zur Hölle?« Und dann schlingt er die Arme wieder um seinen Rucksack. »An manchen Tagen komme ich gar nicht aus dem Bett. Ich gehe nicht zur Uni. Früher bin ich überall hingelaufen. Hab mich unbesiegbar gefühlt. Wie der Terminator.« Er lacht. »Jetzt ...«, er schüttelt den Kopf. »Schon allein, heute hierherzukommen ...« Er stockt. »Einer von denen war wohl auf Bewährung. Ich meine, Scheiße noch mal! *Bewährung?* Was läuft falsch bei denen? Warum können die Menschen ihre Arbeit nicht anständig machen?« Er sackt in seinen Stuhl zurück, klein und unterlegen. Vielleicht liegt es an seiner Verzweiflung, dem sich verdüsternden Schatten auf seinem Gesicht, jedenfalls fange ich langsam an, mir Sorgen zu machen.

In mir regt sich ein starker Drang, ihm zu helfen, ihn nicht zu enttäuschen. Dieses Gefühl zu registrieren, gehört zu meinem Job. Wahrzunehmen, was zwischen uns vorgeht. *Warum können die Menschen ihre Arbeit nicht anständig machen?* Das ist der Moment, um seine Enttäuschung über »das System«, über die Abteilung zu thematisieren und laut zu überlegen, ob er sich sorgt, dass auch ich mich als Enttäuschung erweisen könnte. Doch die Gegenübertragung fühlt sich in diesem Augenblick undurchsichtig und trüb an. Also sage ich nichts.

Schweigend sitzen wir da. Ich lausche seinen raschen Atemzügen, und er schaut hinab auf seine nun reglosen Hände.

Ich spähe zu der sich gelb verfärbenden Prellung auf seiner Wange, den Stichen an der Lippe und dem schmuddeligen Verband um die linke Hand. Als er wieder spricht, ist seine Stimme nur mehr ein Flüstern. Ich muss mich vorbeugen, um ihn zu verstehen. Als ich mich nähere, sehe ich Toms Mund, die Art, wie seine Lippen sich um die Wörter formen. Die Art, wie er auf der Unterlippe herumkaut, wenn er nervös ist. Ich beobachte seinen Mund, der mir erzählt, wie die Welt sich für ihn verändert hat. Die Panikattacken, die Flashbacks und die schlaflosen Nächte. Dennoch umgeht er das, was vorgefallen ist, nennt es jedes Mal »die Sache im Park«. Ich dränge ihn nicht, mir mehr zu erzählen. Ich weiß, ich muss warten. Zu früh nachzufragen, kann sich für den Patienten wie ein weiterer Übergriff anfühlen.

Ich stelle andere Fragen, vielleicht mehr als sonst. Ich erkundige mich nach seiner Familie. »Eltern? Geschwister?«

»Keine Familie«, sagt er und klingt abweisend. »Vater tot. Keine Brüder oder Schwestern. Und meine Mutter hab ich verloren.«

»Das tut mir leid …«

Er schüttelt den Kopf. »Nicht so, wie Sie denken – sie lebt noch. Soweit ich weiß.« Er zuckt mit den Achseln. »Ich hab sie an jemand anderen verloren.«

»An jemand anderen?«, wiederhole ich, zugleich fasziniert und verwirrt von seiner Wortwahl.

Er blockt ab. »Über meine Familie will ich nicht reden.« Er klingt forsch. Dann fügt er leiser, fast schon entschuldigend hinzu: »Ich will einfach nur, dass es mir wieder besser geht. Ich will das hinter mir lassen und weitermachen. Mir vielleicht ein paar Techniken oder Hilfsmittel aneignen.«

»So was gibt es bei uns nicht«, erwidere ich. Ich erkläre ihm, dass wir einen Ort zum Reden anbieten. »Gesprächstherapie. Und da Sie hergekommen sind, gibt es ja möglicherweise ein paar Dinge, über die Sie sprechen möchten.«

Ich erkundige mich nach dem Fragebogen. »Den wir Ihnen per Post zugeschickt haben?«

Er sieht mich ausdruckslos an. »Ich hab keinen Fragebogen gekriegt.«

Ich angle einen aus meiner Schublade und bitte ihn, das Blatt auszufüllen und am Empfang abzugeben. Er nimmt es entgegen, faltet es in der Mitte zusammen und steckt es sofort in seinen Rucksack. Er hat eindeutig nicht die Absicht, den Bogen zu bearbeiten.

Ich warte kurz und lehne mich dann vor. »Viele Menschen, die zu uns kommen, wünschen sich eine schnelle Lösung. Aber so läuft das leider nicht. Der Fragebogen hilft mir zu verstehen, welche Bedeutung Ihr traumatisches Erlebnis für Sie hat. Darum gibt es auch keine vorgefertigten Hilfsmittel. Es geht einzig und allein darum, nachzuvollziehen, wer *Sie* sind.«

Einen Augenblick wirkt er ergriffen.

Ich erkläre ihm, dass unsere Patienten zu uns kommen, weil sie nicht weiterleben können wie bisher. »Oft werden sie von etwas geplagt, das erschütternd, gewaltsam oder brutal ist, nicht selten in der Form von Flashbacks und Zwangsgedanken.«

Er rührt sich nicht.

»Es ist, als hätte das Ereignis etwas in ihnen zerrissen«, sage ich. »Eine Art Schutzschicht. Das Trauma ist zu einer Wunde geworden, die nicht von allein verheilt.«

»Eine Wunde«, wiederholt er, »ja, so fühlt sich das an.«

»Manchmal öffnet sich diese Wunde, weil sie an etwas anderes rührt – eine Assoziation oder ein Erlebnis aus der Vergangenheit. Und das ist es«, erkläre ich, »was man angehen muss, um weitermachen zu können.«

Ich habe seine volle Aufmerksamkeit, sein Blick weicht nicht von meinen Lippen.

Ich erkläre ihm, dass es typisch für ein Trauma ist, bei Menschen das Gefühl zu hinterlassen, die Welt sei zu einem gefährlichen Ort geworden, »willkürlich, chaotisch und unsicher«.

Zum ersten Mal nickt er bei meinen Worten. »Mir kommt es vor, als hätte mir jemand meine Welt weggenommen.« Er tut so, als würde er einen Ball auf seine Fingerspitzen legen und ihn dann umdrehen. »Und sie auf den Kopf gestellt«, er spricht immer schneller über die empfundene Machtlosigkeit, »alles ist völlig außer Kontrolle.«

»Haben Sie sich früher schon einmal so gefühlt?«, frage ich. »In der Vergangenheit?«

»Ob ich mich schon mal so gefühlt habe?«, erwidert er und nickt erneut. »Ja, und es ist ekelhaft.« Und eingehender beschreibt er mir den Schwindel, die Benommenheit. »Die Welt wird ganz verschwommen, als würde ich ohnmächtig.«

Da bemerke ich es zum ersten Mal. Seine Angewohnheit, eine Frage zu seiner Vergangenheit zu beantworten, indem er sie wiederholt und die Antwort dann schuldig bleibt. Es vermittelt einen zugleich konzentrierten und vagen Eindruck und, am Ende der Sitzung, eine schale Vertrautheit – als wüsste ich alles und nichts über ihn. Und da ist noch mehr: der Wunsch nach der »schnellen Lösung«, sein Widerwille, über Vergangenes zu sprechen. Es fühlt sich an, als gäbe es eine Kluft zwischen seinen Bedürfnissen und meinen Fähigkeiten. Als wäre er hungrig. Ausgehungert, und bei mir bleibt ein Gefühl zurück, als könnte ich diesen Hunger niemals stillen. Damals habe ich das dem Umstand zugeschrieben, dass er nur schwer Vertrauen aufbaut, durchaus üblich bei Patienten, die traumatisiert und enttäuscht wurden. Nichts von alldem ist ungewöhnlich. Es sind einfach Dinge, die man zur Kenntnis nimmt. Ein paar Anhaltspunkte zu der Seelenlandschaft, die einen erwartet. Und doch ist unsere Sitzung, natürlich, keine normale erste Sitzung. Nachdem er an jenem Tag mein Zimmer verlassen hat, ist da keine weiße Leinwand, um den Beginn unserer Arbeit zu skizzieren. *Tabula rasa?* Es herrschte schon ein vollgekritzeltes Durcheinander, bevor wir überhaupt angefangen haben.

Erst später, als ich mir meine Fallnotizen mache, fällt mir noch etwas auf. Wie er über die Welt gesprochen hat, die aus den Angeln gekippt sei. »Die Welt ist nicht sicher«, schreibe ich hin, aber als ich mir das Geschriebene noch einmal ansehe, stelle ich fest, dass er das so überhaupt nicht gesagt hat. Seine wahren Worte könnten das Gleiche bedeuten – oder etwas völlig anderes.

»Ich fühle mich nicht sicher«, so hat er es ausgedrückt. Ich weiß das, als ich die niedergeschriebenen Wörter anstarre. Doch aus irgendeinem Grund, den ich mir selbst nicht erklären kann, und sehr viel später auch meinem Anwalt nicht, nehme ich die Änderung in meinen Notizen nicht vor.

2

Man sagt, wie Babys auf die Welt kommen, ist eine kleine Schablone dafür, wie sie ihr weiteres Leben leben werden. Meine Tochter Carolyn war die Erste – und während sie aufwuchs, erwies sie sich als ebenso pünktlich und zielstrebig. Nach ihrem rotgesichtigen und entrüsteten Einzug in die Arme von Beatrice, der Hebamme, beruhigte sie sich rasch, auf eine Weise, die ich im Lauf der Jahre immer wieder bei ihr beobachten konnte.

Nach der glitschigen, überstürzten Ankunft meiner Tochter legte sich eine schläfrige Ruhe über den Kreißsaal. Beatrice umkreiste das Bett; das Geräusch von Gummisohlen auf Linoleum, das sanfte Piepen des Monitors und die leisen, ruckartigen Atemzüge des Neugeborenen auf meiner Brust. Es gab keine Ängste oder Sorgen in Bezug auf ihren erwarteten Zwillingsbruder, keine medizinische Erklärung für seine Verspätung, und so wertete man seine Zurückhaltung als seine freie Entscheidung.

»Der fühlt sich wohl dadrinnen«, meinte Beatrice lachend und tätschelte meinen Arm. Sie hatte einen starken jamaikanischen Akzent und lange Wimpern. »Er will Sie ein paar Minuten ganz für sich haben … will seine kleinen Beinchen von sich strecken. Und wer sollte ihm das verübeln?« Sie lächelte mir und meinem Mann zu.

Doch während die Minuten verstrichen, begann mein

Mann sich zu sorgen, und keine fantasievolle Erzählung, die man rund um dieses zweite Baby spinnen mochte, konnte Davids Angst in irgendeiner Weise dämpfen.

»Was ist los?«, fragte er beunruhigt und schon leicht verzweifelt. Dann und wann erhaschte ich einen Blick auf sein blau aufblitzendes Shirt, während er im Zimmer auf und ab lief. Er war kräftig und gutaussehend. Das war das Erste gewesen, was ich ganz zu Beginn anziehend an ihm gefunden hatte. Seine Größe, seine körperliche Präsenz. Wie er einen Raum ausfüllte. Aber wenn er angespannt oder ängstlich war, schien er in sich zusammenzufallen, wurde klein und schlaff. Behutsam schlug Beatrice vor, dass er sich einen Kaffee holen oder »draußen ein bisschen frische Luft schnappen« könne. Was mich betraf, so wusste ich, was kommen würde, und schaltete ab, schloss die Augen, wie ein Tier, das in den Winterschlaf fällt.

Vielleicht war es dieser Selbstschutz oder einfach die Gegenwart von Beatrice, die sich summend und wortlos um mein Bett bewegte – doch woran es auch lag, ich fühlte mich ruhig. David allerdings hielt nicht lange stand und rief schließlich den Arzt.

Beatrice beugte sich lächelnd über mich und gab mir Eisstückchen zu lutschen. »Ihr Junge kommt, wenn er so weit ist. Sie werden schon sehen«, meinte sie und drückte mir die Hand. »Das ist ein Kerlchen, der macht die Dinge gern auf seine Art. Der verbiegt sich nicht für uns.«

Als Tom endlich zum Vorschein kam, tat er es mit einem wütenden, zerknitterten Gesichtchen, hinein in das blendend helle Licht und ein Gewimmel grüner und blauer Kittel. »So viele Leute. So viel Lärm«, gluckte Beatrice, als sie ihn hochnahm, und manchmal frage ich mich, ob es ein Schock war, von dem er sich den Rest seines Lebens erholen musste.

Nachher erfuhr ich, dass achtundzwanzig Minuten zwischen den Geburten meiner Kinder gelegen hatten. Dass die durchschnittliche Zeitspanne zwischen den Geburten von Zwillingen siebzehn Minuten betrug. Wenn ich Jahre später an diese achtundzwanzig Minuten dachte, stellte ich mir Tom vor, zum ersten Mal seit neun Monaten ruhig und allein. Und obwohl schon viel über Zwillinge und ihr enges Verhältnis geschrieben wurde, bedenkt man selten, dass sie so gut wie nie für sich sind. Von der Empfängnis bis zur Geburt und während der ersten Lebensjahre sind sie ständig zusammen, schlagen sich immerfort an der Seite eines Geschwisterchens durchs Leben.

Meine Mutter rauschte an jenem Nachmittag mit glasigem Blick ins Stationszimmer und wollte unbedingt die Babys sehen. Wie üblich war sie mitten in einem Satz, als sie in der Tür auftauchte, und als sie sich zu mir niederbeugte, bemerkte ich den Hauch des mittäglichen Gins und das verräterische ärgerliche Zucken an ihrer Schläfe. Doch ich war vollgepumpt mit Medikamenten und Hormonen, und ihre Worte glitten einfach an mir ab.

»Carolyn kam herausgeschossen«, erzählte ich etwas atemlos und wirr, »wie eine Gewehrkugel. Aber Tom, der wollte noch ein wenig drinbleiben. Er wollte Raum für sich. Sich seine Zeit nehmen …«

In meiner postnatalen Euphorie war ich nicht wie sonst auf der Hut. Während ich die Geburten meiner Kinder zu Merkmalen ihrer Persönlichkeit ausgestaltete, vergaß ich die Regeln unserer Beziehung.

»Es war fast so, als wollte er bei mir bleiben«, faselte ich weiter, »sich dem Ansturm der großen weiten Welt entziehen.« Meine Mutter versuchte zuzuhören. Sie neigte den Kopf. Nach einer Weile bemerkte ich, dass ihr Gesicht wie erstarrt wirkte.

»Hör schon auf mit dem Quatsch«, meinte sie spöttisch, als wäre ich ein Kleinkind, das sich am Esstisch schlecht benimmt. »Das liegt alles an der Fruchtblase. Das kann das Kind gar nicht selbst entscheiden.« Dann streckte sie die Hände vor, um mit einem letzten, die Ordnung wiederherstellenden Akt die Krankenhausdecke glatt zu streichen. Sie lehnte sich in ihrem Stuhl zurück, mit abgeklärtem Blick, zufrieden, dass alle Hirngespinste aus dem Zimmer verjagt worden waren.

Es lag nicht nur an den Medikamenten und Hormonen, dass ich an jenem Tag immun gegen sie war. Es lag an mir. Mit je einem Baby im Arm war ich verändert. Während sie unbeirrt alle Einzelheiten ihrer Anreise ausbreitete – der unfähige Taxifahrer, die Schwierigkeit, zur Rushhour nach London reinzufahren, das Benefizessen, das sie hatte absagen müssen –, fühlte ich mich so reich und voll, dass ihr verzweifeltes Brüllen nicht zu mir durchdrang. Ich war wund und zerbeult, aber ich hörte sie kaum. Ich sah zu, wie sich ihr Mund bewegte. Buchstaben, die Wörter bildeten, die sich zu verdrehten Sätzen verbanden. *Viel los auf der Autobahn. Alles so furchtbar knapp. Keine Zeit, mich darauf einzustellen. Hätte es gern etwas früher gewusst.* Diese Wörter. Diese kleinen wütenden Kügelchen prallten einfach an mir ab. Während sie vor Zorn anschwoll, schwoll in mir die Liebe. Und wie sie so neben meinem Bett saß, mit Fingern, die es juckte, sich in das Fleisch meiner Neugeborenen zu graben, fühlte ich mich plötzlich mächtig. Ich lächelte und drückte meine Babys an mich wie einen Schutzschild. Ich gewann an Größe, weil ich wusste, dass ich zum allerersten Mal etwas besaß, das nicht ihr gehörte. Etwas, das sie nicht haben konnte.

Nachdem sie gegangen war, kletterte David zu mir ins Bett. Er hatte wieder Farbe im Gesicht und nahm schüchtern die

Babys in den Arm, eins nach dem anderen, und grinste wie ein Idiot. Als er zur Cafeteria ging, um Getränke und Snacks zu besorgen, legte ich sie vorsichtig in ihr Bettchen und sank auf mein Kissen zurück. Draußen fiel die Aprilsonne durch die Baumkronen und schien durchs Fenster. Ich sah zu, wie die Blätterschatten auf meiner Bettdecke tanzten und zitterten. Es waren noch ein paar Besucherinnen und Besucher auf Station, und der Klang der Gespräche ringsum lullte mich ein. Eine Unterhaltung erregte meine Aufmerksamkeit. Sie kam von den zwei Frauen gegenüber. Ich hatte sie schon zuvor beobachtet. Die Frau im Bett reichte ihr Baby behutsam der anderen, die ich für ihre Mutter hielt, die frischgebackene Großmutter. Als sie die Arme nach dem Neugeborenen ausstreckte, erstrahlte ihr Gesicht voller Freude und Stolz. Ich hörte, wie sie über jemanden namens Alex sprachen. Über einen Zaun, den man würde reparieren müssen.

»Wollt ihr ihn taufen lassen?«, fragte die Ältere, »oder habt ihr euch das noch nicht überlegt?«

»Keine Ahnung«, erwiderte ihre Tochter.

Die Frau nickte, und die Unterhaltung huschte weiter zwischen ihnen hin und her. *Diese winzigen Finger. Die langen Wimpern. Seine rosige Haut.* Es war so schlicht, leicht und unkompliziert. Ich bewunderte sie. War neidisch auf diese Leichtigkeit. Diese Normalität.

»Wozu?«, fragte meine Mutter, das Gesicht vor Unwillen verzogen, als ich erwähnte, dass ich stillen wollte. »Ich habe das nie gemacht.« Sie sprach bestimmt, als hätte sich die Sache damit aus irgendeinem Grund erledigt.

»Ich weiß.«

»Alle beide?«, fragte sie ungläubig.

In jenen ersten Wochen war meine Mutter vom Zufüttern wie besessen. Schon der kleinste Schrei oder ein Murren von einem der Babys bestätigte ihr, dass die beiden furchtbar unterernährt waren. »Hunger«, sagte sie nickend und beäugte das Kind, das jeweils gerade an meinen prallen Brüsten hing. »Ausgehungert«, schloss sie, und ihre Finger schwebten bereits über der Packung mit Folgemilch, an der sie sich festzuklammern pflegte wie an einer Handtasche.

Am Ende war es David, der sich auf recht unmittelbare Art ihrem eigenen unstillbaren Hunger annahm.

»Komm mit«, sagte er und hakte sich bei ihr unter. »Wir gehen ein bisschen Kuchen kaufen.«

Meine Tochter machte sich ans Trinken, wie sie später so gut wie alles im Leben tun würde: Sie widmete sich der Aufgabe gewissenhaft und energisch, bis sie zu einem Muster an Effizienz wurde. Doch fast ebenso schnell, wie sie die Herausforderung gemeistert hatte, wurde sie ihr langweilig, und das Auftanken war ihr bald eine lästige Pflicht; etwas, das man nun mal erledigen musste, während der Blick durchs Zimmer schweifte und nach anderen, aufregenderen Dingen suchte. Turboladerin nannten wir sie in diesen ersten Lebensmonaten.

Tom war das genaue Gegenteil. Er tat sich jedes Mal schwer, aber wenn er endlich »angedockt« hatte, wie man so sagt, war er hoch konzentriert. Anders als seine Schwester blickte er zu mir auf, die kleinen graublauen Murmelaugen auf meine geheftet, und seine winzigen Finger umklammerten den Saum meiner Strickjacke.

Was mir aus diesen ersten Jahren am klarsten im Gedächtnis geblieben ist: wie körperlich das alles war. Kleine Finger an meiner Wange. Ein Bäuchlein, das gegen meine Hüfte drückt. Beine, die auf meinen Schoß krabbeln. Eine Hand, die sich stumm in meine schiebt. Und das alles in einem Schleier des Schlafmangels. Tom war der schlechtere Schläfer, aber sie hatten beide ihre Phasen. Und über Monate kam der Morgen als brutaler Schock, und wir fanden uns zu dritt, sehr oft auch zu viert, kreuz und quer über die Laken verteilt, wie ramponiertes, angespültes Treibgut. Dennoch lag so viel Glück in dieser Körperlichkeit. Verschlungene Körper. Eng aneinandergedrückt. Sicher.

Während sie von Babys zu Kleinkindern wurden, beobachtete ich ihre unterschiedlichen Herangehensweisen ans Leben. Carolyn war schnell und aufgeweckt, sie musste mir nur einmal bei etwas zuschauen und probierte es sofort selbst aus. Sie hatte ein natürliches Verständnis für die Welt, einen angeborenen Scharfsinn, gepaart mit unbändiger Selbstständigkeit, wodurch ich mich oft überflüssig fühlte. Es war nicht so, dass Tom nichts hinbekam, aber er hinkte ihr grundsätzlich einen Schritt hinterher. Gerade dann, wenn er sich einer Sache zuwandte, war seine Schwester schon bei der nächsten.

Ich erinnere mich an diese typischen Situationen in jungen Familien, wenn das eigene Kind aufsteht, den ersten Schritt macht oder zum ersten Mal einen Strich aufs Papier zeichnet, und alle Anwesenden überschlagen sich vor Begeisterung. In solchen Fällen blickte Carolyn auf, senkte anschließend den Kopf und strahlte, und dann wiederholte sie die Handlung, ihr ganzer Körper leuchtete, wie elektrisiert von der Anerkennung. Tom hingegen schien für äußeren Beifall unempfänglich. Oft erschrak er ob all der Aufmerksamkeit und wandte sich ab, stirnrunzelnd und verlegen.

Manche Zwillingseltern geben sich große Mühe, die Verschiedenheit und Individualität ihrer Kinder zu betonen. So waren wir nicht. Für uns waren sie immer »die Zwillinge«, ab der Sekunde ihrer Geburt und sogar schon lange davor. Ich mochte es, wenn Unbekannte in der Stadt in den Kinderwagen schauten. »Ah, Zwillinge«, schienen ihre Blicke zu sagen, und es lag eine Mischung aus Überraschung, Bewunderung und Staunen darin, alles in einem.

In den ersten Jahren sahen sie gleich aus. Wir haben so viele Fotos von ihnen; die gleichen wilden Locken, kaum auseinanderzuhalten. Tom war draußen immer am glücklichsten. Er liebte die Weite – Strände, Gebirge und Felder –, lief voll Freude umher, kletterte auf Bäume und sammelte Stöcke. Sogar zu Hause fand ich ihn oft ganz hinten in unserem Londoner Garten, wie er in der Erde wühlte oder sich im Gebüsch eine Höhle baute. Carolyn dagegen konnte stundenlang an einem Tisch sitzen und mit bunten Filzstiften kleine, komplizierte Skizzen anfertigen. Sie malte vor allem Kleider: gemusterte Kleidchen und Röcke und schrille Schuhe, die sie sorgfältig ausschnitt und zu wunderschönen Outfits kombinierte. Ich blicke mit großer Zärtlichkeit auf diese Zeit zurück, bevor die starre Struktur der Schule begann. Es waren unsere goldenen Jahre, die Jahre, als sie noch klein waren. Als wir noch genau wussten, wo sie waren und was sie gerade taten. Damals drehten sich unsere Sorgen um sehr konkrete Gefahren: den Straßenverkehr, die schartige Kante einer Rutsche oder einen tiefen Gartenteich. Als sie älter wurden, war es mir umso rechter, dass sie zu zweit waren. Ich betonte weiterhin ihre Ähnlichkeit, und gemeinsame Ausflüge und Verabredungen mit Freundinnen und Freunden förderte ich vermutlich länger, als ich es hätte tun sollen. Ich behauptete damals, das täte ich, weil die Kinder es mochten, aber heute weiß ich, dass ich es für mich selbst tat. Dass es dazu diente, die Unterschiede zwischen ihnen zu kaschieren, die ich nicht sehen wollte.

*

Eine der letzten glücklichen Erinnerungen an meinen Sohn liegt eineinhalb Jahre zurück, ein paar Tage vor dem Unfall. Wir waren im Garten. Es war ein warmer Nachmittag, der letzte Tag im Juli; ein klarer blauer Himmel mit winzigen Schäfchenwolken, und nach dem Regen der Vorwoche erstrahlte der Rasen in glitzerndem Hellgrün. Der Fingerhut blühte, keck und aufrecht mit seinen weiß-lila Glöckchen. Tom hatte die beiden ersten Trimester seiner Schreinerlehre abgeschlossen, und wir hatten uns an den Geruch von Holzspänen und an seine leicht eingestaubten Kleider, Haare und Wimpern gewöhnt, wenn er von der Arbeit nach Hause kam.

Seit dem Frühling jobbte er an den Wochenenden im Kanuverein, und es war schon eine Weile her, dass er Julie zum ersten Mal erwähnt hatte.

»Sie ist eine von den Vollzeitkräften dort«, erzählte er. »Sie teilt die Ehrenamtlichen ein. Sie ist echt nett.« Er grinste. »Sie hat pinke Haare, und sie weist mir für meine Gruppen die lustigen Kids zu.« Er lachte. »Und sie macht mir immer eine Tasse grünen Tee, wenn ich reinkomme«, worauf er das Gesicht verzog. »Sie meint, das ist gesünder als der ganze schwarze Kaffee, den ich in mich reinkippe. Und so langsam komme ich echt auf den Geschmack, aber das kann ich ihr auf keinen Fall sagen.« Es war das erste Mal überhaupt, dass ich ihn über ein Mädchen reden hörte. Ich hatte so viele Fragen. Wie ist sie so? Wie alt ist sie? Vielleicht kannst du sie ja mal zu uns einladen. *Pinke Haare?* Ich öffnete den Mund. Dann klappte ich ihn wieder zu. Mit der Zeit redete er immer häufiger von ihr.

»Wir sind nur Freunde«, meinte er, wenn ich ihn fragte. Aber jedes Mal, wenn er ihren Namen erwähnte, wurde er ein bisschen rot.

Einmal habe ich sie getroffen, als ich ihn im Freizeitzentrum abholte. Sie standen am Empfang, hatten die Köpfe zusammengesteckt und lachten. Ich gab mir Mühe, nicht zu interessiert zu wirken. Das Wichtigste war, wie glücklich er aussah. Es war offenkundig, dass ihm die viele Arbeit an der frischen Luft gut bekam. Er wirkte verändert, irgendwie älter. Seine Schultern waren breiter geworden, und sein Körper war in die Länge gegangen, schien seine endgültige Form gefunden zu haben. Die Haare waren lang und sonnengebleicht. Er wurde schnell braun, und seine Haut hatte eine tiefe goldbraune Färbung. Der Schrecken des vergangenen Jahres schien weit zurückzuliegen. Ausgelöscht von der Sonne, der Arbeit und seinem neu gewonnenen Selbstvertrauen. Ich weiß noch, dass ich in jenem Moment sehr zufrieden mit mir war. Sogar etwas selbstgefällig; ich gönnte mir ein wenig Entspannung. Vielleicht war das mein Fehler.

Ich stand an der Gartentür, beschirmte mit einer Hand die Augen und blickte über den kleinen grasbewachsenen Hügel, von dem die Zwillinge als Kinder heruntergekugelt waren. Tom war hinten im Garten, auf einer Leiter, und hielt den Nistkasten an den Stamm der Birke. Die Brutsaison hatten wir schon verpasst, wie David prophezeit hatte, und es nicht geschafft, den Kasten im Frühjahr anzubringen. Tom meinte, er würde es jetzt tun. »Man weiß nie«, sagte er lachend, »vielleicht erwischst du noch ein paar Nachzügler.«

»Hier?«, rief er mir jetzt von der Leiter aus zu. »Dann kannst du's von der Küche aus sehen.«

»Gut«, gab ich zurück, »so ist es super.«

Er stellte den Nistkasten auf einem Ast ab und zog einen Nagel aus der Tasche, steckte ihn sich zwischen die Zähne und griff nach dem Hammer.

Der Nistkasten war sein Weihnachtsgeschenk an mich gewesen.

Toms Geschenke waren oft etwas willkürlich und hingen von seinen schwankenden Gefühlen gegenüber den Übeln der Konsumgesellschaft ab. In jenem Jahr überraschte er uns alle, als er hübsch eingepackte Geschenke verteilte, obwohl die Geschichte des Aussteigers Christopher McCandless damals so großen Eindruck auf ihn gemacht hatte.

Meines war in ein Papier mit kleinen silbernen Engelchen eingeschlagen.

»Vielen Dank! Wie wunderbar«, sagte ich und starrte auf das Päckchen in meinem Schoß.

Carolyn saß am anderen Ende des Zimmers und ärgerte sich sichtlich über meinen Überschwang.

»Das ist nicht nur irgendein oller Nistkasten«, meinte Tom, als ich das Geschenk ausgewickelt hatte und mich bei ihm bedankte. »Da ist eine Kamera eingebaut.« Er beugte sich zu mir, um sie mir zu zeigen. »Wenn ein Vogel brütet, kannst du sie mit dem Fernseher verbinden und alles live mitverfolgen.«

»Das ist ja toll«, sagte ich. »Was für eine schöne Idee, Tom.«

Ganz aufgeregt lehnte er sich auf seinem Stuhl vor. »Das ist dann wie das Haus von *Big Brother*«, meinte er, »nur für Vögel.«

Wir lachten. Sogar Carolyn.

*

Jetzt, eineinhalb Jahre später, ist der Garten verwildert, der Nistkasten unter dichtem, undurchdringlichem Laub verborgen. Man müsste schon ein Frettchen sein, um sich seinen Weg bis zum Loch zu kämpfen.

Im Frühling nach Toms Verschwinden war ein Vogel eingezogen. Eine Amsel. Ich aktivierte täglich die Kamera und sah der Mutter allabendlich dabei zu, wie sie aus Zweigen, Flaum und Blättern sorgsam ein Nest wob. Sie legte vier gesprenkelte Eier von hellem Türkis hinein. Als die Zeit des Schlüpfens näher rückte, beeilte ich mich stets, von der Arbeit nach Hause zu kommen, und verbrachte ängstliche Stunden auf dem Sofa bei den samtschwarzen Federn. Obwohl ich wusste, dass sie mich nicht sehen konnte, schien es mir, als würden wir beide übereinander wachen. Wie ich da so ruhig im Wohnzimmer saß, fühlte ich mich sicher unter ihrer kleinen, orange eingefassten Augenperle. Auf naive Weise kam es mir vor, als könnte ihre Ankunft Toms Rückkehr einleiten.

Als die Babys schlüpften, wurde das Nest zu einem zuckenden Bewegungsrausch. Ich erhaschte nur einen kurzen Blick darauf, ehe ich zur Arbeit musste. Sie waren grau und hilflos und verlangten blind nach Futter, während die Mutter der Reihe nach geduldig ihre offenen Schnäbel füllte.

Ich weiß noch, dass es ein ungewöhnlich warmer Märztag war, und die Therapieräume waren schwül und stickig, sogar bei weit geöffneten Fenstern. Den ganzen Tag über spürte ich eine drängende Ungeduld, und als eine Patientin ihren Nachmittagstermin absagte, machte ich früh Feierabend.

Zu Hause schaltete ich den Fernseher ein. Der Bildschirm blieb leer. Es war nichts zu sehen. Ich überprüfte die Verbindung, drückte auf der Fernbedienung herum. Nichts. Nur das dunkelbraune Innere des Nistkastens. Die Amsel war weg, und als ich stärker hineinzoomte, erkannte ich die im Nest verstreuten leblosen Körper der Vogelbabys, wie übrig gebliebene Fleischreste.

3

Am Montagmorgen finden die Fallbesprechungen für unsere Abteilung statt, und diesmal bin ich dran, einen Fall vorzustellen. Es ist klar, wen ich zur Diskussion stellen sollte. Erst drei Tage zuvor hatte ich Stephanie, unserer neuen Therapeutin in Ausbildung, das Format erklärt. »Herausfordernde Patientinnen und Patienten«, sagte ich, »ein Ort, um das Unbewusste zu ergründen, und wie es sich möglicherweise auf unsere Arbeit auswirkt.«

Sie nickte eifrig, und die Unterkante ihres Bobs schnitt ordentlich vor und zurück durch die Luft.

Ich erwähnte die »Projektion von Gefühlen« und sprach mit Nachdruck über Übertragung und Gegenübertragung. Ich verwendete absichtlich Fachbegriffe, die ihr unbekannt sein dürften. Doch an den Stellen, wo ich mit Fragen rechnete, mit der Bitte, etwas näher zu erläutern, oder zumindest mit Verwirrung, kam nichts.

»Alle zwei Wochen?«, wollte sie wissen, während sie das Datum in den Kalender ihres Smartphones tippte.

Stephanie hatte sich schon lange vor ihrem Ausbildungsbeginn einen Namen in der Abteilung gemacht. Während der zwei Wochen davor mailte sie entweder täglich oder rief an. Größtenteils ging es um administrativen Kleinkram: eine Parkerlaubnis, einen Ausweis für die Bibliothek und Bitten um Formulare, die sie nicht brauchte. Die Nachrichten, die an mich weitergeleitet wurden, betrafen die Anfrage, an einer Konferenz über Trauma- und Bindungstheorie teilnehmen zu dürfen, und eine Bitte um »relevante Literatur«, die sie schon vorher lesen könnte.

»Wirkt sehr motiviert!«, schrieb Paula unter den weitergeleiteten Text.

Als ich ihre Zeugnisse durchlas, zeichneten sie das Bild einer Spitzenstudentin; sie war unter den besten Bachelorabsolventinnen ihres Oxford-Jahrgangs und hatte (genau wie ich, vor vielen Jahren) mit nur einjähriger Berufserfahrung einen Platz in einem Ausbildungsgang für klinische Psychologie angeboten bekommen. Ihre letzten drei Stellen waren allerdings in der kognitiven Verhaltenstherapie angesiedelt gewesen. Sie hatte keine Erfahrung mit unserem Therapieansatz, und wenn man ihr Motivationsschreiben las, ging daraus nicht recht hervor, warum sie ihre fachliche Ausbildung ausgerechnet bei uns machen wollte. Als ich ihren akkuraten, symmetrischen Bob und die manikürten Fingernägel musterte, begriff ich, dass Paula sich geirrt hatte. Es war Angst, die Stephanie antrieb, nicht Motivation.

Gegen Ende unseres ersten Kennenlernens hatte ich versucht, einen Zugang zu ihr zu finden, indem ich sie nach meinen Lektüretipps fragte.

»Die waren gut«, erwiderte sie.

»Wie fanden Sie Melanie Klein?«, hakte ich nach, weil ich wusste, dass die meisten Studierenden mit ihrem dichten Schreibstil zu kämpfen haben.

»Total interessant.« Stephanie nickte höflich. »Vielen Dank, dass Sie sie mir geschickt haben.«

Und da verstand ich meine Irritation. Sie hatte nichts damit zu tun, dass Stephanies Verständnis und ihr theoretisches Fachwissen Lücken aufwiesen. Auch nicht mit ihrer

Vermeidungshaltung oder der Fähigkeit, sich etwas vorzumachen. Sondern mit der Tatsache, dass sie ihre Außenwirkung für glaubhaft hielt. Dass sie aus irgendeinem Grund dachte, mich täuschen zu können.

Auf dem Weg zum Gruppenraum gehe ich im Geist meine möglichen Fälle durch. Ich weiß, dass ich über Dan nicht sprechen kann. Dan einzubringen, würde bedeuten, auch über Tom zu reden – und ohne Tom gab es zu Dan wenig zu sagen. Also wähle ich stattdessen eine andere Patientin aus, die mich auf eine ganz andere Weise fordert.

Der Großteil der Belegschaft ist anwesend, nur Stan und Maggie fehlen, weil sie das Team bei Alfies Beerdigung vertreten. Der Raum ist voll, und außer Stephanie haben wir diese Woche noch einen Medizinstudenten zu Gast. Er ist mit seinem Handy beschäftigt und trägt eine furchtbare knallrote Krawatte. Es ist nicht schwer, die angehenden Chirurgen zu erkennen: auffällige Accessoires, zur Schau gestellte Geschäftigkeit – alles Vorboten einer Einstellung, die psychologisches Denken kaum anders bewertet als ein Seminar über Heilsteine.

»Hayley Rappley«, verkünde ich, und als ihr Name fällt, erfüllt gespannte Erwartung den Raum. Sogar Aufregung. Die Leute holen Luft, beugen sich vor.

Ich habe Hayley vor einem Monat als neu eingewiesene Patientin angenommen. Rückblickend war ich bei der damaligen Patientenzuteilung bereits überlastet, brauchte keinen weiteren Fall. Schon gar nicht so einen. Doch als ich die Einzelheiten hörte, zögerte ich nicht. An jenem Tag hatte Maggie die Sitzung geleitet und mir Hayley sofort zugeteilt. Erleichterung machte sich breit. Seit meiner Arbeit mit Matt Johnson landen alle komplexen jungen Patienten bei mir. Ich kann nicht anders. Es ist ein Sog, sich dort hineinzustürzen. Zu helfen. Für Besserung zu sorgen.

»Den meisten hier sind die tragischen Umstände des Falls bekannt«, fahre ich fort, öffne die Akte und hebe den Blick. »Ich habe Hayley jetzt dreimal gesehen, und wie ihr wisst, hat sie zugestimmt, zu den üblichen sechs Terminen zu kommen.« Die Gruppe nickt und denkt vermutlich an die ungewöhnliche Abmachung zwischen Hayley und ihrem Vater.

»Keine Anzeichen für Flashbacks … oder Intrusionen«, erkläre ich und überfliege meine Notizen, »und ich bin immer noch der Meinung, dass sie Hilfe braucht, aber nicht unbedingt von uns …«

»Das verstehe ich nicht«, meint Stephanie. »Warum nicht?«

»Weil Menschen nach einem traumatischen Erlebnis nicht zwangsläufig auch eine *Traumareaktion* zeigen. Vielleicht kämpfen sie mit der Erfahrung, finden es schwierig, damit umzugehen, aber sie müssen nicht unbedingt PTBS-Symptome entwickeln. Und ich bin mir nicht sicher, dass Hayley welche hat«, erläutere ich.

Ich erzähle den anderen, dass sie wie vereinbart zu unseren Terminen erscheint. »Aber sie hakt sie ab wie Punkte auf einer Einkaufsliste. In der zweiten Woche hat sie den Großteil der Sitzung geschwiegen und aus dem Fenster gestarrt. Die Abmachung mit ihrem Vater ist mir nur zu bewusst – und wie sie meine Arbeit beeinflusst. Sie hat ihm versprochen zu kommen. Er stellt Erwartungen an mich. Ich fühle mich unter Druck, und mir ist auch bewusst, dass ich sie deshalb zum Mitmachen bewegen will.«

Am Ende der zweiten Sitzung hatte ich sie gebeten, etwas mitzubringen, das sie an ihre Mutter erinnert.

»So etwas mache ich normalerweise nicht«, erkläre ich, »aber wie ich schon sagte, liegen die Dinge in diesem Fall etwas ungewöhnlich.«

Ich berichte der Gruppe, dass Hayley, als ich sie beim letzten Mal im Wartezimmer abholte, ein eng anliegendes rotes Kleid, High Heels und eine dicke Schicht Make-up trug.

»Sie ist ins Zimmer gestakst gekommen, hat ein *Ta-da!* ausgestoßen und mit den Händen ihren Körper entlanggewiesen. Und dann hat sie mich angesehen, mit sehr wütendem, angespanntem Gesicht. *Die Sache, die mich an meine Mutter erinnert*, hat sie gesagt. *Sie wollten, dass ich was mitbringe. Hier, bitte. Ich habe es an!*« Ich ließ den Blick über die Gruppe wandern und fuhr dann fort. »Es hat sich herausgestellt, dass der Streit, den Hayley und ihre Mutter zur Zeit des Unfalls hatten, sich um ebendieses rote Kleid drehte. Die Einzelheiten kenne ich nicht. Sie hat immer noch nicht darüber gesprochen. Im Grunde hat sie über so gut wie gar nichts gesprochen.«

Ich will gerade weiterreden, da fällt mir Jamie mit seinem sanften schottischen Singsang ins Wort. »Ruth«, sagt er und beugt sich vor, »du meintest zu Beginn, dass du dich unter Druck fühlst, sie zum Mitmachen zu bewegen …« Er hält kurz inne. »Ich frage mich, wie es wäre, wenn dem nicht so wäre.« Während er spricht, fährt er sich mit dem Finger über den Nasenrücken. Er ist von Natur aus schüchtern und hat sich diese Geste angewöhnt, wann immer er sich öffentlich äußert.

Alle Augen wandern von Jamie zu mir, sie warten auf meine Antwort.

Jamie ist gut. Kein Wunder. Ich war seine Supervisorin. Er tut genau das, was ich an seiner Stelle getan hätte. Er weiß, dass ich auf Nummer sicher gehe, dass ich mich auf die Details des Falls konzentriere, die Aufmerksamkeit von mir selbst ablenke. Er angelt nach mir, während ich mich nach Kräften bemühe, vom Haken zu springen.

Alle im Zimmer sehen mich erwartungsvoll an. Stephanie sitzt neben mir, mit erhobenem Stift. Ich spüre, wie mein Nacken heiß wird. Ich will nicht, dass sie mich weiter anschauen.

»Wenn ich sie nicht zum Mitmachen bewege?«, wiederhole ich langsam. »Dann ist sie verloren, fürchte ich. Verloren und wütend. Viele fünfzehnjährige Mädchen fühlen sich so, verloren und wütend.« Ich zögere. »Nur wenige haben den Tod der eigenen Mutter miterlebt.«

»In Abwesenheit ihrer echten Mutter musst du ihr helfen, die ›gute Mutter‹ zu internalisieren, die sie gekannt hat«, bemerkt Jamie. »Auch wenn sie nicht mehr da ist.«

Kurz erläutert er für Stephanie und den Studenten Kleins Konzept der »guten Mutter« und wie Winnicott Kleins Ideen später weiterentwickelte. Stephanie kritzelt wie wild in ihr Notizbuch. Der Medizinstudent späht auf seine Uhr.

Jamie wendet sich wieder an mich.

Ich nicke. »Im Moment sind ihre Mutter und ich recht eindeutig die ›bösen Objekte‹«, erkläre ich. »Ihre echte Mutter, weil sie sie verlassen hat. Und ich ganz einfach, weil ich nicht ihre Mutter bin und sie dazu bringe, über ihren Verlust zu sprechen. Es dürfte ihr schwerfallen, mich auf irgendeine andere Art zu sehen.«

»Natürlich.« Jamie nickt.

»Wut ist sicherer«, fahre ich fort, »leichter. Viel weniger schmerzhaft.«

»Und was ist mit dir?«, fragt Jamie und rückt mich erneut ins Zentrum der Aufmerksamkeit. »Du hast dich dazu entschieden, sie heute zum Thema zu machen. Da muss es einen starken mütterlichen Impuls geben. Wo stehst du in alldem, was fühlst du?«

Ich schweige einen Moment.

»Was ich fühle?« Kurz schließe ich die Augen. »Ich fühle …
ich fühle eine enorme Verantwortung.« Ich bin bestürzt, als
ich Tränen aufsteigen spüre. Schnell blicke ich nach unten
und greife nach meiner Akte. »Ich habe das Gefühl, dass ich
keinen Fehler machen darf«, sage ich, »dass ich einen Weg
finden muss, ihr zu helfen.«

»Das vermittelt uns also vielleicht einen Eindruck davon,
was Hayley fühlt«, regt Jamie sanft an, »enorme Verantwortung.«

Am Ende der Sitzung ist immer ein wenig Zeit für die
Besprechung der Neuaufnahmen reserviert. Ich gehe die
Liste durch, und als ich Helen Cassidys Namen nenne, hebt
Eve die Hand.

»Sie wurde mir zugewiesen. Kann ich sie bitte an jemand
anderen abgeben?« Sie zögert. »Ich wusste nicht, dass sie
schwanger ist.«

Im Raum ist Unruhe spürbar.

Ich erröte. Ich kann nicht glauben, dass ich eine schwan-
gere Patientin einer Mitarbeiterin zugewiesen habe, die gerade erst eine Fehlgeburt hatte.

»Das tut mir furchtbar leid …«

»Schon okay«, meint Eve schnell, »war nicht deine Schuld.
Ihr Hausarzt hat es nicht in den Überweisungsbrief geschrieben. Ein Formfehler. Nicht so schlimm. Irgendwelche Freiwilligen?«

Nachdem wir den Fall neu vergeben haben, sehe ich mir
den Arztbrief noch einmal an.

»Hatten wir das nicht schon mal?«, frage ich. »Bei demselben Arzt?« Einige nicken, und ich schüttle den Kopf. »Wir
sind auf verlässliche Informationen von den Hausärzten angewiesen. Oftmals unsere *einzige* Informationsquelle. Ganz
abgesehen davon, dass die Patientin zusätzliche Betreuung

durch die Geburtsmedizin brauchen wird.« Ich nehme die Akte an mich. »Ich hake da mal nach.«

Als wir weitermachen, wäre es für mich an der Zeit, darum zu bitten, dass jemand anderes Dan Griffin übernimmt. Einen verletzlichen, von seiner Mutter entfremdeten Patienten. Einen Patienten mit offensichtlichen Bindungsproblemen.

Ein Patient, der aussieht wie mein Sohn.

»Gibt es noch irgendetwas zu klären?«, frage ich und blicke in die Runde.

Viele schütteln die Köpfe. Dann meldet sich Anna zu Wort. »Nur eine kurze Rückmeldung. Andrew Doornan …« Sie lächelt. »Er arbeitet wieder.«

Allgemeines Nicken und anerkennendes Gemurmel.

»Sehr gut«, sage ich. »Tolle Arbeit. Sonst noch was?«

Ich sehe um mich.

Eve weist uns auf Matt Johnsons neuen Blog hin. »Könnte interessant für unsere Studierenden sein, die Perspektive eines Patienten zu lesen.« Sie nickt den angesprochenen Personen zu.

Es ist eine gute Anregung, aber gleichzeitig frage ich mich, ob es auch ein Beschwichtigungsversuch an mich sein soll, nachdem sie meine unachtsame, ungeschickte Patientenzuteilung offengelegt hat.

»Gute Idee. Auf jeden Fall eine lehrreiche Lektüre. Matt ist Notfallmediziner«, ergänze ich und schaue den Medizinstudenten gezielt an.

Stephanie macht sich einen Vermerk.

»War das alles?« Ich sehe mich noch einmal im Zimmer um. »Gut, dann machen wir Schluss für heute.«

*

In der Woche zwischen Dans erstem und zweitem Termin denke ich oft an ihn. Und mit diesem beherrschenden Gedanken wächst zugleich die Erkenntnis, dass ich Robert anrufen muss. Supervision gebe und erhalte ich nun schon seit fünfundzwanzig Jahren. Ich weiß, wozu sie gut ist. Robert supervidiert mich bereits fast mein gesamtes Berufsleben, und obwohl ich den Hörer im Lauf der Woche mehrmals in die Hand genommen habe, hat mich irgendetwas von dem Anruf abgehalten. Vermutlich der Umstand, dass ich genau weiß, was er mir raten wird. Er wird sagen, dass ich Dan nicht weiter behandeln sollte, dass mir die Angelegenheit mit meinem Sohn bei der gemeinsamen Arbeit in die Quere kommen wird. Und ich weiß auch, dass ebendas der Grund ist, warum ich den Hörer wieder auflege.

Stattdessen erzähle ich mir die Geschichte anders. Ich rede mir ein, dass sich alles nur in meinem Kopf abspielt. Dass ich die Ähnlichkeit mit meinem Sohn bloß heraufbeschworen habe und der ganze Vorfall eine traumartige Qualität angenommen hat, aus der ich erwachen werde, sobald ich Dan wiedersehe. Doch als er am folgenden Freitagnachmittag eintrifft, auf den Tag genau eine Woche nach seinem ersten Termin, bin ich nicht sicher, ob ich enttäuscht oder erleichtert sein soll, denn er sieht genauso aus wie in meiner Erinnerung.

Er tritt ein, hat die Kapuze seines schwarzen Hoodies über den Kopf gezogen. Als er Platz nimmt, setzt er sie ab und enthüllt fettiges, strähniges Haar.

»Sorry«, sagt er und versucht, die Sache ins Lächerliche zu ziehen. »Ich weiß, ich sehe furchtbar aus.« Er lässt sich tiefer in den Stuhl sinken. Unter seinen Augen liegen tiefe Ringe. Die Haut ist grau und fahl. »Bin quasi Gollums Doppelgänger.«

Ich nehme das scherzhafte Geplänkel zur Kenntnis. Eine Leichtigkeit, die mich von seiner Bedrängnis ablenken und auf Distanz halten soll.

»Ich war bei der Hausärztin. Sie hat mir Tabletten verschrieben. Damit ich besser schlafen kann.«

»Und wirken sie?«

Er schüttelt den Kopf.

Die Erwähnung der Hausärztin erinnert mich daran, dass ich seine Unterlagen aus der Praxis in Hackney noch nicht bekommen habe. Ich mache mir einen Vermerk und kringele ihn zweimal ein, damit ich es nicht vergesse.

Das Hämatom auf seiner Wange ist mittlerweile gelblich verblasst, die Hand noch immer von dem schmuddeligen, ausgefransten Verband umhüllt. Ich spüre den Impuls, mich ihm zu nähern, meine Hand auszustrecken und seine zu umfassen. Mir seine Wunde genauer anzusehen, einen frischen weißen Verband zu suchen und sanft um seine Finger zu wickeln.

»Ich will Ihnen erzählen, was im Park passiert ist«, sagt er.

Ehe ich antworten kann, legt er los.

»Es war früh am Abend und noch hell. Ich hab mich am Handy mit einem Kumpel unterhalten, als drei Typen mit Wollmützen aufgetaucht sind, wie aus dem Nichts. Sie haben mich zwischen die Bäume gezerrt.« Er spricht ruhig und sachlich und starrt dabei auf das Stückchen Teppich zwischen uns. »Zuerst dachte ich, die wollen mein Handy. Also halte ich es vor mich, um es ihnen zu geben.« Er kratzt sich an der Wange. »Die haben nur gelacht. Einer hat es mir abgenommen und in der Hand hin- und hergedreht, dann ist er draufgetreten. *Dein Handy interessiert uns nicht*, hat er gesagt. Da krieg ich Angst. Ein Typ, den ich gar nicht richtig gesehen habe, hat mich von hinten festgehalten. Um den

Hals. Ich konnte nur das Schlangentattoo auf seinem Unterarm erkennen, es lief hoch bis um die Finger. Der hat mich dann tiefer in das Waldstück reingezogen, hinter die Tennisplätze.«

Ich nicke, damit er weiterspricht.

»Der, der mich um den Hals gepackt hatte, hat immer noch gelacht. *Jim, der dachte, wir wollen sein Handy. Sollen wir's ihm sagen?* Dann hat er den Mund ganz nah an mein Ohr gepresst. *Dein Handy ist uns egal*, hat er ganz leise geflüstert, *wir wollen dich. Wir wollen ein Stück von dir.* Und dann hat er mir die Faust in den Magen gerammt.«

Dans Stimme klingt immer noch flach. Keinerlei Wut liegt darin. Als ich etwas sagen will, hebt er nicht einmal den Kopf. Es ist offensichtlich, dass er nichts von mir will.

»Sie haben mich in den Wald gezerrt. Mich mit dem Gesicht nach unten auf den Boden gedrückt«, erzählt er weiter. »Ich konnte mich nicht bewegen. Hatte auf jeder Schulter einen hocken. Die waren schwer. Richtige Schränke. Also, ich hab natürlich schon versucht, mich loszumachen, aber das war aussichtslos. Ich konnte kaum atmen, geschweige denn mich bewegen.« Er hält kurz inne und knibbelt an seinen Fingernägeln. »Der Kerl mit dem Tattoo hat ein Feuerzeug angemacht, genau neben meinem Gesicht. Ich dachte ...« Er stockt und blickt auf seine Hände nieder. »Er hat es mir ganz nah an die Haut gehalten – und dann hat er sich einfach nur eine Zigarette damit angezündet. Dieser Geruch ...« Er schaudert. »Das Feuerzeug. Die Flamme. Verbranntes. Ich dachte, ich krieg keine Luft mehr.«

Einen Augenblick ist er still. Ich warte, dass er weiterspricht.

»Das ist der Flashback, den ich immer wieder habe«, meint er leise.

Ich nicke. »Sind es viele Bilder?«, frage ich. »Wie von mehreren Kamerabelichtungen?«

Er denkt nach. »Am Anfang war das so. Jetzt ist es nur noch eins. Dieser Moment. Das Gefühl, in der Falle zu sitzen. Festgehalten zu werden. Jetzt *sehe* ich es manchmal gar nicht mehr. Es ist nur so ein Gefühl …«

Behutsam forsche ich nach. »Ein Gefühl wie …?«

Er schaut auf. »Als wäre ich klein und nutzlos. Total unfähig.« Kurz bebt ihm die Stimme, als er weitererzählt. »Nachdem der Erste fertig war, sah es so aus, als wäre der nächste Typ dran. Dann war da so ein Rascheln im Gebüsch. Und jemand rief nach einem Hund. *Trixie*«, sagt er höhnisch. »So eine Scheiße könnte man sich nicht mal ausdenken! Und dann stand er da, so ein kleiner schwarzer Hund, mitten auf der Lichtung, mit raushängender Zunge, und hechelte meinen nackten weißen Arsch an.« Er schweigt kurz und blickt dann zu mir auf. »Ich hasse Hunde, verfickt noch mal. Hab ich schon immer. Aber ich war noch nie im Leben so froh, einen zu sehen. Dann, einfach so«, und er schnipst mit den Fingern, »sind sie abgehauen. Einer ist mir beim Weglaufen über Rücken und Schultern getrampelt. Ich bin aufgestanden und gegangen. Hab nicht mal den Hundebesitzer gesehen.«

Er bittet um Wasser, und ich gieße ihm ein Glas aus der Karaffe auf meinem Tisch ein. Er leert es schnell.

Als ich spreche, ist meine Stimme vorsichtig, sacht. »Es tut mir sehr leid, dass Ihnen das zugestoßen ist.«

Er wedelt mit der Hand durch die Luft, um mich zum Schweigen zu bringen, und erzählt, dass er zum Krisendienst für sexuellen Missbrauch gegangen sei. Es wurden Untersuchungen durchgeführt. Begutachtungen. »Ein richtiger TÜV-Test …« Er schweigt kurz. »Es war ein schrecklicher Ort«, sagt er dann. »Die Leute waren nett, aber alles war so steril. Ich hab Stunden im Engelhemd verbracht, während sie an mir rumgestochert und -gepikst und alle möglichen Tests gemacht haben.« Er senkt die Stimme. »Es war demütigend. Die ganze Sache war …«, er sucht nach dem richtigen Wort, »entwürdigend. Ich hab mich geschämt. Als hätte ich irgendetwas falsch gemacht. Nicht sie. Nicht die Typen, die das getan haben. Sondern ich, *ich* war total falsch.«

Er drückt sich die Fingerspitzen gegen die Schläfen. »Zwei Wochen später wurde mir ein Beratungstermin angeboten«, erzählt er spöttisch. »Ich bin nicht hingegangen. So ein Mist. Aber hey, mir ging's okay. Nicht super, aber ich kam klar.«

An dieser Stelle verstummt er und wickelt sich geistesabwesend eine Haarsträhne um den Finger. Ich spüre ein starkes Ziehen im Magen. Das war Toms Standardgeste, wenn er besorgt oder in Gedanken war. Plötzlich sitze ich wieder in meiner Küche. Stundenlange Gespräche spätabends mit meinem Sohn, während ich genau diese Geste bei ihm beobachtete. Die Angewohnheit begann in der Grundschule, als er schreiben lernte. Damals saß er oft so da, eine Hand um den Bleistift geklammert, während die andere eine Strähne zwirbelte, mit vor Konzentration gerunzelter Stirn. Als er älter wurde, beruhigte es ihn, half ihm beim Denken, wie er sagte. Ich fand es schlimm, als er sich, kurz bevor er wegging, die Haare abrasierte. Es fühlte sich wie eine Strafe an.

Dan starrt mich an, und ich merke, dass ich abgeschweift bin.

»Wann genau ist das passiert?«

»Vor etwa fünf Monaten.«

»In London?«

Er schüttelt den Kopf. »Bristol. Ich bin erst vor ein paar Wochen hergezogen. Für mein Studium in Filmwissenschaften.«

»Es war also alles in Ordnung, direkt nach dem Park?«, frage ich.

Er nickt. »Mir ging's okay. Essen ... schlafen. Ich hatte den neuen Studiengang angefangen. Alles war gut. Dann, ist erst ein paar Wochen her, fing dieses ganze Zeug an. Das mit meinem Atem. Die Schwindelanfälle und Schwächegefühle, die Benommenheit.«

Der zeitliche Abstand irritiert mich.

»Gab es irgendeinen Auslöser?«

Er nickt. »Es ging los, kurz nachdem die Polizei sich bei mir gemeldet hatte. Sie wollten, dass ich aufs Revier komme und einen der Typen identifiziere. Den mit dem Tattoo. Da hab ich erfahren, dass er auf Bewährung war. Dass er in der Woche davor noch einen Mann angegriffen hatte. Die Bewährungshelfer hatten Scheiße gebaut. Aber so richtig.« Er wird lauter. »Die Anwälte sind da meiner Meinung nach auch schuld. All dieser Rehabilitationsscheiß für Straftäter. Was ist mit den Opfern?« Er ballt die Hand zur Faust. »*Ich* muss jetzt leiden. Komme in der Uni nicht mit, weil ich manchmal zu panisch bin, um das Haus zu verlassen. Diese sogenannten *Fachleute* sollten zur Rechenschaft gezogen werden. Mein Anwalt sagt, ich sollte Anzeige erstatten. Er meint, ich habe Anspruch auf Entschädigung.«

Warum können die Menschen ihre Arbeit nicht anständig machen?

»Nachdem die Polizei Sie kontaktiert hatte, sind sie also zu Ihrer Hausärztin gegangen, und die hat Ihnen gesagt, dass es Panikattacken sind?«

Er nickt. »Die haben mich komplett durchgecheckt. Nichts Körperliches. Sie hat mir einen Handzettel über den *Umgang mit Angstzuständen* gegeben.« Er schnaubt. »Und dann kamen die Flashbacks.«

49

»Vom Park?«

Er zögert. »Zuerst vom Park, aber dann ...«, er schaut zur Seite, »anderes Zeug.«

Ich warte, dass er fortfährt.

»Ich kann das nicht beschreiben. Es ist eine Panik davor, sich klein zu fühlen. Allein zu sein. Als ich noch einmal zur Ärztin gegangen bin, hat sie mir von der Abteilung hier erzählt. Ich hab mich informiert. Sie um eine Überweisung gebeten.«

An diesem Punkt bemerke ich, wie sein Atemrhythmus sich verändert: schneller, angestrengter wird, als würde er die Luft in sich hineinsaugen.

»Das Ding ist: Beim letzten Mal haben Sie über Willkür und Zufall geredet. Wie einem die Welt dadurch unsicher vorkommen kann.«

Und da steht er plötzlich auf und fängt an, im Zimmer auf und ab zu laufen.

»Das Ding ist, ich glaube, es war keiner.«

»Kein was?«

»Was ich sagen will – ich würde es nur zu gern als Zufall sehen. Aber ich glaube, da steckt mehr dahinter.« Und er reibt an der Stuhllehne herum.

»Wie meinen Sie das?«

»Glauben Sie an Karma?«, fragt er unvermittelt und starrt mich bleich und mit weit aufgerissenen Augen an.

»*Karma?*«

»Vielleicht hatte es einen Grund. Weil ich böse bin. Weil ich es verdient habe ...«

»Warum sollten Sie es verdient haben?«, frage ich sanft.

Mittlerweile holt er zwischen den Worten stoßweise Luft. Er setzt sich hin, springt wieder auf.

»Karma. Vielleicht wurden sie geschickt. Als Strafe. Zu

mir geschickt«, sagt er hastig, fährt sich mit beiden Händen durch die Haare.

Mir ist sonnenklar, was gleich passieren wird.

»Dan«, sage ich leise.

Er hört mich nicht.

»Dan«, sage ich noch einmal, diesmal lauter. »Sie müssen sich hinsetzen.«

Ich wiederhole die Aufforderung, aber er reagiert noch immer nicht. Seine Augen wirken glasig und verstört. Er schwitzt stark. Seine Stirn und der Nacken sind klatschnass.

»Es ist sehr wichtig, dass Sie sich jetzt auf Ihre Atmung konzentrieren«, sage ich klar und deutlich. »Ich möchte, dass Sie herkommen und sich setzen.«

Ich stehe auf und führe ihn zurück an seinen Platz.

»… und Ihren Pullover«, fahre ich fort, »den müssen Sie ausziehen.«

Er rührt sich nicht. Ich wiederhole die Anweisung, da hebt er die Arme über den Kopf wie ein Kind, und ich streife den Pullover darüber.

Im nächsten Moment springt er schon wieder auf, kann nicht still sitzen. Er knetet sich hektisch das Gesicht. Sein Atem geht jetzt unregelmäßig und schwer.

»Dan«, sage ich ein wenig lauter, »sehen Sie mich an. Sie – müssen – mich – ansehen.«

Seine Augen blicken wild, huschen durchs Zimmer, und eine Weile widersetzt er sich, kann sich auf nichts konzentrieren. Schließlich scheint er mich wieder wahrzunehmen.

»Wir werden jetzt zusammen atmen. Sie müssen Ihre Atmung verlangsamen. Jetzt sofort. Einatmen – zwei – drei. Ausatmen – zwei – drei.«

Das wiederhole ich immer wieder, klar und gefasst, bis sein Atem endlich ruhiger wird und sich an meinen angleicht.

Es ist schon eine Weile her, dass ein Patient während einer Sitzung mit mir eine ausgewachsene Panikattacke hatte; trotzdem weiß ich, was zu tun ist. Die Atmung kontrollieren. Die Kohlendioxidzufuhr drosseln. Hyperventilation verhindern. Im Lauf meiner Karriere hatte ich es mit vielen Angstpatienten zu tun, aber seine Reaktion an diesem Nachmittag gehört zu den heftigeren Paniksymptomen, die mir bis dahin untergekommen sind.

Als er sich beruhigt hat, reiche ich ihm seinen Pullover, und er streift ihn über. Er weiß, dass ich die Narben auf seinem Arm gesehen habe. Das tiefe Sprossenmuster der Schnitte vom Handgelenk über den gesamten Unterarm. Ein Kreuzraster aus alten weißen Narben und mehrere frische, erst kürzlich verschorfte Wunden, die kleine Punkte getrockneten Bluts auf seinem Shirtärmel hinterlassen haben.

Gerade als ich sie ansprechen will, fuchtelt er übertrieben mit der Hand. »Boah. Tut mir echt leid«, sagt er und lehnt sich zurück. »Das war voll der Billy-Bibbit-Moment, was?«

Als er mein verwirrtes Gesicht sieht, fügt er hinzu: »Aus dem Film? *Einer flog über das Kuckucksnest*?«

Ehe ich etwas erwidern kann, fragt er, ob so etwas schon mal einem anderen meiner Patienten passiert sei.

»Was ist mit dem Mädchen?«, fragt er. »Das immer vor mir dran ist? Warum ist sie hier? Kriegt sie auch manchmal Panik?«

Als ich ihm erkläre, dass ich über andere Patienten nicht sprechen darf, blickt er sich zerstreut um, als wollte er etwas anderes finden, etwas Neues, auf das er seine Aufmerksamkeit richten kann.

»Ihre Pflanzen sind tot.« Er nickt zur Fensterbank. »Was würde Freud zu einer Therapeutin sagen, die es nicht schafft, ihre Pflanzen am Leben zu halten?« Er schüttelt den Kopf.

Sein Ton wirkt unbekümmert, scherzhaft. »Hoffentlich kriegen Sie das bei Ihren Patienten besser hin.« Er wendet sich mir wieder zu. »Vielleicht sollte ich Anzeige erstatten?«, meint er.

Ich bin durcheinander, fühle mich auf dem falschen Fuß erwischt.

»Die Bewährungshelfer? Was denken Sie?«

Ich weiß, er will, dass ich mich seiner Sichtweise einer ungerechten Welt anschließe. Einer Welt, die ihn im Stich gelassen hat. Die Polizei. Das Rechtswesen. Das Justizsystem. Sie alle haben sich gegen ihn verschworen. Indem ich ihm zustimme, soll ich mich von diesen anderen Fachleuten abgrenzen und mich mit ihm verbünden.

Ich will etwas über meine Verwirrung sagen. Darüber, wie seine Wut sich auf Menschen richtet, die »ihre Arbeit nicht anständig machen«, statt auf seine Angreifer. Ich will eine Bemerkung dazu machen, dass sein Vorhaben einer Anzeige mir wie eine Warnung vorkommt. Weil *ich* meine Arbeit möglicherweise nicht anständig machen könnte. Doch in meiner Verunsicherung, welche dieser Gefühle zu mir und welche zu ihm gehören, scheine ich für keines die passenden Worte zu finden. Er spricht sehr schnell. Und mir ist, als wäre ich an irgendeiner Stelle abgehängt worden – würde rennend versuchen, wieder zu ihm aufzuschließen.

Ich hebe den Blick. Er redet noch immer. »… und dann hab ich noch mal den Brief über die sechs Sitzungen gelesen. Das hier ist meine zweite. Sechs reichen einfach nicht. Ich meine: Wie soll das gehen, nach dem, was mir passiert ist?«

Sein Tonfall hat sich verändert. Die Panik ist weg. Er sitzt groß und aufrecht da. Wirkt voller Selbstvertrauen und erfüllt von dem glorreichen Gefühl, Anspruch auf etwas zu haben. Was nach meiner Erfahrung häufig mit einer empfundenen

Entbehrung einhergeht. Ich denke an die unvorstellbaren Dinge, die Menschen widerfahren sind, wenn sie zu uns in die Therapie kommen. Ich denke an Mr. Begum, Matt Johnson und andere, deren Bilder und Erlebnisse mich bis heute verfolgen, obwohl ich weiß, dass das unwichtig ist. Wichtig ist, dass alle, was auch immer sie durchlitten haben, die gleichen sechs Sitzungen angeboten bekommen. Das heißt nicht, dass sie später nicht noch mehr haben können, aber unser Grundsatz lautet, dass jeder das Gleiche erhält, zu Beginn. Grenzen und *Containment*, eine Art Einhegung. So machen wir das immer.

Angestrengt erwidere ich Dans Blick. Die Uhr hinter seinem Kopf verrät mir, dass es an der Zeit ist. Wir müssen zum Ende kommen. Und als ich antworte, ist es, als kämen die Wörter einfach so aus meinem Mund, ohne irgendeinen Gedanken.

»Sie können so viele kriegen, wie Sie brauchen«, sage ich.

Er nickt befriedigt, dann steht er auf und geht, noch ehe ich Gelegenheit habe, die Sitzung zu beenden.

4

»Wieso nicht?«, will sie wissen. »Die Sachen gehören meiner Nachbarin. Sie sind praktisch noch neu.« Ehe ich etwas dazu sagen kann, rattert Stephanie eine Liste herunter: »Ein Babybett, haufenweise Kleidung, Spielsachen, ein Hochstuhl. Im Ernst, Samira braucht das *wirklich*.«

Wir sind in meinem Büro, am Montag nach meiner Sitzung mit Dan, und Stephanie erzählt mir ein wenig von Samira: von ihrem Geflüchtetenstatus, wie sie Somalia verlassen hat und dass ihr Mann und das ältere Kind in ihrem Dorf von militanten Kämpfern ermordet wurden. Sie spricht sehr schnell, und die Zornesröte steigt ihr ins Gesicht.

»Sie hat absolut nichts. Ihre Tochter kommt in schmutzigen Sachen hier rein, immer das gleiche Hemdchen und ein Rock. Als ich als Ehrenamtliche in den Camps von Calais geholfen habe, haben die Sachspenden total viel bewirkt. Wir konnten das Leben der Menschen zum Guten verändern.«

Kurz bin ich perplex. Ich könnte ihr einfach sagen, dass es vonseiten des Klinikträgers eine Richtlinie zu Geschenken an Patienten gibt, aber ich weiß, daraus würde sie nichts lernen.

»Hier geht es darum ...«, setze ich an. Und dann halte ich inne, weil ich nicht weiß, wo ich anfangen soll.

Aufrecht und adrett sitzt sie vor mir, den Stift in der Hand, wie eine Journalistin. Sie sieht mich erwartungsvoll an.

»Erinnern Sie sich noch, wie wir über unseren Ansatz gesprochen haben? Hier in der Abteilung?«

Erneut: enthusiastisches Nicken, aber ihre Miene wirkt ausdruckslos. Der Moment, in dem ihr ein Licht aufgeht, bleibt aus.

»Ja … aber ich weiß nicht so recht, was …«

»Unsere Arbeit setzt einen Schwerpunkt auf Grenzen; die fünfzigminütigen Sitzungen, der Verzicht, etwas von sich selbst preiszugeben, und die anfänglichen sechs Termine. Sechs Termine«, wiederhole ich. Und während ich spreche, nehme ich die Strenge in meiner Stimme wahr, als würde ich mich, nachdem ich bei Dan selbst davon abgewichen bin, irgendwie dafür tadeln. Ich erkläre ihr, dass wir mit Menschen, die im Chaos zu uns kommen, »gerade dank dieser Grenzen, *Regeln*, wenn Sie so wollen, unsere Arbeit machen können. Dank des Rahmens«, betone ich, »der um ein sehr unordentliches Bild entsteht.«

Sie schreibt etwas in ihr Notizbuch, wirkt aber nicht überzeugt. Sie kann sich nicht vorstellen, was das alles mit Babykleidung zu tun hat.

Es erinnert mich an meine eigene Einführung in den psychodynamischen Ansatz. Das war während eines Praktikums in Nordlondon, wo ich mich darüber wunderte, wie lange das Personal sich in Teambesprechungen den eigenen Gefühlen widmete, und wo ich aufgrund dieser unterstellten maßlosen Selbstbezogenheit die Augen verdrehte. Zunächst wetterte ich mit einer anderen Auszubildenden über das Modell. Gemeinsam verspotteten wir die strikten Grenzsetzungen. »Abgehoben. Pedantisch. Wozu soll das gut sein?«

Zwei Wochen später begleitete ich meine Betreuerin bei einem Hausbesuch. Eine Jugendliche mit Essstörung.

»Was soll *ich* während der Sitzung machen?«, wollte ich wissen, als wir den Wagen parkten.

Meine Betreuerin war eine kleine zierliche Frau mit unerschütterlicher Arbeitsmoral.

»Beobachte einfach«, erwiderte sie knapp. »Und richte deine Aufmerksamkeit auf dich selbst.«

Auf mich selbst?

Als wir die Einfahrt zu einer gepflegten Doppelhaushälfte entlanggingen, sagte sie noch: »Nutz deine eigenen Gefühle als Informationsquelle.«

Das Mädchen hatte ein blasses hageres Gesicht und trug einen schlabberigen rosa Trainingsanzug. Während meine Betreuerin auf dem Sofa saß und mit ihr sprach, überkam mich das heftige Gefühl, ausgeschlossen zu sein. Außerhalb zu stehen. Und je deutlicher ich das empfand, desto ängstlicher wurde ich. Je vehementer ich versuchte, einen Weg zurück nach drinnen zu finden, desto unbeteiligter kam ich mir vor. Ich bemühte mich zuzuhören – *eine Familie, die in vier Jahren dreimal umgezogen war ... der Vater beim Militär ... Schwierigkeiten, sich in der neuen Schule einzuleben ... keine Freunde* –, doch das Gefühl der Entfremdung wurde bloß umso stärker. Ich hatte Kopfschmerzen, konnte mich nicht konzentrieren. Ich fühlte mich nutzlos und überflüssig. *Gefühle als Informationsquelle.* Dann löste sich irgendetwas in mir.

Auf einmal sah ich über das akribische Abwiegen der Speisen hinaus, über das gnadenlose Sportprogramm, und ich begriff, dass ich bis zu einem gewissen Grad spürte, wie es war, dieses junge Mädchen zu sein: ängstlich, ohne Kontrolle und von dem Wunsch erfüllt, sich kleiner zu machen, in ein Leben zu passen, das sich nicht wie ihr eigenes anfühlte. Obwohl ich die Theorie noch nicht kannte, kam mir das alles seltsam vertraut vor, als würde man den Arm in einen lieb gewonnenen Mantel schieben. Meine gesamte Kindheit über hatte ich winzige Grenzen errichtet, kleine Rahmen rund ums Chaos gezogen. Banale, sinnlose Tätigkeiten, dank derer ich mit meiner Furcht umgehen konnte: einen bestimmten Buchstaben des Alphabets hinten auf der Müslipackung zählen, das Webmuster einer Sofalehne studieren, mein Zimmer sauber und ordentlich halten.

Nach diesem Hausbesuch legte sich bei mir ein Schalter um. Ich las die Bücher und meldete mich anschließend für zwei fachliche Weiterbildungen in Psychodynamik an. Ein Rahmen rund um das Chaos? Endlich fühlte ich mich zu Hause.

Nun mustere ich Stephanie in ihrer schicken, bis oben hin zugeknöpften Strickjacke. Ich nehme den farbkodierten Ringordner auf ihrem Schoß wahr. Ich stelle sie mir bei früheren Praktika vor. Ihre Freude, den Patienten helfen zu können. Ihr Gefallen an den klaren Behandlungszielen und am Einsatz von Bewertungsskalen, um den Fortschritt der Patienten festzuhalten und die eigene Effektivität zu messen. All diese Struktur und Gewissheit sind verführerisch. Oft bin ich selbst neidisch darauf.

Behutsam erinnere ich Stephanie an die Bedeutung der weißen Wand. »Eine Leerstelle, die mit dem Bild gefüllt wird, das die Patienten mitbringen, was immer das auch sein mag. Je weniger sie über uns wissen, desto eher ist das möglich.« Ich schweige kurz. »Dieser Ansatz mag Ihnen nach der Ausrichtung Ihrer vorherigen Stellen schwierig erscheinen«, merke ich vorsichtig an. Es ist wie eine ausgestreckte Hand, ein Angebot. Die Möglichkeit für sie, etwas zu sagen. Doch als ich sie ansehe, ist da nichts. Kein Hauch von Unsicherheit, keinerlei Andeutung, dass sie die Konzepte kompliziert findet. Ihre Miene ist undurchdringlich. Eine Maske der Kompetenz. In diesem Augenblick erinnert sie mich an meine Tochter. Wie Carolyns Sachverstand sie vor Verletzlichkeit schützt, und wie ich manchmal einen verunsicherten Blick über ihr Gesicht huschen sehe, aber immer wenn ich ihn einzufangen versuche, entschlüpft er mir, schmetterlingshaft, direkt unter den Fingern.

»Was denken Sie, welche Auswirkungen könnten diese Geschenke auf die Gegenübertragung haben?«, frage ich.

»Die Gegenübertragung?«, wiederholt Stephanie. Hilfesuchend starrt sie in ihren Ordner.

Plötzlich frustriert mich ihre Undurchschaubarkeit. Ihre Weigerung, verletzlich genug zu sein, um etwas zu lernen. Dann begreife ich, dass dieses Gefühl tiefer geht. Etwas Grausames zerrt an mir. Ich wehre den Drang ab, es auszusitzen, während sie nach Antworten sucht, die sie in ihrem Ordner nicht finden wird. Einfach zuzusehen, wie sie sich durch ihr demütigendes Nichtwissen quält.

»Es geht um die Gefühle, die *uns* während der Sitzung überkommen«, erläutere ich. »In gewisser Weise sind sie ein Hinweis darauf, was der Patient möglicherweise fühlt.«

Sie nickt.

»Wir alle wiederholen Dinge, die uns vertraut sind«, fahre ich fort, »auch die Patientinnen und Patienten. Der Therapieraum kann ein Ort sein, an dem sie alle möglichen verworrenen Gefühle der Vergangenheit noch einmal ausleben können.«

»Ja natürlich. Jetzt erinnere ich mich«, meint Stephanie munter. »Das ist wirklich hilfreich.« Sie holt Luft. »Und was ist jetzt mit den ganzen Babysachen? Wie kriege ich die zu Samira?« Sie nimmt ihren Stift wieder zur Hand. »Die Kleider sind kaum getragen: Boden, Monsoon, BabyGap«, zählt sie auf, als könnte das den Ausschlag geben.

Als ich mich in meinen Stuhl zurücksinken lasse, spüre ich eine gewisse Schwere.

»Gut. Erzählen Sie mir etwas mehr über Ihren Wunsch, Samira diese Sachen zu geben.«

Sie starrt mich an. »Na ja, sie braucht sie halt. Das ist ein klarer Fall, oder? So kann ich ihr helfen. So kann man etwas für sie bewirken. Ihre Familie – was ihr zugestoßen ist«, und wieder höre ich die Ergriffenheit in Stephanies Stimme. »Wenigstens hat sie dann ein paar Kleider, Spielsachen, ein Bett für ihr Kind.«

Ich hebe die Hand. »Was geht jetzt gerade in Ihnen vor?«

»In *mir*? Wie meinen Sie das?«, entgegnet sie abwehrend, als wäre das eine Fangfrage.

»Sie reden sehr schnell. Holen kaum Luft. Wie fühlen *Sie* sich?«

»Was hat denn das jetzt damit zu tun?«

»Sagen Sie es mir. Wie fühlen Sie sich?«

Sie sieht mich zweifelnd an. »Na ja ... ich will einfach nur helfen.«

»Und das Gefühl?«

Sie braucht einen Moment für die Antwort.

»Überwältigt«, sagt sie dann. »Ich fühle mich überwältigt – und hilflos.«

Ich nicke. »Die Möglichkeit, ihr diese Dinge zu geben und etwas für sie zu bewirken, könnte also dazu führen, dass Sie sich weniger überwältigt fühlen?«, rege ich an. »Weniger hilflos?«

»Nun ja – es ist immerhin etwas, oder?«

»Nehmen wir einmal an, diese Hilflosigkeit stammt von Samira. Und Sie nehmen sie auf. Ihre Aufgabe ist es jetzt, das Gefühl zu nutzen, um ihr bei *ihren* Gefühlen zu helfen. Ihr die Babysachen zu geben, trägt vielleicht gar nicht dazu bei, dass Samira sich irgendwie anders fühlt – aber eventuell fühlen *Sie* sich dadurch besser.«

Stephanie wirkt schockiert. »Wollen Sie damit sagen, es geht hier um mich?«

»Nicht bewusst«, erwidere ich unbeeindruckt. »Aber in gewisser Weise ja. Es ist eine Reaktion auf die Hilflosigkeit. Eine Strategie, um sich davon abzulenken, was Samira Schreckliches durchgemacht hat. Wäre es nicht wunderbar, wenn eine Tasche voller Spielzeug und Kleidung einer Frau helfen könnte, die vergewaltigt wurde und zusehen musste, wie zwei ihrer engsten Angehörigen gewaltsam starben?« Kurz halte ich inne. »Verstehen Sie, was ich damit sagen will?«

Ihre Augen funkeln. »Ich behaupte ja gar nicht, dass eine Tasche voll Kleidung einen Unterschied macht.«

»Und wenn Sie Samira die Kleidertasche wirklich geben würden, was denken Sie, was Sie dadurch für Samira werden?«

»Ich wäre hilfreich? *Freundlich?*«, entgegnet sie gereizt.

»Richtig. Sie werden zu ihrer Wohltäterin. Und das verändert unwiderruflich die therapeutische Beziehung. Es wird Ihnen unmöglich, die schwierigen Themen anzugehen, die Sie erwarten. Übertragung geht nicht unbedingt mit angenehmen Gefühlen einher.«

Stephanie sitzt angespannt auf ihrem Stuhl.

»Samira sind schlimme Dinge widerfahren. Ihr Erleben ist düster und undurchsichtig. Wie ein See. Sie können ihn umrunden, auf Dinge in mittlerer Entfernung zeigen, sich ausmalen, was am Grund lauern mag. Irgendwann werden Sie mit ihr in das dunkle Wasser steigen müssen. Es so fühlen, wie sie es fühlt. Und es wird schrecklich sein.«

Sie starrt mich an. Die Hände in ihrem Schoß sind ineinander verkrampft.

Ich versuche es mit einem Richtungswechsel. »Einer der Aufsätze, die ich Ihnen empfohlen habe – der von Bion?«

Sie schreibt sich den Namen auf.

»Er hat mit Soldaten gearbeitet, die im Zweiten Weltkrieg traumatisiert wurden. Ich schlage vor, Sie sehen es sich noch einmal an. Da geht es um Containment, und in diesem Zusammenhang bedeutet das, die Gefühle traumatisierter Patienten aufzunehmen. Ein Teil des Genesungsprozesses besteht darin, in den See zu steigen, aber das reicht nicht aus. Sie müssen ihr auch helfen, wieder dort herauszukommen. Das Schlimme wieder in ihr Leben zu integrieren.«

Stephanie starrt mich weiterhin an, eine kleine angespannte Furche auf der Stirn.

Einen Augenblick herrscht Schweigen.

»Das ist mir alles neu«, sagt sie leise und legt den Stift beiseite; ihre Hände sinken auf dem Ordner zusammen. Es ist eine kleine Geste der Niederlage, und zum ersten Mal fühle ich so etwas wie Wärme ihr gegenüber.

»Aber ich glaube, ich verstehe jetzt, was Sie sagen wollen«, fährt sie fort. »Wenn ich so arbeiten möchte, mit diesem Modell, muss ich aufhören, die gute Fee spielen zu wollen.«

Ich lächle und erzähle ihr von Freud. Dass er viel übers Schenken zu sagen hatte. »Er hat von den *Übertragungsstürmen* geschrieben, die durch den simplen Austausch eines Gegenstands entstehen.«

Geschenke verändern etwas, erkläre ich ihr.

Gemeinsam überlegen wir uns eine Alternative. Sie wird die Sachen an das Gemeindezentrum in Samiras Nähe spenden und dann die verantwortliche Sozialarbeiterin informieren, sodass Samira sich alles Nötige von ihrer Beihilfe kaufen kann. Ich versichere Stephanie, dass ich ihren Wunsch nachvollziehen kann, andere zu retten und aufzufangen.

»Ihr Sachen zu schenken, wäre hilfsbereit und freundlich«, sage ich behutsam, »aber das ist nicht Ihre Aufgabe.«

In den letzten paar Minuten unseres Gesprächs frage ich sie, ob ihr bei der Arbeit mit Samira noch etwas anderes aufgefallen ist. Ich erzähle, dass mein Supervisor immer sehr darauf achtet, wie etwas anfängt. »›Im Anfang ist alles angelegt‹, sagt er immer.«

Stephanie wirkt überrascht, dass ich einen Supervisor habe.

»Jeder braucht Supervision«, betone ich. »Das Unbewusste ist uns nicht zugänglich, es liegt im Verborgenen. Oft können wir nicht sehen, was sich direkt vor unseren Augen abspielt.« Ich dränge weiter. »Gab es irgendetwas Auffälliges bei der Überweisung? Oder zu Beginn ihrer Therapie?«

Stephanie zögert. »Sie kam zu spät zur ersten Sitzung«, erinnert sie sich dann. »Sie hat das Gebäude nicht gefunden. Und weil sie ihre Überweisung vergessen hatte, wusste sie nicht, wo im Krankenhaus unsere Abteilung ist. Der Hauptempfang hat rumtelefoniert und irgendwann Paula erreicht.«

Eine kurze Pause.

»Also«, sage ich ruhig und strecke die Hände aus, mit den Handflächen nach oben, »wusste sie nicht wohin.«

Als Stephanie ihre Unterlagen zusammenpackt, fragt sie mich nach dem Blog. »Wer ist dieser Matt Johnson?«

»Er war mein Patient. Vor ein paar Jahren. Damals war er neunzehn, Student an der Kent University und kurz zuvor für einen Studienaustausch in Seattle gewesen.« Kurz halte ich inne und denke zurück. »Da war ein Amokläufer auf dem Campus.«

Stephanie sitzt sehr still und umarmt den Rucksack auf ihrem Schoß.

»Matt war mit seinem besten Freund dort. Sie hatten sich

unter einem Tisch in einem der Seminarräume versteckt, als der Schütze reinkam. Er kniete sich hin und richtete die Waffe auf Matt. Dann, ohne ersichtlichen Grund, schwenkte er nach links und erschoss stattdessen seinen besten Freund. Danach stand er ruhig auf und ging weiter. Matt war körperlich unversehrt, aber von dem Erlebten zutiefst traumatisiert. Die üblichen PTBS-Symptome, aber er wurde auch von einem entsetzlichen Überlebensschuld-Syndrom gequält. Als er nach Großbritannien zurückkam, war er katatonisch.«

Stephanie schüttelt fassungslos den Kopf.

Ich denke daran, wie ich ihn zum ersten Mal sah, an den grauenhaften Anblick eines jungen Mannes von einem Meter achtzig, bleich und stumm, der zusammengerollt wie ein Fötus auf der geschlossenen Abteilung der Psychiatrie lag.

»Und dann?«, fragt Stephanie leise.

»Ich habe ihn ein Jahr lang therapiert. Zunächst im Krankenhaus, dann zu Hause. Irgendwann war er in der Lage, herzukommen und sich hier von mir behandeln zu lassen.« Ich lächle. »Das war vor ein paar Jahren. Wie ich schon sagte, inzwischen ist er Assistenzarzt und arbeitet in der Notfallmedizin.«

»Wie sind Sie vorgegangen?«

Ich überlege einen Moment und rufe mir die vielen Stunden in Erinnerung, in denen ich ihm dabei zusah, wie er langsam wieder aus sich selbst herauskroch.

»Der dunkle See«, antworte ich schlicht. »Wir sind hineingestiegen. Irgendwann sind wir wieder aufgetaucht. Durch die Katatonie hatte er alles von sich abgespalten. Alle Gefühle waren weg. Wir mussten sie zurückholen, damit er wieder aufleben konnte. Er erinnerte sich an jedes Detail: an das Wollgewebe der Sturmhaube des Schützen, an den Geruch seines Atems und die kleinen braunen Sprenkel in seinen

Augen. Es war alles da. Jeder einzelne grauenvolle Moment. Die Sitzungen boten ihm einen geschützten *Rahmen*, der ihn erkennen ließ, dass die Welt, trotz dieser vernichtenden Erfahrung, insgesamt ein guter Ort war. Ein sicherer, geordneter und berechenbarer Ort. Ein Ort, an dem er sich entschließen konnte, wieder zu leben.«

»Das ist unglaublich«, sagt sie ehrfürchtig, »eine solche Arbeit zu machen. Das kann ich mir nicht vorstellen.«

»Damals hatte ich schon zwanzig Jahre Berufserfahrung. Hier in dieser Abteilung«, sage ich. »Und überhaupt«, ich schüttle den Kopf, »wenn irgendjemand unglaublich war, dann er. Er war mutig und klug. Inspirierend. Sein Blog handelt vom Trauma. Er schreibt über seine Erfahrungen als Patient, über unsere Arbeit hier, über unser Behandlungsmodell, aber auch über seinen eigenen Beruf als Notfallmediziner. Und er schafft Querverbindungen zwischen seinem jetzigen Leben und der damaligen Situation.«

Stephanie sieht blass aus. »All diese Geschichten ...« Sie verstummt kurz. »Die sind alle so schrecklich.«

Ich nicke. »Es ist nicht einfach, in dieser Abteilung zu arbeiten. Die Menschen kommen mit sehr schmerzlichen Lebenserfahrungen zu uns. Das kann die eigene Weltsicht verzerren, und es mag der Eindruck entstehen, solche Vorkommnisse wären normal, alltäglich.«

Ich ermuntere sie, sich Matt Johnsons Blog anzusehen. »Er ist wirklich gut. Und es hilft, sich auf unsere Erfolgsgeschichten zu besinnen – die positiven Resultate, bei so vielen komplexen Fällen. Die Menschen verlassen uns auch wieder«, sage ich. »Irgendwann geht es ihnen besser.«

*

Ich habe Zeit, auswärts zu Mittag zu essen. Es ist eine Erleichterung, aus dem Krankenhaus rauszukommen. Die Kantine liegt im vierten Stock, und ich habe schon zu viele Aufzugfahrten dorthin gemacht, eng neben postoperative Patients gequetscht. Gestärkte weiße Laken über durch die Narkose bewegungsunfähigen Körpern, geschlossene Augen, schlaff hin und her pendelnde Köpfe und weit geöffnete Münder. Das regt nicht unbedingt den Appetit an.

Als ich zum Café auf der anderen Straßenseite laufe, fällt mir auf, dass Matt Johnson damals kaum älter war, als Tom es heute wäre. Dann wandern meine Gedanken fast augenblicklich zu Dan; seine Panikattacken, die Schnittverletzungen, sein plötzlicher Stimmungsumschwung und wie ich ihm letztlich genau das gegeben habe, was er wollte. Ich ringe darum, meine Gedanken zu ordnen, als hätte ich all die richtigen Zutaten vor mir liegen, könnte sie aber nicht in eine Mahlzeit verwandeln.

Im Café steht ein Kühlschrank mit abgepackten Sandwiches zum Mitnehmen. Wie ich sie da alle in ihren säuberlichen Reihen sehe, muss ich an Carolyn und ihr Schulprojekt im letzten Grundschuljahr denken. Jede Klasse hatte eine Woche Zeit, um Spenden für eine zuvor bestimmte Wohltätigkeitsorganisation zu sammeln, und alle Kinder ließen sich unterschiedliche Geschäftsideen einfallen, um Geld zu verdienen. Carolyns war ein Sandwich-Lieferdienst, für den sie mittags belegte Brote in die Büros rund um die Schule brachte. Ein Lehrer begleitete sie dabei, aber Carolyn und ihre beste Freundin Penny schmierten alle Sandwiches morgens vor der Schule selbst. Hohe Sandwich-Türme mit Eiern und Kresse, Thunfisch und Gurke, Käse und eingelegtem Gemüse. Ich weiß noch, wie sie damals am Küchentisch stand. Ihr kleines ernstes Gesicht und der konzentrierte

Blick, während sie Tomaten schnitt und Brotscheiben vorbereitete. »In Dreiecken«, sagte sie. »Das sieht besser aus, finde ich.«

Jeden Morgen arbeiteten sie zwei Stunden, verkauften die Sandwiches zur Mittagszeit und kamen dann nach der Schule nach Hause, um ihre Einnahmen zu zählen. Am Donnerstag kam Carolyn allein zurück.

»Wo ist Penny?«, fragte ich.

Es dauerte einen Moment, ehe sie antwortete, und ich sah ihr an, dass sie die Fassung zu wahren versuchte.

»Sie wollte heute nicht mitkommen. Wollte lieber bei Suzannes Tombola helfen«, sagte sie mit erstickter Stimme. »Sie meinte, ich kommandiere sie zu viel herum.« Dann geschah es, ihr Kinn zitterte ein wenig, und kurz darauf fing sie an, heftig zu schluchzen, dass es ihren ganzen Körper schüttelte. Es tat mir in der Seele weh. Aber sobald ich neben ihr stand, war es vorbei. Ihre Trauer und Enttäuschung waren bereits ordentlich weggesteckt, wie die zusammengefalteten Servietten für ihre Sandwiches. Ich zog sie an mich. Ganz kurz gab sie nach. Dann versteiften sich ihre Schultern, auf Selbstgenügsamkeit getrimmt.

Als sie sich gegen meine Umarmung sträubte, ließ ich den Arm sinken. Sie war zehn Jahre alt. Ich hätte stärker festhalten sollen.

Hinter mir ertönt eine Stimme. Ein Mann versucht, an mir vorbei in den Kühlschrank zu greifen. Ich nehme mir ein Sandwich mit Feta und Salat und gehe zur Kasse.

5

»Anhänglich«, so beschrieb eine der Erzieherinnen Tom in der Kita.

Sie stand im Türrahmen, die Haare zu Zöpfen geflochten, mit einem rotwangigen Baby auf dem Arm. »Das kennen wir schon«, meinte sie, »am Ende gewöhnen sie sich alle gut ein. Machen Sie sich keine Sorgen.« Und sie tätschelte mir den Arm. »Manche Kinder sind einfach anhänglicher als andere.«

Vor dem Klang des Wortes schreckte ich zurück. Umso mehr, da sie es so nervig betonte, »aaanhänglich«, mit einem übertrieben langen »a«. Mein Blick wanderte über die Schleifen in ihren Zöpfen und den rosa Nagellack. Sie sah aus wie zwölf. Lebhaft plapperte sie weiter vom »Modul zur Bindungstheorie«, das sie in der Ausbildung gehabt hatte. Ich starrte sie fassungslos an, während sie mir alles über Bowlby und Übergangsobjekte erzählte.

Ich lächelte. »Das klingt wirklich interessant«, sagte ich gepresst. »Es ist nur: Bücher können sehr hilfreich sein, aber ich bin seine Mutter. Na ja, und … man kann das wirklich nicht nachempfinden, bis man nicht selbst ein Kind hat.«

Ich schenkte ihr ein weiteres Lächeln; mein Tonfall war spitz, aber sie schien so zufrieden mit sich, dass sie es nicht bemerkte.

»Das erleben wir immer mal wieder«, versicherte sie.

»Und nach unserer Erfahrung ist es wirklich das Beste, einfach ›kurzen Prozess‹ zu machen.«

»*Kurzen Prozess?*«, wiederholte ich.

»Geben Sie ihm einen Kuss und nehmen Sie ihn noch mal in den Arm, und dann gehen Sie. Schauen Sie sich nicht mehr nach ihm um. Raus aus der Tür, mit so wenig Getue wie möglich. So wie Sie es auch bei Carolyn machen.«

»Carolyn ist anders«, entgegnete ich. »Tom gerät außer sich. Sie haben ihn ja gesehen, wie er sich wehrt und schreit, wenn ich ihn abgeben will. Carolyn macht das nicht.«

Sie nickte. »Möglichst kurzer Prozess«, wiederholte sie munter. »Unserer Erfahrung nach leben sich die Kinder so viel schneller ein. Wenn Sie es hinauszögern, machen Sie es nur schlimmer.« Sie lächelte wissend. Selbstgefällig. »Carolyn. Die ist ein glückliches kleines Ding. So unabhängig. Sie weiß genau, was sie will. Kürzlich haben wir noch gescherzt: Die wird mal die nächste Premierministerin, so wie sie beim Nachmittagssnack den Vorsitz über die Sandwiches führt.«

»In Bezug auf Tom haben Sie sicher recht«, meinte ich rasch, »aber ich würde demnächst gern mal mit Gillian sprechen.«

Gillian war die Leiterin, und ich wollte mit jemandem reden, der zumindest alt genug *aussah*, um eigene Kinder zu haben.

»Klar«, erwiderte die Erzieherin, offensichtlich verärgert. »Wissen Sie«, fuhr sie dann fort und schob sich das Baby auf die andere Hüfte, »gerade dachte ich: Als der Papa ihn letzte Woche gebracht hat, da war es viel leichter. Vielleicht könnte der Papa ihn öfter mal bringen? Und wir gucken, wie das klappt? Bei ihm war Tom viel weniger anhänglich. Das ist uns allen aufgefallen. Könnte der Papa ihn nicht bringen?«

Papa. Papa. Papa. Und dann schon wieder dieses Wort.

Anhänglich? Am liebsten hätte ich ausgeholt und es ihr aus dem Mund geschlagen.

Sie haben ja keine Vorstellung, wollte ich sagen. Sie sind doch noch ein Kind. Völlig ahnungslos. Welche Mutter würden die Schluchzer des eigenen Sohnes nicht quälen? Während sie seine kleinen Finger gewaltsam aus ihren Haaren, von ihrem Mantel lösen muss, ihm den Daumen entwinden, den er umklammert hält? Ich schiebe die Hände tiefer in die Manteltaschen, zu festen Fäusten geballt.

»Kennen Sie Jennifer?«, fragte die Erzieherin. »Sie hatte anfangs furchtbare Schwierigkeiten, Sam abzugeben, aber dann hat sie sich an unsere Ratschläge gehalten, und es lief super. Er hat sich im Handumdrehen eingewöhnt«, und zur Untermalung schnipste sie so laut mit den Fingern, dass das Baby auf ihrem Arm überrascht zusammenzuckte. »Vielleicht sollten Sie sich mal mit ihr unterhalten? Könnte hilfreich sein.«

Ich hatte keinerlei Verlangen, mit Jennifer zu reden. Ich wusste genau, wer sie war. Eine von den »Fitness-Mums«: Bis in ihre Dreißiger hinein verfolgten sie hochrangige Powerfrau-Karrieren, und dann gaben sie ihre Stellen auf, um Kinder zu kriegen. Jennifers Mann hatte einen Job »in der City«, und obwohl sie die Betreuung nicht nötig hatte, um selbst arbeiten zu gehen, brachte sie Sam in die Kita, damit er Kontakt zu anderen Kindern bekam und mit ihnen spielen konnte. »Das ist gut für ihn«, sagte sie immer. Worüber sie nicht so offen sprach, war ihr Bedürfnis nach »Me-Time«. Ich hatte einmal mitbekommen, wie sie den Begriff beim Abholen benutzte, als sie ihren Terminplan aus Pilates, Yoga und Trainingseinheiten für ihren Halbmarathon erörterte. Jeder Bereich in Jennifers Leben schien einem minutiösen Projektmanagement unterworfen: ihre gesellschaftlichen Verpflichtungen, ihr Haushalt und ihre Kinder funktionierten allesamt nach einem akribischen Plan. Manchmal sah ich sie morgens mit anderen Müttern vorbeimarschieren, wie sie mit entschlossener Tüchtigkeit ihre Buggys vor sich herschoben, bestens gewappnet für den »kurzen Prozess« – als wollten sie gleich ein Hühnchen schlachten.

Ich verabredete ein Treffen mit Gillian. Doch als es so weit war, hatte es noch ein paar weitere quälende morgendliche Übergaben gegeben; erst Toms Zusammenbruch, dann meiner. Ich hatte die Blicke auf mir gespürt, wenn ich ihn auf meinem Schoß in den Armen hielt. Die mitleidigen Mienen anderer Mütter, die fröhlich ihren Sprösslingen zuwinkten, während ich dasaß und Tränen wegwischte, ihn in seinen fast schon hysterischen Anfällen beschwichtigte, sobald ich auch nur versuchte, ihn auf dem Spielteppich abzusetzen. Ich hatte das »Psssst« gehört, mit dem die Kita-Tanten für gewöhnlich auf unseren Lärm reagierten. Obwohl wir uns unauffällig in eine Ecke verzogen, bewegten sie sich mit viel Brimborium um uns herum, als wären Tom und ich ein Sattelschlepper, der den Verkehrsfluss behindert.

Als Gillian und ich uns dann trafen, um »die Situation zu besprechen«, war mir gleich klar, dass der Wind sich gedreht hatte. Man hatte mir bereits die Rolle der überbehütenden Mutter zugewiesen. Der weinerlichen, emotionalen Mutter, die sich nicht lösen, die nicht loslassen konnte. Gillian hörte mir zu, den Kopf leicht zur Seite geneigt.

»Es *ist* auch schwierig, Ruth«, sagte sie, aber ich sah ihr an, was gleich kommen würde. Noch mehr *kurzer Prozess*. »Wirklich, wir haben immer wieder erlebt, dass das funktioniert.«

»Es ist nur so: Ich kenne mein Kind«, erwiderte ich. »Ich glaube nicht, dass es bei *ihm* funktionieren würde. Ich glaube, er ist einfach noch nicht so weit.«

Sie nickte freundlich, beugte sich dann vor und legte mir eine Hand auf den Arm. »Vielleicht ist tatsächlich noch nicht der richtige Zeitpunkt«, murmelte sie. »Vielleicht sind *Sie* noch nicht ganz so weit. Wir sagen all unseren Müttern, dass sie tun müssen, was richtig für sie selbst ist. Das ist alles total individuell. Aber in jedem Fall brauchen wir bald einen Plan.« Ihre Hand auf meinem Arm fühlte sich heiß an, und ich musste mich sehr zusammenreißen, um sie nicht abzuschütteln.

»Wir haben hier dreißig Kinder, und wenn all deren Eltern ihr eigenes Ding machen würden … Mannomann«, meinte sie und ließ die Finger wie kleine Feuerwerke in die Luft schießen. »Das wäre das reinste Chaos. Wir brauchen Routine.« Sie warf mir einen langen Blick zu. »Die Problematik« – so nannte sie meine Gefühlsausbrüche und sein Geschrei – »wird für die anderen Kinder langsam zur Belastung.«

David schlug vor, bis zu den Ferien abzuwarten. »Vielleicht gewöhnt er sich ja noch dran? Oder ich lege ein paar Termine um und sehe zu, dass ich ihn morgens öfter bringen kann?«

Ich antwortete nicht einmal darauf. Ich wollte seinen Worten nicht zustimmen, die ich als indirekte Kritik auffasste. Ich hatte mich entschieden. Noch am selben Wochenende fing ich an, nach einer Tagesmutter zu suchen, sprach mit sechs potenziellen Kandidatinnen und blätterte mehr als üblich für eine hin, die schon in der Folgewoche anfangen konnte. Einen Monat später wurde David dann eine Vertretungsstelle in Oxford angeboten, sodass er drei Nächte die Woche nicht in London war. Es war eine Erleichterung, die Tagesmutter zu haben.

Tom war zu Hause viel zufriedener, mit all seinen Sachen. Und Carolyn schien es auch gut zu gehen. Im Rückblick schäme ich mich zuzugeben, dass ich mir um sie kaum Gedanken machte. Etwa ob die Kita und ihre neu gewonnenen Freundinnen und Freunde ihr fehlen würden. Es kam mir schlicht nicht in den Sinn. Außerdem hätten wir uns beides zugleich gar nicht leisten können.

*

Was auch immer Carolyn heute dazu sagen würde – und in der Tat hatte sie stets eine Menge zu dem Thema zu sagen –, ich habe ihr Tom nicht vorgezogen. Ich sah einfach, dass die beiden unterschiedliche Bedürfnisse hatten und dass er mich mehr brauchte, und auf eine ganz andere Art.

Tom hat sich grundsätzlich um alles Sorgen gemacht. Als die Zwillinge noch klein waren und wir ihnen Gutenachtgeschichten vorlasen, bangte er stets übertrieben um das Schicksal der Figuren. *Kleiner Hase Tom* war die Geschichte von einem im Regen vergessenen Stofftier. Tom kannte und liebte sie, mit ihrem guten, versöhnlichen Ende, aber jedes Mal, wenn der Kuschelhase im Regen auf der harten Steinmauer zurückgelassen wurde, blickte einen Toms kleines Kindergesicht tief bestürzt an. So war es mit allen Erzählungen von vermissten Dingen: die verlegte Giraffe, der im Bus vergessene Teddybär – das Nebeneinander von Verlust und Versöhnung fesselte und erschreckte ihn gleichermaßen.

Am ersten Schultag der Zwillinge war Carolyn früh wach und noch vor dem Frühstück in Schuluniform, geschniegelt und gestriegelt. Als wir durchs Schultor traten, hielt ich ihre Hand, doch ihre Finger wanden sich schon ungeduldig aus meinem Griff. Sie suchte und fand ihre in Reihe aufgestellte Klasse und nahm ordentlich ihren Platz zwischen den anderen Kindern ein. Als es Zeit wurde, ins Gebäude zu gehen, war sie weg, ohne auch nur einen Blick über die Schulter zu werfen.

Für Tom war es anders. Er klammerte sich an meiner Hand fest, und den ganzen Weg den Hügel hinauf stellte er immerfort die gleichen Fragen: Wann war die Schule zu Ende? Wo würde ich dann stehen? Wie sollte er mich über all die großen Menschen hinweg sehen? Würde ich auch *wirklich* da sein? Was, wenn nicht? Was sollte er dann tun?

Nachdem Carolyn glücklich im Klassenzimmer verschwunden war und man die letzten zaghaften Kinder hineingelockt hatte, hing Tom noch immer wie ein zusammengekauertes Äffchen in meinen Armen, die Hände fest um meine gekrampft. Oft, wenn er schließlich gegangen war, entdeckte ich die Mondsicheln, die seine Fingernägel in meinen Handflächen hinterlassen hatten, oder den tiefen Abdruck meines Rings auf der Haut, weil er derart stark zugedrückt hatte.

Um ihn von mir loszueisen, gab ich ihm an diesem ersten Tag schließlich mein Portemonnaie; es war ein langes rotes mit goldener Schließe, die klickend auf- und zuschnappte.

»Das hier kannst du mitnehmen«, sagte ich und drückte es ihm in die Hand. »Dann weißt du, dass ich auch bestimmt wiederkomme.«

Seine Lehrerin Mrs. Flynn meinte, er dürfe es im Unterricht dabeihaben, und den ganzen Vormittag über malte ich mir aus, wie er an seinem Tisch saß und die glänzende Goldschließe öffnete und schloss, die Minuten bis Schulschluss verklicken ließ.

Heute frage ich mich, was ich wohl denken würde, hätte ein Patient mir diese Geschichte erzählt. Welche Schlüsse würde ich daraus ziehen? Würde ich über die Trennungsangst des Jungen nachdenken? Und was hielte ich von der

Mutter, die ihr Portemonnaie als »Übergangsobjekt« hergab? Warum glaubte sie, der Junge brauche eine Garantie für ihre Rückkehr? Würde ich mehr über diese Mutter erfahren wollen? Über ihre eigenen Trennungsängste? Ihre eigenen Bezugspersonen und Erfahrungen mit sicherer Bindung?

Damals stellte ich mir keine dieser Fragen. Ich tat, was von mir verlangt wurde. Wenn er mich brauchte, war ich da. Wenn er ängstlich und verunsichert war, war ich da. Ich arbeitete Teilzeit, sodass ich das Bringen und Abholen in meinen Tagesablauf integrieren konnte. An drei von fünf Tagen war ich zu Hause, wenn die beiden aus der Schule kamen. Schon bald wurde deutlich, dass Tom sich mit der starren Schulstruktur schwertat. Sport, der Unterricht im Klassenraum, schon der Schulbesuch an sich waren allesamt Beispiele für große, durchorganisierte Unternehmungen, die er zu hassen schien. Vielleicht lag es an der herrschenden Herdenmentalität; aber sicher auch an dem Druck, in einer Gruppe zu funktionieren. Wenn ich ihn fragte, was ihm am besten gefiele, meinte er immer: »die große Pause«, die er damit zubrachte, dem Gärtner beim Umgraben der Beete zu helfen. Regentage, an denen die ganze Klasse drinnen eingepfercht blieb, fand er unerträglich.

Während der Grundschulzeit der Zwillinge begann meine Mutter ihren vierten und, wie sich herausstellen sollte, letzten Alkoholentzug. Diesmal war es ein auf zwölf Wochen ausgelegter Aufenthalt in Taos, New Mexico. Sie zeigte mir Fotos von einem großen roten Lehmziegelhaus im Schatten amerikanischer Pappeln. Die Entziehungskur setzte klare Grenzen.

»Tut mir leid«, erklärte sie, »es ist ein Schweigeseminar. Also wirst du eine Weile nichts von mir hören. Du kannst mir aber Nachrichten schicken – Briefe oder Päckchen. Wir dürfen Sachen erhalten, nur selbst nichts geben. Stille ist eine Möglichkeit, die Selbstreflexion zu fördern. Herauszufinden, wer wir sind, und den Ursprung unserer Probleme zu erkennen.«

Es fiel mir schwer, mich angesichts ihres plötzlichen Schweige-Exils zu entspannen und daran zu glauben, dass es kein Drama geben würde. Ich wartete auf einen Anruf mit der weinerlichen oder aggressiven Forderung, sie vom Flughafen abzuholen. Aber nichts dergleichen geschah. Sie rief erst an dem Abend an, als die zwölf Wochen vorbei waren.

»Hab ich das nicht gut gemacht?«, fragte sie und berichtete, sie habe sich zum Programm für Fortgeschrittene angemeldet. »Um das Gelernte im nächsten Schritt in unser Leben zu integrieren«, erklärte sie aufgeregt. »Da dreht sich alles um Prävention und Nachhaltigkeit, damit es keinen Rückfall gibt.« Sie erzählte mir, sofern sie die nächsten drei Monate durchhalte, wolle sie als Ehrenamtliche weitermachen. »Ein paar Gruppen leiten. Was zurückgeben. Sie haben mich ausgesucht. Ich wurde ausgewählt«, sagte sie stolz. Ich stand in der Küche und machte gerade einen Auflauf. Sie klang aufgedreht und sehr ausgelassen. Während ich ihrem unablässigen Geplapper lauschte, zerstampfte ich Kartoffeln im Topf. »Du solltest mich mal sehen«, sprudelte es aus ihr hervor. »Ich sehe unheimlich gesund aus. Um Jahre jünger!«

Ihre Euphorie war anstrengend. Das hatte ich alles schon einmal gehört. Ich wünschte ihr Glück.

»Glück?«, spottete sie. »Mit Glück hat das nichts zu tun.«

Ich legte den Hörer auf und freute mich schon auf die nächsten zwölf Wochen Stille.

Etwa zu jener Zeit setzte bei Tom der Nachtschreck ein. Er war acht. Es war wie aus dem Lehrbuch. Plötzliches, abruptes Erwachen in der Nacht, und ich fand ihn aufrecht im

Bett sitzen, ganz starr, den Blick auf etwas im Zimmer gerichtet, das nur er sehen konnte, ein Ausdruck des Grauens im Gesicht. Manchmal weinte er, in anderen Nächten gab er eher ein tierhaftes Stöhnen von sich, und es konnte bis zu einer Stunde dauern, ihn aus seiner seltsamen Traumwelt zurückzuholen, während ich neben ihm lag und ihm den Rücken streichelte. Ich las darüber nach: *Nicht ungewöhnlich in diesem Alter. Sensible Kinder sind besonders empfänglich. Gibt sich mit der Zeit.* Und so war es auch. Doch obwohl die Nächte friedlicher wurden, blieb ihm ein sorgenvolles Vermächtnis, ein allgemeiner Zustand unbegründeter Angst, die sich wahllos auf alles richten konnte, was in seiner Reichweite lag. Er verfiel der Schwarzmalerei; wenn er in den Nachrichten von einem Flugzeugabsturz oder einer Massenkarambolage auf der Autobahn hörte, grübelte er endlos darüber nach. Einmal vermeldeten die Lokalnachrichten eine eingestürzte Mauer bei einer Schule, durch die ein Kind verletzt worden war. *Was, wenn so was auch an unserer Schule passiert? Was, wenn sich jemand wehtut?* Es dauerte nicht lange, bis seine Sorgen sich zu einem anlasslosen Verantwortungsgefühl auswuchsen. Eines Morgens auf dem Schulweg bemerkte er Bauarbeiten in einer Straße, in der einer seiner Klassenkameraden wohnte.

»Ich hab die Lastwagen gesehen. Die fahren ganz schnell um die Kurve.« Sein Gesicht war angespannt und ernst. »Ich muss Charlie Bescheid sagen.«

»Warum?«

»Weil er wegen der Laster vielleicht die Straße nicht richtig sehen kann. Er könnte umgefahren werden, wenn er rübergeht.«

Als ich versuchte, die Sache herunterzuspielen, und darauf hinwies, dass Charlie das schon selbst merken würde, wurde er sehr aufgebracht. »Aber ich weiß jetzt davon, und wenn ich es ihm nicht sage und ihm passiert was Schlimmes, dann ist es *meine* Schuld.«

Ich bemühte mich, ihn zu beruhigen. Ihm vor Augen zu führen, dass die Welt, im Großen und Ganzen, ein sicherer Ort war. Doch die Nachrichten ließen wir von da an aus und hörten kein Radio mehr im Auto. Das half, eine Zeit lang.

Als die Zwillinge älter wurden, lehrte David wieder Vollzeit in London und nahm stärker am Familienleben teil.

»Du bist zu nah dran«, meinte er und legte theatralisch die Hände zusammen, »du musst dich von Tom lösen. Einen Schritt zurücktreten. Ihm die Möglichkeit geben, er selbst zu sein.«

Ihm die Möglichkeit geben, er selbst zu sein. Der Satz saß. Das wusste David. Und ich hasste ihn dafür. Genau das hatte ich mir für meine Kinder am meisten gewünscht, weil es die Sache war, mit der ich selbst in seinem Alter am stärksten zu kämpfen hatte. In meiner Kindheit wurden jegliche undurchsichtige Erziehungsregeln zusätzlich durch eine offene Flasche Gin vernebelt. Ich musste mir meinen eigenen Weg durchs Chaos pflügen. Ich war brav. Ich war hilfsbereit. Aber ich hatte keine Ahnung, wer ich war. Ich ähnelte einer kleinen Napfschnecke im weiten Ozean, die verzweifelt nach einem Felsen zum Festsaugen sucht. Solche Felsen fand ich außerhalb meines Elternhauses; in Lehrerinnen und Lehrern, die sich für mich interessierten. In dem Sportlehrer, der mich zur Kapitänin des Netball-Teams machte, in der Lehrerin, die unsere Theater-AG leitete und vorschlug, dass ich beim Schultheater Regie führen sollte, in dem Englischlehrer, der mir den jährlichen Lyrikpreis zusprach. Ich weiß noch, wie ich mich vor der ganzen Schule von meinem Platz erhob; dieses Gefühl, etwas Besonderes zu sein, herausgestellt zu werden, war so schmerzlich intensiv, dass ich glaubte, mein Herz werde zerspringen.

»Er muss sich erst einmal finden. Ein bisschen abhärten«, sagte David. »Er ist gerade mal in der vierten Klasse. Lass ihn seine Fehler machen. Gucken, ob er es selbst hinkriegt, auf sich allein gestellt. Ohne dich.«

Ich öffnete den Mund, um etwas zu sagen, wusste aber nicht, was.

»Ruth, in nicht mal einem Jahr kommt er auf die weiterführende Schule. Hast du gesehen, was da für Kinder rumlaufen? Wie groß die sind? Da kannst du nicht am Schultor rumstehen und ihm dein Portemonnaie als Talisman zustecken. Die reißen ihn in Stücke.«

Das war schon immer das Problem mit David: Er pickte sich etwas heraus, das in einem gewissen Kontext passiert war, und wendete es auf einen anderen an. Einmal, als ich ihm gestanden hatte, dass ich vor einem Konferenzvortrag nervös war, unterstellte er mir fortan, das wäre immer so, wenn ich vor Publikum sprechen sollte.

»Wie fühlst du dich?«, fragte er dann ernst und legte mir die Hand auf die Schulter.

»Bestens«, erwiderte ich leichthin, während ich meine Ohrringe anlegte.

»Ich frage nur, weil ich ja weiß, dass so was schwierig für dich ist.«

Anfangs verstand ich es als besorgte Anteilnahme. Als seinen Versuch, sich auf ein vergangenes Gefühl der Furcht zu beziehen, eine hölzerne und recht roboterhafte Art, mir gegenüber fürsorglich und aufmerksam zu sein. Und zunächst störten mich diese Verbindungen, diese Rückbezüge nicht. Meistens lachte ich und sagte: »Nein, wirklich, mir geht's gut. Letztes Jahr war ich nervös, weil Professor

Bridgeman dabei war. Diesmal ist es anders. Ich muss nur ein paar Dankesworte sagen. Und außerdem nehme ich eine Auszeichnung für das Team entgegen«, erinnerte ich ihn. »Ich werde zusammen mit all meinen Kollegen dort sein. Ich freue mich darauf.«

Mit der Zeit, nachdem ich Leiterin der Trauma-Abteilung geworden war, während David bei nachfolgenden Beförderungen übergangen wurde, erkannte ich, dass seine Bemerkungen wenig hilfreich waren, sogar zersetzend wirkten. Als würde er versuchen, mich durch die Erwähnung einer früheren Verletzlichkeit in eine vormalige unsichere Haltung zurückzuzerren. Schon bald war ich gut darin, Dinge für mich zu behalten, ihm nicht zu sagen, wie ich mich fühlte. In Wahrheit war das nichts Neues für mich; ich beherrschte diese Fähigkeit bereits sehr gut, es war eine Überlebenstechnik, die ich mir schon viel früher im Leben angeeignet hatte. Vielleicht war es niemals anders gewesen – doch das Muster verfestigte sich an dem Tag, als mein Vater uns verließ. Ich war zehn Jahre alt, als ich nach Hause kam und feststellen musste, dass er fort war.

»Ich glaube nicht, dass das von Bedeutung ist«, sagte ich angespannt zu David. »Ich habe ihm das Portemonnaie gegeben, als er in die Grundschule gekommen ist. An seinem ersten Schultag. Das ist Jahre her.« Ich war verärgert. Ich hasste Davids Unterstellung, ich würde Tom wie ein Baby behandeln.

Natürlich wünschte ich mir, dass mein Sohn unbeschwerter, sorgloser wäre. Vor allem, wenn ich sah, wie er in gewissen Situationen glücklich und weniger befangen wirkte. Meistens im Urlaub, wenn er völlig in etwas versunken war: Gräben im Sand aushob oder einen Staudamm in einem Bach baute. Dann ging er ganz in seinem Tun auf. Alles andere wurde unwichtig, und es lag eine Unschuld darin, wie er sich vollkommen in etwas vertiefte, das ihn wirklich glücklich machte. Aber sein Leben konnte sich nicht nur an solchen Dingen ausrichten, und allmählich fürchtete ich das leichte Stirnrunzeln, mit dem er oft aus der Schule kam. Seine Besorgnis machte mich nervös, unruhig. Mir ist klar, dass ihm das keine Hilfe war. Und natürlich passte er umso weniger dazu, je besorgter er wurde. Manchmal merkte ich, wie seine Besorgnis um ganz bestimmte Dinge kreiste, und dann wieder vermehrten sich seine Ängste schlicht wie Entengrütze auf einem Teich. Ich versuchte mir einzureden, dass sich das mit der Zeit geben würde.

»Unsere Aufgabe als Eltern besteht nicht darin, ihm Dinge abzunehmen, ihm zu sagen, dass alles in Ordnung ist. Wir müssen das aushalten«, meinte David, »damit er lernen kann, es selbst auszuhalten.« Genervt hob er die Hände. »Ruth, du bist doch von uns beiden die Therapeutin, du weißt das alles.«

Obwohl ich zustimmend nickte, nahm ich am nächsten Tag wieder meinen üblichen Posten ein, schaufelte Entengrütze in Netze und stülpte sie am Ufer um, nur um die Wasseroberfläche am Folgetag erneut damit zugewuchert zu sehen.

Seine Sorgen wurden zu meinen Sorgen.

Du musst das aushalten.

Konnte ich das? Vielleicht war ich einfach nicht dazu in der Lage. Vielleicht sah ich in Tom bloß mein kleineres, jüngeres Selbst. Mein Magen ein winziger Knoten aus Angst. *Mir geht's gut* – immer mit diesem eingefrorenen, angespannten Lächeln im Gesicht.

6

Hayleys Haar ist zu einem gnadenlosen Pferdeschwanz zurückgebunden, der ihr an der Kopfhaut zerrt. Ein paar dünne fettige Strähnen hängen ihr zu beiden Seiten des Gesichts herab. Sie trägt einen unförmigen grauen Jogginganzug und schmutzige Turnschuhe. Unnachgiebig und aggressiv starrt sie mich an.

»Ich hab mit Tony Schluss gemacht«, sagt sie und greift seitlich in ihre Tragetasche, um ein Päckchen Kaugummi hervorzuholen. »Ich hab ihm gesagt, er soll sich verpissen …« Und während sie zu mir aufblickt, faltet sie sich gemächlich ein Kaugummi in den Mund.

Ihre Augen sind klein und wachsam. Ich weiß, sie lauert darauf, dass ich einen Fehler mache. Dass ich etwas Triviales oder Dummes sage, über das sie herfallen und spotten kann. Flüchtig kommt mir Carolyn in den Sinn, und wie sich unser Verhältnis verschlechtert hat.

Ich warte, dass sie weiterspricht.

»Er war voll der Klotz am Bein«, meint sie. Sie sieht mir fest in die Augen. Da ist er wieder. Dieser Blick, der mich herausfordert, mich dazu bringen will, etwas zu erwidern.

Ihre Wut ist ermüdend. Eine große dicke Mauer aus Trotz, in die ich hineinrennen, an der ich mich stoßen soll. Ich bin erschöpft.

»Ich hab ihn gekorbt«, sagt sie.

Ich denke an den jungen Mann mit dem sorgenvollen Gesicht, der sie zu ihrer ersten Sitzung begleitet hat. Wie er ihr im Wartezimmer anbot, ihren Mantel zu halten, während sie und ihr Vater mit in mein Zimmer kamen.

»Als ich ihn gesehen habe, wirkte er sehr um dich besorgt«, sage ich.

»Er hat mir andauernd Blumen mitgebracht«, höhnt sie. »War stets zur Stelle. Der ist mir nachgelaufen wie ein liebeskrankes Hündchen. Verpiss dich, hab ich zu ihm gesagt, und nimm deine beschissenen Rosen gleich mit. Ein Klotz am Bein«, wiederholt sie und kaut mit vor der Brust verschränkten Armen heftig auf ihrem Kaugummi herum. »Ohne ihn bin ich besser dran.«

Natürlich ist sie das. Im Moment ist *sie* der Klotz. Der nutzlose Klumpen. Ein Schandfleck in der Landschaft. Alles Gute, das ihr zustößt, muss vernichtet werden, so sehr ekelt sie sich vor sich selbst. Das Gefühl ist derart stark, dass ich es beinahe riechen kann. Wie etwas, das ganz hinten im Schrank vergammelt. Es ist offensichtlich, wie sehr sie sich anstrengt, damit jeder sie so hasst, wie sie es selbst tut. Wenn man immer wieder gemein zu anderen ist, rücken sie ziemlich bald von einem ab. Lassen einen allein. Untermauern den Glauben, dass man wirklich verabscheuenswert ist. Ich weiß, wie beruhigend es sein kann, wenn einem die eigene Selbstwahrnehmung von der Außenwelt unmittelbar gespiegelt wird. Ich kenne das Gefühl sehr gut. Blick nach unten, voller Selbsthass, und alles Positive, das einem zu nahe kommt, wehrt man ab.

Einmal, vor Jahren, als ich während meiner Ausbildung auf einer psychiatrischen Akutstation arbeitete, wurde eine Patientin sehr wütend. Sie war sehr groß, eine wahre Riesin. Sie schrie und fuchtelte mit den Armen, trat gegen Stühle und Tische, das Haar hing ihr wirr ins Gesicht. Die Leute hatten Angst. Jemand drückte den Notfallknopf. Das Personal wich zurück und ich mit ihm. Mein Herz hämmerte, ich stand mit dem Rücken zur Wand und wartete auf die Ankunft weiterer Mitarbeiter. Was als Nächstes geschah, war außergewöhnlich und unerwartet. Mary, eine irische Stationsschwester, eine winzige, zierliche Person, trat langsam vor. Sie ging auf die Patientin zu und deutete auf eine Bank. »Darf ich mich setzen?«, fragte sie leise. Verblüfft ließ die Patientin den Stuhl los, den sie soeben über dem Kopf hielt. »Sie fühlen sich gerade sicher sehr schlecht«, sagte Mary. »Warum setzen Sie sich nicht zu mir?« Und in dieser Sekunde schien die Wut aus den Augen der Frau zu schwinden. Mary griff nach ihrer Hand und sagte sehr behutsam: »Ich kann mir gar nicht vorstellen, wie beängstigend das alles sein muss.« Und bei diesen Worten sackte der Koloss von Frau neben sie auf die Bank und stützte den Kopf in die Hände.

In den darauffolgenden Jahren habe ich oft über diesen Vorfall nachgedacht. Er hat mich viel über Wut und Aggression gelehrt.

Hinterher habe ich die Schwester darauf angesprochen. »Was haben Sie in dem Moment gedacht?«, fragte ich.

»Gar nichts.« Sie schüttelte den Kopf. »Aber ich wusste, dass sie Angst hatte. Ich konnte es fühlen. Das konnten wir alle. Ihre Wut war Angst.« Sie sagte das ganz sachlich. »Angst, die sie loszuwerden und auf uns zu übertragen versuchte. Ich wollte ihr etwas anderes zurückgeben. Etwas, das ihr zeigen sollte, dass ich keine Angst hatte. Etwas, das ihr vermittelte, dass ich es aushalten konnte. Dass, egal wie schlecht sie sich auch benahm, ich *sie* aushalten konnte. Ich wollte ihr ein bisschen Wärme geben.«

In meinen schlimmsten Augenblicken der Schuld wegen

Tom habe ich Werturteile von anderen beinahe herbeigesehnt. Ich habe sie förmlich dazu ermuntert. Nach seiner Einweisung in die Klinik fühlte ich mich, als würde ich Mitleid und Freundlichkeit nicht verdienen. Ich lehnte jegliche Hilfe und Unterstützung ab. Ein paar Freunde blieben hartnäckig, aber mit der Zeit kapierten es die meisten und gaben auf. Und recht bald blieb ich der Herrlichkeit meines behaglichen, selbst auferlegten Exils überlassen, das meine Strafe war. Ja, wenn ich mir Hayleys schmale, zusammengepresste Lippen und ihre zornig mahlenden Kiefer so ansehe, weiß ich, glaube ich, sehr genau, wie tröstlich diese Rolle sein kann.

»Für dich muss es schwer zu ertragen sein, wenn jemand nett zu dir ist«, äußere ich vorsichtig.

»Ich hab's Ihnen ja schon gesagt: Er ist zu nichts nutze«, entgegnet sie und hebt angewidert die Oberlippe. »Das führt zu nichts. Und das hier«, sie stößt den Finger in Richtung meines Stuhls, »hilft auch nicht. Die reinste Zeitverschwendung.«

Ich nicke und bestätige ihr, dass sie sich meiner Ansicht nach gerade so schlecht fühlt, dass ihr nichts helfen wird.

Sie starrt mich an, windet sich vor Wut auf ihrem Stuhl. Es ist, als ob der von ihr empfundene Hass giftig wäre; er durchströmt ihre Adern, verzerrt ihren Körper, sodass er hässlich und unausstehlich wirkt. Ihr Blick ist anklagend. Das Kinn ragt trotzig vor. Eine Schnute, die ausdrückt: »Erzähl mir doch mal was Nützliches.« Sie gibt sich solche Mühe, fies und gemein zu sein, denke ich. Diese Comicversion eines übellaunigen Teenagers ist so übertrieben, dass ich mir ein Lächeln verkneifen muss.

Sie verfällt in Schweigen. Blickt hinab auf die graue Tasche in ihrem Schoß, fummelt am Reißverschluss herum, lenkt meine Aufmerksamkeit darauf.

»Sie fragen sich wahrscheinlich, was hier drin ist. Sie hatten ja gesagt, ich soll was mitbringen, etwas, das mich an Mum erinnert.« Und dann, in einer flinken Bewegung, zieht sie den Reißverschluss auf und dreht die Tasche um, schüttet mehrere Hundert Fotos heraus, die sich wirbelnd über den Beistelltisch verteilen.

Wieder zieht sie die Lippe leicht nach oben. *Was jetzt?*, scheint sie mir zu bedeuten. Erneut: Provokation. Ich soll sie für die Unordnung tadeln, oder dafür, dass ein paar Fotos auf den Boden geflattert sind.

Mit unbewegtem Gesicht schiebt sie einige Bilder direkt vor mir hin und her. »Devon ... Spanien ... erster Schultag ... Prinzessinnenparty zum dritten Geburtstag ... Feier zum Schulwechsel ... Sportfest ...«, und immer so weiter. Ihre Stimme ist ausdruckslos, als würde sie von einer Liste ablesen. Ich werfe einen Blick auf einige der Bilder. Sanddünen, eine englische Strandszene, glitzernde Weihnachtsbaumlichter, der Balkon einer Villa, ein blaues Kleid mit weißem Rüschenkragen. Sie verspottet mich mit ihrer Ausdruckslosigkeit, ihrer fehlenden Anteilnahme, will mich dazu bringen, eine Bemerkung zu machen oder sie zurechtzuweisen. Ich tue weder das eine noch das andere. Sie sieht weiter flüchtig die Fotos durch. Ein Haufen Familienerinnerungen, Augenblicke zwischen Mutter und Tochter. Ich muss an unsere eigenen Familienfotos denken. Ein paar haben es ordentlich in Alben geschafft, während andere immer noch erwartungsvoll in ihren Packen warten, mit auf die Umschläge gekritzelten Daten, und dann sind da die neuesten, inzwischen digital, die es vielleicht nie vom Computer runter schaffen werden. Sie poppen auf, wenn ich am Schreibtisch sitze: alle möglichen Bilder von Tom und Carolyn, Urlaubserinnerungen, die sich ihren Weg auf den Bildschirm bahnen, während ich einen Bericht schreibe oder online etwas bestelle.

»Danke, dass du sie mitgebracht und mir gezeigt hast«, sage ich endlich.

Sie zuckt mit den Achseln.

Ich bücke mich nach ein paar Fotos, die auf den Boden gefallen sind, und hebe sie vorsichtig auf.

»Erzähl mir etwas über das hier«, schlage ich ihr vor.

Sie späht darauf. »Brighton«, sagt sie.

Ich gehe die Bilder weiter durch, absichtlich langsam. Ich denke an die große wütende Frau auf der Akutstation und wie die kleine Schwester alles verlangsamte und sich mit ihr hinsetzte, das Gegenteil von dem tat, was ihr Gegenüber erwartete. Ab und an nehme ich ein Foto in die Hand und frage Hayley etwas dazu. *Wo waren sie da? Was haben sie gemacht?* Und in diesem langsamen Prozess des Bergens und Zurückversetzens, des sanften Durchkämmens der Erinnerungen, wird auch sie langsamer, hält inne und sieht hin. Meine Fragen beantwortet sie weiterhin knapp, einzelne Wörter, wenige Silben. »Mein Bruder. Der Strand. Weihnachten in Dorset. Die Isle of Wight.« Doch als ich beharrlich bleibe und sie begreift, dass mich die Masse an Fotos nicht überwältigt und dass ich an ihnen interessiert bin, wirklich interessiert, spüre ich, wie sie milder wird. Sie beugt sich etwas weiter über den Tisch. Hört auf zu zappeln. Vielleicht liegt es an meiner Sorgfalt. An der Tatsache, dass ich mir die Bilder wirklich anschaue. Wirklich versuche, sie zu sehen – und wer sie ist. *Ich sehe dich. Ich sehe euch beide. Und weil ich sehe, was ihr hattet, sehe ich auch, was du verloren hast.* Und etwas zwischen uns verändert sich.

»Was ist mit dem hier?«, frage ich. Es wurde draußen aufgenommen, auf einem Bürgersteig. Hayley sieht aus wie acht oder neun, neben einer älteren Frau mit dunklen, zum Pferdeschwanz gebundenen Haaren. Sie steht hinter einem roten Fahrrad. Grinst bis über beide Ohren.

Hayley streckt die Hand danach aus, nickt, scheint sich zu erinnern. Da ist die Andeutung eines Lächelns.

»Mein Geburtstag«, sagt sie, »der neunte, glaube ich … mein neues Fahrrad …« Sie zögert. »Mum hatte es in braunes Packpapier eingewickelt. In einen Karton getan. Mit Schleifen und Seidenpapier. Ich hatte keine Ahnung, dass ich ein Fahrrad kriege. Sie hat es so gut verpackt, die Form völlig verborgen. Es muss sie Stunden gekostet haben.« Sie knetet die Hände im Schoß. Dann sieht sie zu mir auf.

Ich bemühe mich sehr, den Blickkontakt aufrechtzuerhalten. »Ich denke«, erwidere ich, »dass es zwar schwierig für dich ist, mir zu sagen, wie sehr du sie geliebt hast. Wie sehr sie dich geliebt hat. Und wie schrecklich du dich jetzt fühlst. Aber du hast diese Fotos mitgebracht, deine Erinnerungen, die mir diese Geschichte erzählen.«

Hayley erwidert nichts, doch ihr Schweigen wirkt weicher. Sie blickt auf ihre Hände.

»Viele Mädchen streiten sich als Teenager mit ihren Eltern. Eigentlich so gut wie alle. Vor allem mit ihren Müttern. Das ist normal. Es gehört zum Leben als Teenager dazu. Und es gehört zum Leben als Elternteil eines Teenagers.«

Wieder denke ich an Carolyn. Wie ihre erbitterte Eigenständigkeit meine Ratschläge überflüssig machte.

»Viele Teenager wünschen sich, dass ihre Eltern verschwinden. Sich einfach in Luft auflösen. Eltern – vor allem Mütter – mit all ihren Fragen, Sorgen, Ängsten kommen der Freiheit in die Quere, stehen dem, was man will, im Weg.«

Hayley starrt mich weiter an. Ihre Unterlippe steht vor, die Kiefer sind fest zusammengebissen, sie wirkt erwartungsvoll.

»Aber für viele Mädchen – und Jungen – ist das nur ein Gedanke. Ein vorübergehender Wunsch, eine Fantasie.«

Wir schweigen kurz.

»Falls du zu den Teenagern gehörst, die so gefühlt haben«, fahre ich fort, »dann frage ich mich, wie schwierig es für dich sein muss, jetzt, wo deine Mutter wirklich fort ist.«

»Es ging um das Kleid«, platzt sie hervor. »Ich hatte es gerade erst gekauft, habe es ihr gezeigt. Mum hat gesagt, dass es scheußlich ist. Nuttig.« Das Weitersprechen fällt ihr schwer. »Ich habe gesehen, wie es passiert ist. Es war wie im Film. In Zeitlupe – und gleichzeitig auch superschnell. Als wüsste ich genau, was kommt, bevor es wirklich so weit war.«

Während sie mir die Geschichte erzählt, sehe ich die beiden vor mir, wie sie auf dem Gehsteig vor einem überfüllten Einkaufszentrum stehen. Die Diskussion über das Kleid, das sie gerade für eine Party gekauft hat. Zu kurz. Zu rot. Zu erwachsen. Zu billig. An einem anderen Tag wäre es vielleicht um die Uhrzeit gegangen, zu der sie nach Hause kommen sollte. Oder ums Trinken. Oder darum, dass sie zu wenig isst. Um ihre mageren Arme und den schmalen Körper. Oder dass sie ihrer Mutter am Abend zuvor keine Nachricht geschickt hat. Oder dass sie nicht rechtzeitig zu Hause gewesen ist, um auf ihren kleinen Bruder aufzupassen ... oder um eine Million andere Dinge, die einen Streit zwischen Eltern und Teenagern auslösen können. Plötzlich hört sie Menschen rufen und eine Frau, die schreit. Dann, wie aus dem Nichts, rast hinter ihrer Mutter ein Auto von der Straße auf den Gehweg.

»Die ist gefahren wie eine Besoffene«, sagt Hayley.

Bei der Leiche der Fahrerin wurden keine Hinweise auf Alkohol nachgewiesen. Eine Mrs. Susan Hamilton, achtundfünfzig Jahre alt, die am Steuer ihres Wagens einen tödlichen Schlaganfall erlitt. In der Folge verlor sie die Kontrolle über das Fahrzeug, das daraufhin an einem geschäftigen Samstagnachmittag in Wood Green über das Pflaster pflügte. Hayleys

Mutter war sofort tot, eingekeilt zwischen dem Wagen und dem Laternenpfahl, an dem sie gelehnt hatte. Es gab weitere Verletzte, aber sie war das einzige Todesopfer.

Hayley erzählt, wie ihre Mutter während des Streits die Einkaufstüte abgestellt hatte. »»Ich bin müde, Hayley‹, hat sie zu mir gesagt, und ich bin mitten auf dem Gehweg stehen geblieben, um sie anzuschreien, statt einfach weiterzugehen – und sie ist auch stehen geblieben. Wenn ich nicht mit ihr gestritten hätte – oder nicht angehalten hätte –, wären wir schon ganz woanders gewesen.« Hayley schaut zur Seite. »Das Letzte, was meine Mutter zu mir gesagt hat, war irgendwas von wegen, dass ich billig aussehe in dem Kleid. Und raten Sie mal«, meint sie dann und blickt wieder zu mir auf. »Das Letzte, was ich zu ihr gesagt habe, nicht laut, aber in Gedanken? Ich habe es ihr praktisch entgegengeschrien ...« Tief senkt sie den Kopf. »Warum verpisst du dich nicht einfach und verreckst«, flüstert sie. »Das habe ich in diesem Moment gedacht. Wie scheiße bin ich, bitte? Dass ich ihr, genau bevor es passiert, sage, dass ich sie hasse. Genau in dem Moment, als sie stirbt, wünsche ich mir ihren Tod.« Sie mustert ihre Fingernägel. »Jetzt wissen Sie's. Es war meine Schuld«, meint sie ohne jede Gemütsregung. »Ich habe es getan. Ich habe dafür gesorgt, dass es passiert.« Dann sieht sie mich herausfordernd an. »Sie sollten sich wirklich nicht mit mir anlegen. Nicht mal in meiner Nähe sein wollen. Sie sehen ja, wozu ich in der Lage bin. Man weiß nie, was noch passieren könnte.« Ihre Stimme klingt bedrohlich.

Aber ich fühle mich nicht bedroht. Ich beuge mich näher zu ihr. »Du warst wütend«, entgegne ich schlicht. »Du hattest einen wütenden Gedanken.« Ich lege die Hände zusammen, spüre, dass sie mir zuhört. »Und weißt du, du bist nicht die erste oder letzte Jugendliche, die etwas Hasserfülltes über ihre Mutter denkt. Wir können mörderische Gedanken haben, ohne Mörder zu sein.« Ich habe ihre volle Aufmerksamkeit. »Wir können böse Gedanken haben – und doch nicht böse sein.« Ich sage das sehr langsam und deutlich. »Ich kann mir vorstellen, dass die Last, die du mit dir herumschleppst, sehr schwer sein muss. Furchtbar, sie mit sich zu tragen. Vielleicht kannst du dir diese Last wie einen Rucksack vorstellen – und ihn für eine Weile absetzen. Dir eine Pause gönnen. Etwas anderes aufnehmen. Ein paar von diesen wunderbaren Erinnerungen.« Ich deute auf den Tisch.

Sie sieht mich mit zusammengekniffenen Augen an.

»Was am deutlichsten bei mir ankommt, wenn ich deine Geschichte höre, ist tiefe Trauer. Es muss schrecklich sein, dich so schlecht zu fühlen. Und so mächtig. Dich als das böse Mädchen zu fühlen, das den Wagen um die Kurve hat schlittern lassen. Das tut mir sehr leid.«

Während ich spreche, sinkt sie tiefer in ihren Stuhl, als würde all das Gewicht sie zu zerquetschen drohen.

»Was ich außerdem sehe«, fahre ich fort und nehme eine Handvoll Fotos auf, »ist ein Mädchen, das gelacht und mit seiner Mutter Sandburgen am Strand gebaut hat. Ein Mädchen, das es schätzte, wie seine Mutter ein Geburtstagsgeschenk verpackt hat. Dieses Mädchen bist du. Deine Bilder zeigen mir, dass es so viel mehr gab als diesen einen schlimmen Gedanken über deine Mutter.«

Sie antwortet nicht, aber ich sehe, dass sie mir weiterhin zuhört. Ich weiß, dass sie mich versteht.

Ich wähle ein Foto aus und zeige es ihr. »Unter all der Wut verbirgt sich Verlust. Manchmal ist es einfacher, wütend zu bleiben. Ich weiß, du denkst, dass es deine Schuld war, aber das stimmt nicht.« Ich schüttle den Kopf. »Doch sich von dieser Empfindung zu lösen, heißt auch, eine Flut anderer

Gefühle zuzulassen, vor allem Schmerz und Trauer. Das wird sehr schwer werden.«

Hayley sagt nichts, gibt kein Geräusch von sich. Eine einzelne Träne kullert ihr über die Wange. Nichts weiter, und sie macht keine Anstalten, sie wegzuwischen. Sie tut einfach, als wäre nichts passiert. Dann schaut sie zur Uhr hoch und fängt an, die Fotos einzusammeln und sie wieder in ihre Tasche zu werfen. Ihre Hände bewegen sich jetzt sachter, greifen nach den Aufnahmen, die zu Boden gefallen sind. Ich helfe ihr, alle zusammenzupacken. Wir machen es gemeinsam, schweigend, bis auch das letzte Foto in der Tasche ist.

»Vielleicht kannst du beim nächsten Mal ein Album mitbringen. Wir könnten anfangen, sie darin einzusortieren.«

Sie nickt. Nur ganz kurz.

Wie immer sitzt sie am Ende unseres Gesprächs ganz vorn auf der Stuhlkante, wie eine Schülerin, die auf das Klingeln wartet. Diesmal liegt die geschlossene Tasche auf ihrem Schoß. Diesmal fragt sie nicht, ob sie wiederkommen muss oder warum sie »weiter diesen Drecksladen besuchen« soll.

Zum ersten Mal verabschiedet sie sich. Ein schroffes Murmeln. Dann: »Bis zum nächsten Mal.« Und sie schlurft aus der Tür.

Es ist ein kleiner Triumph. Wie ein Tupfer Grün auf winterlicher Erde. Doch ich bemerke ihn und beanspruche ihn für mich. Hierin bin ich gut. All das aufzunehmen, auszuhalten, auf den Durchbruch zu warten, von dem ich weiß, dass er stets kommen wird.

In diesem Triumphgefühl warte ich auf Dan. Um vier Uhr sollte er hier sein – um zehn nach rufe ich bei Paula durch. Keine Spur von ihm. Er hat sich nicht gemeldet, keine Nachricht hinterlassen. Um Viertel nach denke ich, dass er vielleicht nicht mehr auftaucht, und fühle mich tief enttäuscht.

Sitzungen, zu denen ein Patient nicht erscheint, werden im System mit NT gekennzeichnet. Nicht teilgenommen. Sie sind schwer zu füllen. Die Zeit, die man eigentlich mit dem vorgemerkten Patienten verbracht hätte, wird zu einer Zeit, in der man über ihn nachdenkt, die letzte Sitzung und Gemütsverfassung reflektiert.

Das erinnert mich an meine jüngste Supervisionsstunde mit Stephanie.

»Es ist unverschämt«, hatte sie gesagt, als sie ihre drei NTs der vergangenen Woche erwähnte. »Wenn sie einfach kurz zum Telefon greifen und mir Bescheid sagen würden, dass sie es nicht schaffen, dann könnte ich die Zeit für etwas Sinnvolles nutzen. Stattdessen habe ich all die Sitzungen mit Warten verbracht. Habe damit gerechnet, dass sie noch auftauchen. Vielleicht verspäten sie sich. Oder es ist ihnen was dazwischengekommen. Wie auch immer. Das gebietet doch die Höflichkeit, oder nicht? Nur kurz anzurufen und Bescheid zu sagen.«

Wieder diese Undurchschaubarkeit. Ihre handfeste Denkweise, die an Begriffsstutzigkeit grenzte.

»Vielleicht geht es ihnen ja gerade darum?«, gab ich zu bedenken.

Sie verzog fragend das Gesicht, schüttelte den Kopf. »Worum? Ich verstehe nicht ganz …«

»Wenn Patienten nicht erscheinen und uns auch nicht Bescheid geben, spielen sich bei uns alle möglichen Gefühle ab. Wenn sie nicht kommen, ist es trotzdem noch ihre Zeit. Vielleicht kommen sie noch. Vielleicht auch nicht. Wir beschäftigen uns mit ihnen, auch wenn sie gar nicht da sind. Lassen Sie uns über unverschämtes Benehmen nachdenken. Wie könnte man die Gefühle, die in diesem Fall bei Ihnen aufkommen, sonst noch deuten.«

»Als Verstimmung?«

Innerlich seufzte ich. »Was bedeutet *Verstimmung*?«, hakte ich nach.

Sie zuckte mit den Schultern. »Man ist durcheinander?«, schlug sie vor.

Vielleicht war es ihr Tonfall – nicht mehr ganz so begriffsstutzig, eher wie ein Schulkind, das die Hand reckt und unbedingt die richtige Antwort geben will. Allmählich fragte ich mich, ob ihre eigenen Gefühle sich irgendwo im Untergrund verbargen, Verschüttetes, was sie unter großen Anstrengungen freizulegen versuchte.

»Ich verstehe, was Sie sagen wollen. Welches *Gefühl* könnte dahinterstecken?«

Sie starrte mich an. »Na ja, so was ist schon nervig, oder?«

»Können Sie sagen: *Ich fühle mich davon genervt*?«

Sie schien verwirrt.

»Denken wir einmal darüber nach, wie der Patient selbst das möglicherweise erlebt. Könnte es sein, dass er sich selbst wütend und genervt fühlt? Wütend über das, was ihm zugestoßen ist? Genervt davon, dass er hierherkommen und darüber reden muss? Wütend, dass er das Opfer ist, in der Obhut der ›Expertin‹, deren Leben ihm vielleicht perfekt erscheint. Meinen Sie, es ist möglich, dass er diese Dinge sehr stark empfindet und sich eventuell wünscht, dass Sie einen winzigen Eindruck davon bekommen, wie es sich anfühlt?« Ich schwieg kurz. »Wer waren noch mal die Patienten, denen Sie vorletzte Woche absagen mussten?«

»Als ich krankgeschrieben war?«

Ich nickte.

»Einer von ihnen war Neil Dixon.«

»Nun, vielleicht war Neil Dixon verärgert über den kurzfristig abgesagten Termin. Vielleicht hatte er sich auf seine

Sitzung gefreut … Wenn man bedenkt, was ihm passiert ist, hat er Hilfe und Unterstützung schließlich nötig, nicht wahr? Vielleicht wollte er sich rächen. Vielleicht wollte er, dass Sie sich fühlen, wie er sich gefühlt hat. Im Stich gelassen, zurückgewiesen.«

Sie runzelte die Stirn. »Ich war krank. Es war nicht meine Schuld.«

»Das weiß ich. Und er weiß es auch. Er muss die Absage im Vorfeld von Paula bekommen haben. Aber was er weiß und was er *fühlt*, ist zweierlei. Und das alles läuft natürlich unbewusst ab. Ihm ist das wahrscheinlich nicht klar – nicht im Geringsten.«

»Ich kann doch nichts dafür, wenn ich krank werde …«

»Natürlich nicht. Das sage ich auch nicht. Es geht darum, die *Auswirkungen* Ihrer Nichtverfügbarkeit zu begreifen. Tatsächlich ist unsere mangelnde Verfügbarkeit wesentlich für unsere Arbeit. Wie gut ein Patient in der Lage ist, die Trennung von der Therapeutin zu ertragen, sagt viel über seine frühen Bezugspersonen aus. Und umgekehrt.« Ich wies sie erneut auf Donald Winnicott hin. »Seine Theorie der ›hinreichend guten Mutter‹ wäre in diesem Kontext beachtenswert«, sagte ich, doch sie verzog genervt das Gesicht.

»Das sehe ich gerade überall«, stöhnte sie. »In fast jeder Zeitschrift, die ich aufschlage: die *hinreichend guten* Eltern … der *hinreichend gute* Lehrer … der *hinreichend gute* Partner.« Sie verdrehte die Augen. »Klingt nach der idealen Ausrede, falls man es versaut. Eine Entschuldigung für die eigene Mittelmäßigkeit.«

Ich schüttelte den Kopf. »Das Konzept wird inzwischen zu stark vereinfacht. Die ursprüngliche Bedeutung ist verloren gegangen. Es geht darum, dass die Abgrenzung der Mutter eine maßgebliche Rolle bei der Abnabelung und in der Entwicklung des Kindes spielt.«

Ich warf einen Blick auf die Uhr. Die Zeit lief uns davon, aber ich wollte, dass sie sich damit beschäftigte und die Verbindungen herstellte. »Warum sehen Sie sich den Aufsatz nicht noch einmal an? Dann können wir weiterreden. Ich denke, die Konferenz wird Ihnen viel bringen. Da geht es auch um Bindungstheorie, und dann wird sicherlich klarer, wie grundlegend das mit unserem Therapieansatz bei Traumapatienten zusammenhängt.«

Sie nickte. Dann sagte sie, dass sie NTs in ihrer bisherigen Ausbildung nicht gewohnt gewesen sei. »Bis jetzt sind meine Patientinnen und Patienten fast immer erschienen. Vielleicht lag das an dem anderen Modell? Den wöchentlichen Arbeitsaufträgen …«

»Also ist das hier eine wichtige Lektion für Sie«, unterbrach ich, bevor sie mir schon wieder einen Vortrag über die strukturellen Aspekte kognitiver Verhaltenstherapie halten konnte. »Etwas, das Sie wirklich reflektieren sollten.«

Und so denke ich an jenem Freitagnachmittag, in Dans Abwesenheit, über ihn nach. Als sich die anfängliche Enttäuschung gelegt hat, gehe ich meine Aufzeichnungen unserer gemeinsamen Arbeit durch und beschäftige mich mit meiner Verwirrung am Ende der letzten Sitzung. Dem Sog, mich mit seiner Weltsicht zu verbünden. Denke an seinen Kummer und die Angst, enttäuscht zu werden. Ich erinnere mich an sein Machtgefühl während der letzten Minuten. An die plötzliche Rollenverschiebung und wie er daraufhin bekam, was er wollte.

An meinem Schreibtisch blättere ich die Notizen durch, denke über die brutale Vergewaltigung im Park nach. Über seine Panikattacke in meinem Büro. Wie er sich deswegen vielleicht nackt und bloßgestellt gefühlt hat und es ihm schwergefallen ist, wiederzukommen und erneut mit mir zu sprechen. Ich denke an seine Verzweiflung. Seine Hoffnungslosigkeit. Die Schnitte an seinem Arm. *Die Schnitte an seinem Arm.* Die Schnitte, die ich nicht einmal angesprochen habe. Irgendwo in der Ferne heult eine Sirene auf. Ein Rettungswagen bahnt sich seinen Weg zur Klinik. Plötzliche Kälte überkommt mich. Und dann hat er diese Bemerkung zu den toten Pflanzen gemacht. Wollte er mir damit etwas sagen? War es eine Warnung? Ich denke an Tom und die Zeichen, die ich möglicherweise übersehen habe. Jene dunkle Nacht in der Küche. Sein Anblick. Aschfahl. Der schwarze Schatten, der über sein Gesicht fiel.

Nervös wähle ich Dans Handynummer. Sofort geht die Mailbox ran. Ohne nachzudenken, hinterlasse ich eine Nachricht: *Ich hatte heute Nachmittag mit Ihnen gerechnet. Ich hoffe, es ist alles in Ordnung.* Normalerweise tue ich so etwas nicht. Doch als ich den Hörer auflege, sage ich mir, dass es gerechtfertigt ist. Dass außergewöhnliche Umstände vorliegen. Und irgendwie ist es auch tröstlich, seine Stimme zu hören.

Ich rufe Paula an. »Sind die Unterlagen von Dan Griffins Hausärztin aus Hackney eingetroffen?«

Als sie erwidert, dass nichts reingekommen sei, wähle ich die Nummer der Praxis. Die Arzthelferin lässt mich kurz warten und erklärt dann, es habe Probleme gegeben, die Akte seines vorherigen Hausarztes zu bekommen. Sie meint, dass eine der Bürokräfte, Shirley, damit befasst sei. »Sie ist morgen wieder da. Können Sie dann noch einmal anrufen?«

Ich versuche, mich auf den Papierkram zu konzentrieren, bin aber zu ruhelos. Ich trete ans Fenster, öffne den Riegel und stoße es auf. Die Frühlingssonne fällt warm auf meine

Arme, als ich nach den Töpfen im Blumenkasten greife. Ich hebe sie heraus und zupfe die toten Blätter und Zweige ab. Dan hatte recht, ein paar sind tot. Aber andere haben starke Wurzeln, und als ich eine Tasse mit Wasser fülle und es auf die Erde gieße, saugen sie es begierig auf. Ich wässere sie weiter, bis es vom Metallgeländer tropft. Gerade als ich sie zurückstelle, blicke ich hinab auf den Parkplatz und entdecke die Gestalt auf der Bank. Jemand in einer schwarzen Jacke oder einem Hoodie. Oben im sechsten Stock bin ich zu weit weg, um mir sicher zu sein, aber ich glaube, er ist es, und ich glaube, er schaut zu mir hoch, beobachtet mich, wie ich mich sorgsam um die Pflanzen kümmere. Ich fühle mich bloßgestellt, weil ich bei etwas erwischt werde, das er erwähnt hat. Ich trete wieder an den Schreibtisch, um meine Brille aufzusetzen, aber als ich zurück ans Fenster komme, ist die Person verschwunden. Ich blicke die Straße auf und ab. Es ist niemand zu sehen. Vielleicht habe ich es mir eingebildet. Vielleicht war überhaupt niemand da.

Sekunden später klingelt das Telefon. »Ruth, jetzt hab ich Dan Griffin hier stehen. Soll ich ihm sagen, dass er zu spät ist?«, fragt Paula und weidet sich an seinem Fehlverhalten.

»Er hat zwanzig Minuten«, erwidere ich. »Du kannst ihn rüberschicken.«

7

Die Erleichterung, die ich über sein Kommen empfinde, verwandelt sich rasch in ein anderes Gefühl, sobald er das Zimmer betritt. Mit großen Schritten geht er auf den Stuhl zu und setzt sich wortlos hin. Er trägt ein rotes langärmliges T-Shirt. Ein schwarzer Hoodie ist nirgends zu entdecken. Ich ertappe mich dabei, wie ich auf seinen Rucksack starre, den er auf den Boden hat fallen lassen.

Als ich ihm sage, dass ich inzwischen nicht mehr mit ihm gerechnet hatte, nickt er, gibt aber keine Erklärung für sein Zuspätkommen ab.

»Ich wollte gar nicht kommen«, erwidert er. Ruhig und mit verschränkten Armen sitzt er auf seinem Stuhl und starrt zu Boden. »Ich hab die Schnauze voll.«

Als ich anspreche, wie frustriert er wirkt, lacht er.

»Frustriert? Ist das alles? Mehr haben Sie nicht zu bieten?«

Er klingt eher erschöpft als aggressiv. Er will »Hilfsmittel« – die schnelle Lösung –, und schon sind wir wieder bei seinem »Ich will wieder dahin, wo ich vorher war«-Gespräch.

Ich erkläre ihm, dass Therapie keine Zauberei ist. »Tut mir leid. So funktioniert das nicht.«

Er redet davon, wie viel Mühe es ihn gekostet habe, herzukommen, dass er laufen musste, weil er den Bus nicht nehmen konnte. »In öffentlichen Verkehrsmitteln krieg ich immer noch Panik.«

Dann erzählt Dan von den Menschen, die ihm unterwegs begegnet sind, »alle total glücklich und am Lächeln, als hätten sie keine einzige beschissene Sorge im Leben«.

Für mich ist offensichtlich, wie er seinen Kummer als eine Art Panzer benutzt. So muss er nicht länger über sich selbst nachdenken. Wie sein Opferstatus ihn schön sicher in eine eiserne Rüstung hüllt, ihn vor jeglicher Verantwortung schützt, vor jeder Notwendigkeit, zu denken, zu reflektieren oder sich zu verändern.

»Es erscheint ungerecht, was Ihnen zugestoßen ist – und ich kann mir vorstellen, dass Sie manchmal ziemlich wütend darüber sind, überhaupt hierherkommen zu müssen«, sage ich.

Er schweigt.

»Nach unserem letzten Termin sind mir, was Sie betrifft, ein paar Bedenken geblieben. Dann kommen Sie heute sehr verspätet. Verpassen den Großteil unserer Sitzung. Das wirft bei mir die Frage auf, ob Sie gewissermaßen wollten, dass ich mir Sorgen um Sie mache?«

Er verdreht die Augen.

»Über eins der Themen, die mich seither beschäftigt haben, konnten wir nicht mehr sprechen. Die Schnitte auf Ihrem Arm.«

Er zuckt mit den Achseln. »Was ist damit?«

»Können Sie mir etwas über die Selbstverletzungen erzählen? Wann haben Sie damit angefangen?«

»Schon vor Jahren.« Er sagt es sehr nüchtern. »Ich mache das halt manchmal …« Sein Blick wird sanfter. »Das geht schon klar. Wirklich. Ist nie tief. Immer nur oberflächlich. Ich musste noch nie ins Krankenhaus deswegen. Ich hab das unter Kontrolle. Darum muss man sich keinen Kopf machen.« Er schaut mich aufmerksam an. »Sie müssen doch schon haufenweise Leute gesehen haben, die sich ritzen. Sie wissen, dass das kein Hinweis auf weitere Risikofaktoren ist.«

Er ist bestens informiert.

»Das klingt, als hätte man Sie schon früher dazu befragt?«

»Eigentlich nicht. Aber ich will meine Zeit hier nicht mit etwas verschwenden, das schon lange zu meinem Leben gehört. Etwas, das kein Problem für mich ist.«

»Okay.« Ich nicke. »Dann denken wir also über Sie selbst nach. Den Grund, warum Sie in unsere Abteilung gekommen sind.«

Als ich ihn auf den Fragebogen anspreche, schüttelt er den Kopf. »Der hat mich zu unruhig gemacht. Konnte ich nicht ausfüllen.«

Ich bin frustriert. Darüber, dass er mir die Möglichkeit nimmt, meine Arbeit zu machen, dass er jeden Besserungsversuch durchkreuzt. Aber ich merke auch, dass seine Aufsässigkeit irgendwie erzwungen wirkt, als wollte er mich dazu bringen, ihn zu tadeln.

»Lassen Sie uns ein paar der Fragen zusammen durchgehen«, schlage ich gelassen vor.

Wir arbeiten uns durch die Personendaten und seine Angstsymptomatik.

»Jetzt kommen noch einige Fragen, die mir helfen sollen, Sie etwas besser zu verstehen«, erläutere ich.

Er wird unruhig.

»Können Sie mir eine frühe Kindheitserinnerung nennen?«

Er lacht. »Aha. Das ist hier also die Sitzung, wo ich von meiner schlimmen Kindheit erzähle. Wie viel Angst ich vor meinem gewalttätigen Stiefvater hatte. Was für ein schweres Los das alles war. Und beim Reden über meine Vorgeschichte decken wir die Verbindung zu meinem neuesten Trauma auf.

Ich werde weinen. Sie werden mich in den Arm nehmen. Wir fangen endlich mit der ›echten Arbeit‹ an. Mein persönlicher Moment aus *Eine ganz normale Familie*.«

Ich sehe ihn verständnislos an.

»Judd Hirsch? Timothy Hutton?«

Er streckt die Arme nach mir aus.

Kurz herrscht Stille. Ich habe keine Ahnung, wovon er spricht.

»Ein gewalttätiger Stiefvater? War das bei Ihnen so?«

Er starrt zurück. Lässt mich nicht aus den Augen.

»Nein.« Er schüttelt den Kopf. Dann sagt er: »Ich wünschte, ich hätte irgendeine ›große Story‹. Wie im Film. Einen entscheidenden Moment, von dem ich erzählen könnte. Etwas, wo Sie sofort aufhorchen, das Sie ›sehen‹ würden. Nach dem Motto: *Ah! So ist das also!*« Wieder dieser enttäuschte Blick. »Aber da gibt es nichts.«

Ich thematisiere sein Bedürfnis, mit einer dramatischen Geschichte zu imponieren. »Sie haben Ihre eigene Geschichte«, sage ich sanft. »Und die würde ich sehr gern hören.«

Er berichtet mir von einem Familienausflug nach West Wittering. »Mit meinen Eltern und meinem kleinen Cousin. Dad hatte sich das Auto von meinem Onkel ausgeliehen. Wir sind mit offenem Verdeck runter an die Küste gefahren. Wie eine Szene aus *Thelma & Louise*.« Er erzählt, dass sie am Strand Fish and Chips und Eis gegessen hätten. »Es war ein schöner Tag«, meint er.

Die Geschichte ist seltsam. Zusammenhanglos. Und sie schwebt zwischen uns im Raum. Ich denke über seine Filmbezüge nach, und wie sie mich weiter von ihm fortdrängen. Noch eine Rüstung?

»Wie waren Sie als Kind?«, frage ich.

»Ängstlich«, antwortet er. »Ich war ein ängstliches Kind.

Viel allein. Ich habe viele Filme geguckt.« Während er spricht, wickelt er sich gedankenverloren den Haltegriff einer Plastiktüte um den Finger.

»Was hat Ihnen an den Filmen gefallen?«

Er denkt kurz nach, zieht das Plastik fester. »Andere Welten. Orte, wo einfach alles passieren konnte ...« Er zögert. »Aber hauptsächlich haben sie mir beigebracht zu fühlen.«

»*Zu fühlen?*«, wiederhole ich.

Er schaut auf. Ein kurzer Moment der Unsicherheit. Es ist, als würde ich versuchen, ihn an einer Angel einzuholen, langsam, wie einen schlüpfrigen Fisch, der jeden Moment zurück ins Wasser schnellen kann.

»Und Ihre Eltern?«, will ich wissen. »Wie wurden in Ihrer Familie Gefühle ausgedrückt?«

Er schweigt lange. Das verdrillte Plastik um seinen Daumen lenkt mich ab. Straff, wie ein Stück Schnur.

»Wenn ich an meine Familie denke«, sagt er schließlich, »ist da gar nichts.«

Zuerst begreife ich nicht, denke, dass er abblocken will. »Gar nichts?«

»Ein Gefühl von Nichts. Eine Leere. Zu Hause war ein hohler Ort. Ich hatte immer den Eindruck, dass etwas fehlt.« Er zwirbelt die Tüte noch fester. Sein Daumen wird violett, wie eine Pflaume.

»Ich habe versucht, diesen Raum mit Filmen zu füllen. Mit Figuren, die lebendig waren.«

Lebendig. Kurz denke ich über seine Wortwahl nach. »Also gab es auch das Gegenteil«, hake ich nach, »etwas gewissermaßen *Totes* an Ihrer eigenen Familie?«

Er löst den Griff um die Tüte. Das Blut schießt in seine Hand zurück. »Wie ich schon sagte, ich erinnere mich an fast nichts.«

Ich versuche, mehr aus ihm herauszukriegen, doch er schüttelt den Kopf.

»Tut mir leid, aber ich hab einfach wenig Erinnerungen an meine Kindheit. Da gibt's nicht viel zu erzählen.«

Ein quecksilbriger Flossenschlag, und weg ist er, abgetaucht in einen Wirbel trüben Wassers.

Ich verweise auf unsere letzte Sitzung. Wie er meinte, dass die Sache im Park sich wie eine Strafe angefühlt habe. »Karma haben Sie es genannt.«

Er starrt mich an und schüttelt erneut den Kopf. »Karma? Keine Ahnung, warum ich das gesagt habe. Tut mir leid. Das war mein Billy-Bibbit-Moment. Ich hab irgendwas vor mich hin gefaselt. Weiß gar nicht mehr, was. Ich war nicht ganz bei mir.«

Ich stelle noch ein paar Fragen. Aber ich komme nicht weiter. Je mehr er sich zurückzieht, desto stärker bohre ich nach, und desto weniger bin ich in der Lage, den Vorgang zu kommentieren, in Worte zu fassen, was im Zimmer zwischen uns vor sich geht.

»Passen Sie auf«, meint er schließlich, »der Park war brutal. Ich meine: *Hallo?!* Vielleicht geht's mir einfach deshalb schlecht. Muss es denn noch was anderes auszugraben geben? Irgendein großes Geheimnis? Wer sind Sie eigentlich? Miss Marple?«

Er sieht mich unverwandt an.

»Der Angriff *war* brutal und traumatisch«, stimme ich zu. »Aber so, wie Sie in unserer letzten Sitzung darüber gesprochen haben, ist bei mir der Eindruck entstanden, als würde es für Sie da irgendeinen Zusammenhang geben. Sie meinten, Ihre Flashbacks würden auch anderes beinhalten. Vielleicht etwas aus der Vergangenheit?«

Er schüttelt entschieden den Kopf, setzt eine gespielt überfragte Miene auf. »Ich kann mir was ausdenken«, witzelt er. »Falls das weiterhilft.«

Ich atme tief ein und beuge mich ein wenig vor. »Dan, hier geschieht etwas. Zwischen uns.« Ich spreche mit Vorsicht. »Ich fühle mich dazu gedrängt, Sie auszufragen. Dieses Nachforschen, Nachhaken und die Versuche, ›die Wahrheit‹ herauszufinden, halten mich von meiner eigentlichen Arbeit ab.«

Schweigend erwidert er meinen Blick.

»Ihr Gefühl von Ungerechtigkeit und Kummer, die Bewährungshelfer … die Polizei … die Anwälte – das alles wirft bei mir die Frage auf, ob Sie schon früher enttäuscht worden sind. Oder in der Vergangenheit ein Unrecht erfahren haben. Vielleicht durch Ihre Eltern oder andere Personen, die Ihnen nahestanden.«

In seinem Gesicht blitzt etwas auf. Ein Erkennen, denke ich. Er sitzt ganz still, beobachtet mich. Er wirkt ernst. Aufmerksam.

»… und ich frage mich außerdem, ob es Ihnen deshalb so schwerfällt, hierherzukommen und in diesem Raum wirklich anwesend zu sein. Weil immer die Gefahr besteht, dass auch ich Sie enttäuschen könnte. Dass auch ich *meine Arbeit nicht anständig mache*.«

Er sieht aus, als würde er alles in sich aufsaugen. Als könnte ich ihn ins Boot holen. Ich spüre, wie die Sitzung sich öffnet und weitet, als würde ein frischer Luftstrom ins Zimmer wehen. Als stünde ich kurz vor dem Durchbruch. Er lehnt sich zurück, verschränkt die Finger und streckt die Arme vor, als würde er sich vor einer Trainingsrunde im Fitnessstudio auflockern.

»*Menschen, die ihre Arbeit anständig machen*. Stimmt, das wirft eine spannende Frage auf«, meint er und dehnt die Halsmuskeln, indem er den Kopf nach links und rechts neigt. »Ich hab selbst ein bisschen über diesen Ort hier recherchiert.« Und er wedelt mit der Hand durch die Luft. »Es gibt die Matt Johnsons dieser Welt, aber das ist nicht alles, oder?« Er beugt sich vor. »Die Sache ist«, sagt er langsam, »das haben Sie nicht immer – nicht wahr?«

Er sieht mich an, wartet, auf eine Art, durch die ich mich entblößt fühle. Als würde er mich mühelos durchschauen.

»*Was* habe ich nicht immer?«, frage ich mit plötzlich trockener Kehle.

»Sie haben Ihre Arbeit nicht immer anständig gemacht.« Sein Nacken knackt, als er den Kopf zur Seite ruckt. »Sie konnten nicht allen helfen, stimmt's?«

Schlagartig läuft alles langsamer ab. Während er spricht, sehe ich die Bilder vor mir. Bilder, die ich mir vom Leib zu halten versuche. Davids Schulter, die die Badezimmertür rammt. Einer von Toms Stiefeln auf dem Boden. Seine blauen Lippen. Der Geruch nach Erbrochenem. Das grelle Weiß der Intensivstation.

Sie konnten nicht allen helfen, stimmt's?

Ich weiß genau, was jetzt kommt. Ich fühle mich auf meinem Stuhl gefangen. Festgenagelt von seinem kühlen stählernen Blick. Meine Handflächen sind mit einem Mal schwitzig. Ich schaue hoch. Die Angst zehrt mich auf.

»Mark Webster«, sagt er leise. »Für ihn ist es nicht besonders gut ausgegangen, nicht wahr?«

Mark Webster?

Damit hatte ich nicht gerechnet. Ganz und gar nicht. Kurz durchströmt mich Erleichterung. Als wäre ich entkommen. Dann trifft es mich. Eine dumpfe Verwirrung. Ich starre ihn an, mit erstaunt aufgerissenen Augen.

»Mark Webster?«, wiederhole ich langsam.

Er nickt. Mit gelassener Miene.

Für einen Augenblick überkommt mich Schwindel, ich kann mich nicht konzentrieren. Der Schreck, nach acht, vielleicht neun Jahren seinen Namen zu hören.

»Informationsfreiheit«, meint Dan achselzuckend, als könnte er meine Gedanken lesen. »Ich habe über ihn recherchiert. Solche Verfahren sind öffentlich.«

Ich starre ihn weiter an.

»Wenn man sein Auto reparieren lassen will, guckt man sich ja auch an, was der Mechaniker bisher so gemacht hat, oder?«

An diesem Punkt sollte ich schweigen. Sollte ergründen, was sich da zwischen uns abspielt. Herausfinden, warum er diese Nachforschungen angestellt hat. Mit ihm zusammen überlegen, was seine Beweggründe gewesen sein mögen. Doch für den Moment bin ich einfach nur baff. Ich stelle keine dieser Fragen. Ich fühle mich in der Falle, wie ein aufgespießter Schmetterling. Ich räuspere mich.

»Mark Webster ging es sehr schlecht«, sage ich und spüre meine brennend heißen Wangen. »Sein Suizid war die Folge einer schrecklichen Familientragödie. Er war zutiefst verzweifelt.«

»Das kann man wohl sagen.« Dan nickt. »Nachdem er einen Geländewagen über sein eigenes Baby hat rollen lassen. Fahrlässig«, fügt er hinzu und sieht mir geradewegs in die Augen. Ich weiß nicht genau, ob er Mark meint oder mich.

»Es war ein furchtbarer Unfall.«

Plötzlich bin ich wieder in jener ersten Sitzung mit Mark Webster, in der er mir alles berichtete. An besagtem Wochenende war seine Frau zum Geburtstag einer Freundin gefahren. Ihre erste Nacht außer Haus, seit das Baby auf der Welt war. Wie stolz er sich fühlte, dass er mit beiden Kindern einen Ausflug gemacht hatte. Wie gut er alles hinkriegte. Wie sein Sohn, ein Kleinkind, an der Haustür stand, als er die Babyschale löste; wie er seine Tochter hinter das Auto in die Einfahrt stellte, während er die Tasche aus dem Kofferraum holte. Wie er seine Jackentaschen nach dem Handy abtastete. Und in dem Moment, als er zurückging, um das Handy vom Armaturenbrett zu holen, rollte der Wagen die Einfahrt hinunter. Kurz schließe ich die Augen, als ich sein gepeinigtes Gesicht erneut vor mir sehe. Wie er wie ein Tier in seine Hände heulte.

Ich ringe um die richtigen Worte. »Es gab eine Untersuchung. Und so schrecklich und tragisch die Folgen auch waren – sie wurden als unvermeidlich angesehen.«

»Ich habe gelesen, dass er noch am selben Tag bei Ihnen gewesen ist.«

»Das stimmt.«

»Tote Pflanzen … tote Patienten«, meint er und schwenkt den Arm weit ausholend durchs Zimmer. »Das schafft nicht gerade Vertrauen.«

»Mark Webster war nach dem Unfall klinisch depressiv. Er war fest entschlossen, sich umzubringen.« Und dann bremse ich mich. Ich habe schon zu viel gesagt. Nichts hiervon ist relevant. »Es war ein schwieriger Fall.«

»Im Grunde sagen Sie also, dass Sie in Wahrheit *nicht* allen helfen können?«

Er sitzt aufrecht und selbstsicher auf seinem Platz. Ich hingegen fühle mich plötzlich klein, halte mich seitlich an meinem Stuhl fest.

Es war im ersten Jahr nach meiner Beförderung zur Abteilungsleiterin, vor acht Jahren. Ich war erfahren. Hatte jahrelang praktiziert. Ich hatte es nicht vorhergesehen. Mark Webster ging es allmählich besser. Wir hatten die Behandlung verlängert. In der Sitzung an jenem Tag war er zuversichtlich. Die Flashbacks waren seltener geworden. Er schlief besser. Er wirkte unbeschwerter. Leicht. Befreit. Erst hinterher ging mir auf, dass dieser Zustand der Euphorie entsprang, weil er einen Entschluss gefasst hatte. Er hatte sich bereits entschieden, seinem Leben ein Ende zu setzen. Es war, so muss er gefolgert haben, der einzige Ausweg aus einem ihm unlösbar erscheinenden Problem. Wir beendeten unsere Sitzung. Er dankte mir und ging. Unterwegs machte er halt und trank im Park noch einen Kaffee, aß ein Gebäckstück, rief seine Frau an. Dann nahm er die Jubilee Line bis Green Park, wo er sich vor eine U-Bahn warf.

John Grantham war damals erst seit sechs Wochen Geschäftsführer. Er war genial. Er stand mir bei der Untersuchung zur Seite. Ich wurde ins Kreuzverhör genommen, und meine Aufzeichnungen wurden mit äußerster Sorgfalt durchkämmt. Als ich meine Einschätzungen zur Selbstgefährdung erläuterte, die genauestens von zwei unabhängigen psychologischen Sachverständigen geprüft wurden, zitterten mir so heftig die Hände, dass ich mich am Zeugenstand festkrallen musste. Meine Beurteilung kam zu dem Schluss, dass anhand der Informationen aus Mark Websters Sitzungen ein vermindertes Suizidrisiko bestanden hatte. Im vorliegenden Fall wurden Behandlung und Fürsorge als »mehr als angemessen« bewertet. Es gab keinen Grund, Fahrlässigkeit oder einen Verstoß gegen die »Sorgfaltspflicht« zu vermuten.

Jetzt hier vor Dan zu sitzen, fühlt sich an, als müsste ich die gerichtliche Untersuchung noch einmal von vorn durchlaufen.

Die kleine zusammengekauerte Gestalt von Mark Websters Frau Jane hatte mich verfolgt. Ihr angespanntes, bleiches, trauerndes Gesicht. Wie sie den Verlust sowohl eines

Babys als auch eines Ehemanns innerhalb von vier Monaten zu begreifen versuchte. Als ich sprach, schaute sie auf. Ich sah zu ihr hinüber. Wollte ihren Blick nicht meiden. Ich wollte etwas von ihr zurückbekommen – so etwas wie Hass oder einen Vorwurf. Da war nichts. Ihre Miene blieb ausdruckslos. Sie war zu verstört für Anschuldigungen.

Marks Bruder war derjenige, der seine Wut zeigen konnte. Er redete gewandt und leidenschaftlich über sein Bedürfnis nach Erklärungen. *Eine weltberühmte Klinik. Renommiert. Die Zerstörung der Familie. Eine Witwe ... ein Sohn, der ohne Vater zurückbleibt ...* Am Ende seiner Zeugenaussage blickte er zu mir. *Was ist schiefgelaufen?*

Von Jane Webster bleibt mir am deutlichsten ihr zerstreuter, leerer Gesichtsausdruck in Erinnerung. Ihre ständigen, fahrigen Bewegungen: ein Ziehen an der Strickjacke, ein Griff in die Handtasche, in den Mantel, an ihren Schal; fieberhaft tastete sie danach, um sich zu vergewissern, dass alles noch da war. Als würde sie, nachdem sie die Hälfte ihrer Familienmitglieder verloren hatte, nun wie besessen Protokoll über ihre Besitztümer führen, alles in Reichweite behalten und sicherstellen, dass ihr nicht noch mehr abhandenkam.

Damals habe ich meinen Supervisor Robert häufig gesehen. »Es ist ein Märchen, dass wir die Leute in jedem Fall retten können«, rief er mir in Erinnerung. »Die Einschätzung der Selbstgefährdung kann einen Anschein von Kontrolle erwecken. Sie kann uns vorgaukeln, dass wir die Dinge irgendwie in der Hand haben. Dass psychische Gesundheit berechenbar ist. Dass es ein eindeutiges Schwarz und Weiß gibt. Aber wenn die Menschen nicht psychisch labil würden, bräuchten wir keine psychiatrische Versorgung.«

Ich nickte. Ich wusste, dass er recht hatte. Dennoch war ich zutiefst verunsichert.

»Du weißt auch, dass wir jemanden, der den Beschluss gefasst hat, sich zu töten – der es durchdacht und so gründlich geplant hat wie Mark Webster –, durch nichts davon abhalten können. Durch nichts«, wiederholte er und schüttelte den Kopf. »Sogar Patienten, die rund um die Uhr überwacht werden, finden einen Weg«, erinnerte er mich. »Wenn ein Patient wütend auf sich selbst ist, kann diese Verzweiflung zu groß werden. Es gibt kein Entkommen. Suizid kann sich dann wie die einzig mögliche Antwort auf eine solche Verzweiflung und Wut anfühlen. Mark Webster sah keinen anderen Ausweg.«

Robert, John, die Ärzte, die als Gutachter auftraten, sie alle waren sich einig. Weder bei mir noch bei der Stiftung, unserem Träger, wurden Versäumnisse festgestellt. Es war eine Tragödie, die sich nicht hatte verhindern lassen. Genau das hätte ich auch jedem Mitglied meines Teams gesagt. *Nichts, was man hätte tun können.* Aber ich glaubte nicht daran. Ich fühlte mich schuldig. Und die Schuldgefühle klebten an mir wie Sirup. Von da an war ich übertrieben wachsam, was meine Einschätzungen der Selbstgefährdung anging. Übervorsichtig. Noch Monate danach wachte ich nachts oft auf, sah den dunklen Tunnel vor mir und einen großen Mann im Anzug, der vom Bahnsteig auf die Gleise trat. Dann saß ich kerzengerade im Bett, und der Schweiß lief mir übers Gesicht. Mit der Zeit wurde es besser. Und sechs Jahre später geschah dann das mit Tom.

Ich atme ein und aus. Ich setze mich aufrechter hin. Ich löse die Hände, die immer noch die Sitzfläche des Stuhls umklammern, und lege sie in den Schoß. Ich kehre langsam in meinen Körper zurück, nehme wieder meine Rolle ein.

»Dan«, sage ich fest, »wir können die wenige Zeit, die uns von dieser Sitzung noch bleibt, mit Mark Websters tragischem Suizid verbringen. Wir können über meine fachliche Kompetenz, über mögliche Versäumnisse und meine therapeutischen Defizite sprechen … Aber ich glaube, hier geht es im Grunde nicht um Mark Webster, ich glaube, hier geht es um Sie und Ihren Widerwillen, sich …«

Ehe ich meinen Satz beenden kann, steht er unvermittelt auf und schaut auf die Uhr.

»Ich muss los«, verkündet er, »mein Kumpel hat gesagt, er kommt mich hier abholen, damit ich nicht den Bus nehmen muss.« Er spricht hastig, bewegt sich schnell. »Sorry, dass ich schon so früh abhaue«, sagt er, als wäre ich eine Freundin im Pub. »Bis nächste Woche dann.«

Und weg ist er.

Ich rufe Robert an. Ich stehe am Schreibtisch und blicke aus dem Fenster, als ich ihm eine Nachricht hinterlasse. »Ich brauche einen Termin, so bald wie möglich.«

Und da sehe ich die beiden aus dem Klinikeingang treten. Dan und Hayley in angeregtem Gespräch, während sie zusammen den Parkplatz überqueren.

Ich starre ihnen hinterher, mit einem seltsamen Gefühl im Bauch. Doch trotz allem, was ich beobachte, erkenne ich nicht, was direkt vor meiner Nase geschieht. Ich kriege nicht mit, was Dan da tut. Dass er mich, indem er meine Aufmerksamkeit auf das lenkt, was er mich sehen lassen will, davon abhält, mich auf genau den Punkt zu konzentrieren, den ich mir ansehen müsste.

8

Ich spüre es, sobald ich aufstehe. Ich bin wie eine ruhelose Katze, die sich endlos um sich selbst dreht, hierhin und dorthin zuckt, bis sie ein gemütliches Plätzchen gefunden hat. Doch an Tagen wie heute weiß ich, dass es dieses gemütliche Plätzchen nicht gibt. Wie auch?

Ich habe nichts vor. Fürs Wochenende mache ich kaum noch Pläne. Vielleicht hätte ich es diesmal tun sollen. Heute erfüllt mich die Aussicht auf zwei gähnend leere freie Tage mit einem gewissen Grauen. Meinen einzigen Termin, ein verabredetes Skype-Gespräch mit Carolyn, hat sie gestern noch abgesagt. Nach der Sitzung mit Dan hatte ich mein Handy eingeschaltet und ihre Nachricht gelesen: *Unerwartet noch eine Schicht auf dem Boot angeboten bekommen. Feiere meinen Geburtstag auf See. Ruf dich an, wenn ich zurück bin, C xx*

Der Morgen beginnt schlecht. Ich bin unentschlossen, was ich frühstücken will, ob ich baden oder duschen und was ich danach anziehen soll. Ich kann mich auf nichts konzentrieren. Als ich die Notizen zu dem Paper in die Hand nehme, das ich bei einer Konferenz im Juni vorstellen werde, überfliege ich Wörter, die mir völlig fremd erscheinen, die ich nicht als die meinen wiedererkenne. Ich öffne die Gartentür und schnappe mir eine Schaufel, um in den Töpfen auf der Terrasse Unkraut zu jäten. Doch unter dem grauen Himmel fühle ich mich schwer und lethargisch und muss gegen das Bedürfnis ankämpfen, wieder reinzugehen und mich zurück aufs Bett zu legen.

Davids Nachricht trifft ein, als ich mir gerade einen Kaffee koche. Das sanfte Bimmeln, das die Stille meines Morgens durchbricht, ist eine Erleichterung, ein Erwachen aus meiner einsamen Blase. Meistens komme ich gut damit zurecht, das Alltags-Räderwerk allein am Laufen zu halten. Doch dann gibt es Tage wie heute, wo ich mich völlig antriebslos fühle. Die unerbittliche Selbstbestimmtheit des Wochenendes bringt mich häufig ins Trudeln. Werktage sind naturgemäß anders, da füllt die Klinik meine Zeit und zehrt mich auf. Die Bedürfnisse meiner Patientinnen und Patienten sind so elementar, so unmittelbar, dass sie mich vorantreiben. Derzeit bin ich mir nicht sicher, wer wen dringender braucht.

Daher bin ich vorsichtig, wenn andere meine Arbeit bewundern. »Man gibt etwas zurück«, sagen sie. *Altruistisch. Ehrenwert.* Sie haben ja keine Vorstellung. Sie wissen nichts von dem Sog. Von der Genugtuung, die beruhigen kann wie eine Droge. Vom Adrenalinkick der Trauma-Arbeit. Für viele von uns ist ihre Unberechenbarkeit tröstlich. Sie fühlt sich vertraut an. Manchmal betrachte ich mein Team, all die chaotischen Leben und die Beweggründe meiner Kolleginnen und Kollegen für diese Arbeit, und frage mich, ob wir alle bloß leistungsfähigere und besser informierte Versionen unserer Patienten sind. Leute, die sich komplexe Methoden angeeignet haben, um mit dem Chaos zurechtzukommen. Mein Arbeitstag ist in fünfzigminütige Patientenhäppchen unterteilt. Mundgerechte Stücke aus Kummer und Schmerz und Trauma, die dazu dienen, meine eigenen zu betäuben.

Am Ende unserer Beziehung, das sich wie ein schmerzvoller Riss anfühlte, meinte David, dass ich für das Leid anderer Menschen leben würde. Er warf mir vor, der Job als Therapeutin sorge dafür, dass ich mit mir selbst zufrieden sein könne.

»Du bist ein Vampir«, sagte er. »Du saugst den Schmerz und die Traumata deiner Patienten auf, damit es dir besser geht. So kommst du dir nützlich vor – als würdest du wirklich was *Sinnvolles* machen.«

»Sinnvoller als das Studium längst verstorbener Dichter?«, entgegnete ich.

Als wir gerade frisch zusammen waren, hinterließ David mir oft kleine Zettelchen. Gedichtzitate, die ich versteckt in meiner Tasche fand, oder an den Badezimmerspiegel geklebt. Etwa diesen einen Vers, bei dem ich laut auflachen musste – *Ob ich Pfirsiche verzehr?* – und den ich beim Lernen in der Bibliothek aus meiner Brotdose zog. Ich weiß nicht mehr, wann das mit den Zetteln aufgehört hat. Vermutlich irgendwo im Mahlstrom der Kleinkinderzeit. Doch damals, als wir bloß noch Beleidigungen tauschten, fielen sie mir wieder ein, und ich fragte mich, welche Gedichte er bei Bedarf wohl heute zur Inspiration herangezogen hätte. Unter den gegebenen Umständen kriegten wir es allerdings auch bestens allein hin, warfen uns ununterbrochen Wörter hin und her, wie bei einem nervtötenden Ballspiel, das wir wie unter Zwang fortsetzen mussten. Ich machte mich über Davids Zuflucht zu seinen Büchern, seinen Studien und Vorlesungen lustig. Und – natürlich – zu seinen Studentinnen.

»Du bist das wandelnde Klischee einer Midlife-Crisis«, sagte ich. »*Die nächtlichen Tutorien des College-Professors mit seinen Doktorandinnen.* Ich bitte dich …« Ich verdrehte die Augen.

»Tja, ich hingegen bin froh, dass du dich so für deine Patienten engagierst«, gab er zurück. »Wenigstens kannst du auf die Art innige Beziehungen führen, wenn auch auf Kosten der Krankenkasse. Mit Leuten, die nicht mehr ganz dicht sind.«

Und so ging es immer weiter. Vor Toms Einweisung in die Klinik stritten wir uns ständig wegen ihm. *Meine Überambition. Davids mangelnder Einsatz. Sein Rückzug. Meine Kontrollsucht. Sein Wegducken vor der Verantwortung.* Als Tom wieder aus der Klinik entlassen wurde, war es zu schmerzhaft. Ich erinnere mich an unsere Fahrt nach Hause, wie wir die Euston Road querten, klein und still in unseren Sitzen. David fuhr sehr vorsichtig, als würden wir ein Neugeborenes nach Hause bringen. Danach verlagerte sich etwas. Wir zogen uns zurück. Machten einen Bogen um die Sache, wie zwei Kinder, die mit einem Stock einen toten Vogel anstupsen.

Im vergangenen Jahr haben sich Davids Textnachrichten nach und nach verändert. Vielleicht kann er sich, nun, da sich Toms Verschwinden allmählich gesetzt hat und wirklicher für uns geworden ist, mir gegenüber gnädiger zeigen. Wir sind beide milder in unserem Miteinander geworden. Da ist mehr Wärme, weniger Feindseligkeit. Er geht behutsam mit mir um, als könnte ich zerbrechen. Heute schreibt er mir angeblich, weil er seinen alten Drucker abholen will. Aber am Ende: *Bist du zu Hause? Wir könnten zusammen Mittag essen gehen.* Es ist fürsorglich von ihm, dass er daran gedacht hat. Umso fürsorglicher, da er es nicht erwähnt oder mich fragt, wie es mir geht. Er weiß, ich könnte das nicht ausstehen. Und deshalb durchströmt mich ein plötzliches Wohlwollen ihm gegenüber.

Außerdem treibt es mich aus meiner Trägheit und setzt mir ein Ziel. Eine Frist.

Binnen fünfzehn Minuten habe ich mich angezogen und

das Haus verlassen. Von unterwegs texte ich David zurück. Meine Antwort ist freundlich: *Das wäre nett gewesen. Aber ich hab schon was vor. Bin heute unterwegs.* Ich lasse ihn wissen, dass der Drucker in der Garage steht. *Kannst ihn jederzeit abholen. Bis bald.*

Es ist einfacher, nett zu sein, seit wir uns nicht mehr sehen und die Kämpfe vorbei sind. Wir haben keine Kraft mehr für Feindschaft, und irgendwie können wir uns so an der Vorstellung des anderen erfreuen. Vielleicht schöpfen wir dabei aus der Vergangenheit. Vielleicht ist es auch ein vollkommen neues Konstrukt. Wie dem auch sei, es fördert die Einbildungskraft, wenn wir uns seltener sehen. Wir haben seit der Trennung nur einmal miteinander geschlafen. Er war vorbeigekommen, um ein paar alte Unterlagen vom Speicher zu holen. Ich machte ihm Abendessen. Wir tranken Wein und landeten im Bett. Es war vertraut, leicht. Zu jener Zeit ein Trost für uns beide. Doch sofort danach waren wir zurück auf vertrautem Terrain. Die Schneide der Schuldzuweisungen schien durch unsere Vereinigung geschärft. Nachdem wir uns angezogen hatten, brauchten wir einander bloß anzusehen. Wörter waren unnötig. Allein schon, dass wir zwei zusammen waren, war eine Mahnung daran, was fehlte und was verloren war.

Wenn ich heute an David denke, ist es schwer, das Leben, das wir über dreiundzwanzig Jahre miteinander geteilt haben, damit in Einklang zu bringen. Als wäre unsere Ehe eines jener Häuser gewesen, die nahe an einer allmählich unterspülten Klippe stehen. Und als die Ehe schließlich vorbei war, stürzte das Haus in die Tiefe. Der glatte Abbruch ließe niemals erahnen, dass an dieser Stelle zuvor etwas anderes gewesen war. Inzwischen erinnere ich mich kaum noch an die Wut, die ich empfand, als er sich mit Kate traf.

Seine häufigen Abendtutorien an der Uni. Ich kann mich kaum noch mit meinem damaligen Ich in Beziehung setzen. Mit einer Person, die so wütend war, so gekränkt. Es ist, als wären all diese Gefühle in die schäumenden Wellen abgeglitten. Es scheint wie ein anderes Leben.

Jetzt, da Tom fort ist, hat sein *Verschwinden*, sein *Weggang* (ich weiß noch immer nicht, wie ich es nennen soll) alles andere überlagert. Da ist kein Platz für irgendwelche anderen Empfindungen. Carolyn würde natürlich sagen, dass es niemals anders gewesen ist.

Ich laufe zügig und zielstrebig den Hügel hinauf, an der Archway Station vorbei. Ich gehe im Tempo und Schritt eines Menschen, der weiß, wo er hinwill. In all den Monaten war Gehen stets das Einzige, was gegen die Ruhelosigkeit geholfen hat. An Tagen, wenn ich unter einer Decke aus Unentschlossenheit und verhaltener Unruhe erwache, hilft offenbar schon das Gehen an sich, das Setzen des einen Fußes vor den anderen. Manchmal laufe ich kilometerweit und kehre erschöpft zurück. Inzwischen weiß ich, dass es die Bewegung ist, das Weitermachen, das ausmerzt, was in meinem Inneren Zuflucht gesucht hat. Was auch immer es ist. Manchmal stelle ich es mir wie ein faultierartiges Wesen vor, schwer und langsam, das mich in die Unbeweglichkeit zerren will. Ein langer Spaziergang scheint es schon beim ersten Annäherungsversuch abzudrängen. *Wach auf. Beweg dich. Geh weg. Du bist hier nicht willkommen.* So lautet die Botschaft. Also macht es mir Platz. Aber es wird wiederkommen. Das tut es immer.

Ich laufe weiter. Bewege mich durch die Menschenmassen auf der Hauptstraße, durch vor den Läden herumstehende Grüppchen; die Nachteulen, die sich vor dem Schlafengehen ihr Frühstück besorgen, die frischgebackenen Eltern, seit dem Morgengrauen auf den Beinen, die mit ihren Buggys die

Bürgersteige auf und ab tigern und dann mit glasigem Blick in den Schaufenstern der Cafés sitzen. Ich laufe weiter, und die ganze Zeit über halte ich Ausschau, suche die Straßen ab. Die Kaffeebars und Restaurants, die Menschen, die morgens die Pubs putzen, und die in den Hauseingängen schlafenden Körper. Ich halte Ausschau, obwohl ich weiß, dass ich Tom hier nicht finden werde. Falls er lebt, wäre er nicht so nah bei uns. So nah bei mir. Ich denke an Dan, an die Schnitte an seinem Arm. Denke an das Drama dieser Woche. Wie Mark Webster ins Zentrum der Aufmerksamkeit gerückt wurde. Dann denke ich an Dan und Hayley. Hayley und Dan dicht beieinander im Gespräch. Während ich gehe, treiben meine Gedanken leicht dahin, sie senken sich, stürzen nach unten und drehen ab, wie Schwalben im Wind.

Ich gehe an Familien und Freundesgruppen vorbei. Dinge, die einst auch zu meinem Leben gehört haben. Nun wahre ich Abstand zu den Menschen. Beziehungen sind durch die Leerstelle in meinem Leben belastet. All die Unterhaltungen über die wachsenden Familien anderer Leute, über Uni, Jobs, Beziehungen fühlen sich wegen Tom gekünstelt an. Anfangs habe ich versucht, Anteil zu nehmen. Aber ich spürte, wie mein Gesicht sich anspannte, die Muskeln verkrampften, während ich eine interessierte Miene aufzusetzen versuchte. Es täuschte über meine Wut hinweg. Über meinen Neid und meine Eifersucht. Manchmal bemühte ich mich so sehr, dass meine Wangen steif wurden und schmerzten. Irgendwann war es leichter, niemanden mehr zu treffen.

Während ich laufe, denke ich an Carolyn. Am anderen Ende der Welt wird es wohl gerade Abend. Ich stelle sie mir mit Freunden auf dem Boot vor; glücklich, lachend, unter einem sternenklaren Himmel. Es ist sowohl erleichternd als auch enttäuschend, dass sie mir abgesagt hat. Sie tut mir leid.

Weil ihre Geburtstagsfreude nun vom Fehlen ihres Bruders verdüstert wird. Ich kann meine Trauer und meine Freude nicht einfach voneinander trennen. Ihre Nachricht überrascht mich nicht, aber ich kann nicht so tun, als würde ich etwas fühlen, das nicht da ist. Keine von uns war je besonders gut darin, sich zu verstellen, und über Skype sind Gefühle sogar im günstigsten Fall eine verzwickte Sache. Die ruckelnde Verzögerung scheint die feinen Schattierungen unserer bereits schwächelnden Beziehung noch zu schärfen.

»Das Letzte habe ich nicht richtig mitbekommen. Was hast du gesagt?«, stottern wir bruchstückhaft.

»…lug. Ich mache einen Ausfl…« Jetzt schreit sie, mit entnervtem Gesicht. Und schon sind wir zurück auf Los. *Du hörst mir nie zu. Ich bin unsichtbar für dich. Du hörst mich einfach nicht.*

»Einen Ausflug?«

»Genau.«

»Wohin denn?«

»Zum Daintree Forest.«

»*Wohin?*«

»Zu. Dem. Wald. Wo. Ich. Mit. Dad. War.« Überdeutlich wiederholt sie: »Daintree.«

Und dann verzerrt sich ihr Gesicht. Es zerspringt in kleine Splitter, die sich zerstreuen und kurz darauf wieder zu einem Gesicht zusammensetzen. Oft sind ihre Worte nicht synchron mit den Lippenbewegungen. Ich vermute, es muss seltsam für sie sein, einer viel älteren, ergrauenden Version ihrer selbst patzige Antworten zu geben.

Wir saßen am Küchentisch, als Carolyn verkündete, sie habe vor, Jura zu studieren. Damit hatte ich nicht gerechnet.

»Und in Durham haben sie mir schon einen Platz angeboten«, erklärte sie.

Die Entscheidung an sich war bereits überraschend und sorgte für Anspannung, daher hielt ich mich sorgsam zurück und las die Stimmung auf ihrem Gesicht. Ich glaubte, Freude darin zu erkennen.

»Das ist toll«, meinte ich.

»Aber die allerbeste Neuigkeit ist«, und hier hielt sie inne und holte Luft, »dass ich die Aufnahme um ein Jahr verschieben konnte.« Sie sah zu mir auf. »Ich mache ein Jahr Pause. Ich gehe nach Australien.«

Das war das erste Mal, dass ich etwas von Australien hörte. Es war typisch Carolyn, schon alles unter Dach und Fach zu haben, ehe sie irgendetwas davon erwähnte. Sie hatte nichts durchblicken lassen. Kein Wörtchen von einem Plan. Ich versuchte, mein Erstaunen zu verbergen, und scheiterte.

»Was ist denn?«

»Nichts«, versicherte ich. »Ich bin nur überrascht. Ich hatte keine Ahnung, dass du …«

»Na ja, ich wollte noch nichts erzählen«, schob sie eilig hinterher. »Sie hätten auch nein sagen können. Dann wären wir alle enttäuscht gewesen.« Und sie lachte seltsam abgehackt auf. Sie sah mich an. Wieder dieser Blick, der mich aufforderte, mich drängte zu widersprechen, an ihr herumzukritteln. Etwas zu sagen, über das sie herfallen könnte.

Ein paar Wochen später sprach sie mich dann direkt darauf an. »Warum bist du so sauer auf mich?«

Natürlich stritt ich es ab. Setzte einen betroffenen Blick auf und heuchelte Verwirrung, aber ich wusste genau, was sie meinte. Mir war klar, wie wir an diesen Punkt gekommen waren, als wären wir einer endlosen Spur aus Brotkrumen durch den Wald gefolgt. Zu einem Ort, wo ich mich, in unterschiedlicher Weise, von meinen beiden Kindern entfremdet fand.

Australien? Im Ernst?

»Das ist toll«, sagte ich. »Wenn du das wirklich willst – ich freu mich für dich.« Während ich in Wahrheit dachte: *Hättest du einen noch weiter von zu Hause entfernten Ort finden können? Warum kannst du nicht einfach nach Europa reisen? Mit Interrail durch Italien. Rom? Florenz? Inselhopping in Griechenland?* Ein Land, in dem ich sie besuchen und von wo aus ich schnell wieder zurück in London sein könnte, hätte ich verkraftet; in maximal drei oder vier Stunden, falls es irgendetwas Neues von Tom gäbe. Aber ein 24-Stunden-Flug? Das war undenkbar. Das wussten wir beide. Warum musste sie sich etwas aussuchen, bei dem ihr klar war, dass ich sie nie würde besuchen können? Es wirkte fast beabsichtigt.

Ich schluckte und versuchte, gut zu reagieren. Ich musste sehr mit mir ringen, um nichts dazu zu sagen; so auszusehen, als würde ich mich für sie freuen. Mir war klar, dass sie mich durchschaute. Dass sie mich zu genau kannte.

»Ich will tauchen lernen. Auf einem Boot anheuern …«

In dem Versuch, nichts Negatives und nicht das Falsche zu sagen, wahrte ich eine ausdruckslose Miene.

»Das Great Barrier Reef? Queensland?«, fuhr sie fort und sprach übertrieben deutlich, als wäre ich ein kleines Kind, das nichts kapierte.

»Ja«, sagte ich. »Das ist toll.«

»Das Korallenmeer soll einer der schönsten Orte zum Tauchen sein. Der Bruder von meiner Freundin war letztes Jahr dort«, erklärte sie.

Welche Freundin? Welcher Bruder? Aber sie redete bereits weiter. Sagte etwas über Sichtweite, »vierzig Meter und mehr«. Sie war lebhaft und aufgeregt. Ich wollte mich für sie freuen, hatte aber keine Ahnung, was vierzig Meter Sichtweite bedeuteten, wie das überhaupt aussah. Ich konnte nur daran denken, wie weit weg Australien war und dass ich sie nicht würde besuchen können.

Sie flog im September, und David reiste über Weihnachten zu ihr. Es war unser zweites Weihnachten ohne Tom. Wir wären niemals zur selben Zeit gereist, aber die Frage, ob auch ich hinfliegen würde, kam überhaupt nicht auf. Es war kein Thema. Einmal versuchte ich, es anzusprechen.

»Ich weiß, Mum«, sagte sie und hob die Hand, wie ein Stoppschild. »Ist schon gut. Ich wusste, dass du nicht kommen kannst.«

Im Januar, am Tag nach seiner Rückkehr, klingelte David an meiner Tür. Als er den Klingelknopf drückte, versteckte ich mich im Obergeschoss. Ich hörte, wie er ums Haus ging, stellte mir vor, wie er durch die Hintertür und in den Garten spähte. Kurz darauf klapperte der Briefschlitz, und etwas landete klatschend auf der Fußmatte. Die Fotos waren hell und voller Sonne. Ich fächerte sie auf dem Bett auf. Unvorstellbar türkisblaues Wasser. Seicht und ruhig wie ein Mühlenweiher, strahlender Sonnenschein. Ihre grinsenden Gesichter; sie lachten in die Kamera. Hatten einander die Arme um die Schultern gelegt. David stand zwischen Carolyn und einem blonden, sonnengebräunten jungen Mann. Auch Davids Gesicht wirkte braun und gesund. Sie alle wirkten braun und gesund. Dunkle Sonnenbrillen. Weiße Zähne. Strahlend weißer Sand. Strahlende Sonne. Strahlend blaues Wasser. Es sah alles so beschissen strahlend und hell aus.

Am späten Nachmittag rief er an. »Er heißt Rob«, erzählte er. »Ist ein echt netter Typ. Sie scheinen glücklich zu sein.«

»Das ist schön.«

»Er himmelt sie an. Er ist leitender Tauchlehrer auf dem Boot. Sie hat da gerade die Zeit ihres Lebens.«

Die Zeit ihres Lebens?

Ich wollte, dass sie glücklich ist. Jedenfalls glaube ich, dass ich das wollte – aber zugleich wollte ich fragen: Als ihr euer Weihnachtsessen am Strand gemacht habt, hat da irgendjemand von euch an ihn gedacht?

»Würstchen! Spanferkel!«, schwärmte er, und angesichts meiner mangelnden Begeisterung wurde er umso lebhafter. »Die haben da zweiundvierzig Grad, und in den Schaufenstern in Cairns sind diese kleinen Schneelandschaften aufgebaut. Weihnachtsmannmützen und Rentiere, das volle Programm …« Er lachte.

Ich nickte, sagte etwas, aber die ganze Zeit über fragte ich mich, wie sein Leben normal weiterlaufen konnte. Wie sein Leben offenbar so unberührt war von der Abwesenheit seines Sohnes. Ich wollte auflegen. Alles kam mir zu laut und zu grell vor, und das war schon immer das Problem gewesen. Womit ich bei David nie gut klargekommen bin, ist seine Fähigkeit, weiterzumachen, als befände er sich in einem Paralleluniversum. Es gab eines, in dem sein Sohn wie vom Erdboden verschwunden war, und ein anderes, in dem er am Strand Bier trank und Spanferkel briet. Sie existierten nebeneinander, waren jedoch voneinander getrennt und verschieden. Und allein schon, indem ich ihm an jenem Tag zuhörte, seiner sprudelnden Begeisterung lauschte, fühlte ich mich so kalt und wütend, dass ich das Telefonat abbrechen musste. Im Grunde war es albern, doch ohne darüber nachzudenken, griff ich mir ein Buch und schleuderte es quer durchs Zimmer. Mit einem dumpfen Schlag knallte es gegen die Wand.

»David, tut mir leid, ich muss Schluss machen. Jemand hat geklopft. Ich ruf dich später wieder an«, und ehe er noch etwas erwidern konnte, hatte ich aufgelegt. Ich ließ mich zurück aufs Bett fallen, in das Meer strahlend blauer Fotos.

Als ich von meinem Spaziergang zurückkomme, schmerzt mein gesamter Körper. Ich esse ein paar Chips und alte Oliven, die hinten im Kühlschrank vor sich hin gären. Nach zwei großen Gläsern Wein sitze ich am Computer. Der Wein hat seine Wirkung getan, mir die Sinne benebelt, und ehe ich mich zurückhalten kann, sind meine Finger auf der Tastatur. Die Angewohnheit hatte ich abgelegt. Es ist nun schon Wochen her, rechtfertige ich mich vor mir selbst, es ist gut, immer mal wieder nachzusehen, den Kontakt nicht völlig abbrechen zu lassen.

Ganz am Anfang tauchte ich tief darin ein. Nährte mich davon. Ich registrierte mich bei allen Chatrooms und Foren für Eltern vermisster Kinder. Jetzt sehe ich mir diese Seiten nur noch an. Beteilige mich nicht. Nicht mehr. Nicht nach dem, was mit Minty passiert ist, der Frau aus Virginia.

Als ich eine der großen Websites für vermisste Personen zum ersten Mal aufrief, war ich schockiert. Sie erinnerte mich an Adoptionsseiten. Reihen um Reihen von Kinderfotos, mit kleinen flehenden Gesichtern, die allesamt nach einem Zuhause suchen. Sie werden von Familien gepostet, die ihre Verwandten zurückhaben wollen. Die schiere Masse war überwältigend. Ich hielt die Luft an, während ich reihenweise Gesichter entlangscrollte; vermisste Männer und Frauen, Jungen und Mädchen, einige wirklich noch Kinder. Viele jener Gesichter sind mir inzwischen vertraut. Das violette Kleid der Frau aus Woking, die ein Glas Weißwein in der Hand hält. Duncan, der Buchhalter, der schüchtern ins Sonnenlicht lächelt. Der frech aussehende, tätowierte junge Mann mit dem gestreiften Schal. Ich kenne sie alle. Habe ihre Gesichter eingehend studiert. All die vermissten Gesichter spätabends betrunken gemustert, als würde ich irgendeinen Anhaltspunkt suchen, eine Antwort bezüglich meiner eigenen vermissten Person.

Vermisste Personen. Sie werden *vermisst*. Jemand *vermisst* sie. An Tom denke ich gern als vermisst. Vermisste, verschollene Dinge sind Brillen, die einem hinter die Sofapolster gerutscht sind, verlegte Schlüssel. Von jemandem verloren, der unachtsam war. Nachlässig. Vermisste Dinge finden sich wieder.

Mein Cursor landet auf Denis Watson. Mittlerweile kenne ich ihn gut. Er war zweiundzwanzig, als er vor über zehn Jahren während eines Urlaubs auf Korfu verschwand. Das Foto zeigt ihn vor einem Jachthafen, im Sonnenschein. Er trägt ein Hawaiihemd und blinzelt lachend in die Kamera. Er verschwand an einem Ort, an dem auch wir einmal Urlaub gemacht haben. Als wir die Insel vor acht Jahren mit den Kindern besuchten, waren die Aushänge überall. An seinen Namen hätte ich mich nicht mehr erinnert, aber sobald ich auf der Website seine Geschichte las, fiel mir ein, wer er war. Jetzt kenne ich ihn so gut, als wäre er ein entfernter Verwandter von mir.

Es war unsere erste Auslandsreise. Als Reminiszenz an meine Studienzeit waren wir auf mein Drängen hin nach Athen geflogen und hatten dann eine Fähre auf die Insel genommen. Es war ein Fehler. Als Neunzehnjährige waren träge Stunden an Deck in der Sonne etwas völlig anderes als mit zwei Kindern, die auf einer heißen, schwülen Bootsfahrt bespaßt werden wollten. Wir wohnten in einem kleinen Dorf namens Messonghi, in einer Ferienwohnung an einer Klippe mit Meerblick. Der Sandstrand lag im Schatten von Tamarisken, und die Zwillinge verbrachten die Tage im und am

Wasser, beim Schnorcheln und Herumtollen auf ihren grell-
bunten Luftmatratzen. Besonders Tom trieb stundenlang im
seichten Wasser, den Kopf untergetaucht, und beobachtete
Sandwürmer und Schwärme silbriger Fische.

Wir stießen bei einem Spaziergang am frühen Abend darauf, in den Hügeln hinter unserer Wohnung. Tom entdeckte
sie zuerst.

»Wofür sind die?«, fragte er und deutete auf einen kleinen, ordentlich geschichteten Steinhaufen. Die Steine waren
flach und glatt, und einige trugen Initialen oder waren mit
Botschaften bekritzelt. In der Nähe hingen Plakate von
Denis Watson, laminiert und an mehrere Baumstämme geheftet. Sein lachendes Gesicht, das bunte Shirt mit den Pal-
men. »Vermisst« lautete die Überschrift aus leuchtend roten
Buchstaben.

»Was ist da passiert?« Toms Stimme klang panisch, er
wirkte entsetzt. »Ist das ein Grab? Liegt da eine Leiche?«

»Nein, ein Mann wird vermisst«, erklärte ich und deutete
auf das Plakat. »Seine Familie versucht, ihn zu finden.«

Tom stand da und las den Aushang, sah ihn sich lange an.

»Er war hier – und jetzt ist er weg«, meinte er dann voller
Sorge. »Aber wo ist er? Wie kann er einfach so verschwinden?« Er war den Tränen nahe.

»Ich weiß es nicht«, sagte ich und griff nach seiner Hand.
»Aber all die Steine sind wie gute Wünsche. Die andere für
ihn hiergelassen haben. Um ihm zu helfen, nach Hause zu
kommen.«

Es dauerte eine Ewigkeit, bis er sich einen glatten flachen
Stein ausgesucht hatte. Dann, als der richtige gefunden war,
schrieb er mit größter Sorgfalt seine Nachricht darauf: *Komm
sicher zurück*, mit lila Nagellack, den ich tief unten in meiner
Handtasche gefunden hatte.

Denis' Familie hat jetzt eine Website. Auf der Vermissten-Seite gibt es einen Link dorthin. Oft ertappe ich mich dabei, wie ich sie stumpf durchforste. Sie wird regelmäßig auf den neuesten Stand gebracht, fast wöchentlich sogar. Dreimal im Jahr fliegen seine Brüder nach Griechenland, um die Suche neu anzukurbeln. Sie haben auf Bildern rekonstruiert, wie er heute aussehen könnte. Sie sind unermüdlich. Stellen Fotos von Familienfeiern online – Hochzeiten, Taufen, Geburtstage, die er verpasst hat. Freunde und Familie schreiben Nachrichten; neue Nichten und Neffen, die er vermutlich nie getroffen hat. Dann, erst vor ein paar Wochen, ein Hochzeitsfoto: *Für meinen Bruder und Trauzeugen. Heute bist du in meinem Herzen. Ich vermisse dich.*

Früher wäre ich vielleicht voreingenommen gewesen. Irgendetwas auf dem Bild hätte möglicherweise meine Aufmerksamkeit erregt: ein Tattoo, ein Piercing oder ein Shirt, das auf einen bestimmten »Typ« hindeutete. Die Art Person, die beschließt, fortzugehen und den Kontakt zu ihrer Familie abzubrechen. Jetzt gehöre ich selbst zu diesem Club, ich sehe die Mitgliedschaftsregeln völlig anders. Ich weiß, es gibt keinen solchen »Typ«. Ich bin nachsichtiger. Sie alle sind verschwunden. Sie alle haben Menschen, die sie lieben und sich nach ihnen sehnen, die in der Hoffnung auf Neuigkeiten Fotos posten. Und dann scrolle ich weiter abwärts, bis mein Mauspfeil auf Toms Gesicht verweilt. Ich hatte ein Foto ausgesucht, das in dem Jahr aufgenommen wurde, als er verschwand. Er war gerade hinten im Garten, grub im widerspenstigen Gemüsebeet. Ich rief seinen Namen, und als er aufblickte, umfing die Frühlingssonne sein Gesicht. Da ist die Andeutung eines Lächelns. Er schaut fragend. Trägt das grüne Sweatshirt, das er immer trug.

Ich klicke auf das Foto. Keine Nachrichten. Keine gemeldeten Sichtungen. Rein gar nichts. Ich poste einen Geburtstagsgruß und starre für einen Moment auf meinen Sohn – dann scrolle ich träge weiter, zu den neueren Bildern, die seit meinem letzten Besuch auf der Seite hinzugekommen sind. Da ist ein blondes Mädchen aus Devon. Erst sechzehn. *Seit Kurzem depressiv.* Ein Mann um die fünfzig, der Zigaretten kaufen wollte und nie nach Hause zurückgekommen ist. Seine Frau und sein Sohn schreiben: *Bitte melde dich.* Ein junger Mann, etwa dreißig, der einen Ausflug nach Southampton unternommen hatte, um seine Lieblingsmannschaft spielen zu sehen, dann aber niemals den Zug nach Hause bestieg. Was ist mit all diesen Menschen passiert? Ich scrolle die Gesichter und Nachrichten entlang. Es macht süchtig. All diese Leben.

Der Kummer und die vielen Verluste überwältigten mich, aber irgendwie konnte ich nicht aufhören. Letztlich war es Minty, im flammenden Bible Belt Virginias, die mich davon abbrachte. Minty war eines der aktivsten Mitglieder des Forums. In jenen ersten Monaten schrieb ich andauernd Beiträge und füllte dabei das Weinglas auf meinem Schreibtisch nach. Ich wusste nicht, was ich gegen all den Schmerz in mir tun sollte. Auf dem Bildschirm ließ ich das alles aus mir hinausströmen, und sie antwortete als Erste.

»Hi, Schätzchen«, fing sie jedes Mal an, ehe sie ein paar tröstende Sätze schrieb. Sie schien ständig online zu sein. Ihre Antworten kamen fast umgehend, und sie fand immer die richtigen Worte. Doch nach einigen Monaten veränderten sich ihre Reaktionen. Ihre Unterstützung und ihr Mitgefühl nahmen eine eher unheilvolle Wendung, und sie schickte sich an, meine »sündige Seele« zu retten. *Alles geschieht aus einem Grund. Das ist eine Chance, zu Gott zu finden. Dich Jesus zu weihen. Jesus hört denen zu, die für ihre Sünden Buße tun.* So ging es immer weiter. Ich musste da raus, bevor ich etwas schrieb, das ich später bereuen würde. *Kein Wunder, dass deine Tochter abgehauen ist,* hatte ich eines Tages getippt. Zum Glück war ich nüchtern genug, die Nachricht wieder zu löschen. Ich schloss die Website und sperrte ihre Mailadresse. An meiner Firewall kam nicht mal Jesus vorbei.

Gerade als ich erneut auf Denis Watsons Website gehe, trifft die E-Mail von Robert ein. Montag früh um acht Uhr hat er Zeit für mich. Ich antworte und bestätige den Termin, dann schalte ich schnell den Computer aus.

9

»Einer meiner Patienten hat Mark Webster erwähnt.«

Robert bedeutet mir nickend, Platz zu nehmen, und schenkt mir ein Glas Wasser ein. Seine Bewegungen sind langsam, planvoll und gesetzt. Doch ich bemerke es. Das kleine verräterische Zucken der Augenbraue. Bei einer Ausstrahlung, die immerzu gelassene Akzeptanz vermittelt, ist das, als würde man einen Stein in einen Teich werfen.

Meine Supervision mit Robert findet seit siebzehn Jahren im selben Sprechzimmer statt. Nichts hat sich hier verändert: die Bilder, die Pflanze auf der Fensterbank, das jadegrüne Sofa und die Liege in der Ecke für seine Patientinnen und Patienten. Ich könnte alles aus dem Gedächtnis aufzeichnen. Einmal war ich irritiert; irgendetwas im Zimmer war anders, aber ich brauchte unsere gesamte Sitzung, bis mir auffiel, dass der alte Papierkorb aus Bambus durch einen eleganten schwarzen aus Metall ersetzt worden war.

Robert ist Ende sechzig, schätze ich, aber er hat etwas seltsam Altersloses an sich. Menschen, die ihn schon länger kennen als ich, sagen, dass er seit Jahrzehnten gleich aussieht. Manchmal stelle ich ihn mir mit Anfang zwanzig vor, mit den gleichen weißen Strähnen, dem schütteren Haaransatz und den auffallend blauen Augen.

Er wirkt auf eine sanfte Art beruhigend. Er ist gebildet, weise und einfühlsam. Manchmal fordernd. Immer unterstützend. Meist ist es bereits ein Trost, bloß sein Zimmer zu betreten und sich hinzusetzen. Er ist mein Atticus Finch. Der Vater, der einen nie verlässt. Und in den siebzehn Jahren, die ich nun schon zu ihm komme, habe ich nur einmal erlebt, dass er aus der Fassung geraten ist. Das war vor ein paar Jahren, als er sein Handy nicht finden konnte. Es klingelte unerwartet mitten in unserer Sitzung. Von dem plötzlichen Lärm gestört, durchsuchte er seine Taschen. Er kontrollierte die Jacke, die Aktentasche, konnte das Handy jedoch aus irgendeinem Grund nicht ausfindig machen. Seine Bewegungen blieben langsam und bedacht, aber auf seiner Stirn zeichnete sich wachsende Nervosität ab. Das Klingeln wurde förmlich zum Kreischen. Ein wildes Tier, das er nicht aufspüren und zum Schweigen bringen konnte. Je länger er suchte, desto mehr schien es sich ihm zu entziehen.

Während er weiter danach kramte, erklärte er, er habe das Gerät gerade erst gekauft.

»Ich habe mich sehr lange dagegen gewehrt, so etwas anzuschaffen«, meinte er in stiller Verzweiflung, und als er es endlich aus dem Innenfach seiner Aktentasche zog, gelang es ihm nicht, es aus- oder stummzuschalten. »Und jetzt weiß ich auch, warum«, ergänzte er stirnrunzelnd. Als es wieder still im Zimmer wurde, schien sich keiner von uns beiden von der gewaltsamen Störung dieses sonst so ruhigen, leisen Ortes erholen zu können. Roberts Gesicht war gerötet, die restliche Sitzung über wirkte er zerstreut, und obwohl ich rasch mit meiner Fallbeschreibung weitermachte, waren mir sein Unbehagen und der Nachhall des schrillenden Handys in den Ohren deutlich bewusst.

Das war das Letzte, was ich von diesem Handy sah oder hörte. Die Nummer habe ich nie bekommen. Ich malte mir aus, wie Robert unsere Sitzung beendete, die Hintertür öffnete, sorgfältig den Deckel der Mülltonne anhob und den unmöglichen Gegenstand seelenruhig hineinfallen ließ. Vor meinem geistigen Auge sah ich, wie er den schwarzen Müllsack fest zuband, mit mehreren befriedigenden Knoten, als wollte er sichergehen, dass der unberechenbare mobile Störenfried ein für alle Mal aus der Welt war und keinen Weg mehr zurück ins Haus finden würde.

»Erzähl mir von dem Patienten«, fordert er mich jetzt auf und sieht mir direkt in die Augen.

Und so rede ich über Dan. Ich berichte Robert von der brutalen Vergewaltigung und den PTBS-Symptomen. Ich erzähle ihm, wie Dan die Abteilung offenbar mit einem Gefühl der Anklage und des Grolls betrat; die Klinik, die Polizei, die Bewährungshelfer, das ganze System, »alles Autoritätsinstanzen«. Und die Klinik »fand er schäbig«.

»Da hat er recht.« Robert nickt, ein Lächeln huscht über sein Gesicht.

»Er hatte erwartet, dass es sich ›besonderer‹ anfühlen würde.«

»Und wie war es zu Anfang?«, fragt Robert. »Ganz am Beginn eurer Arbeit?«

Ich erzähle ihm, dass Dan uns offenbar schon als Enttäuschung betrachtete, ehe ich überhaupt richtig angefangen hatte; »Menschen, die ihre Arbeit nicht anständig machen«. Ich schildere Robert, wie er die Aufmerksamkeit auf meine toten Pflanzen lenkte, »er meinte, er hofft, dass ich das bei meinen Patienten besser hinkriege«. Ich schildere, wie er nur widerwillig über die Vergangenheit und seine Familie sprach. Ich erzähle von den Schnitten auf Dans Armen. Von seinem Zuspätkommen zur dritten Sitzung. Von meinem Widerstand. Seinem Konkurrenzdenken gegenüber der Patientin, die vor ihm dran ist. Ich erzähle Robert auch, dass all die Filmbezüge mich verwirren, mir das Gefühl geben, ein Rätsel lösen zu müssen.

»Als er dann Mark Webster erwähnte, hat mich das total aus der Bahn geworfen.«

Ich erzähle Robert alles. Nur das Wichtigste nicht, nämlich dass er auf verblüffende Weise meinem Sohn ähnelt. Dass mir das Herz blutet, wenn ich ihn ansehe. Dass ich das Gefühl habe, zu fallen, sobald er mein Büro betritt. Dass ich manchmal sogar Mühe habe, meine Sätze zu formulieren, weil sein Anblick mich derart ablenkt. Weil ich ihm die Hände ums Gesicht legen, ihn an mich ziehen und umarmen will. Ich erzähle ihm nicht, dass ich manchmal, wenn ich von Tom träume, Dans Gesicht vor mir sehe. Dass ihre Gesichter allmählich austauschbar werden. All das behalte ich für mich.

Robert weiß, was mit Tom passiert ist. Er ist der einzige Mensch in meinem beruflichen Umfeld, mit dem ich darüber gesprochen habe. Robert hat mir durch die schwersten Zeiten geholfen.

Als ich schließlich erzähle, wie Dan Mark Webster erwähnte, wie sehr mich das erschüttert hat, spüre ich, dass mir die Wörter fast im Hals stecken bleiben.

»Das ist acht Jahre her. Und, mal ehrlich, wer macht sich schon die Mühe, so ein öffentliches Verfahren einzusehen?«

Robert hört mir aufmerksam zu. Er nickt, stellt ein paar Fragen, aber ansonsten ist er ruhig und gefasst.

Nach einer Weile beugt er sich vor. Macht sich auf seinem Block ein paar Notizen.

»Wir haben es mit einem Patienten zu tun, der von vornherein einen Groll hegt. Er hat einen brutalen Angriff erlitten. Er will eine ›schnelle Lösung‹. Er vermeidet es, über seine Familie und seine Vergangenheit zu sprechen – und vieles deutet darauf hin, dass bei ihm eine höchst komplexe Bindungsproblematik vorliegt. Er lenkt die Aufmerksamkeit auf die toten Pflanzen am Fenster ...«

Plötzlich habe ich den irrationalen Impuls, mich zu verteidigen. Robert zu beteuern, dass ich ein paar von ihnen retten konnte. Dass einige inzwischen gut gedeihen. *Nicht alle sind tot*, will ich sagen.

»... und daher fragt er sich, ob deine Patienten – sprich: er selbst – dasselbe Schicksal erleiden werden. Und dann spielt er sozusagen seinen Trumpf aus«, meint Robert und lehnt sich wieder zurück. »Den Suizid eines früheren Patienten von dir.«

Während er redet, fühle ich mich auf meinem Stuhl bleischwer.

»Wie war das für dich, als er Mark Webster erwähnt hat?«

Ich erwidere, dass ich mich panisch gefühlt habe. Schuldig und ungeschützt, »als hätte man mich *ertappt*. Als hätte er mein *schmutziges Geheimnis* aufgedeckt.«

Ich denke kurz nach, dann füge ich hinzu: »Aber vor allem habe ich mich wie eine Versagerin gefühlt. Nicht gut genug. Als hätte ich einen Fehler begangen.«

Warum können die Menschen ihre Arbeit nicht anständig machen?

»Also gibt er dir das Gefühl, kritisiert zu werden. Schuld zu tragen«, überlegt Robert. »Vielleicht hat er sich in der Vergangenheit ebenfalls kritisiert oder verfolgt gefühlt. Vielleicht will er, dass du ein wenig nachempfindest, wie es ist, er zu sein.« Er hält inne. »Was hat es für eine Konsequenz, dass er diesen ›großen Fehler‹ enthüllt hat?«

»Für ihn oder für mich?«

»Für euch beide.«

»Für mich ist es ein Vertrauensverlust. Es wird sich auf

135

meine Arbeit auswirken und zu einer sich selbst erfüllenden Prophezeiung werden. Ich mache keine gute Arbeit. Ich mache meine Arbeit nicht anständig. Er behält recht.«

»Und für ihn?«

Ich versuche, mich zu konzentrieren. Aber ich bin von Gedanken an Mark Webster erfüllt. Und von meinen eigenen Gefühlen. Ich schüttle den Kopf. »Ich kann nicht klar denken.«

»Das heißt … es funktioniert«, meint Robert. »Er hat Kontrolle über dich. Hält dich vom Denken ab.«

Ich nicke.

»Seine Entscheidung, dass du eine ›Versagerin‹ bist, bevor du überhaupt angefangen hast, bedeutet für ihn, dass er gar nicht erst in die Therapie einsteigt. Das ist sein Ausweg. Damit hält er dich in Schach. Er muss nicht riskieren, sich von dir abhängig zu machen. Er kann eure Arbeit torpedieren, bevor sie überhaupt begonnen hat. Aber ohne sich diesem Risiko auszusetzen, ohne die therapeutische Beziehung einzugehen, kann es keine Heilung und Wiedergutmachung geben. Er kann Bemühungen durchkreuzen, die ihm möglicherweise helfen würden. Es ist eine Form der Selbstsabotage.«

Mir fällt wieder ein, was Dan mir in einer unserer Sitzungen über Freundschaften gesagt hat. »Er meinte, am Ende lassen einen alle im Stich.«

Robert nickt. »Menschen, die Abhängigkeiten meiden, glauben, dass diese stets zu tiefgreifender Enttäuschung führen. Womöglich, weil es bislang immer so gewesen ist.«

Später werde ich über dieses Gespräch nachdenken. Über die Dinge, die ich gesagt und nicht gesagt habe. Darüber, dass Roberts Aufgabe darin besteht, mit dem zu arbeiten, was ich ihm zeige; und wenn ich ihm einen bestimmten Raum vorenthalte, dann kann er mit seiner Taschenlampe auch nicht hineinleuchten und sich dort umsehen. Da waren Räume, die ich ihm absichtlich vorenthielt. Und das spiegelte in vielerlei Hinsicht meine Arbeit mit Dan wider. Auch bei ihm gab es Räume, die er mir nicht zeigte. Doch auch ich ließ die Türen zu diesen Räumen absichtlich geschlossen.

Robert nickt. »Also was ist das Grundmotiv bei all dem, worauf er seine Aufmerksamkeit richtet?«, fragt er.

Kurz denke ich nach. »Mangelnde Fürsorge.«

»Ganz genau. Tote Pflanzen. Tote Patienten. Er will sicher sein, dass du für ihn sorgen kannst«, meint Robert. »Kann er dir seine Geschichte *wirklich* anvertrauen? Oder wirst du dich genauso verhalten wie andere vor dir? Nachlässig sein. Unachtsam. Deine Arbeit nicht anständig machen.«

»Werde ich *gut genug* sein.«

»Ja. Er stellt dich auf die Probe.«

Wir schweigen einen Moment.

»Ich glaube, seine Wut macht ihm Angst«, äußere ich dann vorsichtig. »Die Brutalität des Übergriffs – und seine Unfähigkeit, zurückzuschlagen …«

Robert nickt. »Wie ist er in der Vergangenheit mit Wut umgegangen, welches Muster kannst du erkennen?«

»Vermeidung, würde ich sagen.« Nochmals erwähne ich die Filme. Und während ich über sie spreche, fällt mir ein, dass ich die Hausarztpraxis in Hackney anrufen und wegen der Unterlagen aus Bristol nachhaken muss.

Wir reden noch ein wenig über Dans Interesse für Filme. Über die ständig eingestreuten Bezüge und Zitate. Wie er behauptete, Filme hätten ihm beigebracht zu fühlen.

»Er ist sehr gespalten«, bemerkt Robert. »Er kapselt gewisse Dinge ab.«

»Was er erzählt, irritiert mich«, füge ich hinzu. »Wenn er

Filmszenen erwähnt, oder was eine bestimmte Figur sagt, bin ich meistens überrumpelt. Einmal war es *Der Club der toten Dichter*, in der nächsten Woche etwas anderes. Ich weiß nicht, was er damit ausdrücken will. Ich habe all diese Filme irgendwann einmal gesehen, vor Jahren. Ich kann mich nicht mehr an alle erinnern, aber sie stehen meiner Arbeit im Weg. Die ganze Zeit versuche ich verzweifelt, mich an die Szenen zu erinnern, von denen er spricht.«

Robert rät mir, mich eingehender mit den Filmen zu beschäftigen, statt sie nur als ein Hindernis zu betrachten, das es zu überwinden gilt. »Stell ihm mehr Fragen dazu. Vielleicht ist das ein Ansatz, um tiefer vorzudringen, seine Gefühle zu erkunden. Wo ist die Wut?«

Er schweigt kurz und blättert in seinen Notizen.

»Vorhin hast du gesagt, er habe dein ›schmutziges Geheimnis‹ aufgedeckt. Im weiteren Verlauf könnten wir uns fragen, worin *seines* wohl besteht.«

Ich nicke.

»Hast du das Gefühl, dass er deine Grenzen testet?«

»Nein«, lüge ich.

»Das empfinde ich anders.«

Er hält inne und blickt auf die Uhr. »Du schlägst dich sehr gut mit ihm«, meint er. »Er ist nicht einfach. Wir sollten uns bald wieder treffen.«

Als ich in die Tasche greife, um meinen Kalender hervorzuholen, fühle ich mich ruhiger. Manchmal ist es weniger das, was Robert sagt, als vielmehr die Art, wie er es sagt. Seine langsame, unvoreingenommene und offene Haltung. Ich stehe auf und bin leichter, wie befreit.

Als er mich zur Tür begleitet, legt er mir die Hand auf den Arm. Es ist eine tröstliche Geste.

»Irgendwelche Neuigkeiten?«, fragt er.

Sofort senke ich den Blick. Ich will seine sanften blauen Augen nicht sehen, kann die Freundlichkeit in ihnen nicht ertragen. Ich schüttle den Kopf, dann stoße ich die Tür auf und trete hinaus in den Sonnenschein.

Wo ist die Wut?, denke ich, als ich den Hügel hinauf und zurück zur Arbeit laufe.

*

Sie warten im Büro der Hauptverwaltung auf mich. Eine Palette mit sechs Geranien, auf dem Boden neben dem Aktenschrank. Die noch fast geschlossenen, festen Knospen beginnen gerade erst, blutrot aufzuleuchten.

»Für dich«, meint Paula und reicht mir ein weißes Kärtchen mit meinem Namen. *Ruth Hartland* ist in hübscher blauer Schrift darauf gedruckt.

»Ist das alles? Keine Nachricht?«

Sie schüttelt den Kopf. »Sie wurden heute früh vorne am Empfang abgegeben. Der Pförtner hat sie gerade raufgebracht.«

*

Später am Nachmittag habe ich ein Treffen mit Stephanie. Sie hält ihre Fallnotizen und den Ringordner bereit, aber sie wirkt müde, ein wenig zerstreut. Sie beginnt das Gespräch mit einer Neuaufnahme, dann redet sie über die PTBS-Gruppe. Es kommt mir vor, als weiche sie dem Thema Samira absichtlich aus.

Gegen Ende der Sitzung hake ich nach.

»Es hat alles gut geklappt«, antwortet Stephanie ausdruckslos. »Jackie, die zuständige Sozialarbeiterin, war super. Sie hat Samira geholfen, eine Menge Sachen zu kaufen. Fast die ganze Kleidung, das Bett. Viele Spielsachen. Dann hat sie alles mit ihr eingerichtet. Das Schlafzimmer sah richtig schön aus.« Kurz herrscht Stille. Stephanie holt Luft. »Als Samira in der nächsten Woche zu unserem Termin gekommen ist, hatte ihre Tochter immer noch dasselbe alte Shirt und den Rock an.« Sie fingert an ihrem Stift herum. »All die neuen Sachen in ihrem Kleiderschrank – und sie zieht ihr die gleichen schmutzigen Klamotten an.«

Ich sage nichts. Eine Weile sitzen wir schweigend da.

Stephanie will weiterreden, aber die Stimme versagt ihr. Sie fängt an zu weinen.

Ich sitze ihr ruhig gegenüber und reiche ihr die Schachtel mit den Taschentüchern. Ihr plötzlicher Gefühlsausbruch ist ihr peinlich. Ich warte, dass sie sich beruhigt.

»Diese Arbeit zu machen – tagaus, tagein«, meint sie dann. »All diese fürchterlichen Schicksale. Das ist hart. Wie halten Sie das aus? Wollen Sie denn nie irgendetwas *tun*?« Sie wirkt wütend. »Irgendetwas, damit das alles aufhört?« Sie hält inne und nimmt noch ein Taschentuch.

Als ich sie zur Sitzung befrage, sagt sie, dass Samira ihr vom Kauf der neuen Kleider und Babysachen erzählt habe, »aber sie hat mir auch mehr darüber berichtet, was ihr in Somalia zugestoßen ist. Was diese Männer ihr angetan haben.« Stephanie schließt kurz die Augen und flüstert dann: »Es war furchtbar. Aber die Art, wie sie es erzählt hat – als würde sie eine Einkaufsliste durchgehen. Als wäre das jemand anderem passiert. Keine Gefühle. Keine Wut. Keine Trauer. Nichts.« Sie schüttelt den Kopf. »Während ich ihr zugehört habe, war ich bis oben hin voll davon. Hilflos – und so schrecklich traurig. Aber mir fiel nichts ein, was ich hätte sagen können.«

Ich denke kurz nach.

»Haben Sie schon einmal gesehen, wie eine Schlange eine Ratte frisst?«, frage ich. »Im Zoo? Oder im Fernsehen? Sie schlingt die Ratte im Ganzen hinunter. Das Tier steckt ihr im Körper. Eine perfekte Rattenform unter der Schlangenhaut. Wie bei einer Karikatur.«

Sie nickt.

»Dann, mit der Zeit, würgt sie die Ratte häppchenweise wieder hoch. Zermalmt die Knochen. Zerkleinert den Rattenkörper in verdauliche Stücke.«

Stephanie sieht mich fragend an.

»Manchmal sind die Dinge, die unseren Patientinnen und Patienten zustoßen, zu schrecklich. Zu entsetzlich, um sie zu verdauen.« Ich erzähle ihr von einem der ersten Patienten, den ich in meiner Ausbildung betreut habe. »Mr. Begum war ein kleiner ehrwürdiger Bengale, der auf dem Whitechapel Market einen Obst- und Gemüsestand hatte. Bei einem Hausbrand erlitt er schwere Verbrennungen. Nachdem das Gebäude über ihm eingestürzt war, musste ihm ein Bein amputiert werden. Seine zwei kleinen Töchter sind im Feuer gestorben.«

Stephanie hört mit äußerster Konzentration zu.

»Wir haben ihn im Krankenhaus besucht. Ich war bestürzt, wie ruhig und sorgfältig er uns die Ereignisse des Abends geschildert hat. Während er selbst unbeteiligt blieb, überkam mich das Grauen, von dem er sprach. Dann, nach einer Weile, hat er seine Armbanduhr vom Nachttisch genommen und zu uns aufgesehen. ›Es tut mir furchtbar leid‹, sagte er höflich, ›aber Sie müssen mich jetzt entschuldigen. Ich muss meine Töchter von der Schule abholen.‹ Und mit diesen Worten begann er, sein verbundenes Bein zum Bettrand zu schieben ...«

Stephanie keucht.

»Die Krankenschwestern stürzten vor und hielten ihn auf, gerade noch rechtzeitig.«

Sie starrt mich mit aufgerissenen Augen an.

»Für Mr. Begum war das Ereignis wie die Ratte in der Schlange. Schlicht zu groß, um es zu verdauen. Es brauchte Zeit, bis er das alles in sich aufnehmen konnte, Stückchen für Stückchen. Seine Gefühle hatte er von sich abgespalten und auf uns projiziert. Sie waren einfach zu schmerzhaft für ihn.«

»Meinen Sie, bei Samira ist es genauso?«

»Sie steht unter Schock«, entgegne ich. »Ihre Erfahrungen sind zu übermächtig. Sie muss sie von sich abspalten, sich von alldem distanzieren. Das hilft ihr weiterzumachen, morgens aufzustehen, sich um ihr Kind zu kümmern.«

Stephanie nickt.

»Was man außerdem nicht vergessen darf: Sie ist eine Geflüchtete. Sie hat echte Vertreibung erlebt«, sage ich. »Obwohl sie hier auf körperlicher Ebene sicher ist, zahlt sie den Preis der Entfremdung.«

Ich erzähle Stephanie von einem aus seinem Land geflüchteten Iraner, den ich einmal behandelt habe. Viele Mitglieder seiner Großfamilie waren gefoltert worden und hatten es nicht lebend aus dem Land geschafft, aber seine Frau und seine Kinder waren in Sicherheit. »Er berichtete von der Gewalt, die er mitangesehen hatte, aber er meinte auch, dass alle ihm ständig erzählten, wie viel Glück er gehabt habe. Für ihn war das ein Zwiespalt. Er war dankbar, versank aber zugleich in Schwermut, spürte eine Sehnsucht, die er nicht recht in Worte fassen konnte. ›Der Geruch meiner Heimat‹, das war es, was er am meisten vermisste.«

»Sie meinen also, die Sachen, von denen ich denke, sie

würden Samira eine Freude machen, könnten in Wahrheit dazu führen, dass sie sich noch entfremdeter fühlt?«

»Das ist möglich«, antworte ich achselzuckend. »Aber sagen Sie mir bitte noch, was passiert ist, nachdem Samira Ihnen ihre Geschichte erzählt hat.«

»Mich hat es einfach sehr traurig gemacht. Ich wusste nicht, was ich darauf erwidern sollte. Was Sie da über die Ratte gesagt haben – es ist seltsam, denn ich hatte das Gefühl, nicht schlucken zu können. Als würde etwas in meiner Kehle feststecken. Ich sagte ihr, dass das eine traurige Geschichte ist und es mutig von ihr war, sie mir zu erzählen. Dass es mir sehr leidtäte, dass ihr all das zugestoßen ist.«

»Und dann?«

»Dann war es still.« Sie zögert. »Eigentlich habe ich gar nichts gemacht. Ich wusste nicht, was ich hätte tun sollen. Mein Kopf war wie leer gefegt. Wir saßen einfach da. Ich wollte so gern etwas sagen, irgendetwas Nützliches …«

»Sie haben etwas sehr Wichtiges getan«, erwidere ich. »Sie haben es mit ihr zusammen ertragen. Sie sind geblieben. Es gehört zu unseren Aufgaben, den Menschen einen Zugang zu ihren Gefühlen zu ermöglichen. Wenn wir weglaufen, tun sie es auch. Sie sind nicht weggelaufen, Stephanie. Das haben Sie gut gemacht.«

Ich rechne damit, dass sie bei diesem Kompliment aufblüht, aber sie rutscht bloß auf ihrem Stuhl hin und her.

»Aber wissen Sie«, meint sie langsam, »ich bin mir nicht sicher, ob ich den Sinn dahinter so richtig verstehe …« Sie beißt sich auf die Lippe und blinzelt die Tränen weg.

»Den Sinn wohinter?«

»Hinter dieser Arbeit. Dieser Art von Therapie. Ich habe nicht das Gefühl, dass ich irgendetwas verändere.«

»Etwas verändere?«

»Dass ich helfe. Etwas ausrichte. Das würde ich eigentlich erwarten. Darin bin ich gut.« Sie blickt zur Seite. »Dieser starke Fokus auf Gefühlen ... also wissen Sie«, und dann kommt es, die Frage, auf die ich gewissermaßen gewartet habe, »hilft denn irgendetwas davon *wirklich*?«

Ich höre zu, wie sie über ihre Familie spricht. Pragmatisch schildert sie die Einzelheiten. Die Älteste von vieren. Das einzige Mädchen. Ein jüngerer Bruder, der mit Zerebralparese zur Welt kam.

»Dylan«, sagt sie zärtlich, »er ist ein ganz besonderes Kerlchen.« Sie erzählt mir, dass er in früher Kindheit sehr krank war, immer wieder monatelang ins Krankenhaus musste. »Atemprobleme«, sagt sie. Als er älter wurde, führten sie innerhalb der Familie einen Dienstplan ein: fürs Füttern, für die Physiotherapie und für seine Übungen, um Infektionen vorzubeugen. »Meine zwei anderen Brüder waren ziemlich hoffnungslose Fälle«, meint sie lachend, »aber ich habe getan, was ich konnte. Hab alles versucht, damit es ihm besser geht. Ich habe einfach gemacht, was nötig war.« Sie klingt energisch.

Erneut mustere ich ihren symmetrischen Bob. Den farbkodierten Ringordner. Denke an ihren guten Abschluss aus Oxford. Und ich erkenne, dass irgendwo unter all dieser Perfektion Durcheinander und Chaos walten. Und Verlust.

»Ich glaube, deshalb fällt es mir schwer, den Sinn hinter all diesem Beharren *auf den eigenen Gefühlen* zu erkennen, und vielleicht will ich es auch gar nicht.«

Ich nicke.

Ich sage Stephanie, dass ich nicht sicher bin, ob unser Therapiemodell das Richtige für sie ist. Oder ob Trauma-Arbeit ganz allgemein ihr liegt. »Es ist noch viel zu früh, um das zu entscheiden, und nur Sie können es herausfinden.«

Und doch muss ich immer wieder an eine Kindheit denken, in der ihre eigenen Bedürfnisse und Gefühle in einem Dienstplan praktischer Aufgaben untergingen. Man hatte brav zu sein, hilfsbereit. Sollte versuchen, das kaum zu Bessernde besser zu machen. Ich möchte sie daran erinnern, dass etwas an dieser Abteilung sie offenbar angesprochen hat.

»Sie haben sich sehr angestrengt, um diese Stelle zu bekommen«, sage ich. »Ich glaube, es gibt etwas, das Sie von hier mitnehmen möchten.«

*

Nachdem sie gegangen ist, denke ich an die schönen Markenkleider. Das Gitterbett, den Hochstuhl. Ich denke an all das Drumherum aus unseren eigenen Jahren mit kleinen Kindern: das Badespielzeug, die Mobiles fürs Auto und die bunten Spielteppiche. Meine Mutter ging ganz darin auf. Als Entschädigung für die unstete Wahrnehmung ihrer großmütterlichen Pflichten überschüttete sie die Kinder mit teuren Geschenken und Spielsachen.

»Ich weiß, du wirst jetzt sagen, das ist übertrieben – aber ich konnte einfach nicht anders«, verkündete sie oft, wenn sie mit Einkaufstüten beladen ins Haus wankte.

Einmal brachte sie zwei riesige Stofftiere mit, einen Tiger und ein Zebra, die sie im Schaufenster von Selfridges erspäht hatte. »Zu groß für die U-Bahn«, meinte sie lachend. »Ich musste für uns drei ein Taxi rufen.« Und bei späteren Besuchen fahndeten ihre Augen gierig nach den plüschigen Viechern, als wären erfolgreiche Sichtungen, oder ein sanft aufflackerndes Interesse bei den Kindern, ein Liebesbeweis an sie.

Auch wir erlagen dem Konsumdruck und kauften all das Beiwerk des Familienlebens. Die verborgene Botschaft lautete, dass man zu den Besten zählte, wenn man nur das Beste kaufte, als wäre das irgendeine Garantie für gelungene Elternschaft. Als könnte es die bestmögliche, reibungsloseste Kindheit gewährleisten. Wir wussten, dass das Quatsch war, konnten uns aber nicht entziehen. Und so ging es immer weiter: die Stockbetten, die miteinander verbundenen Schreibtische, die zueinanderpassenden Schultaschen. Die schlussendliche Bedeutungslosigkeit all dieser Dinge. Glänzender Lack, der das darunterliegende faulende Holz verdeckt. In seiner frühen Teenagerzeit wollte Tom ausschließlich Adidas und Nike tragen. Nur um diese Marken, und auch alle anderen, ein wenig später rundheraus abzulehnen, als er seine Aufmerksamkeit der Globalisierung und der Zerstörung des Planeten zuwandte.

»Markensachen sind Teufelszeug«, sagte er. »Ein Schritt in die offenen Klauen des Konsumdenkens.« Kurz darauf tauschte er all seine Klamotten gegen ein Paar alte Jeans, einfache T-Shirts und den grünen Fruit-of-the-Loom-Pulli, den er im Secondhandladen einer Wohltätigkeitsorganisation gefunden hatte.

Nach der Grundschule bekamen Tom und Carolyn jeweils ein eigenes Zimmer. Sie waren zehn, und als ich das Stockbett verkaufte, war ich traurig. Traurig bei dem Gedanken, dass sie nie wieder vor dem Einschlafen zusammen kichern und sich unterhalten würden. Doch vielleicht hatten sie das schon längst nicht mehr getan. Vielleicht war es ein Märchen, an das ich weiter glauben wollte. Geschah es nach der Grundschule, dass sich die Dinge zu ändern begannen? Damals schob ich es auf die Unterschiede zwischen Mädchen und Jungen. Carolyn, die schneller erwachsen wurde als

Tom, wie das bei Mädchen eben so ist. Ich versicherte mir selbst, dass zwischen den beiden ein natürlicher Trennungsprozess stattfand, und obwohl es mir einen Stich versetzte, sagte ich mir, dass das vollkommen normal sei. Wenn ich heute zurückdenke, geht mir auf, wie oft ich diese Formulierung gebraucht habe, als wäre sie ein Mantra.

Während der langen Sommerferien meldete ich die Kinder für Ferienlager an. Carolyn mochte Sportcamps, Theater, so gut wie alles, was ich ihr vorschlug. Sie fand schnell Anschluss. Tom wollte ausschließlich an Waldcamps teilnehmen. Ganze Tage draußen im Freien, wild und ungehemmt. »Mannschaftsspiele waren eine Herausforderung für ihn«, wurde mir am Ende einer solchen Woche in der Regel gesagt, »aber er kann gut mit Holz umgehen. Wirklich bemerkenswert.« Einen Sommer später fand er sogar diese Ferienaktionen zu durchgetaktet und fremdbestimmt.

In den ersten Jahren auf der weiterführenden Schule zeigten sich dann die gewichtigeren Unterschiede. Carolyn wurde groß und gertenschlank, mit langen Beinen und hellem gewelltem Haar, das ihr den Rücken hinabfloss. Tom wuchs auch, aber er wirkte zu groß für seinen Körper. Sein Haar, in früher Kindheit so herrlich wild, passte nicht recht zum Gesicht des Jugendlichen. Er verbrachte Stunden mit dem Versuch, es zu bändigen, dann schnitt er es kurz, doch um die Ohren wallte es bald wieder auf.

»Ich seh bescheuert aus«, sagte er und strich sich energisch mit den Händen über die Locken.

Als Carolyn älter und zu einer eigenständigen Person wurde, stellte sie Tom damit bloß. Man konnte geradewegs in ihn hineinsehen. Ich erkannte das erst Jahre später. In ihrer Weisheit hatte Carolyn es schon viel früher bemerkt.

»Ja, ich weiß, dass es schwer für ihn ist. Aber das ist nicht meine Schuld. Warum lässt du deinen Frust jetzt an *mir* aus?«, fragte sie bei einer unserer vielen, unsinnigen, sich im Kreis drehenden Auseinandersetzungen.

»Das tue ich doch gar nicht«, wehrte ich ab.

Heute sehe ich klarer. Ich war sauer auf sie, weil sie etwas entlarvte, das ich mir nicht eingestehen wollte. Ich war sauer, weil sie ihr eigenes Ding machte. Ein gesundes, unabhängiges Leben führte. Welche Mutter nimmt ihrer Tochter so etwas übel?

Warum habe ich es damals nicht erkannt? Die Wahrheit ist, dass ich schon immer gut im Wegschauen war. Es war ein kleiner Muskel, den ich seit der Kindheit trainiert und gestärkt hatte. Ein guter und eifriger Muskel, der mich nach der Schule ordentlich dasitzen und mein Abendessen essen ließ, als wäre alles wunderbar, als würde meine Mutter nicht trinken. Alles normal und in bester Ordnung. Ich lud nur nie Freunde zu uns ein.

Bei Tom schaute ich nicht nur weg, ich legte mich mächtig ins Zeug, um alles auszugleichen. Irgendwann waren die unter Müttern ausgemachten Spielenachmittage der Kleinkinderzeit passé. Die Kinder waren in einem Alter, in dem sie sich selbst um ihre Sozialkontakte kümmerten. Carolyn meisterte das mühelos, rief Freundinnen an, verabredete sich fürs Kino. Für Tom existierte so etwas nicht. Im Rückblick war mein Engagement eine Form von Verleugnung. Ein zwanghaftes Verlangen, den Blick von dem abzuwenden, was mir ins Auge springen musste. Ab diesem Zeitpunkt war auch David die Anspannung deutlich anzumerken.

»Lass ihn machen«, sagte er oft. »Da muss er selbst durch.« Das war seine Reaktion auf meine hartnäckige Gestaltung von Toms Sozialleben. »Meinst du nicht, dass du zu sehr klammerst? Riecht das nicht alles ein bisschen nach Ödipuskomplex?«, gab er zu bedenken und wackelte auf diese nervige Art mit dem Kopf, mit der er eine ernsthafte Frage scherzhaft zu überspielen pflegte.

Und aus heutiger Sicht bin ich sicher, dass es mir leichter gefallen wäre, wenn Tom kein Zwilling gewesen wäre. Vielleicht hätte ich den Dingen dann ihren Lauf lassen können. Doch so war Carolyn der ständige Maßstab, mit dem ich ihn verglich – egal ob in Bezug auf schulische Erfolge, Kontaktfreudigkeit oder Freundschaften –, und jedes Mal zog er den Kürzeren. Ungefähr zu dieser Zeit fing Carolyn an, Hockey auf Bezirksebene zu spielen. Sie verbrachte die meisten Samstagvormittage auf Turnieren. Ich glaube, ich habe sie nur dreimal spielen sehen.

Als Tom sich einen Hund wünschte, schafften wir Hester an. Als Tom einen Anflug von Interesse für Fußball zeigte, suchte ich ihm einen Verein. Er spielte ganz annehmbar, behielt in der Gruppe anderer Jungen allerdings eine leicht nichtssagende Aura. Nicht unfreundlich. Nicht unverschämt. Einfach linkisch. Diese mangelnde Präsenz versuchte ich umgehend aufzufüllen. Ich war wie ein Bauarbeiter mit einer Kelle Spachtelmasse, der presste und drückte, um den unansehnlichen Spalt zu stopfen. Ich war erbarmungslos gesprächig gegenüber den anderen Müttern. Ich brachte Orangen für die Halbzeitpause mit, buk Kuchen für nach dem Spiel.

»Gefällt es *ihm* denn? Will *er* das machen?«, fragte David mehrmals. »Warum forcierst du es so? Ständig dieser Drang nach Kontrolle über sein Leben.«

Ich konnte nicht anders. Meine Antwort auf das Gefühl, irgendwo fehl am Platz zu sein, ist immer schon Verleugnung gewesen. Sich hinter anderen verstecken. Einen Weg finden, sich anzupassen. Ich wollte keine zweite Version meiner selbst in ihm sehen. Groß und angespannt. Mit einem kleinen Angstknoten im Bauch.

Einmal, als ich mit Tom am Bahnhof wartete, entdeckte ich auf dem Bahnsteig jemanden aus seinem Team.

»Guck mal!«, rief ich. »Da ist Greg. Vom Fußball.«

Tom nickte, blieb aber wie angewurzelt stehen. Ich spürte seine Verlegenheit, drängte jedoch weiter. Schließlich war ich es, die losmarschierte. Erst nach ein paar Schritten, mit dem schlurfenden Tom hinter mir, bemerkte ich, dass Greg mit Finn unterwegs war.

»Hi!«, sagte ich allzu fröhlich. Mein Hereinplatzen schien die beiden zu erschrecken. Ihre genuschelte Unterhaltung unter Teenagern zerbarst unter meiner überfallartigen Lebhaftigkeit. Ich registrierte ihr Erstaunen. Dennoch machte ich stur weiter: »Letzte Woche seid ihr echt abgezogen worden! Dieses Tor hätte euch niemals aberkannt werden dürfen.«

Kurz wirkten sie verwirrt. Ich sah, dass sie nicht so recht wussten, wovon ich sprach. Im Leben eines Dreizehnjährigen schien der letzte Sonntag sehr weit weg zu sein. Äonen voll wichtigerer Dinge waren bei ihnen inzwischen passiert. Nur nicht, so ging mir auf, bei Tom. Und dann tat ich etwas Schreckliches. Ich trat zurück. Sodass es an Tom war, die Unterhaltung zu Ende zu bringen. Als wäre ich ein Kellner, der die Servierglocke lüftet – so übergab ich ihnen meinen Sohn als schmackhaftes Häppchen.

»Jo«, murmelte er vor sich hin. »Gut gespielt.«

Er ließ die Arme vor- und zurückpendeln, seine Augen huschten nervös den Bahnsteig entlang.

»Wo geht's'n hin?«

»Kino.«

Er nickte eifrig. Dann eine Pause.

»Was wollt ihr gucken?«

Das kam eine Sekunde zu spät. Sie redeten bereits von etwas anderem. Eine Unterhaltung nur zwischen ihnen beiden.

»Was?«, fragte Finn und drehte sich noch einmal zu Tom um.

Ich sah es, in schmerzvoller Klarheit: Je mehr er sich anstrengte, desto schlimmer wurde es. Die schwerfälligen, zusammenhanglosen Gespräche. Eine Spur aus dem Takt. Der verzweifelte Wunsch, zu gefallen, gemocht zu werden. Es tat weh. Und nachdem er ihnen den Rücken gekehrt hatte, erhaschte ich ihren betroffenen, mitleidigen Blickwechsel.

Als sie alle älter wurden, wurden diese Blicke skrupelloser, höhnischer. Schwerer zu ignorieren. Und ich sah weg, mit glühenden Wangen sowohl vor Scham als auch vor Hass.

Je ängstlicher und verunsicherter Tom wurde, desto selbstbewusster und souveräner wirkte naturgemäß Carolyn. Ich gewöhnte mich daran, stets das Beste von ihr zu erwarten, und verständlicherweise wurde das für sie zu einem Quell der Verbitterung.

»Tom muss es einfach nur pünktlich zum Unterricht schaffen, und schon machst du ein Riesentrara.«

Mit der Zeit fand sie neue Hobbys und noch mehr Freunde; an den meisten Wochenenden hockte ein Haufen Mädchen in ihrem Zimmer. Sie blätterten in Zeitschriften und nähten Kleider auf der Nähmaschine, die Carolyn sich gebraucht gekauft hatte. All das schien Tom in seiner sozialen Unzulänglichkeit bloßzustellen. Je mehr Carolyns Selbstvertrauen wuchs, desto stärker wurde seines untergraben und abgetragen. Und ich schäme mich, zuzugeben, dass mich das ärgerte. Wann immer Carolyn an einem Wettbewerb teilnahm, ertappte ich mich dabei, wie ich insgeheim hoffte, sie werde nicht gewinnen, nicht in die Schulmannschaft aufgenommen oder beim Vorsprechen für die Hauptrolle im Schultheater ausgewählt werden. Welche Mutter denkt so? Ich war nicht stolz auf dieses Gefühl und glaubte, dass ich es, so gut es ging, verbarg. Allerdings wurde in den folgenden Jahren und bei meinen heftigen Auseinandersetzungen mit Carolyn deutlich, dass mir das nicht so gut gelungen war wie gedacht.

10

In meinem Arbeitstag tut sich eine unerwartete Lücke auf. Hayleys Vater hat am Montag angerufen und Bescheid gegeben, dass ein Freund ihnen für drei Wochen seinen Wohnwagen in Hastings angeboten habe.

»Ist es okay, wenn wir eine Pause machen?«, fragte er. »Können wir die beiden letzten Sitzungen auf nach dem Urlaub legen?«

Nachdem wir die Termine festgemacht hatten, erzählte er, dass es inzwischen etwas besser gehe.

»Sie wirkt weniger wütend. Hat viel geweint, aber das kommt mir wie eine große Verbesserung vor, im Vergleich zu dem Geschrei. Sie sperrt sich auch nicht mehr in ihrem Zimmer ein. Gestern Abend hat sie sogar einen Film mit uns geguckt. So ganz allmählich ...«, schloss er erschöpft und dankte mir, ehe wir auflegten.

Die Stunde, die ich eigentlich mit Hayley verbracht hätte, nutze ich, um E-Mails und Briefe an verschiedene Hausarztpraxen abzuarbeiten. Ich sitze an meinem Schreibtisch beim Fenster, als ich eine Bewegung im Flur wahrnehme. Ich schaue auf und entdecke Dan. Er lehnt im Türrahmen, die Arme verschränkt, den Kopf leicht zur Seite geneigt.

»Hi«, sagt er, als er die Überraschung in meinem Blick bemerkt. »Bin ich zu früh?«

Seine Stimme klingt ungezwungen. Er lächelt verlegen.

Einen solchen Ausdruck habe ich noch nie bei ihm gesehen. Es ist so typisch für meinen Sohn, dass es mir die Sprache verschlägt.

Da bist du also, denke ich. *Da bist du wieder.*

»Tut mir leid«, sagt er, »ich hab einen anderen Eingang genommen. Bin von hinten raufgekommen. Ich habe gesehen, dass die Tür offen steht. Soll ich noch warten?« Und er winkt den Flur entlang.

Er lächelt noch immer, und ich bin durcheinander, fühle mich erneut auf dem falschen Fuß erwischt.

»Es ist immer besser, zuerst zum Wartebereich zu gehen«, erwidere ich. »Dann können Sie Paula Bescheid sagen, dass Sie hier sind.« Dabei hätte ich es belassen sollen, aber aus irgendeinem Grund rede ich weiter, erkläre mich übertrieben ausführlich. »Ich könnte gerade am Telefon sein, oder im Gespräch mit einem Patienten oder einer Kollegin.« Ich wedele vage mit der Hand. »Deshalb ist es besser, Paula Bescheid zu geben«, wiederhole ich. Ich denke an die Sitzung mit Robert. Die klaren Grenzen. Die Notwendigkeit, Regeln unmissverständlich zu kommunizieren. Sich immer wieder darauf auszurichten, ohne ablehnend, schroff oder anklagend zu klingen.

Sein Gesicht gibt nichts preis.

»Aber das waren Sie nicht«, sagt er und lächelt erneut.

»Was war ich nicht?«

»Im Gespräch mit einem anderen Patienten.«

Ich will etwas erwidern.

»Ist sie weg?«, kommt er mir zuvor. »Das Mädchen, das vor mir dran ist?«

Und ehe ich antworten kann, lässt er den Kopf scherzhaft vor- und zurückschnellen; *rein – raus – rein?*

»Ich kann zurückgehen und warten«, meint er. »Soll ich?«

Ich werfe einen Blick auf die Uhr. Es ist fünf vor vier.

Ich bin gerade dabei, meine monatlichen Abrechnungen vorzubereiten. Diverse geöffnete Patientenakten liegen kreuz und quer über den Tisch verteilt. Ein zur Hälfte geleertes Wasserglas. Ich fühle mich überrumpelt. Wieder hat er die Machtverhältnisse verschoben.

Alle Patienten sollen sich zuerst beim Empfang der Abteilung melden und dann im Wartezimmer Platz nehmen. Die Person am Empfang klingelt dann bei uns durch – und wir kommen und holen unsere Patienten ab. Die Vorschriften sind klar und immer gleich. Sie sind der »Rahmen rund um das Chaos«. Meistens verhalten sich die Patienten danach, aber es kommt durchaus vor, dass sie versuchen, die Regeln infrage zu stellen. »Die Tür stand offen«, sagen sie dann vielleicht, oder: »Ich war spät dran, deshalb bin ich gleich zu Ihnen durch«, oder: »Am Empfang war niemand.« Sie behaupten alles Mögliche, führen alle möglichen Gründe an, weshalb sie unangemeldet hereinplatzen, willentlich gegen die Vorschriften verstoßen, die man ihnen gesetzt hat und die sie bisher befolgt haben. Fast immer ist es ein Versuch, eine festgelegte Grenze zu verschieben. *Kann man die Regeln brechen? Ist es hier wirklich sicher? Bietet man mir tatsächlich einen Schutzraum?* Es ist eine absichtliche kleine Widerspenstigkeit, um der eigenen Hilflosigkeit etwas entgegenzusetzen. Manchmal geht es um Kontrolle. Darum, dass man den Empfang umgehen und direkten Zugriff auf die Therapeutinnen und Therapeuten haben will. Es kann den Wunsch ausdrücken, unter all den anderen Patienten eine Sonderstellung einzunehmen. Den Wunsch, etwas Besonderes zu sein.

Wenn so etwas passiert, hebe ich gewöhnlich höflich und ruhig den Blick und bitte die Person, noch kurz ins Wartezimmer zu gehen. Das bekräftigt die Botschaft, die sie bereits bekommen hat. Regeln und Grenzen bieten Sicherheit. Meist kommt der Vorfall irgendwann noch einmal zur Sprache, wenn nicht gleich in der jeweiligen Sitzung, dann in der nächsten. Möglicherweise ist der Patient wütend. Fühlt sich zurückgewiesen. Im gemeinsamen Gespräch geht man diesen Gefühlen auf den Grund, und sie werden zu einem zentralen Gegenstand der Therapie.

Als ich an jenem Tag auf die Uhr schaue, argumentiere ich bereits innerlich mit mir, dass ich Dan, sobald er das Wartezimmer erreicht haben wird, schon fast wieder abholen müsste. Ich weiß genau, dass ich mich in etwas hineinziehen lasse. Ich weiß, dass er sich besonders fühlen will. Das spüre ich an jenem Tag, als deutliches Ziehen in der Brust.

»Nein«, sage ich. »Ist schon okay. Es ist ja fast so weit. Kommen Sie herein. Setzen Sie sich.« Und ich deute auf die Stühle. »Ich bin gleich bei Ihnen.«

Er will sich besonders fühlen, und ich erlaube es ihm.

Hastig schließe ich die aufgeschlagenen Akten und hole seine aus dem Schrank. Ich spüre seine Ruhe, dort auf dem Stuhl. Mir ist bewusst, dass mich sein plötzliches Auftauchen in der Tür durcheinandergebracht hat. Als ich zum Schreibtisch zurückgehe, bin ich befangen. Die wenigen Minuten bis vier Uhr dehnen sich wie Gummi. Immer noch mit dem Stift in der Hand tue ich, als würde ich mir weiter Notizen machen. Meine Wangen sind heiß, und obwohl meine Hand sich übers Papier bewegt, schreibe ich nichts auf. Kreise und Spiralen wie ein verknallter Teenager im Unterricht. Während ich so dasitze und vorgebe, ihn gar nicht zu beachten, passiert ganz offensichtlich das Gegenteil. Seine Gegenwart in der Ecke meines Zimmers brennt mir in der Brust. Ich spüre sie im Gesicht, in den Bewegungen meines Körpers. Es ist ein komisches Gefühl. Als würde man versuchen, jemanden von fern zu ignorieren, aber aus dem Augenwinkel sieht man alles, jede einzelne Pore, und weiß genau, wo die andere Person ist und was sie tut. Ich kann mir die Umrisse von Dans Körper vorstellen. Wie er ein Bein über das andere geschlagen hat. Die exakte Haltung seines Kopfes. Und ohne ihn anzusehen, weiß ich, dass er mich beobachtet.

Um Punkt vier Uhr lege ich den Stift weg, schließe meine Mappe und gehe zu ihm. Ich durchquere das Zimmer und setze mich auf den Stuhl ihm gegenüber, zwischen uns der kleine Beistelltisch.

»Die Pflanzen sehen heute besser aus«, meint er und nickt zur Fensterbank. »Sie haben sich Mühe gegeben.«

»Ich habe ein paar neue«, sage ich und werfe ihm einen Blick zu, um herauszufinden, ob sie von ihm kommen.

»Cool.« Seine Miene ist neutral.

Ich frage ihn, wie es ihm ergangen ist.

»Ein bisschen besser«, antwortet er. »An den meisten Tagen habe ich es zur Uni geschafft. Wir sollen uns jetzt einen Film aussuchen und analysieren.« Er wirkt lebhaft, aufgeregt.

Als ich nach seinem Film frage, sagt er: »*Eine ganz normale Familie.*«

»Warum gerade den?«

Kurz denkt er nach. »Ich hab Unmengen Filme gesehen. *Eine ganz normale Familie* ist ein perfekter Film. Perfekt gemacht.«

»Was gefällt Ihnen daran?«, will ich wissen und erinnere mich an die Sprödheit der von Mary Tyler Moore verkörperten Figur. An den Ehemann, gespielt von Donald Sutherland. Und ich sehe das vage Bild einer Szene mit einem Fotoapparat vor mir, in der ein Familienfoto gemacht werden soll.

»Schwächen innerhalb der Familie. Eltern. Die Grenzen mütterlicher Liebe.« Er scheint auf der Hut. »Wenn er fertig ist, zeige ich Ihnen meinen Aufsatz. Ich mag das Ende«, fügt er noch hinzu. »Seine Unvermeidlichkeit. Es gibt keine große Aussöhnung à la Hollywood. Sie trennen sich. Müssen sich trennen. Manche Enden sind unvermeidlich – nicht wahr?«

»Das führt mich zu Ihrer Familie«, erwidere ich behutsam. »Gab es da irgendwelche Brüche?«

Er tut, als wäre er schockiert, schüttelt den Kopf. »Wir waren wie die *Partridge Family*, bei uns lief alles super.«

Ich denke an mein Gespräch mit Robert, die Notwendigkeit, weitere Türen zu öffnen. Ich frage eingehender nach, wie sein Interesse an Filmen geweckt wurde.

Er zuckt mit den Achseln. »Bei uns um die Ecke gab es eine Videothek. Ich hab alles geguckt. Filme waren spannend, haben mir beigebracht, alles Mögliche zu fühlen – Dinge, die ich selbst noch nie erlebt hatte.«

»Haben Sie sie zusammen mit Ihren Eltern angeschaut?«

Kurz wirkt er überrascht. »Nein. Allein.«

»Waren Ihre Eltern berufstätig?«, frage ich.

»Dad war Lehrer. Mum Krankenschwester, aber sie hat nur Teilzeit gearbeitet.« Sein Blick ist schwer zu deuten. »Sie war einfach selten zu Hause.«

Er erzählt, dass er Filme über Außenseiter mochte, über Kinder, die nirgends dazupassten. »Ich dachte jahrelang, dass ich adoptiert bin. Es gab überhaupt keine Fotos von mir als Baby oder als Kleinkind. Lange habe ich geglaubt, das muss daran liegen, dass ich adoptiert wurde.«

»Wie war die Beziehung Ihrer Eltern?«

»Sie haben gut zusammengepasst. Waren sehr eng. Sind nie laut geworden.« Er lächelt entschuldigend. »Tut mir leid, ich hab ja schon gesagt, unser Leben war nicht besonders filmreif.«

Die Sitzung kommt mir quälend langsam vor. Ich stelle zu viele Fragen, drehe mich im Kreis. Komme nicht weiter. Als könnte ich jeden Augenblick den flinken Schlag seiner Schwanzflosse sehen.

Ich setze noch einmal an. Unwillkürlich lehne ich mich ein wenig vor.

»Was war das Wichtigste, was Filme Ihnen vermittelt haben?«

»Schmerz«, antwortet er, ohne zu zögern.

Ich spüre ein schleichendes Unbehagen. Ein Kribbeln hinten im Nacken.

»An den Film selbst kann ich mich nicht mehr erinnern«, fährt er fort. »Ich war noch sehr jung, vielleicht fünf oder sechs. Da gab es eine Szene, wo die Familie schnell in den Urlaub aufbrechen will, und der Junge klemmt sich die Hand in der Autotür ein. Ein Unfall. Die Eltern waren völlig außer sich.« Er erzählt, wie sie einen Verband anlegten und sich um ihn kümmerten. »Also habe ich das ausprobiert«, sagt er dann.

Das Kribbeln wird zum Angstschauer. »Was haben Sie ausprobiert?«

»Ich hab mir die Hand in der Tür eingeklemmt. Die linke. Zwei Finger sind gebrochen. Ich war total high. Wie auf Drogen.«

»Sie haben sich die Hand absichtlich eingeklemmt?«

Er nickt. »Das Problem war – beim zweiten Mal war's nicht mehr ganz so gut. Das Gleiche sagen Drogensüchtige über den ersten Schuss Heroin.« Er schweigt kurz, sieht mir in die Augen. »Ich musste mir was anderes überlegen.«

»Was anderes?« Ich spüre, wie sich die Zeit verlangsamt.

»Neunzig Prozent aller Unfälle passieren im Haushalt«,

meint er. »Es ist erstaunlich, wie viel Schaden man mit Haushaltsgeräten anrichten kann. Mit einem Wasserkessel. Einem Toaster …« Er hält inne. »Einer Käsereibe«, und ich zucke zusammen, als er auf seine Finger blickt.

Mir ist klar, dass er mir einen Schreck einjagen will, aber statt genau das zu thematisieren, lasse ich mich mitreißen.

»Und was haben Ihre Eltern getan? Ihre Mutter?« Meine Worte geraten zu heftig.

Er sieht mich an, blinzelt, ist vielleicht überrascht von meinem aufgebrachten Tonfall.

»Meine Eltern haben sich um mich gekümmert: Essen, Kleidung, haben für Bücher und die Videothek bezahlt, aber *ich* habe sie herzlich wenig gekümmert«, meint er sachlich, mit ruhiger Stimme. »Sie sind mit mir zum Arzt gegangen, und ins Krankenhaus, wenn es nötig war, zum Röntgen oder Gipsen bei Knochenbrüchen. Ansonsten war ihnen mein Wohlergehen egal.«

Die Angst ist zu etwas anderem geworden. Ich beiße die Zähne aufeinander. Dann erzählt er mir von einer Phase, in der er sich Filme über vermisste Kinder ansah.

»Das wurde zu einer Art Sucht. Es waren so Filme nach dem Motto ›der schlimmste Albtraum aller Eltern‹, wenn das Kind in einem Moment der Unachtsamkeit verloren geht. Von einem Fremden entführt wird. Oder einfach verschwindet.«

Einfach verschwindet. Ich spüre ein Ziehen in der Magengegend.

»Das klingt nach Filmen für Erwachsene«, sage ich. Die Alarmglocken schrillen, während ich zu verstehen versuche.

»Ja, stimmt. Ein paar von den Sachen hab ich auch ausprobiert«, meint er munter. »Wenn wir einen Ausflug gemacht haben, bin ich abgehauen. Die zwei waren so mit sich selbst und miteinander beschäftigt; es war einfach.«

Ich balle die Fäuste.

Er erzählt, beim ersten Mal seien sie alle auf einem Rummelplatz gewesen. Er war noch in der Grundschule. »Ich war ungefähr zehn, glaube ich. Wir standen beim Autoscooter, und ich bin weggelaufen. Weg von den hellen Lichtern. Bin über ein Feld gerannt und in eine Straße eingebogen. Es war dunkel. Es hat nicht lange gedauert, da hat ein Auto neben mir gehalten. Ein alter Typ mit fettem schwitzigem Gesicht. Ich weiß noch, wie der Gurt über seinem Bauch gespannt hat, ihn in zwei Hälften teilte, wie zwei dicke Autoreifen.«

Während ich zuhöre, kann ich kaum atmen.

»Als er mich angeschnallt hat, haben seine Finger mein Gesicht gestreift.« Wie er sich so daran zurückerinnert, klingt er aufgeregt, begeistert. »Ich hab seinen sauren Atem gerochen.« Doch dann zuckt er mit den Achseln. »Bei diesem Versuch hat es nicht so gut funktioniert.«

Bei *diesem* Versuch?

»Er hat mich direkt zur Polizeiwache gefahren. Da haben meine Eltern mich dann abgeholt.«

Mir ist schwindlig. Ich ringe nach Worten. Nach ganzen Sätzen.

»Und was war mit Ihren Verletzungen? Den Krankenhausbesuchen? Die Polizei … die Ärzte … was haben die gemacht?«

Plötzlich ergibt alles Sinn. *Menschen, die ihre Arbeit nicht anständig gemacht haben.* Ein Gefühl der Ungerechtigkeit, der Kränkung. Seine Machtlosigkeit. Ich fühle Wut und Unverständnis, meine Stimme klingt verärgert.

»Meine Eltern meinten, ich wäre ein Tollpatsch, ungeschickt. Die Ärzte haben Dyspraxie diagnostiziert; schwacher

Gleichgewichtssinn und Koordinationsstörungen. Ich hab spezielle Physiotherapie bekommen.«

Ich sehe ihn fassungslos an. »Und Ihre Eltern?«

»Mein Vater war mittlerweile Schulleiter. Und Friedensrichter. Eine Säule des örtlichen Gemeinwesens. Meine Mutter Krankenschwester. Sie waren anständige Leute.«

Und dann stelle ich die Frage, die schon die ganze Zeit in der Luft liegt. Die Frage, die ich bis jetzt gemieden habe.

»Gab es je einen Suizidversuch?«

Er wirkt verblüfft und schüttelt den Kopf. »Ich, mich umbringen? Nie. Ich wollte mir nur selbst wehtun. Es war ein gutes Gefühl, so weit zu gehen, wie ich konnte.« Wieder überkommt mich ein heftiger Angstschauer. »Und je mehr ich mich dem Abgrund näherte, desto klarer wurde, dass meine Eltern nicht da sein und mich auffangen würden.«

Was mir von Dans Worten am deutlichsten in Erinnerung geblieben ist, ist das Fehlen jeglicher Emotion. Eine Leerstelle, wo irgendwelche Gefühle hätten sein müssen. Und je leerer die Leerstelle, desto mehr füllte ich sie mit meiner eigenen Wut.

Mein Gesicht brennt heiß, das Blut schießt mir in die Wangen. Die Wucht meines Zorns erschreckt mich. Das ist der Augenblick, in dem ich das, was zwischen uns vorgeht, in Worte übersetzen sollte, Worte, die Sinn für ihn ergeben. Darin bin ich gut. Den richtigen Zeitpunkt finden, um seine Distanziertheit gegenüber seiner eigenen Wut anzusprechen. Zu sagen, wie sehr mich das, was er erzählt, entsetzt. *Ich höre dir zu, auch wenn du mir eine furchtbare Geschichte erzählst. Etwas wirklich Schreckliches.* Darauf hinzuweisen, dass er das Verhalten seiner Eltern als normal darstellt. Dass seine Erfahrungen wie von ihm abgespalten wirken. Dass das Fehlen jeglichen Gefühls in ihm dazu führt, dass ich vor Gefühlen geradezu überquelle. *Vielleicht ist es zu schmerzhaft, oder zu beängstigend, diese Wutgefühle zuzulassen?* Alle Wut wurde zur Seite geschoben, sie hockt in der Zimmerecke wie eine nicht detonierte Bombe. Meine Aufgabe besteht darin, meine Hände um seine zu legen und ihm zu helfen, die Bombe aufzuheben. Ihm bei der Erkenntnis zu helfen, dass sie ihm gehört. *Es sind seine Gefühle. Seine Empfindungen.* Und indem er sie aufhebt, erlangt er Kontrolle darüber, ob er sie explodieren lässt oder daran arbeitet zu verstehen, wie man sie entschärft.

Das Problem ist, dass ich die Bombe selbst aufgehoben habe und offenbar nicht in der Lage bin, sie wieder wegzulegen.

Vielleicht bemerkt er meine geröteten Wangen oder meine zu Fäusten geballten Hände. Jedenfalls sieht er mich aufmerksam an. »Was ist los?«, fragt er. »Alles in Ordnung mit Ihnen?«

»Ich bin so wütend!« Ich spucke die Wörter geradezu aus. »Wie konnten sie nur?«

»Was?« Er wirkt überrascht.

»Warum haben Ihre Eltern sich so verhalten? Ihre Mutter? Wie hat sie das fertiggebracht?«

Er wirkt gereizt. »Ich war meinen Eltern ziemlich egal. War nicht nach ihrem Geschmack. Aber ich wurde ja nicht *misshandelt* oder so, im Vergleich zu dem, was andere durchmachen müssen. Meine Eltern haben mir kein Haar gekrümmt. Nie.« Er spricht mit Nachdruck. »Eigentlich kann ich mich nicht mal erinnern, dass sie mich überhaupt je berührt haben.«

Ich mache den Mund auf, will etwas sagen, aber ich finde nicht die passenden Worte.

»Gleichgültigkeit«, meint er und sieht mir dabei direkt in die Augen. »Das ist kein Verbrechen, oder?«

»*Gleichgültigkeit*?«, wiederhole ich. »Sie waren nicht *nach ihrem Geschmack*? Bei Ihnen klingt das, als wären Sie ein Gericht auf einer Speisekarte. Fahrlässigkeit und Vernachlässigung *sind* Misshandlungen.«

»Vielleicht hatten sie ja einen Grund? Vielleicht habe ich nach Bestrafung verlangt.«

Ich muss mich sehr anstrengen, um mich auf seine Worte zu konzentrieren. Ein pochender Schmerz pulsiert in meinem Hinterkopf. Ich kann nicht glauben, dass ich mit ihm diskutiere.

»Vielleicht habe ich etwas getan, um es zu verdienen.«

Ich denke an den Übergriff im Park. Wie er ihn als Strafe bezeichnete. *Karma.*

»Ich schätze, es gab einen Grund für die Abneigung meiner Eltern, für ihre Gleichgültigkeit …«

»Sie waren nur ein Kind.«

»Ich habe mir oft gedacht, dass es vielleicht mit diesem komischen Gefühl der Leere zu tun hatte. Als wäre da ein großes gähnendes Loch. Ich habe viel über ein mögliches Geheimnis herumfantasiert. Wie meine Adoptionstheorie. Etwas, das sie mir nicht erzählt haben. Vielleicht war ich die Folge einer Vergewaltigung? Oder nicht der Sohn meines Vaters? Oder es gab irgendein anderes Geheimnis.«

Ein schmutziges Geheimnis.

»Irgendwas war immer komisch. Es hat einfach immer etwas gefehlt.«

»Das Nichts, das Sie beschrieben haben?«

Er nickt. »Aber wie ich schon sagte, das ist kein echtes Verbrechen, oder?«

Ich rede über elterliche Aufsichtspflichten. Über die »Fürsorgepflicht« einer Mutter. Die ungeschriebenen Gesetze der Elternschaft: zu schützen, zu umsorgen, zu lieben.

»Sie hat ihr Bestes gegeben«, meint er abwehrend. »Was haben Sie für ein Recht, darüber zu urteilen?«

Kurz flackert Ärger über sein Gesicht. Es ist, als wäre die Blase aus Anspannung geplatzt. Ich lehne mich in meinem Stuhl zurück.

»Das stimmt. Es tut mir leid.«

Ich versuche, mich wieder zu fassen. Seine Therapeutin zu sein. Ich erkläre ihm, dass das, was er erzählt hat, sehr schwer mitanzuhören war. Dass wir in der nächsten Sitzung zu diesen Dingen zurückkehren müssen.

»Ich möchte bloß betonen, dass es für einen Elternteil keine Entschuldigung gibt – keinerlei denkbare Entschuldigung –, ein Kind so zu behandeln.«

Er legt die Finger zusammen, formt ein Dreieck. »Nun, das behaupten Sie«, meint er. »Aber tatsächlich gab es da etwas; ich habe erst acht Jahre danach herausgefunden, was es war.«

Er schaut auf seine Armbanduhr, und ich sehe die Uhr hinter ihm an der Wand. Wir wissen beide, dass es an der Zeit ist, die Sitzung zu beenden.

»Nächstes Mal«, sagt er und steht auf.

Als er gegangen ist, fühle ich mich verletzt. Mein Körper schmerzt.

Ich weiß, was auch immer ich in diesen letzten Minuten des Gesprächs vermitteln wollte: Als seine Therapeutin habe ich versagt. Egal wie sehr ich mich bemüht habe, zurückzurudern und mich zu fassen, er hat mich gesehen. Aufgebracht. Empört. Wie eine Zuschauerin in einer kindischen, »aus dem Leben gegriffenen« Talkshow. Ich weiß, ich habe meine Arbeit nicht getan. Ich habe ihm nicht geholfen, Zugang zu seiner Wut zu finden. Und als er an diesem Tag den Raum verlässt, nehme ich sie wahr, in weiß glühender Heftigkeit, im freien Fall, irgendwo hoch über unseren Köpfen.

*

Nur wenige Minuten, nachdem Dan gegangen ist, ruft Paula an. Sie bittet mich, zu ihr in die Hauptverwaltung zu kommen.

»Es wurde was für dich abgegeben.«

Im Hintergrund höre ich Lachen. Angeregte Gespräche. Es ist erleichternd, das Zimmer zu verlassen und den Flur entlangzugehen.

»Was ist das?«, frage ich und blicke auf den großen Pappkarton am Boden, mit Löchern im Deckel und an den Seiten.

»Ein Hamster.«

»Bitte?«

»Der ist für dich. Es stand nur dein Name drauf, ohne Nachricht.«

Ich starre sie an.

»Wurde heute Nachmittag geliefert. Zusammen mit einer Tüte Futter. Und einem Buch namens *Hamsterhaltung leicht gemacht*.«

Paula lacht. Sie merkt nicht, dass ich ganz blass geworden bin und mich am Schreibtisch abstütze.

»Wir haben in den Stiftungsstatuten nachgelesen, ob lebende Tiere auf der Liste unerlaubter Geschenke stehen«, meint sie kichernd. »Ein Paragraph über Haustiere! Wäre das nicht irre komisch?« Sie kann sich kaum noch halten.

Aus dem Karton ertönt leises Scharren.

»Neue Blumen? Und jetzt ein Haustier?« Sie beugt sich verschwörerisch zu mir vor. »Ein heimlicher Verehrer?«

Neuigkeiten verbreiten sich rasch, und in der Abteilung

wird »Hamstergate« für den Rest des Tages zum Gesprächsthema Nummer eins. Die Neugier ist groß, sowohl was die Herkunft des Hamsters betrifft als auch die Frage, wo er nun hinsoll.

»Ich nehme an, behalten willst du ihn nicht?«

»Nein«, sage ich. »Nein, danke.«

Nach ein paar Anrufen findet Paula in der Kindertagesklinik ein Zuhause für den Hamster, in Gesellschaft einer Familie von Rennmäusen.

11

Am darauffolgenden Montag laufe ich Julie in die Arme. Eine Zufallsbegegnung, die alles verändert.

Ich bin im Süden Londons, um ein Team zu treffen, das dringend Unterstützung angefordert hat. Nachdem ich die Umstände in aller Kürze in unserer Mitarbeiterbesprechung umrissen hatte, schlug mir entsetztes Schweigen entgegen, dann eine Flut von Fragen, die ich nach bestem Wissen beantwortete. Ich verstand den Wunsch, etwas Greifbares vor sich zu sehen, aus den Einzelheiten ein Bild zu formen. Und außerdem war die Betroffenheit der anderen angesichts der von mir beschriebenen Tragödie nur zu leicht nachzuvollziehen.

Die Räume des ambulanten Bezirksteams für Drogenentzug liegen in einer Seitenstraße zur Balham High Road. Trotz der Nähe zur Hauptstraße ist es erstaunlich ruhig. Eine Sackgasse mit einem Zeitschriftenladen, ein paar Wohnhäusern und einer Gewerbefläche. Um zum Eingang des Gebäudes zu gelangen, muss man einen Parkplatz überqueren, und der Name des Teams sowie das Logo des staatlichen Gesundheitsdienstes NHS stehen auf einem Schild an der Wand, neben der Videosprechanlage. Am Geländer flattert ein Streifen Absperrband wie ein gelbes Geschenkband im Wind.

Kurz schließe ich die Augen und denke an die Geschehnisse vom letzten Freitagnachmittag. Die Überwachungskameras der Mietshäuser gegenüber zeigen, wie der Mann, ein gewisser Harold Mason, unsicher übers Pflaster wankte, an Türen rüttelte und durch Briefkastenschlitze schrie. Er hielt genau vor dem Bürokomplex an und stierte auf das kleine Logo. Drei unscheinbare dunkelblaue Buchstaben. *NHS*. Buchstaben der Hoffnung und Erlösung, aber auch der Enttäuschung. Ich frage mich, was er gedacht haben mag, als seine Finger den Knopf neben der Sprechanlage drückten.

Nachdem ich meinen Namen genannt habe, ertönt ein Surren, und ich darf durchgehen. Als ich den Empfangsbereich betrete, spüre ich eine scharfe, stechende Angst. Natürlich ist inzwischen aufgeräumt worden. Der Boden ist frisch gereinigt, und alles steht wieder ordentlich an seinem Platz. Die Frau am Empfang führt mich nach hinten in einen fensterlosen Raum mit heller Neonröhre an der Decke. Orangefarbene Plastikstühle sind recht wahllos um den Tisch gruppiert, auf dem sich ein Kaffeebecher und ein zerfleddertes kostenloses Boulevardblättchen befinden. An der Pinnwand neben der Tür hängen verblichene Broschüren: Infektionsschutz, ein Angebot zum Spritzentausch und ein Werbezettel der Gewerkschaft.

Ich warte geschlagene zehn Minuten, bis ein großer Mann mit Dreadlocks zu mir ins Zimmer kommt. Er nickt mir zu und setzt sich. Ihm folgt eine blasse Frau in einem weiten gemusterten Kleid. Ein paar Minuten später treten noch zwei Personen ein, ein Mann und eine Frau, die Augen fest auf den Boden geheftet. Ich nehme ihren starken Widerwillen wahr. Auch mich erfüllt der heftige Wunsch, woanders zu sein. Möglicherweise als Reaktion darauf greift die Frau im weiten Kleid in ihre Tasche und zieht riesige Süßigkeitentüten hervor.

»Bedienen Sie sich«, sagt sie zu allen und niemandem und

fächert sie auf dem Tisch auf. Es sind Süßigkeiten für Kinder. Die knallbunte Sorte, die ich vielleicht für die Kindergeburtstage der Zwillinge gekauft hätte: Gummibärchen, Colafläschchen, Maoams. Kleine Belohnungen, denke ich. Ein Versuch, uns das Kommende zu »versüßen«.

»Warten wir noch auf jemanden?«, frage ich.

Alle blicken ratlos in die Runde.

»Ein paar Leute fehlen. Viele Krankmeldungen heute«, meint die Frau im Kleid entschuldigend, mit schwachem Lächeln. Die anderen ignorieren sie und scheinen sich über ihren Eifer, es allen recht machen zu wollen, zu ärgern. Es folgt eine langwierige Diskussion über eine Kollegin namens Toya. *Kommt sie noch? Hat jemand sie gesehen?* Der Mann mit den Dreadlocks überlegt, ob sie eine Nachricht hinterlassen haben könnte, und das führt zu quälenden Minuten, in denen er umständlich seine E-Mails durchsieht. Dann schüttelt er den Kopf. Nichts.

Als ich mich vorstelle und die anderen bitte, es mir gleichzutun, rutschen sie unbehaglich auf ihren Stühlen herum.

»Ich bin Angela«, fängt die Frau mit den Süßigkeiten an. Dann nennen die anderen ihre Namen: Tony, Farzal und Wendy. Ich sehe allen der Reihe nach in die Augen, nur Wendy nicht, die den Blick nicht vom Handy hebt und ihren Namen sagt wie eine Teenagerin, wenn der Lehrer morgens die Klassenliste durchgeht. Sorgfältig schreibe ich sie mir in der Reihenfolge auf, wie sie am Tisch sitzen. Ich habe schon viele solcher Krisensitzungen für Teams und Arbeitsgruppen durchgeführt. Meist als Unterstützung nach dem Suizid eines Patienten. Zum Glück kommt das, weswegen wir heute hier sind, extrem selten vor.

»Was ist mit Alia?«, fragt Wendy plötzlich mit strenger, unversöhnlicher Miene. »Dachte, sie kommt auch?«

Farzal erklärt, dass sie nach der Mittagspause angerufen habe, auf dem Rückweg von einem Hausbesuch. »Steckt im Stau fest«, sagt er.

Wieder herrscht Schweigen, aber diesmal ist es voller Neid. Neid auf alle, die es geschafft haben, einen Grund zu finden, heute nicht hier sein zu müssen.

Als ich anfange, den Zweck unseres Treffens zu erläutern, fällt Farzal mir ins Wort und greift demonstrativ nach dem Boulevardblättchen auf dem Tisch. »Sehen Sie das hier?«, fragt er und rammt den Zeigefinger auf das Titelbild.

Die anderen beugen sich vor. Ich weiß, worauf er deutet. Ich habe es heute Morgen in der U-Bahn gesehen. Das Gesicht eines syrischen Flüchtlings an einem Strand in Griechenland, der sein totes zweijähriges Kind umklammert. Farzal schleudert die Zeitung zurück auf die Tischplatte, sie landet auf der Haribotüte.

»Das ist widerlich«, sagt er. »Zwei Häfen wollten das Boot nicht anlegen lassen. Ich musste an mein eigenes Kind denken.« Sprachlos schüttelt er den Kopf, und die anderen nicken. Ringsum wird über den Mangel an Menschlichkeit gemurmelt. Den Mangel an Fürsorge.

»Die Leute interessiert das einen Scheiß«, meint Wendy und blickt zu mir auf.

Widerstand und Unbehagen haben sich in offene Feindseligkeit verwandelt. Mir ist klar, dass ich behutsam vorgehen muss. Ich muss einen Weg finden, ihre Wut zu verstehen und die Abwehr nicht noch mehr zu verstärken. Ich denke an das gepeinigte Gesicht vorn auf der Zeitung, und ich denke an den Grund, weshalb wir hier sind. Ein weiterer Mann, dem ein sicherer Hafen verwehrt wurde. Ein weiterer Elternteil, der Zuflucht für sein Kind suchte.

»Mich erinnert das an Harold Mason«, sage ich. Ich weiß,

es ist ein Risiko, seinen Namen zu nennen. Ihn laut auszusprechen. Ein furchtbares Schweigen senkt sich über den Raum. Alle starren mich an.

»Ich weiß nur wenig über ihn, aber offenbar war auch er ein verzweifelter Mann. Ein Mann, der etwas brauchte, das ihm verwehrt wurde.«

Mit dem Kopf deute ich zur Zeitung und sehe dabei Farzal an. »Wie nah muss man dem Ertrinken sein, damit einem die Sicherheit des Festlands gewährt wird?«

Angela und Farzal nicken.

Tony und Wendy tauschen Blicke aus. In ihnen ist erschöpfte Resignation zu lesen. Resignation über die seit Jahren unterfinanzierten psychologischen Einrichtungen, die Stationsschließungen, das Befürworten einer ambulanten »Versorgung vor Ort«. Sie schweigen.

Ich rede weiter über die Ziele unseres Treffens und warum gerade ich hier vor ihnen sitze, doch als ich die drei Termine erwähne, die ich mit Karen Crosswell vereinbart habe, schnaubt Wendy höhnisch.

»Da will sich die Leitung wohl ein bisschen besser fühlen, indem sie uns eine kleine Selbsthilfegruppe organisiert«, sagt sie bitter.

»Sie haben dieses Jahr zwei psychiatrische Stationen geschlossen. Darum hat er nirgendwo ein Bett gekriegt«, erklärt Angela, als hätte ich Aufklärung nötig.

»Es geht doch immer nur ums Geld«, faucht Wendy und sieht mir in die Augen. Der Raum knistert vor neuer, zorniger Energie.

Es ist offensichtlich, dass schon allein meine Verbindung zu Karen Crosswell und die Einwilligung, dieses Treffen zu leiten, auch mich in gewisser Weise kompromittiert. Ich bin ein weiteres »böses Objekt« in einem bereits verdorbenen System.

Ich erwidere ihre Blicke.

»Sie haben recht«, sage ich nickend. »Und das fühlt sich ungerecht an.«

Wendy wirkt verblüfft.

Ich thematisiere ihre Gefühle angesichts dieser Ungerechtigkeit. Die Mängel eines schon lange überlasteten und unterfinanzierten Gesundheitswesens. Ich denke an die Einsparungen in unserer eigenen Abteilung; die langen Wartelisten, das Personal, das unter Druck steht, mehr für weniger zu leisten.

»Die Wut, die Sie alle empfinden, ist verständlich. Auch ich empfinde so. Und ich schätze, meine Anwesenheit hier fühlt sich an wie ein Heftpflaster auf einem gebrochenen Bein.«

Ich nehme einen Stimmungsumschwung wahr, es ist, als würde das Team kollektiv durchatmen. Tony nickt. Angela fängt lautlos an zu weinen.

»Es ist wichtig, dass Sie wissen, dass ich nicht den gleichen Arbeitgeber habe wie Sie. Unsere Sitzungen sind vertraulich. Ich habe nichts mit den Ermittlungen zu tun, und ich bin nicht hier, um eine Rechtfertigung oder eine Erklärung für den Vorfall zu finden.« Ich beuge mich zu den anderen vor und spreche leiser. »Ich bin hier, weil etwas Schreckliches passiert ist und Sie einen schlimmen Verlust erlitten haben.« Kurz schweige ich. »Und ich glaube, dass es manchmal hilft, sich einfach zusammenzufinden, einen Ort zum Reden zu haben.«

Diesmal fühlt sich die Stille anders an. Nachdenklich. Sinnend. Die Feindseligkeit ist nicht länger auf mich gerichtet.

Tony stützt das Kinn in die Hände. »Ich sehe sie dauernd vor mir«, sagt er. »Am Boden. Ihre fahle Haut. Das Blut.« Er drückt sich die Fingerspitzen gegen die Schläfen. »Ich will das aus meinem Kopf kriegen, aber es klappt nicht …«

Und wie ein stockender Motor kommt die Geschichte in Gang, schwächelt und springt wieder an, schnurrt schließlich los. Sie erzählen, dass sie eine Schulung hatten und danach noch in den Pub wollten.

»Es war direkt vor dem Wochenende«, meint Farzal. »Wir hatten gute Laune.«

Sie sagen, dass Marion nachkommen wollte. Sie wollte noch ein letztes Mal versuchen, den Hausarzt eines Klienten zu erreichen. »Ein fünfzehnjähriger Cracksüchtiger«, meint Farzal. »Sie wollte vor dem Wochenende noch was für ihn in die Wege leiten.«

Seine Worte lösen einen Redeschwall über Marion aus. Wie mitfühlend und engagiert sie war. Wie sie für ihre Klientinnen und Klienten kämpfte. Unerschöpfliche Kraft für die Benachteiligten hatte. Die Unterhaltung strotzt nur so vor Klischees: »ein Herz aus Gold«, jemand, der immer »alles gegeben hat«, eine Person, die »als Erste kam und als Letzte ging«.

»Sie hat sich auch für uns ständig Umstände gemacht«, ergänzt Angela. »Hat Kuchen gebacken. Essen aus diesem Naturkostladen für alle mitgebracht. Und uns gesagt, dass wir nicht so viel arbeiten sollen.«

»Das klingt, als hätte sie sich wirklich gut um Sie alle gekümmert«, äußere ich.

Farzal nickt. »Letzte Woche habe ich mir den Rücken beim Fußballspielen gezerrt. Am nächsten Tag hat sie mir so ein ergonomisches Sitzkissen mitgebracht.« Er zuckt mit den Achseln. »So jemand war sie.«

»Sie hatte keine Kinder«, fügt Wendy hinzu. »Sie hat immer gesagt, das Team ist ihre Familie.«

»Nicht nur das Team. Auch alle Klientinnen und Klienten«, meint Angela unter Tränen. »Sie haben sie geliebt. Konnten es nicht ertragen, wenn sie mal Urlaub genommen hat.«

»Ich weiß gar nicht, wann sie zuletzt welchen hatte«, überlegt Tony.

Während ich zuhöre, wie sie über ihre Teamleiterin sprechen, entsteht vor meinem geistigen Auge ein Bild von Marion. Ich weiß genau, wer sie ist. Ich bin gerührt von einer Frau, die sich ihrer Arbeit verschrieben und sich für benachteiligte Gruppen eingesetzt hat, die unermüdlich war in ihrem Tatendrang und Engagement. Menschen wie Marion sind der Kitt, der das bröckelnde öffentliche Wohlfahrtssystem zusammenhält. Sie arbeiten mit Leidenschaft, Hingabe, Unnachgiebigkeit. Doch in dem unaufhörlichen Strom immer neuer Überweisungen sind sie auch diejenigen, die nur schwer nein sagen können.

»Sie klingt nach einer wirklich aufopferungsvollen, engagierten Chefin«, merke ich vorsichtig an.

Farzal und Angela nicken. Tony hält weiterhin den Kopf gesenkt.

»Fast vierzig Jahre im Gesundheitswesen, und so geht es zu Ende«, seufzt Wendy.

»Ich wünschte nur, ich wäre bei ihr geblieben«, sagt Tony. »Fünf Minuten. Sie meinte, ich soll schon was für sie mitbestellen. *Für mich ein Guinness.* Das war das Letzte, was sie zu mir gesagt hat.«

Angela spricht weiter. Und wie die vier sich so beim Erzählen abwechseln, langsam und zögerlich die verschiedenen Aspekte dieses verhängnisvollen Nachmittags schildern, ist es, als würde man einer Partie Jenga zuschauen und auf den unvermeidlichen Kollaps warten.

»Wir haben sie vom Pub aus angerufen«, sagt Angela. »Er liegt nur zwei Minuten die Straße hoch. Als niemand ans Telefon gegangen ist, sind Tony und ich zurück …«

Sie berichten mir, wie sie Marion McClusky zusammengesackt am Boden hinter dem Empfangstresen gefunden haben. Mit einer kleinen Blutlache neben dem Kopf. Der Empfangsbereich war verwüstet; Stühle und Tische umgeworfen, zwei Fensterscheiben zerbrochen, der Rechner aus der Steckdose gerissen und der Drucker vom Tisch gefegt, sodass ein Pfad aus weißem Papier über den Teppich geweht war. Marion hätte von allen möglichen umhergeschleuderten Gegenständen getroffen werden können, aber letztlich hatte der Feuerlöscher ihr den tödlichen Schlag versetzt. Eine halbe Stunde später fand man Harold Mason mitten auf der Balham High Road, wie er die entgegenkommenden Autos anschrie und sich selbst ins Gesicht schlug und boxte. Zur selben Zeit befand sich seine betagte Mutter drei Straßen weiter auf der örtlichen Polizeiwache, um wegen der labilen Verfassung ihres Sohnes um Hilfe zu bitten.

Später würde sich herausstellen, dass der siebenundfünfzigjährige Harold schon lange psychische Probleme hatte. Alle drei bis vier Jahre erlitt er zeitweilige psychotische Episoden und musste stationär aufgenommen werden. Zumeist weil er aufgehört hatte, seine Medikamente zu nehmen.

»Er hatte einen Teilzeitjob bei einem Gemüsehändler hier im Viertel«, sagt Tony.

Sie erzählen mir, wie seine Mutter an jenem Morgen um seine Einweisung gefleht hatte, doch als es kein freies Bett gab, hatte die Patientenaufnahme im Krankenhaus ihn an das ambulante Versorgungsteam verwiesen.

»Versorgung vor Ort«, bemerkt Angela sarkastisch.

»Ich kannte Harry«, meint Tony. »Er war sichtlich verzweifelt. Außer Kontrolle. Er ist ein großer Kerl, aber ich bin mir sicher, dass er Marion nicht wehtun wollte.« Er schüttelt den Kopf.

»War er bei Ihrem Team gemeldet?«, frage ich.

Wendy und Tony sehen sich an.

»Nein«, erwidert Tony. »Aber Marion kannte Harry gut. Aus der Zeit, als wir beide noch im gemeindepsychiatrischen Dienst gearbeitet haben. Das Team saß früher hier in diesen Räumen ... bevor die Versorgungsdienste umstrukturiert wurden.«

Ich sehe alle der Reihe nach an. Unbehagliches Schweigen schlägt mir entgegen.

Ich weiß, niemand will die Richtlinie zum Alleinarbeiten ansprechen. Die Tatsache, dass Klienten nicht hereingelassen werden dürfen, sofern nicht zwei oder mehr Teammitglieder zugegen sind. Die Regel, dass Personen, die nicht beim entsprechenden Team gemeldet sind, überhaupt keinen Zutritt erhalten sollten. Niemand will aussprechen, dass Marion die Tür nie hätte öffnen dürfen.

Ich warte.

»Also, was ist passiert?«, frage ich dann.

»Sie hat ihn reingelassen«, antwortet Tony leise.

»Aber das war typisch Marion«, sagt Angela rasch. »Sie muss ihn über die Sprechanlage erkannt haben. Sie hat sicher gesehen, dass er verzweifelt war, und wollte ihm helfen. So war sie, hat immer zuerst an andere gedacht. Sie hätte ihn nie weggeschickt, niemals nein gesagt. Das war ihr Wahlspruch: *Wir sind das Team, das niemals nein sagt.*«

»Und außerdem: Hätte man ihm sofort ein Bett zugewiesen, wäre das alles gar nicht passiert«, sagt Wendy. »Man reißt ein Loch auf, um ein anderes zu stopfen. Jetzt wird er wahrscheinlich den Rest seines Lebens in einer geschlossenen Abteilung verbringen.«

»Das wird sehr viel teurer als ein Bett in der normalen Psychiatrie«, meint Angela nickend und wischt sich etwas unsichtbaren Schmutz vom Rock.

Man reißt ein Loch auf, um ein anderes zu stopfen. Die Realität von Kosteneinsparungen verschwimmt. Das habe ich alles schon zigmal gehört. Doch eine saubere Trennung kann tröstlich erscheinen: Die »gute« Marion wird gegen das »böse« System ausgespielt. Ich schweige, während sie über die Fehler im System sprechen. Dass sie ringsum von Teams mit derart hohen Überweisungsschwellen umgeben sind, dass diese keine weiteren Patienten mehr annehmen, »sodass die Neuen alle bei uns landen«. Sie reden weiter über Marion und ihren grenzenlosen Einsatz. *Das Team, das niemals nein sagt.*

Ich muss wieder an mein Gespräch mit Stephanie denken. Wie sie das Wesentliche an Winnicotts Theorie nicht begriff. *Eine Entschuldigung für die eigene Mittelmäßigkeit.* Wie in Wahrheit das Gegenteil zutrifft. Eine »hinreichend gute« Teamleiterin hätte gewusst, wie wichtig und nötig es ist, Grenzen zu setzen. Sie hätte gewusst, dass die ständige Bereitschaft, ja zu sagen, nicht förderlich ist. Dass sie gefährlich werden kann, ermüdend, destruktiv. Dass sie in einem bereits ausgereizten und unterbesetzten System nicht durchzuhalten ist. Und obwohl ich weiß, dass dies nicht die Sitzung ist, um darüber zu sprechen, scheint es mir wichtig, den Weg dafür zu bereiten.

Ich schaue zur Uhr. Ein paar Minuten bleiben mir noch.

»Ich frage mich, wie das für Sie gewesen ist«, äußere ich vorsichtig. »In einem Team zu arbeiten, das niemals nein sagt.«

Tiefes Schweigen folgt.

Tony lässt die Schultern hängen. Er sieht mir in die Augen. »Anstrengend«, erwidert er.

Und da ist er. Ein kleiner grüner Keimling.

Bevor alle gehen, legen wir die nächste Sitzung in vier Wochen fest. Es besteht etwas Unsicherheit bezüglich des Beerdigungstermins, und kurz wird darüber gesprochen, dass man die Klientinnen und Klienten in eine Art Gedenkveranstaltung einbinden möchte.

»Vielleicht ist das etwas, worüber wir beim nächsten Mal reden können«, rege ich an.

Als die Teammitglieder der Reihe nach den Raum verlassen, sehen mir alle in die Augen. Einige murmeln ein »Danke schön«.

»Bis nächsten Monat«, sagt Wendy, und Tony schüttelt mir die Hand.

Angela bringt mich zum Ausgang. Sie dankt mir erneut, dann bleibt sie etwas unschlüssig stehen und fragt, wie ich von hier zurückkomme. Sie scheint mich noch nicht ganz gehen lassen zu wollen. In Wahrheit kann ich es kaum erwarten, aus dem Gebäude und an die frische Luft zu kommen. Mein Körper ist steif von all den in mich aufgenommenen Gefühlen. Von all der traurigen Wut und Feindseligkeit in dem stickigen Zimmer. Doch auch Harold und Marion kommen mir in den Sinn, und ich werde von wahllosen Gedanken erfüllt. Kleine Plättchen, die sich bewegen und verschieben und plötzlich und auf erklärliche Weise unglaublich viel Raum in unseren Leben einnehmen. Daran denke ich, während ich einer seismischen Verschiebung in meinem eigenen Leben entgegengehe.

Von dem hellen Neonlicht habe ich Kopfschmerzen bekommen. Sie pochen in meinem Hinterkopf. Wenn ich blinzle, kann ich den Lichtstreifen noch als weißen Schleier vor mir sehen. Auf dem Weg zur U-Bahn ist es diese emotionale Altlast aus der Sitzung, wegen der ich nicht sofort in den U-Bahnhof hinabsteigen will. An einer Straßenecke entdecke ich den Naturkostladen, von dem Angela gesprochen hat, und ohne nachzudenken, gehe ich hinein. Es ist eine triviale Entscheidung. Vielleicht eine Reminiszenz an Marion aus dem Gespräch. Ich bin platt und erschöpft, ich werde mir ein paar Vitamine gönnen, beschließe ich aus einer Laune heraus und erahne bereits die geradezu kindliche Befriedigung, die es bereiten wird, überzogene Geldsummen für kleine Gläschen voll buntem Süßkram auszugeben. Träge mustere ich die Regalreihen, den Manuka-Honig, die Fläschchen mit Zinktabletten. In diesem Moment ist mein Geist so gut wie leer.

Zu meiner Rechten nehme ich eine Frau mit Buggy wahr, aber nur auf sehr zerstreute, unkonzentrierte Art. Erst als das Kind das Bein hochwirft und mehrere Dosen mit Magnesiumtabletten vom Regal fegt, registriere ich die beiden richtig. Ich bücke mich nach den Döschen, die über den Boden kullern. Ich bin auf Augenhöhe mit dem Kind. »Danke«, höre ich die Frau sagen. Doch da bin ich bereits von ihrem Jungen in den Bann geschlagen.

Er ist blond, fast noch ein Baby, und trägt einen blau-weißen Sonnenhut und eine Jeanslatzhose. Ich blicke in das Kindergesicht von Tom. Ich stütze mich am Buggy ab und richte mich auf. Da erst sehe ich die junge Frau mit dem pinken Pony, die mich mit offenem Mund anstarrt.

»*Julie*?«, hauche ich.

12

Bei einem Kaffee im Bistro gegenüber erzählt Julie mir alles. Mir zittern die Finger, als ich meine Tasse zum Mund führe. Schließlich lege ich die Hände in den Schoß, weil ich mir selbst nicht traue, und lasse die Tasse stehen und den Kaffee kalt werden.

Sie sieht aus wie früher, aber die Mutterschaft hat ihr Gesicht doch verändert. Sie trägt noch immer schrille Klamotten. Ein gebatiktes T-Shirt. Hat noch immer eine pinke Strähne in die Stirn hängen und einen Nasenstecker, aber sie wirkt älter. Ich höre ihr aufmerksam zu, auch wenn meine Augen wie magisch von dem kleinen Jungen angezogen werden. »Nicholas«, hatte sie gesagt, als ich im Gang des Naturkostladens ins Wanken geriet, mit einer Packung hoch dosiertem Magnesium in der Hand.

Ich beobachte jede seiner Bewegungen. Jedes Patschen auf den Tisch. Jedes noch so kleine Mienenspiel. Wie er mit einem Mal übers ganze Gesicht losstrahlt.

»Er ist wunderschön.«

»Danke«, erwidert sie. Ihre Stimme klingt sanft. Liebenswürdig. Ganz anders als bei unserem letzten Aufeinandertreffen.

Mir schwirren so viele Fragen durch den Kopf. Es gibt so vieles, das ich sagen will, aber die Unwahrscheinlichkeit unserer Zufallsbegegnung ist mir bewusst. Sie hätte allzu leicht gar nicht stattfinden können. Ich hätte an dem Geschäft vorbeigehen und nach unten in die U-Bahn verschwinden können, und unsere Wege hätten sich niemals gekreuzt. Die kleinen papierdünnen Schmetterlingsflügel einer Begegnung, die sich nie in die Luft erhoben hätten. Schon bei dem Gedanken möchte ich losheulen. Ich versuche, einen lockeren, zwanglosen Ton anzuschlagen.

Schließlich kommt Julie mir zu Hilfe.

»Es war nur dieses eine Mal«, erklärt sie. »Wie hoch sind die Chancen? Als ich es rausgefunden habe, war ich schon in der sechzehnten Woche.«

»Oh.« Meine Stimme ist leise. Ich wage nicht, noch irgendetwas zu sagen.

Tom hat mit Julie geschlafen? »Tom und ich waren Freunde. Ich habe ihn wirklich gemocht. An dem Tag – direkt nach dem Unfall – war er total aufgelöst. Als er vorbeikam, sah er ganz verloren aus.« Sie hebt die Schultern. »Ich wollte mich einfach um ihn kümmern. Ich hab ihm ein bisschen was zu essen gemacht, und wir haben abgehangen …« Sie wendet den Blick ab. »Wir hatten Sex. Nur das eine Mal.« Als sie mich wieder ansieht, sagt sie, sie habe gewusst, dass es ein Fehler war. »Also ich meine, wir waren gute Freunde«, beteuert sie rasch. »Aber alles darüber hinaus hab ich für keine gute Idee gehalten. Außerdem war ich kurz davor, wegzuziehen und an die Uni zu gehen.«

»Und Tom?«

»Er hat mir zugestimmt …« Sie hält inne. »Aber ich hatte so das Gefühl … na ja, dass er es gern gehabt hätte, wenn mehr aus uns geworden wäre.«

Der Satz trifft mich wie ein dumpfer Schlag. Ein Schmerz in der Brust.

»Als er mich gefragt hat, ob er bleiben kann …« Wieder

sieht sie zur Seite. »Ich … nun ja. Ich war mir nicht sicher, ob …«

»Schon okay«, unterbreche ich sie. »Es ist nicht deine Schuld.«

Sie wirkt überrascht. »Ich weiß.«

Ich merke, wie ich rot werde.

»Du warst nicht viel älter als er«, rede ich schnell weiter. »Wie bist du klargekommen?«

»Anfangs war es echt hart, mit allem allein zu sein«, meint sie und nickt. »Aber sieh ihn dir nur an«, und jetzt spricht sie mit so viel Wärme und Stolz in der Stimme. »Ich würde nichts ändern wollen. Und meine Schwester war eine große Hilfe.«

»Was ist mit deinen Eltern?«

»Mein Dad hat Parkinson. Er ist ziemlich gebrechlich. Und meine Mum, tja, die ist gestorben, als ich noch sehr jung war. Also keine Großeltern zur Unterstützung, aber ich habe ein paar echt gute Freunde. Wir kommen schon klar.«

Keine Großeltern. Und da fühle ich etwas wie ein Rauschen, eine Welle, die sich in einer Sandkuhle am Strand sammelt.

Ich muss mit mir ringen, um nichts zu sagen. Nicht über den Tisch nach diesen mageren Schultern zu greifen und sie zu schütteln. Am liebsten würde ich losplatzen: *Warum hast du mir nichts erzählt? Warum hast du mich nicht helfen lassen? Warum durfte ich mein Enkelkind nicht sehen?*

Aber ich sage nichts davon. Sicher erinnern wir uns beide noch gut daran, wie wir zuletzt miteinander gesprochen haben. An dem Tag, als sie Toms Sachen vorbeigebracht hat. Ich war verzweifelt und verbittert. In meiner Wut habe ich furchtbare Dinge zu ihr gesagt, habe ihr die Schuld an Toms Weggang gegeben. Ich habe allen die Schuld daran gegeben.

Warum um alles in der Welt hätte sie mich also anrufen sollen? Warum hätte sie mich in ihrem Leben haben wollen?

»Ich nehme an …«, und natürlich führe ich den Satz nicht zu Ende, meine Augen laben sich an dem Anblick des kleinen Jungen mit den sandfarbenen Haaren.

»Wie heißt es doch?« Julie lächelt. »Anfangs ist ein Baby seinem biologischen Vater angeblich wie aus dem Gesicht geschnitten. Das stellt den Arterhalt sicher, so sorgt die Natur dafür, dass die Männer sich nicht verkrümeln und dass sie monogam bleiben. Nicht dass das auf Tom und mich zugetroffen hätte.« Sie lacht und wirkt gleich darauf verlegen. »Oh, tut mir voll leid.« Sie muss es mir nicht bestätigen, aber sie tut es trotzdem: »Es ist seins. Zu der Zeit gab es keinen anderen.«

Es ist hypnotisierend. Magisch. Als hätte ich eine Videokamera in der Hand und erhielte die Chance, Toms Babyjahre noch einmal abzuspielen. Als wäre ich dort, völlig verzückt. Und zugleich ist da ein anderes Gefühl. Das hier ist nicht mein Sohn. Das ist mein Enkelsohn. Und ich bin ganz und gar durchdrungen von Liebe zu diesem kleinen, unschuldigen Jungen und gleichzeitig so voller Bedauern für Tom, weil er jetzt nicht neben mir sitzt.

»Und was ist mit Tom?«, frage ich und versuche wieder, zwanglos zu klingen. »Irgendwas Neues seither?«

Sie schüttelt den Kopf. »Nein, nichts. Als ich gehört habe, dass er weg ist … Also, ich brauchte eh eine neue Wohnung. Ich habe eine Freundin hier in der Nähe, und die hat mich in so eine Wohnungsbaugenossenschaft vermittelt. Das war keine einfache Zeit für mich damals«, sagt sie vorsichtig.

Ich nicke. Ich verstehe.

Dann schaue ich runter auf Nicholas. »Wie alt ist er?«

»Er wird in ein paar Wochen eins. Ein Mai-Baby.«

Plötzlich sieht sie auf ihre Uhr. »Oh, tut mir leid, Ruth, ich muss los.«

Panik erfasst mich. »Schon?«

»Ich muss Jess von der Kita abholen.«

»Jess?«

»Die Tochter von Frank, meinem Freund«, erklärt sie. »Wir haben uns bei einem dieser Babymusikkurse kennengelernt. Er ist alleinerziehend. Wir haben öfter was zusammen unternommen. Ähnliche Bedürfnisse und so. Und dann … tja, dann sind wir ein Paar geworden«, sagt sie schlicht.

Frank. Ich sehe ihr an, dass sie ihn liebt, aber ich habe das Gefühl, dass sie es runterzuspielen versucht. Vielleicht denkt sie an Tom und will mich schonen. Ich selbst denke eigentlich gar nicht an all das, ich verliere nur die Nerven, weil diese Frau kurz davor ist, mein Leben wieder zu verlassen, ebenso schnell und unerwartet, wie sie es betreten hat.

Meine Worte klingen plump und unbeholfen: »Ich fände es wirklich schön …« Ich senke den Blick auf meine im Schoß verschränkten Finger. »Ich würde dich und Nicholas wirklich gern wiedersehen.« Kurze Stille. Ich fühle mich entblößt und verzweifelt und bin mir der Umstände unseres letzten Zusammentreffens schmerzhaft bewusst. »Unsere letzte Begegnung, also, es tut mir wirklich leid, dass ich …«

Ich habe Glück. Die Mutterschaft hat Julie weicher gemacht. Sie schüttelt den Kopf und sammelt Nicholas' Trinkbecher vom Boden auf. »Das ist lange her.« Sie zögert und schaut über den Tisch zu mir, auf den Fingerknoten in meinem Schoß. »Gib mir doch deine Nummer«, meint sie.

Ihre bietet sie mir nicht an – und in den folgenden Tagen werde ich mich dafür verfluchen, nicht darum gebeten zu haben. Wie dumm von mir, werde ich denken. Julie speichert sich meine nicht ein. Stattdessen kritzelt sie Nummer und Mailadresse hinten auf eine Broschüre, die sie in ihrer Tasche findet.

Besorgt zucke ich zusammen, als sie sie achtlos wieder dort hineinstopft. Ein Fetzen Papier, der im Wind fortflattern oder aus Versehen mit dem Altpapier weggeworfen werden könnte, sobald sie nach Hause kommt. Ich sage nichts. Was soll ich auch sagen? Inzwischen ist ihre ganze Aufmerksamkeit bei Nicholas, der an den Gurten seines Buggys zerrt und die Arme dem Ausgang entgegenstreckt.

»Bitte«, sage ich noch, »melde dich bei mir.«

Und dann stehen wir uns verlegen gegenüber und wissen nicht, ob wir uns umarmen sollen. Schließlich beuge ich mich vor und drücke sie kurz und ruckartig. Ich streiche meinem Enkel über das weiche Haar. »Tschüss, Nicholas«, und ich winke ihm zu. *Mein Enkel.*

*

Der durch den Tunnel ratternde Zug ist laut und dreckig. Der Bahnsteig voller Menschen. Ich sehe sie alle an, wie sie Zeitung lesen, auf ihre Handys starren; ich will zu jedem einzelnen hinlaufen und ihn schütteln, die Person aus dem Stumpfsinn ihrer Selbstzentriertheit wecken. *Ich bin Großmutter. Ich habe einen Enkel. Nicholas ist mein Enkelsohn,* will ich sagen. Nicht sagen, sondern ihr ins Gesicht schreien. Singen. Lachen. Den Bahnsteig entlangrennen und mit den Händen über dem Kopf herumwedeln.

Der Zug ist gerammelt voll, und ich höre das Kind, sobald ich den Waggon betrete. Es ist eng, die Leute klammern sich an die Haltegriffe, wippen und ruckeln im Rhythmus der Zugbewegungen, voll stoischer Resignation. Der Junge ist klein, nicht älter als zwei, in Jeans und rotem Anorak.

Würde er nicht an ihrem Jackensaum zerren, könnte man nicht sagen, zu wem er gehört.

»Zu Hause. Will. Ich. Wasser«, jammert er. Er wiederholt die Wörter zwischen starken, abgehackten Schluchzern. Sein tränenverschmiertes Gesicht ist vom Weinen gerötet.

Ich erinnere mich noch gut an U-Bahn-Fahrten mit den Zwillingen, fühle mich schlagartig in ihre frühen Kinderjahre zurückversetzt. Schlechte Planung in Bezug auf Essen oder Trinken und die Situation konnte in null Komma nichts in einer nervenzerfetzenden Katastrophe enden. Das eine Kind fängt an zu quengeln. Ich versuche es zu beruhigen, und das andere heult los; mir ist das vor den anderen Fahrgästen, die irritierte Blicke wechseln, peinlich.

Diese Frau schaut nicht zu uns auf. Ihr glattes dunkles Haar ist zum Pferdeschwanz gebunden. Das Gesicht wirkt blass. Der Junge sitzt auf dem Platz neben ihr, aber sie starrt stur geradeaus, mit teilnahmsloser Miene. Die U-Bahn rumpelt in den nächsten Bahnhof ein. Die Türen öffnen und schließen sich, Leute steigen aus, noch mehr drängen herein, wir alle drücken uns noch etwas enger zusammen. Der Junge wiederholt seinen Satz immer wieder, seine Lippen formen ein kleines Oval, wenn er die Vokale in die Länge zieht. Von der Frau noch immer keine Reaktion. Nur der versteinerte Gesichtsausdruck, während sie aus dem Fenster gegenüber stiert. Sein Gejammer wird eine Stufe schriller. Hysterischer, klagender. Immer noch keine Reaktion. *Zu Hause. Will. Ich. Wasser.* Einige von uns wechseln einen Blick. Ein Mann schaut herüber, vom Lärm genervt, doch die Mütter unter uns empfinden so etwas wie Einigkeit und Kameradschaft. Ich spüre, dass wir in unserem Unverständnis dieser Frau gegenüber verbunden sind. Ihrer mangelnden Anteilnahme. Ihrer Nachlässigkeit. Wie sie die Bedürfnisse ihres Kleinkindes missachtet.

Ärger wallt in mir auf. Kriecht mir die Kehle hoch. Ohne nachzudenken, durchwühle ich meine Tasche. Ich finde eine Wasserflasche. Noch ungeöffnet. Ich halte sie ihm hin.

»Hier«, sage ich. »Wasser.«

Der kleine Junge ist von der plötzlichen Bewegung ganz verblüfft. Er hört auf zu weinen. Streckt die Hand aus und grapscht nach der Flasche. Seine Wimpern sind schwer vom nächsten drohenden Tränenschauer, und als er mich anblinzelt, kullern sie ihm über die Wangen.

»Wasser«, sagt er voller Entzücken.

Ich sehe zur Mutter. Erwarte ein Lächeln. Dankbarkeit. Eine Hand auf meinem Arm. Ein mit den Lippen geformtes *Danke schön*, während Erleichterung ihre gestressten Züge entspannt. Doch nichts davon geschieht. Stattdessen beugt sie sich etwas vor und schnappt nach der Flasche. Der Junge hält sie mittlerweile fest umklammert. Er lässt nicht los. Schüttelt sie kräftig, freut sich an den Bläschen. Mit einer flinken Bewegung löst sie seinen Griff und hält mir die Flasche hin. Sie sagt kein Wort. Der Junge stampft mit den Füßen auf. Fuchtelt mit den Händen über dem Kopf herum, als wollte er die Flasche dazu bringen, wieder zu ihm nach unten zu kommen. »Wasser«, heult er, »Wasser!«

Verzweifelt wendet er mir das Gesicht zu. Seine großen braunen Augen schauen flehend zu mir auf. Der Gesichtsausdruck der Mutter ist hart. Bitter. *Kümmern Sie sich um Ihren eigenen Kram. Was fällt Ihnen ein?*

Vielleicht liegt es an meiner Überraschung oder am Anblick des mit den Armen wedelnden Jungen, aber ich nehme ihr die Flasche nur zögerlich ab. Tatsächlich reagiere ich so langsam, dass sie das Warten aufgibt – und die Flasche einfach loslässt. Sie fällt zu Boden. Als die U-Bahn in den nächsten Bahnhof einfährt, kullert sie hin und her. Wir alle verfolgen ihren unberechenbaren Weg, während sie gegen den Schuh eines Mannes schlägt, an einen Koffer, und dann in eine Ecke rollt. Der Junge will aufspringen und ihr nachlaufen, die Frau reißt ihn zurück. Noch mehr Gekreische und Geschluchze. »Au!«, schreit er. Jetzt starren alle im Waggon zu mir. Die Aufmerksamkeit ist von der Mutter und ihrem Jungen auf mich übergegangen. Als ob ich die Störquelle wäre. Ein weiterer Ruck geht durch den Zug, und die Flasche rummst gegen die Tür. Ein Mann schüttelt missbilligend den Kopf. Irgendjemand hinter mir seufzt. Das Ding scheint ein Eigenleben zu führen. Jedes Schlingern erinnert den Jungen daran, was er bekommen und wieder verloren hat, und entfacht ein neuerliches Crescendo aus Schluchzern. Schnell greife ich nach der Flasche und stopfe sie in meine Tasche zurück.

Ich sehe zu den Frauen hinüber, die ich für Verbündete gehalten hatte. Das Band zwischen uns, das ich als Kameradschaft gedeutet hatte, scheint sich in ein Werturteil verwandelt zu haben.

Als die U-Bahn in den nächsten Bahnhof einfährt, springe ich nach draußen und sinke auf eine Bank am Gleis, stütze den Kopf in die Hände.

Als ich schließlich zu Hause ankomme, ist meine Euphorie über die zufällige, lebensverändernde Begegnung in Balham verflogen. Erst war ich so erfüllt, und nun fühle ich mich jeglicher Freude beraubt. Sorge schleicht sich ein, dass Julie sich nicht bei mir melden könnte. Sofern ich nicht gerade tagein, tagaus vor diesem Naturkostladen herumhänge, sehe ich sie – und Nicholas – vielleicht nie wieder, und diese Erkenntnis sackt mir wie ein schwerer Klumpen bis tief in die Magengrube.

In den folgenden Tagen frage ich mich, ob ich mir alles

nur eingebildet habe. Ob ich ihn aus dem Nichts heraufbeschworen habe, weil mein Geist das nun einmal so macht.
Immer wieder verdamme ich mich, dass ich Julie nicht gefragt habe, wie ich sie erreichen kann. Das Bedürfnis, Vorsicht walten zu lassen, war stärker als das Bedürfnis nach Gewissheit, nach einer Telefonnummer auf einem Stück Papier
in meiner Hand. Ich bin fassungslos angesichts dieser arm-
seligen Entscheidung.

Die E-Mail kommt ein paar Tage später. Sie ist kurz, un-
verbindlich, aber freundlich. *Ich habe ein paar Fotos für dich
angehängt. Ein paar wichtige Ereignisse zum Anschauen.*

Ich öffne sie, in freudiger Erwartung. Ich sehe mir alle
der Reihe nach an. Erneut ganz verblüfft über sein kleines
Gesicht, die Ähnlichkeit mit meinem Sohn. Ein Foto zeigt
Nicholas bei einem Grillfest, mit Ketchupmund. Auf einem
anderen hat er einen gelben Eimer auf dem Kopf, und auf
dem nächsten sitzt er in einem blauen Tretauto und lacht.
Am liebsten mag ich ein Foto von ihm am Strand. Es erinnert
mich an ein fast identisches Bild von Tom und Carolyn auf
der Isle of Wight, als sie im gleichen Alter waren. Nicholas
trägt eine blaue Badehose mit Fischmuster. Er hat den blau-
weiß karierten Sonnenhut auf und schaut hoch, grinsend
und mit der kleinen sandigen Hand auf die Kamera deutend.

Ich drucke alle aus. Ich studiere sie eingehend, meine
Augen tasten jeden Zentimeter seines Gesichts und seines Körpers ab. Dann drucke ich sie noch einmal in einem
kleineren Format; krame nach Magneten, um sie am Kühlschrank zu befestigen. Ich schiebe sie hin und her, hierhin
und dorthin, bis eine schöne Collage entsteht. Ich trete einen
Schritt zurück und bewundere sie. Ich tue es, weil ich so voller Stolz bin, aber auch, weil ich mich wie eine ganz normale Großmutter fühlen will, die Fotos von ihrem Enkel-

kind an den Kühlschrank hängt. Den ganzen Tag über wird mein Blick von diesen fröhlichen, bunten Neuerungen in der Küche magisch angezogen. Wann immer ich hereinkomme, fällt er sogleich darauf, und dann verspüre ich eine ganz neue Wärme, eine Zufriedenheit über diesen neu erschaffenen Ort in meiner Küche und in meinem Leben. Ich schreibe Julie zurück und bedanke mich bei ihr.

Am nächsten Morgen nehme ich das Strandfoto von der Kühlschranktür und stecke es ins Portemonnaie. Ich schiebe es hinter das kleine durchsichtige Plastikfenster. So habe ich das bei anderen Leuten gesehen. Und weil ich mich genauso fühlen will wie alle anderen, mache ich es ihnen nach.

13

In jener Woche schlafe ich schlecht. Das Muster ist immer gleich: Ich schlafe schnell ein und werde schon bald unsanft durch lebhafte Träume geweckt. In einem Traum bin ich draußen auf dem Meer. Ich sitze mit ein paar Menschen in Rettungswesten in einem kleinen Boot. Wir sind aus einem bestimmten Grund dort. Wir scheinen eine Absicht zu haben, aber ich weiß nicht, welche. Die Nacht ist hereingebrochen, und die See ist bewegt, schaukelt uns auf dunkelblauen Wogen hin und her. Ich folge dem Beispiel der anderen, beobachte die Wasseroberfläche, weiß aber nicht, wonach ich suche. Plötzlich ertönen Rufe, einige zeigen irgendwohin, und wir schwenken in die entsprechende Richtung. Während das Boot unruhig auf den Wellen wippt, entdecke ich das Gesicht eines Kindes. Es ist ein Kleinkind. Nicholas. Ich strecke die Arme aus, um ihn ins Boot zu hieven, doch er rutscht mir weg. Ich rufe ihn, und dann erfasst mich Entsetzen, als ich sehe, dass auf allen Wellen kleine Gesichter auf und ab hüpfen. Da sind Tom, Dan und andere, die ich nicht kenne. Es herrscht Panik. Offene Münder. Arme recken sich aus dem Wasser. Die Gesichter sind flehend. Verzweifelt. Die Menschen im Boot helfen nicht, sie reden miteinander, schauen in die andere Richtung. Jedes Mal, wenn ich mich hinabbeuge, überrollen Wellen die Gesichter, und sie verschwinden. Ich schrecke aus dem Schlaf hoch, sitze kerzengerade im Bett. Die Augen starr und alarmiert. Es ist 5.25 Uhr.

Als die Woche sich meiner Sitzung mit Dan nähert, werde ich zunehmend von einem Gefühl des Grauens erfüllt. So, wie er darauf anspielte, an einem Abgrund zu stehen, scheint es auch mir, als hinge ich im Nichts, während ich auf die Fortsetzung dieser furchtbaren Erzählung warte. Angesichts seiner untypisch freimütigen Selbstoffenbarung beim letzten Mal habe ich die deutliche Ahnung, dass er womöglich nicht kommen wird, und ich weiß schon jetzt, dass mich sein Fernbleiben sowohl erleichtern als auch beunruhigen würde.

Doch schließlich erscheint er pünktlich, und obwohl ich auf einen Rückzieher vorbereitet bin, ein Abrücken von mir und dem Prozess, den wir angestoßen haben, beginnt er das Gespräch eifrig und aufmerksam.

»Ich habe mich auf unsere Sitzung heute gefreut«, verkündet er und betritt mit großen Schritten das Zimmer. Dann, als er sich hinsetzt, sieht er mir demonstrativ in die Augen. »Ich wollte Ihnen danken. Als ich letztes Mal hier war … das war das allererste Mal, dass ich über diese Dinge gesprochen habe. Bisher habe ich es einfach nie über mich gebracht. Da passiert was, hier mit Ihnen.« Er zuckt mit den Achseln. »Macht das Reden leichter.«

Sein Blick ist unbewegt, durchdringend, und eine unbestimmte Empfindung überkommt mich. So etwas wie Genugtuung. Doch im nächsten Atemzug sagt er etwas über die Uni, nennt dann einen Filmtitel, den ich nicht ganz verstehe, und sofort merke ich, wie er sich von mir zurückzieht. Er setzt sich aufrechter hin, legt sich theatralisch die Hand an die Stirn und klagt mit osteuropäischem Akzent: »Ich kann nicht wählen. Ich kann nicht wählen.«

Er hält kurz inne, dann sieht er mich erwartungsvoll an. »Irgendeine Idee?«

Ich bin irritiert, und ehe ich das Gefühl in Worte fassen kann, scheint eine Erinnerung auf. Ich bin Studentin, fläze im Gemeinschaftsraum des Wohnheims auf dem Boden und sehe mir spätabends einen Film an, esse Spaghetti mit Knoblauchbutter. Die Erinnerung schwappt vor und zurück, wie eine Welle am Strand. Kein Bild entsteht. Ich starre ihn an, mit ausdrucksloser Miene.

»*Sophies Entscheidung*«, löst er schließlich auf. »Sie sagt, dass sie nicht wählen kann«, und er lässt eine Hand wie einen Flügel zwischen uns durch die Luft flattern. »Aber dann«, er ballt die Faust und schlägt sie sich krachend gegen das Bein, »tut sie es doch. Ihr Sohn überlebt. Die Tochter muss in die Gaskammer.«

Ein seltsamer Ausdruck liegt auf seinem Gesicht. Nicht zu deuten. Mit einem Mal bin ich furchtbar müde.

Ich mache eine Bemerkung zur Kluft zwischen Fantasie und Wirklichkeit. Ich spreche darüber, dass es sich für ihn möglicherweise sicherer anfühlt, wieder in der Welt des Films zu sein, der Welt des »Scheins«, statt in seinem echten Leben, das so schmerzhaft klingt.

»Die Filmverweise wirken distanzierend auf mich«, sage ich. »Als wollten Sie mich von sich fortstoßen.«

Er weicht ein wenig zurück. »Die sind wichtig«, meint er. »Wenn Sie ihnen mehr Aufmerksamkeit schenken würden, fänden Sie sie vielleicht nicht distanzierend, sondern das genaue Gegenteil.«

Seine Worte treffen mich.

»Sophie ist in Auschwitz. Sie wird gezwungen zu wählen. Wenn sie es nicht tut, müssen beide Kinder sterben.« Sein Tonfall ist erläuternd, belehrend, als wäre ich eine Schülerin. »Die meisten Mütter stecken nicht Tag für Tag in einem solchen Dilemma, aber es macht etwas Wichtiges deutlich. Ein Tabu.«

»Ein Tabu?«

»Mütter haben ihre Lieblinge«, erwidert er schlicht. »Bei allem anderen im Leben haben wir Vorlieben, und trotzdem ist es ein solches Tabu, darüber zu sprechen, dass das auch für Kinder gelten könnte. Es wird hartnäckig behauptet, dass Eltern alle ihre Kinder gleich lieb haben. Jeder Elternteil würde beteuern, dass er keins seiner Kinder bevorzugt. Das ist eine Lüge.«

Er hält inne, sieht mich eindringlich an, und wieder kommt es mir vor, als würde er geradewegs in mein Innerstes blicken. Als spräche er über mich. Ich fühle mich unwohl, irgendwie entblößt. Als bezöge er sich auf Tom und Carolyn.

»Ich verstehe nicht ganz.« Ich schüttle langsam den Kopf. »Ich dachte, Sie wären Einzelkind?«

»Das war ich auch«, sagt er. »Oder zumindest dachte ich das. Wie sich herausstellte, hatte ich einen Bruder. Michael.«

Mit leiser Stimme erzählt er. Wie er schon immer das Gefühl hatte, es gäbe da etwas Verborgenes. Ein Geheimnis. Und wie er eines Tages an den Kleiderschrank seiner Mutter ging, wo, wie er wusste, eine Schachtel lag. Eine altmodische Hutschachtel mit bunten Streifen.

»Versteckt«, meint er, »aber farbenfroh, wie ein Geschenk, das darauf wartet, ausgepackt zu werden.«

In der Schachtel befand sich eine kleine Holzkiste, in der er einen Stapel Babyfotos und Michaels Geburtsurkunde entdeckte, der anderthalb Jahre jünger war als er. Es gab viele Bilder von Michael und ihren Eltern, aber nur wenige von den beiden Jungen zusammen. Dieses Baby, Michael, habe auf jedem einzelnen Foto geradezu lächerlich glücklich gewirkt.

»Er war ein fröhliches Kind«, meint Dan, »ein richtiger Sonnenschein.«

In der Schachtel war auch ein kleines Armband aus dem Krankenhaus. Das darauf vermerkte Datum lag etwa zwei Jahre nach dem Geburtsdatum auf der Urkunde. Dan zufolge gab es aus der Zeit danach keine Fotos mehr.

»Es war, als wäre die Zeit stehen geblieben.«

»Was ist passiert?«

»Ich weiß es nicht.« Er seufzt. »Vermutlich ist er krank geworden. Musste in die Klinik. Kam nie wieder raus.«

»Sie haben keinerlei Erinnerung an ihn?«

Er schüttelt den Kopf.

Wir schweigen. Er scheint in Gedanken zu sein. Dann, nach kurzem Grübeln, sieht es so aus, als träfe er eine Entscheidung. Langsam und vorsichtig schiebt er die Hand in die Hosentasche.

»Das hier habe ich noch nie irgendjemandem gezeigt«, sagt er.

Er zieht ein weiteres Foto hervor und legt es auf den Tisch. Er stupst es in meine Richtung und sieht zu mir auf. Ein erwartungsvoller Blick. Die Spannung lastet auf mir.

Das Bild zeigt eine Frau mit einem Baby, beide im Profil.

»Darf ich?« Ich strecke die Hand danach aus.

Er nickt.

Die Frau hat langes dunkles Haar und hebt das Baby hoch in die Luft. Es trägt einen blauen Strampler. Der kleine Mund ist zu einem breiten, glucksenden Lachen verzogen. Die beiden sehen einander in die Augen. Im Hintergrund erkennt man weitere Menschen, aber es scheint, als wären die zwei ganz allein. Sie hebt das Kind in die Höhe, und es streckt ihr die Hände entgegen, um ihre Wangen zu berühren. Beide lächeln, lachen einander an. Ein Bild purer Freude.

Die Blicke wie miteinander verwoben. Als strömte zwischen ihnen ein hellweißer Lichtstrahl der Liebe.

»Meine Mum und Michael«, sagt Dan. »Man kann es fast spüren, oder? Ihre Liebe. Ihr Glück. Wie könnte ich dagegen ankommen? Wie könnte irgendjemand dagegen ankommen?«

Im Raum herrscht eine geradezu greifbare Schwere.

Er erzählt mir, wie es war, als er das Foto fand. »Plötzlich ergab alles Sinn. Es war sonnenklar.«

Er sagt, dass es sich zuerst so angefühlt habe, als bekäme er keine Luft mehr. »Mir war ganz schwindlig, als würde ich gleich hinfallen.« Dann spürte er Erleichterung. Erkannte, dass all seine Bemühungen umsonst waren. Dass nichts, was er tat oder nicht tat, jemals etwas ändern würde.

Er beugt sich vor. »Das war der dritte Akt meiner Geschichte: der Wendepunkt, die Offenbarung«, meint er melodramatisch. »An dem Tag habe ich das Foto weggenommen, es in meine Shorts gesteckt. Sie muss gemerkt haben, dass es fehlt, aber sie hat nie etwas gesagt. Michaels Name ist in unserem Haus niemals gefallen. Und trotzdem konnte ich ihn von da an bei uns spüren. Diese Leere. Das Loch. Die Lücke. Das war er.«

Ich sehe unverwandt auf das Bild, das ich immer noch zwischen den Fingern halte. Ich denke an Nicholas. An Tom als Baby. An Michael und seine Mutter. Das Foto zeigt einen unbestreitbar glücklichen Moment. Und sie sieht darauf Michael an, nicht Dan. Eine unerträgliche Traurigkeit überkommt mich. Für die Mutter. Für die Tragödie, die diese Familie zu Fall brachte. Und für Dan. Den zurückgelassenen kleinen Jungen. Verunsichert, ängstlich, verwirrt und sich verzweifelt nach der Liebe seiner Mutter sehnend. Ständig bemüht, wieder in den Mittelpunkt ihrer Aufmerksamkeit, Liebe und Fürsorge zu gelangen. Doch was immer er auch tat, auf ihn fiel der Lichtstrahl nie. Tränen steigen mir in die

Augen. Dieser schwere Verlust … und wie sich Dans Hoffnungslosigkeit zu Selbsthass verhärtet und zu vorsätzlicher Selbstverletzung geführt hat …

»Das tut mir so leid«, sage ich.

Sein Kopf ist gesenkt. Er reibt sich die Augen.

»Und als Sie das Foto gefunden haben, konnten Sie sich da wieder an irgendetwas erinnern?«

Ein kaum merkliches Kopfschütteln. »Aber es hat alles erklärt. Meine Wahrnehmung als Kind und als Jugendlicher. Dass da immer etwas gefehlt hat.«

Einen Augenblick sitzen wir schweigend da.

»Der Tod eines Kindes ist traumatisch«, sage ich. »Aber Sie beschreiben Eltern, die über dieses Trauma nicht hinwegkommen konnten. Die nicht fähig schienen, ihre grundlegenden elterlichen Aufgaben zu erfüllen. Ihr Kind zu lieben, für es zu sorgen, es zu beschützen. Das war eine Form der Vernachlässigung und damit eine Misshandlung.«

Ich wiederhole das Wort bewusst. Diesmal sanft. Ich muss es mit einem leichten Schubs zurück ins Zimmer bringen.

»Es hört sich so an, als wären Ihre Eltern durch ihren Kummer traumatisiert gewesen. Glauben Sie, dass Ihre Mutter möglicherweise depressiv war? Und deshalb nicht in der Lage, sich angemessen um Sie zu kümmern?«

Er überlegt kurz. »Darüber habe ich auch schon nachgedacht. Und ich würde gern sagen, dass es so war – aber ich habe Erinnerungen an meine Eltern, an die beiden zusammen. Glücklich zu zweit. Ich schätze, manchmal lässt der Tod eines Kindes das überlebende Kind wertvoller erscheinen. Bei mir war es das Gegenteil. Wahrscheinlich wäre es leichter gewesen, wenn sie nach seinem Tod kinderlos zurückgeblieben wären.«

Es folgt eine lange Pause.

Dann erzählt er, dass er, in den Tagen nachdem er das Foto entdeckt hatte, nach der anfänglichen Erleichterung, andere Gefühle entwickelte.

»Einen Schmerz«, sagt er und legt sich die Hand auf den Bauch. »Und der breitete sich bis ganz nach oben aus, bis ich kaum noch essen oder sprechen konnte. Ich habe mir das Foto von Michael immer wieder angesehen. Ich war schrecklich eifersüchtig.« Er zuckt mit den Achseln. »Da habe ich beschlossen, einfach nachzugeben.«

»Nachzugeben?«

»Ich habe angefangen, mich zu ritzen. Es war ein Ventil. Die unangenehmen Gefühle ließen sofort nach.«

»Und was waren das für Gefühle?«

»Wut«, sagt er.

»Also hat sich das unangenehme Gefühl, die Wut, auf Sie selbst gerichtet?«

Er nickt. »Die Freuden des Familienlebens …« Und er lehnt sich zurück und stößt ein leises Zischen hervor.

Er bemerkt mein Stirnrunzeln.

»*Sophies Entscheidung*? Ein Kind wird immer in die Gaskammer geschickt«, meint er.

»Hat es sich für Sie so angefühlt?«, frage ich. »Wie ein Todesurteil, weil die Entscheidung nicht auf Sie gefallen ist?«

Er blickt auf seine Finger, zupft an der Nagelhaut. Ruckartig zieht er daran, und sofort tritt Blut in Form eines kleinen roten Halbmonds hervor.

Als er die Frage stellt, trifft sie mich wie aus dem Nichts, als Schlag in die Brust.

»Haben Sie Kinder?«, fragt er beiläufig und lässt mich dabei nicht aus den Augen.

In diesem Moment sehe ich einen kleinen Jungen, der absichtlich auf dem Rummel verloren geht, als seine Eltern gerade nicht hinschauen. Ich denke an das Foto. Eine Mutter und ihr Baby, freudestrahlend. Das Leuchten ihrer Liebe, das niemals auf ihn fiel. Ich sehe ihm ins Gesicht. Er wirkt flehend, verzweifelt.

Haben Sie Kinder?

»Nein«, sage ich und schüttle den Kopf. »Ich habe keine.«
Er steckt den Finger in den Mund und saugt das Blut weg.

*

Als ich nach der Sitzung zu Robert gehe, lastet die Lüge schwer auf mir. Im Geiste wende ich den Moment um und um. Ich denke über all die möglichen Antworten nach, die ich hätte geben können. Ich denke an all die Antworten, die ich in der Vergangenheit auf diese Frage gegeben habe.

Manchmal war sie unter einer Reihe weiterer Fragen verborgen, die zwanglos und locker erschienen. »Sind Sie verheiratet? Wohin fahren Sie in Urlaub? Kommen Sie mit dem Rad zur Arbeit oder mit dem Bus? Wohnen Sie hier in der Nähe?« Diese scheinbar harmlosen Fragen drehen sich alle um Macht. Eine meiner Patientinnen, Ellen Taylor, deren Tochter schwer krank im Krankenhaus lag, konnte das gut in Worte fassen: »Sie kennen all diese schrecklichen Gedanken von mir. Was ich mir antun will. Meine Verzweiflung. Sie wissen Dinge, die ich meinen engsten Freunden nicht erzähle. Sie wissen alles über mich – und ich weiß überhaupt nichts über Sie. Ich weiß nicht einmal, ob Sie Kinder haben.«

Manchmal kommt die Frage anklagender daher, wie eines Tages auf einer Entbindungsstation mit unter Schlafentzug leidenden Müttern. Ich sollte ihnen dabei helfen, Schlafgewohnheiten für ihre Babys zu entwickeln; eine herausfordernde Aufgabe, wenn man ihre eigenen komplexen Bindungs- und

Trennungsängste bedachte. Trish, die Mutter mir gegenüber, hatte tiefe Augenringe. Unter Tränen starrte sie auf die Tabellen, die sie in der Vorwoche für mich hatte ausfüllen sollen. »Hatten Sie schon mal ein Baby?«, schnauzte sie.

In der Regel zielen Fragen nach dem Privatleben der Therapeutin nicht auf konkrete Antworten. Sie verweisen auf etwas, das schwerer zu fassen ist. Auf eine unbewusste Suche nach Gewissheit, Sicherheit und Vertrauen. Die realen, leibhaftigen Kinder sind nicht das Problem. Es geht darum, selbst ein imaginäres Kind zu sein. Es geht um die Erfahrungen der Frauen mit ihren eigenen Eltern. Es geht um ihre Sorgen, ihre großen Ängste. *Wirst du für mich da sein? Kannst du mir helfen? Kann ich dir vertrauen? Kannst du bei dieser Erfahrung eine hinreichend gute Mutter für mich sein? Wirst du mich im Stich lassen, so wie andere vor dir?* Die Faustregel lautet, die Bedeutung hinter der Frage zu ergründen. Sie in seiner Arbeit zu nutzen. Nicht unwillkürlich die konkrete Frage zu beantworten, sondern weiterzudenken. Die Faustregel lautet, nicht zu lügen.

*

Als ich bei Robert sitze, erzähle ich ihm von meinen letzten zwei Terminen mit Dan. Ich berichte von seiner traurigen, einsamen Kindheit. Ich rede über Dans Eltern. Über die seltsame Art, wie er ihr missbräuchliches, nachlässiges Verhalten beschrieb: Sie seien »gleichgültig« gewesen und er »nicht nach ihrem Geschmack«. Wir sprechen über die Offenbarung eines toten Bruders. Den Kummer seiner Eltern. Ihre Unfähigkeit, auch an seine Bedürfnisse zu denken.

»Anscheinend war er ihnen ziemlich egal. Sie haben ihn vernachlässigt«, erkläre ich, heftiger als beabsichtigt.

Ich erzähle von Dans Selbstverletzungen, und dabei kehrt das Bild zurück, das mich seither heimsucht. Ein kleiner Junge allein in der Küche, der in den Schränken nach scharfen Gegenständen wühlt. Ich erzähle die Geschichte vom Rummelplatz, wie er versucht hat wegzulaufen, und während ich spreche, merke ich, dass Robert auf seinem Stuhl ein wenig vorrückt. Er hört auf, sich Notizen zu machen. Legt sorgsam die Hände in den Schoß, als wollte er mir seine volle Aufmerksamkeit schenken.

»Ich bin sicher, dass es noch andere, schlimmere Dinge gibt«, sage ich. »Auf gewisse Weise graut mir davor, was als Nächstes kommen könnte.« Ich schweige kurz und räuspere mich. Während Robert abwartet, ist es ganz still im Raum. »Ich weiß nicht, ob ich es hören will.«

Nachdenklich nickt er. Er sagt nichts dazu, aber ich sehe, wie er sich die Worte für später zurücklegt, so wie sich ein Eichhörnchen seine Nüsse einlagert.

Robert spricht über Selbstverletzungen, die ein Schutz vor als überwältigend empfundenen Gefühlen sein können.

»Wie seine Wut?«, frage ich.

Er nickt. »Es wird bei ihm die Vorstellung geben, dass seine Wut außer Kontrolle geraten kann. Unbeherrschbar wird. Vernichtend. Es ist leichter, sie einfach von sich fernzuhalten, durch Schmerz.« Kurz denkt er nach. »Du meintest, er war sechs, als er sich zum ersten Mal selbst verletzt hat?«

Ich nicke.

»Das ist sehr jung. Recht ungewöhnlich. Und beunruhigend.« Er setzt die Brille ab und putzt sie, während er weiter nachdenkt. »Sich selbst so zu gefährden, wie du es beschreibst, das klingt nach einer Art Todeswunsch«, meint er.

Wir sprechen über Dans Dissoziation.

»Seine Wut zu unterdrücken, hat für ihn offenbar gut

funktioniert – bis zu seiner Vergewaltigung«, erkläre ich. »Da ist alles zusammengebrochen. Die ganze Wut kam wieder hoch. Kein Wunder, dass das Erlebnis so traumatisch für ihn war.«

»Manchmal gibt es ein vorherrschendes Gefühl. War das bei seiner Vergewaltigung auch so? Hast du etwas bei ihm bemerkt?«

Ich denke an unsere Sitzung zurück.

»Er hat davon gesprochen, dass er sich klein fühlt ... und machtlos ...« Ich schweige kurz, rufe mir seine Worte in Erinnerung. »Er hat etwas von einem Feuerzeug erzählt. Von der Angst, dass man ihn verbrennt. Das ist nicht passiert, aber er hat ein starkes Schamgefühl erwähnt.«

»Scham?«

»Das war schon öfter Thema bei ihm.« Ich nicke. »Dass er die Schuld trägt, irgendwie verantwortlich ist.«

»Für die Vergewaltigung?«

»Ja, aber auch für das Verhalten seiner Mutter. In einer Sitzung hat er es Karma genannt. Und in der nächsten dann wieder geleugnet.«

Robert schreibt sich etwas auf, schweigt, während er in seinem Heft zurückblättert, die Notizen unserer letzten Sitzungen überfliegt.

»Und was empfindest du?«

»Sehr vieles ... aber im Moment will ich ihm vor allem helfen. Mich um ihn kümmern.«

Er nickt. »Die Mutter sein, die er nicht hatte. Er war jung, als er dichtgemacht hat.«

Die Mutter sein, die er nicht hatte.

Ich erzähle Robert von den Geschenken. »Anonym«, erkläre ich. »Aber ich bin mir ziemlich sicher, dass sie von ihm kommen. Zuerst Pflanzen. Dann ein Hamster.«

»Ein Hamster?«, wiederholt Robert und zieht überrascht die Brauen hoch.

Ich nicke.

Kurz denkt er nach.

»Er gibt dir etwas Lebendiges, um das du dich kümmern sollst. Das du am Leben halten sollst. *Kannst du für ihn sorgen? –* das will er wissen.«

Mit meiner nächsten Bemerkung bin ich vorsichtig; ich erzähle Robert, wie die Geschichten aus seiner Kindheit mich mit schrecklicher Wut erfüllt haben. »Ich war außer mir. Es lag an der Art, wie er es erzählt hat. Wie er das Verhalten seiner Eltern entschuldigte, seine Mutter in Schutz nahm.« Ich fummle am Saum meines Pullovers herum. »Es war ein machtvolles Gefühl. Irgendetwas hielt mich gefangen. Als würde ich mit all den schlimmen Empfindungen, der Wut, dem Ärger, in mir drin zurückbleiben. Als hätte ich eine Bombe im Schoß liegen.«

»Darauf solltest du dich konzentrieren«, meint er zustimmend. »Du musst ihm die Bombe zurückgeben. Ihm zeigen, dass sie nicht hochgehen, ihn nicht vernichten muss.«

Irgendetwas scheint Robert zu beschäftigen, etwas, das er nicht recht zu fassen bekommt.

»Gab es Beziehungen?«

»Er hat jemanden erwähnt. Eine Frau. Aber er ist nicht näher darauf eingegangen. Und Freundschaften scheinen zwiespältig für ihn zu sein. Er ist enttäuscht worden.«

»Und seine Bindungsprobleme, wie drücken die sich dir gegenüber aus?«

»Das Übliche«, antworte ich schulterzuckend. »Er weicht mir aus und entzieht sich. An einem Tag kam er zu spät. Am anderen zu früh.«

Ich erzähle, dass er Zeit gebraucht hat, um Zutrauen zu

dem Vorgang zu fassen. Dass ich erst jetzt das Gefühl habe, dass er ganz bei mir im Zimmer ist, bereit, sich einzubringen und zu arbeiten. Dass mir dieser Zustand aber sehr fragil erscheint und die Stimmung jederzeit umschlagen könnte.

»Sonst noch was?«

Ich erzähle, dass Dan mehr als die üblichen sechs Sitzungen verlangt hat.

»Was hast du geantwortet?«

»Ich habe ihm mehr angeboten. Ich glaube, es ging ihm um Vertrauen. Ich wollte, dass er sich auf die Arbeit einlässt.«

Ich merke, dass ich zu viel erkläre, doch sofern es Robert auffällt und irritiert, sagt er nichts. Eine weitere Nuss, die er für später aufhebt.

»Gab es noch andere Versuche, in der Sitzung Grenzen zu verschieben?«

Ich schüttle den Kopf. »Bisher nicht.«

Mein Magen wird bleischwer.

Haben Sie Kinder?

Es ist, als säße die Lüge, die ich Dan erzählt habe, mit uns im Zimmer. Sie wird größer, verlangt nach Aufmerksamkeit, wie ein allzu anstrengendes Kind. Ich fühle mich unwohl in meiner Haut, ich erröte. Meine Kehle ist trocken. Ich greife nach dem Wasserglas.

»Alles in Ordnung?«, fragt Robert sanft, und er tut es so gütig und besorgt, dass ich ihm plötzlich erzählen möchte, was vorgefallen ist.

Stattdessen wedle ich mir mit der Hand vor dem Gesicht herum. »Es ist heiß«, behaupte ich. Und vielleicht liegt es an seinem Unwillen, in das unbekannte Territorium einer möglicherweise in den Wechseljahren steckenden Frau vorzustoßen, aber er bohrt nicht weiter, öffnet bloß das Fenster hinter sich.

Die Schuldgefühle glühen mir auf den Wangen. In dem Versuch, mein Gesicht zu verbergen, beuge ich mich zu meiner Tasche hinunter und taste nach einem Stift.

Ich habe noch nie einen Patienten angelogen. Ich habe gelogen, weil er verzweifelt war.

Ich habe gelogen, weil ich wollte, dass er sich besonders fühlt.

Ich habe gelogen, weil ich mich ihm gegenüber besonders fühlen wollte.

»Ist es in letzter Zeit zu Selbstverletzungen gekommen?«

»Er schneidet sich immer noch regelmäßig. Aber kontrolliert. Ich würde sein Risiko als gering einstufen.«

Robert schweigt einen Moment. »Es erscheint mir höchst unwahrscheinlich, dass dieser Mann es bis ins Erwachsenenalter geschafft hat, ohne dass seine Schutzmechanismen je versagt hätten. Hatte er in der Vergangenheit Kontakt zu psychiatrischen Anlaufstellen? Irgendwelche Klinikaufenthalte?«

Und da spüre ich es. Einen dumpfen Schrecken.

»Ich habe die Unterlagen seiner Hausärztin noch nicht eingesehen«, antworte ich.

Eine kurze Pause. Robert blickt überrascht auf.

»Ich erwische sie nie«, erkläre ich. »Anscheinend ist es schwierig, die Patientenakte von seiner früheren Hausarztpraxis zu bekommen. Von der in Bristol. Eine Bürokraft war wohl krank.« Ich höre meine Entschuldigungen. Den leicht verteidigenden Tonfall. »Klingt nach einem Verwaltungsfehler. Die Praxis in Bristol ist klein, ein einzelner Arzt«, rede ich weiter. »Die arbeiten sicher noch auf Papier. Stellen vielleicht gerade auf ein elektronisches System um. Willkommen im einundzwanzigsten Jahrhundert.«

Robert nickt flüchtig. »Nun, du weißt ja, es wäre hilfreich, seine Akte zu konsultieren.« Er sieht mir direkt in die Augen. »So schnell wie möglich.«

Es fühlt sich wie eine Verwarnung an. Ich bin unvorbereitet. Ein Kind in der Schule, das sein Federmäppchen vergessen hat.

Vielleicht liegt es an meinen Schuldgefühlen, dem Drang, das Thema hinter mir zu lassen, bei dem ich mich nicht gut geschlagen habe, jedenfalls spreche ich plötzlich über die Filmbezüge. Und dabei geht mir auf, dass ich sie in meiner Sitzung mit Robert kaum anders einsetze als Dan in den Sitzungen mit mir. Als Barriere. Als Abwehrmechanismus, um nicht bloßgestellt zu werden.

»Ich habe noch immer Probleme mit diesen ganzen Filmzitaten«, sage ich und schlage meinen Ordner auf. »Sie scheinen mich völlig einzunehmen. Ich finde sie immer noch verwirrend. Ich habe ihm gesagt, dass ich sie als Ablenkung wahrnehme.«

»Wie hat er darauf reagiert?«

»Er war wütend. Meinte, wenn ich den Filmen mehr Aufmerksamkeit schenken würde, könnten sie sich vielleicht als Offenbarung herausstellen.«

»Als *Offenbarung*?«

»Ja.«

Robert bittet mich, alle Filme aufzuzählen, an die ich mich erinnere.

»Die Liste kommt mir total beliebig vor«, erwidere ich. »Die meisten sind schon älter. Klassiker. Wenig Aktuelles – in der letzten Sitzung hat er über *Sophies Entscheidung* gesprochen. Auch mal über *Der Club der toten Dichter*. *Eine ganz normale Familie* – den hat er mehrmals erwähnt. Er arbeitet an einem Essay darüber. Und *Thelma & Louise*«, füge ich hinzu und denke an den Familienausflug nach West Wittering, von dem ich nun nicht mehr sicher bin, ob er überhaupt stattgefunden hat.

»Da waren noch mehr ... ich erinnere mich nicht mehr ganz. Anfangs auch *Einer flog über das Kuckucksnest*. Er hat von einem Billy Soundso geredet; mit der Figur hat er sich verglichen, nachdem er diese heftige Panikattacke in unserer Sitzung hatte. Jedes Mal versuche ich, mir den jeweiligen Film in Erinnerung zu rufen, und zack, schon ist er bei etwas Neuem ... und trotzdem komme ich immer wieder unfreiwillig darauf zurück, als ob ...«

»Billy Bibbit«, unterbricht mich Robert. »Die Figur aus *Einer flog über das Kuckucksnest*.«

Ich nicke. »Genau, der war es.«

»Ich kenne nicht alle Filme, die du genannt hast, aber diesen kenne ich sehr gut. Billy ist ein Patient. Und zusammen mit ein paar anderen bekommt er neuen Auftrieb, als McMurphy, gespielt von Jack Nicholson, auf die Station kommt. Am Ende schläft Billy mit einer der Frauen, die McMurphy in die Anstalt schmuggelt. Oberschwester Ratched erwischt ihn und kündigt an, es seiner Mutter zu erzählen. Das ist für Billy das Allerschlimmste. Es flößt ihm entsetzliche Scham ein. Die Schamgefühle und die Vorstellung, dass er seine Mutter sowohl enttäuschen wird als auch von ihr zurückgewiesen werden könnte, ist zu viel für ihn. Er bringt sich um.«

Roberts Worte lassen mich stutzen. »Er bringt sich um?«

Ich folge seinen Ausführungen, gebe all die richtigen Laute und Geräusche von mir, doch mein Wunsch, den Raum zu verlassen, ist so heftig, dass ich mich gar nicht richtig konzentrieren kann. Die Informationen, die er mir gibt, erreichen mich nicht. Stattdessen schweben sie davon, während all meine Gedanken unverwandt auf die Uhr in seinem Rücken gerichtet sind.

»Versuch, wegen dieser Patientenakte ein bisschen Druck

zu machen«, rät Robert mir, als wir beide aufstehen. »Ich werde das Gefühl nicht los, dass da ein Puzzleteil fehlt.«

Ich mache einen Schritt auf die Tür zu.

»Lass uns noch einen neuen Termin ausmachen«, meint er.

Als ich meine Tasche öffne, stelle ich fest, dass ich meinen Kalender vergessen habe. »Ich rufe dich später an.«

»Pass auf dich auf«, sagt er, als ich aus der Tür trete.

14

Als Julies E-Mail eintrifft, bin ich zu Hause. Am Tag darauf will sie mit Nicholas zu einer Musikveranstaltung in South Bank gehen. *Das ist jetzt sehr spontan, aber hättest du Lust, uns hinterher auf einen Kaffee zu treffen?* Mein Herz macht einen Satz. Freude durchströmt mich. Und große Aufregung. Ich muss mich zwingen, nicht umgehend zurückzuschreiben, damit mein Übereifer sie nicht am Ende noch abschreckt. Ich tippe eine Antwort. Lösche sie wieder. Ich schicke ihr eine gemäßigtere Fassung. *Danke. Das wäre wunderbar. Ich freue mich, euch beide wiederzusehen. Sag einfach Bescheid, wann und wo. Ruth.*

Es ist ein wunderschöner Frühlingstag, und wir haben vereinbart, uns am »Strand« zu treffen, einem langen sandigen Abschnitt an der Themse. Dennoch erwache ich voll nervöser Unruhe. Ich ziehe mich an und dann gleich noch einmal um. Am Ende probiere ich vier verschiedene Outfits aus. Ich möchte Nicholas ein Geschenk besorgen, und vormittags im Spielzeugladen studiere ich eingehend die Regalreihen und zerbreche mir den Kopf, was ich ihm kaufen soll. Ich befürchte, etwas viel zu Übertriebenes auszuwählen, möchte aber auch nichts schenken, was ihm vielleicht gar nicht gefällt. Schließlich entscheide ich mich für einen hellgelben Plastikbagger. Meine Unentschlossenheit bleibt, als ich mir das Hirn darüber zermartere, ob ich den Bagger als

Geschenk verpacken soll oder nicht. Letztlich kaufe ich Seidenpapier und eine Geschenktüte mit bunten Autos darauf.

Als ich die Stufen zum Fluss hinuntergehe, umklammere ich den Tütengriff fest. Der sonnige Nachmittag hat alle Welt nach draußen gelockt, und in den Menschenmassen verlagert sich meine Panik: Die Sorge, ob ich das passende Geschenk ausgesucht habe, rückt in den Hintergrund, und es wächst die Angst, dass wir uns schlicht nicht finden und unsere Verabredung platzen könnte. In mir regt sich der Gedanke, dass ich möglicherweise vergessen habe, wie Julie aussieht. Als ich versuche, sie mir bei unserem Treffen im Café vorzustellen, kann ich mir ihr Gesicht nicht ins Gedächtnis rufen. Mit Blicken suche ich das Gedränge ab – nichts. Dann, von meiner erhöhten Position auf den Stufen aus, entdecke ich sie.

Sie ist ein Stück entfernt, neben den Imbissständen, und schiebt den Buggy vor sich her. Sie trägt ein gemustertes Kleid und Flipflops. Neben ihr geht ein Mann. Frank, denke ich, als sie stehen bleibt und ihn umarmt. Etwas wie Schmerz durchzuckt mich. Ein Ziehen in der Brust wegen Tom. Kurz sprechen sie miteinander. Dann beugt er sich nach unten und gibt Nicholas einen Kuss, ehe er in die entgegengesetzte Richtung verschwindet.

Wir setzen uns auf eine Bank am Rand der großen Sandfläche. Anfangs ist die Situation allen etwas peinlich. Nicholas verbirgt das Gesicht in ihrem Schoß. Doch als Julie ein paar Sandspielzeuge hervorholt, siegt seine Neugier über die Schüchternheit. Es gibt eine kleine grüne Schaufel, eine blaue Harke und einige bunte Becher, die man ineinanderstapeln kann. Zu meiner großen Erleichterung kommt kein Bagger zum Vorschein. In der Nähe unserer Bank steht ein Wasserspender, und Nicholas krabbelt hin und füllt seine Becher, winkt mir aus sicherer Entfernung zu. Ich winke zurück und biete dann an, uns Kaffee und Kuchen vom Kiosk zu holen.

Die Sonne glitzert auf dem Wasser, und das übliche Schlammbraun der Themse wirkt silbrig und hell. All die vielen Gesichter ringsum heben sich der unverhofften Wärme entgegen, so ungewöhnlich früh im Jahr. Mäntel sind abgelegt, Hemdsärmel hochgekrempelt worden, und die Tische quellen über vor Eispackungen und Dosen mit kalten Getränken. Die Springbrunnen plätschern, und kleine Schwärme kreischender Kinder rennen in Unterhosen und T-Shirts durch die Wasserfontänen. Während ich das Tablett zurücktrage, sehe ich auf einmal mich selbst, mit Kuchen auf Papptellern, wie ich in der Sonne meinen Enkel treffe. Die Empfindung durchströmt mich wie eine sanft wogende Welle: So fühlt es sich an, normal zu sein.

Als ich Nicholas die Geschenktüte gebe, ist sein Gesicht nichts als Staunen. Lange zeigt er einfach nur grinsend auf die Fahrzeuge auf der Tüte und macht Motorengeräusche.

»Total autoverrückt«, meint Julie lachend. »Na ja, eigentlich liebt er alle Fahrzeuge.«

Meine Aufregung wächst. Ich ziehe das Geschenk hervor und reiche es ihm. Julie hilft ihm mit dem Seidenpapier. Sobald der Bagger ausgepackt ist, fängt er an zu strahlen. Er schaut zu seiner Mum, dann zu mir, immer hin und her, als könnte er sein Glück kaum fassen.

»Für dich. Für Nicholas«, betone ich und streichle seine Hand.

»Brrrruuummmm«, macht er laut und schiebt den Bagger über den Boden. Er quietscht vergnügt, als er entdeckt, dass man die Baggerschaufel hoch- und runterklappen kann, und sofort gräbt er sie in den Sand. Er füllt und leert sie, wieder und wieder, und macht dazu knirschende Geräusche. Jedes

Mal, wenn er die Schaufel ganz nach oben gefahren hat, lacht er und klatscht in die Hände, als wäre er über seine Fachkenntnis ganz verwundert. Wenn er lächelt, ist es, als würde man einer Blume beim Aufblühen zusehen. Sein Gesicht verbirgt nichts, es leuchtet vor Freude.

»Danke. Was sagt man da, Nicholas? Danke.« Julie legt eine Hand an die Lippen. Nicholas sieht mich an und ahmt ihre Geste nach. Seine kleine Patschhand bedeckt unbeholfen den Mund. Dann schleudert er sie nach vorn und überschüttet mich mit Luftküssen.

Meine Wangen glühen, und mein Herz wird ganz weit. Der plötzliche Freudenrausch macht mich schwindlig.

Während der folgenden Stunde krabbelt er im Sand umher, und ich knie mich zu ihm.

»Warum ruhst du dich nicht ein bisschen aus? Lehn dich zurück, ich spiele mit ihm.« Ich nicke zu dem Taschenbuch, das aus Julies Tasche hervorlugt. »Du könntest ein wenig lesen.«

Sie wirkt unschlüssig; dann, durch meine Beharrlichkeit überzeugt – ich erinnere mich gut, wie schwer es früher war, mal eine Pause einzulegen –, nickt sie dankbar und nimmt das Buch in die Hand.

Sie sitzt nur ein paar Meter von uns entfernt, und ab und zu krabbelt Nicholas zu ihr hin und gibt ihr etwas, um sich bei ihr rückzuversichern, Geborgenheit zu spüren und sich neu auszurichten. Doch größtenteils sind da bloß er und ich, die an einem sonnigen Nachmittag im Sand spielen. Immer wieder wechselt er zwischen mir und dem Wasserspender hin und her, füllt seinen grünen Becher, dann den blauen und leert sie beide in die Sandkuhle, die er mit dem Bagger ausgehoben hat. Ernst schaut er zu, wie das Wasser versickert, dann fängt er wieder von vorn an. Ich weiß noch, wie meine Kinder es genauso gemacht haben. Die Sicherheit, die Gewissheit der Wiederholung. Vielleicht liest Julie das in meinem Gesicht.

»Peppa Wutz«, bemerkt sie lachend. »Gestern Abend haben wir unseren Rekord gebrochen: acht Mal hintereinander dieselbe Geschichte.«

Ich denke an *Kleiner Hase Tom*. Wie das Buch wochenlang das Einzige war, was Tom lesen wollte.

»Was ist los?«, fragt Julie, als sie den Schatten der Erinnerung über mein Gesicht huschen sieht.

Ich lächle und schüttle den Kopf, wende mich wieder Nicholas zu.

So geht es immer weiter, bis er mich zu einem frischen Fleckchen Sand lotst, ein Stück weiter weg, wo wir nochmals von vorn beginnen.

»Du hast einen neuen Fan«, meint Julie lachend, als er mir aufs Knie patscht. »Er wird nicht immer so schnell warm mit Fremden.« Dann hält sie inne, wirkt wegen ihrer Wortwahl verlegen.

Ich tue, als hätte ich nichts bemerkt.

»Der Bagger scheint wirklich gut anzukommen. Tom hat Autos und Bagger auch immer geliebt. Im Garten einen Stau zu verursachen, war das Größte für ihn.«

Da passiert es. Vielleicht ist es die Verbindung meiner eigenen Erinnerungen mit dem leibhaftigen, kleinen, hübschen Jungen vor mir. Das Aufeinanderprallen von Vergangenheit und Gegenwart. Meine Nostalgie und dazu die unmittelbare sinnliche Empfindung seines kleinen Körpers; seine sandigen Finger an meinem Bein, seine Hand auf meiner und das über meine Hände schwappende Wasser. Und doch überrascht es mich. Die Tränen fallen wie Regen, tropfen mir lautlos von den Wangen. Ich fühle mich wund, als hätte man plötzlich einen Reißverschluss an mir aufgezogen und mich auf dem Sand ausgekippt.

»Oooh«, macht Nicholas und deutet auf die kleinen nassen Pockennarben im Sand. Und dann noch einmal: »Oooh.«

Er sieht zu mir auf, will herausfinden, wo die Tropfen herkommen. Die Neugier in seinem Blick verwandelt sich in Sorge, als er zu mir krabbelt und meine Wange berührt. Dann findet er es allerdings lustig, anzusehen, wie die kleinen Regentropfen in seiner Baugrube landen. Er lacht. Das Gurgeln steigt ihm die Kehle hoch und bricht als lautes Gelächter hervor. Schon bald lache auch ich, während die Tränen weiterfließen.

Nicholas beugt sich vor und schaufelt die Fleckchen aus feuchtem Sand mit dem Bagger auf, schichtet sie kichernd zu einem Haufen, gibt dem Spiel eine neue Dynamik.

Ich taste meine Taschen und die Handtasche nach einem Taschentuch ab. Julie hält mir sofort eines hin.

»Taschentücher hab ich immer griffbereit«, sagt sie, und ich nehme es dankbar an.

»Tut mir leid, ich …«, doch sie winkt ab.

»Tom. Ich hatte das Gefühl, dass er ein wirklich toller Mensch war.« Sie redet leise. »Einfühlsam. Rücksichtsvoll. Irgendwie besonders. Ich hätte ihn gern besser kennengelernt.«

Ich nicke und tupfe mir die Wangen.

Vielleicht versucht sie, mir etwas von meiner Verlegenheit zu nehmen, jedenfalls spricht sie über den Verlust ihrer Mutter. Die unvermutete Trauer in der letzten Zeit. »Es ist schon so lange her«, erzählt sie, »aber ab und zu trifft es mich aus heiterem Himmel. Die Sehnsucht nach ihr. Wie ein Schmerz. Das haut mich manchmal richtig um.«

Ich nicke. Ich muss ihr nicht sagen, dass ich genau weiß, was sie meint.

»Es ist eine komische Mischung. Ich vermisse sie, aber es ist auch eine Art Bedauern, dass sie all das hier verpasst«, und sie nickt zu Nicholas. »Sie hätte ihn vergöttert, und dann tut es mir leid für ihn, dass er sie nicht mehr hat, als seine Großmutter.«

Sie blickt zur Seite. Offensichtlich hat sie das Gefühl, zu viel gesagt zu haben.

Das Graben und Schaufeln geht weiter. Dann, um vier Uhr, schaut Julie auf die Uhr und erklärt, dass sie Frank und Jess in zwanzig Minuten am Eingang zur U-Bahn treffen will. Der nahende Abschied macht mich beklommen. Sie sammelt die Spielsachen ein und hebt Nicholas dann in seinen Buggy, streift ihm vorsichtig die Gurte über die Schultern; die Finger hat er fest um den gelben Bagger geklammert. Gemeinsam gehen wir langsam am National Theatre vorbei, dann die Hauptstraße entlang.

»Ich bin froh, dass wir uns getroffen haben«, sagt Julie plötzlich.

Und vielleicht ist es diese Bemerkung, diese kleine Ermunterung, die mir das Zutrauen gibt, zu fragen.

»Ich hatte überlegt …«, setze ich zögerlich an. »Du meintest, er hat bald Geburtstag. Ich habe mich gefragt, ob ich ihm etwas schicken kann. Ein Geburtstagsgeschenk … mit der Post?«

Pause. Sofort ist mir mein Anliegen peinlich, kommt mir aufdringlich vor.

»Oder vielleicht kann ich dir etwas für ihn geben, beim nächsten … ein anderes Mal.« Ich fühle mich unbeholfen. Als wären die Wörter zu groß für meinen Mund. Als wäre ich übereifrig. Ich senke den Blick, da spüre ich ihre Hand auf meinem Arm.

»Das ist sehr nett von dir«, sagt sie. »Klar, ich gebe dir die Adresse.«

Ich weiß nicht, warum ich es tue, aber statt sie auf meinem Handy zu speichern, klappe ich mein Portemonnaie auf und ziehe das Foto hervor. »Ich schreibe sie mir hier auf die Rückseite.«

Vielleicht liegt es an dem, was sie über ihre Mutter erzählt hat, und an meinem Bedürfnis, diese Rolle auszufüllen und zu zeigen, wie viel mir Nicholas bedeutet. Vielleicht trägt auch unsere zufällige Begegnung dazu bei. Die Zartheit unserer aufkeimenden Beziehung, die es unpassend erscheinen lässt, ihre Adresse einfach in mein Handy zu tippen, weil das zu förmlich wäre. Vielleicht möchte ich alles an unserem Verhältnis mit feierlicher, heimlicher Bedeutung aufladen. Und vielleicht bausche ich die Sache auch auf, weil ich an eine erheuchelte Verbundenheit zu einem Kind glauben will, das ich erst zweimal getroffen habe. Es kann an jedem einzelnen oder an all diesen Gründen liegen. Doch wie dem auch sei, ich werde meine Entscheidung später noch bereuen; eine Kleinigkeit, die mich verfolgen wird.

»Ah.« Julie lächelt beim Anblick des Bildes. »Ich bin froh, dass du es magst, das ist eins meiner Lieblingsfotos.«

Ich schreibe mir die Adresse auf und schiebe es ins Portemonnaie zurück.

Ein Stück vom U-Bahnhof entfernt bleibt Julie stehen. »Danke für heute Nachmittag«, sagt sie. »Und natürlich für den Bagger!« Dann beugt sie sich vor und umarmt mich herzlich.

Als ich mich vor Nicholas hocke, wirft er sich nach vorn in meine Arme, und ich spüre seine wunderbar weiche Wange an meiner. Während sie davongehen, sehe ich ihnen nach, und da entdecke ich Frank bei den Stufen zur U-Bahn, der mich anstarrt.

Ein paar Tage später bekomme ich eine Nachricht. *War*

schön mit dir am Samstag. Ich dachte, vielleicht interessiert es dich, dass der Bagger zu einem neuen Familienmitglied geworden ist. Sie hat ein paar Fotos angehängt. Auf einem steht der Bagger neben Nicholas' Müslischüssel auf dem Hochstuhl. Auf einem anderen hält er ihn in der Hand, mit weit offenem Mund, eingeschlafen im Autositz, und auf dem letzten sieht man Nicholas zugedeckt in seinem Gitterbett liegen, mit dem Bagger neben sich auf dem Kopfkissen. Sein süßes rundliches Gesicht. Das Haar klebt ihm an der Wange, und er schläft tief und fest.

Am nächsten Tag erreicht mich die zweite Nachricht.

Zu Nicholas' Geburtstag am Freitag, 16. Mai, laden wir zwischen 13 und 16 Uhr zum Mittagessen im Café im Park Balham Common ein. Hinten ist ein kleiner Garten. Nichts Großes. Ein paar Freunde …

Sie erwähnt weitere Kleinkinder aus ihrem Geburtsvorbereitungskurs. Dass sie es absolut verstehen kann, falls ich andere Pläne habe. Ich glaube, danach lese ich gar nicht mehr weiter. Mein Blick verschleiert sich, während ich auf die Buchstaben starre; ich fühle mich so voller Energie und Glück wie seit Toms Verschwinden nicht mehr. Ich würde gern behaupten, dass ich länger darüber nachgedacht habe. Aber das wäre gelogen. Ich antworte sofort. *Danke. Ich komme sehr gern.*

Später würde ich darüber nachgrübeln, warum ich David nichts von alldem erzählt habe. Ich kann es auf die noch unsichere, frische Beziehung zu Julie und unserem Enkel schieben. Dass das Ganze etwas Traumartiges hatte, wie ein Trugbild, dem ich durch lautes Aussprechen zu nahe gekommen wäre, und die wunderschöne Oase hätte sich womöglich jäh und auf unbegreifliche Weise in Luft aufgelöst. Ich frage mich auch, ob nicht ein gewisser Egoismus mit hineinspielte. Etwas Geiziges. Der Wunsch, es für mich zu behalten. Wie ein Kind, das nicht teilen und ein Geschenk so lange wie möglich für sich allein haben will. Dieses köstliche Geschenk, das ich ganz für mich weiter auspacken wollte. Die Freude, etwas zu haben, das mir gehört. Ich öffne das Portemonnaie und schaue das Foto mit dem lächelnden Jungen an. Seine Badeshorts mit dem Fischmuster. Wie er die sandige Hand der Kamera entgegenstreckt.

Erst nachdem ich geantwortet habe, fällt mir auf, dass es sich um einen Freitag handelt. Dass das Fest auf der anderen Seite Londons stattfindet und ich daher die Termine der meisten Patientinnen und Patienten an jenem Tag verschieben muss. Ich bin nicht sicher, was sonst noch alles auf dem Plan steht, aber ich weiß, dass ich Dans regelmäßigen Termin um 16 Uhr werde absagen müssen, und davor auch Hayleys erste Sitzung nach ihrer Rückkehr aus dem Urlaub.

Sofort fühle ich mich schuldig. Von meiner längeren Beurlaubung abgesehen, kann ich vermutlich an einer Hand abzählen, wie oft ich meine Patienten bisher versetzt habe. Eine Beerdigung … eine Krankschreibung … eine Gerichtsverhandlung. Ausnahmslos plötzliche und unvermeidliche Ereignisse. Notfälle. Kann man das hier als einen Notfall bezeichnen?

Meine Handlungen und Gefühle an jenem Tag ähneln in gewisser Weise der verstohlenen Aufregung eines verknallten Teenagers. Mein Interesse ist eindimensional. Ich bin voll und ganz darauf konzentriert, mir einen Weg zu meinem Ziel zu bahnen. Ich gehe wohlüberlegt und pragmatisch vor. Ich beschließe, dass noch ausreichend Zeit bleibt, um die Sitzungen zu verschieben. Dass ich Dan einen früheren Termin anbieten kann. Dass es bloß minimale Unannehmlichkeiten geben wird. All das stimmt. Doch selbst Stephanie könnte mir inzwischen erklären, dass solch rationale Argumente in unserer therapeutischen Arbeit keinen Platz haben. Jegliche Zweifel werden unter meinen dringlichen Überlegungen zu ersten Geburtstagen begraben. Meine Erinnerungen an den ersten Geburtstag der Zwillinge bei uns zu Hause. Die Erleichterung, als meine Mutter ins Krankenhaus eingewiesen wurde und nicht kommen konnte; die erste ihrer vielen Entziehungskuren. Meine Gedanken schweifen weiter zu der brennenden Frage, was ich Nicholas schenken soll. Ich muss mich sehr zusammenreißen, um Julie nicht noch eine Nachricht zu schreiben und sie um Ideen zu bitten.

Später am Abend sitze ich am Schreibtisch und sehe mir die Vermissten-Website an. Ich gehe auf Toms Profil. Nichts. Ich überfliege die anderen. Dann bleibe ich bei Denis Watson hängen. Ich klicke auf den Link zu seiner Homepage. Vielleicht ist es die viele Mühe, die seine Familie in die Pflege und Aktualisierung der Seite steckt; ihr unablässiges Posten von Fotos und Updates zieht mich magisch an. Ein Leben, vor mir ausgebreitet. Da ist ein neues Bild. Von Denis' bestem Freund – demjenigen, erinnere ich mich, der vergangenes Jahr geheiratet hat. Seine Frau Sarah hat ein Kind bekommen. Auf dem Foto sieht man einen Mann mit einem Säugling auf der Brust, das Baby winzig. Tränen steigen mir in die Augen.

Als ich wieder in der Klinik bin, schreibe ich an Hayley und formuliere einen Brief an Dan, doch dann beschließe ich, ihn zusätzlich anzurufen. Beim zweiten Klingeln hebt er ab. Ich erkläre, dass wir eine seiner bevorstehenden Sitzungen verlegen müssen.

»Ein unvorhergesehener Termin außerhalb der Klinik.«

Es entsteht eine Pause.

»Kein Problem«, meint er dann.

Er klingt gelassen. Sogar fröhlich. Als ich ihm mehrere Alternativtermine vorschlage, wählt er den frühesten. Ich bin zufrieden. Dass er früher kommt als ursprünglich vereinbart, mildert meine Schuldgefühle. Er bekommt mehr, nicht weniger, denke ich. Ich bestätige ihm den Termin in dem bereits vorbereiteten Brief und lege das Blatt in die Postablage. Ich schäme mich, zuzugeben, dass ich danach nicht weiter daran denke.

15

Die Pubertät war bei Tom der Moment, als seine Beziehung zu David vollends in die Brüche ging. Wenn ich heute darauf zurückblicke, war es zu erwarten gewesen, und obwohl ich es damals nicht erkannt habe, trug ich meinen Teil zu der Abwärtsspirale bei. Je mehr ich jeden Anflug von Angst bei Tom überspielte, umso gereizter wurde David und umso mehr zog Tom sich zurück. Und auch wenn Tom weiterhin dazu neigte, sich unnötig über alles Mögliche zu sorgen, zeigte er zugleich eine bis dahin ungekannte Verbitterung über David, und über uns als Eltern. Der Frust über sein Leben gewann eine neue Dimension. In gewisser Weise hielt ich das für ein gutes Zeichen, für etwas Altersgemäßes, das vielleicht einfach mit dem Stress der anstehenden Prüfungen zu tun hatte.

An einen Streit erinnere ich mich besonders deutlich. Es war bei einem der Besuche meiner Mutter aus Taos. Die Reise, bei der sie uns erzählte, dass sie geheiratet habe.

»*Geheiratet?*«

»Ja, Ted«, meinte sie nickend. »Eine Übereinkunft«, fügte sie dann nüchtern hinzu. »Mein Visum. Jetzt kann ich bleiben und dort weiter meine Arbeit machen.« *Meine Berufung*, so nannte sie es. Sie arbeitete jetzt selbst in der Entzugsklinik. Außerdem leitete sie im Ort ein paar AA-Gruppen. »Zweimal täglich«, meinte sie. »Manchmal öfter. Wir treffen uns in Cafés. Ab und zu sitzen wir auch in der Wüste. Unter dem weiten Himmel von Taos«, so schwärmte sie vor sich hin. »Wir geben den Menschen, was sie brauchen. Was auch immer ihnen hilft. Manchmal geht es einfach nur darum, für die Leute da zu sein.« Sie klang begeistert, atemlos, erfüllt von dem missionarischen Wunsch, andere zu ihrer eigenen abstinenten Lebensweise zu bekehren. Ich musste den Blick abwenden.

Der Streit zwischen Tom und David wurde von einer Nachrichtenmeldung über zwei junge Männer entfacht, die den El Capitan erklimmen wollten, die berühmte Felszinne im kalifornischen Yosemite-Nationalpark. Beide waren etwa Mitte zwanzig und wollten auf die Dawn Wall klettern, die steilste Seite der nahezu senkrechten Felswand. Daraufhin gab es in der Presse zahlreiche Berichte über frühere Versuche, den Felsen zu bezwingen, sowie über die mindestens einundzwanzig Todesopfer, die dies im Lauf der Jahre gefordert hatte. Für derartige Risikobereitschaft hatte David nichts übrig. Nachdem er die Ängste von Familien und Freunden der Kletterer ins Feld geführt hatte, kam er zu dem Schluss, das Ganze sei »im Endeffekt egoistisch. Einer der beiden wird wahrscheinlich dabei umkommen – was hat das bitte für einen Sinn?«

Tom war stinksauer. Er funkelte David an. »Wenn du denkst, dass das egoistisch ist, dann schnallst du es einfach nicht. Du verstehst das echt überhaupt nicht.«

Meine Mutter schenkte Unterhaltungen, die sich nicht um sie persönlich drehten, selten Gehör, aber an jenem Tag hob sie angesichts der Schärfe von Toms Ton den Kopf. David blickte seinen Sohn verwundert an. Wir waren alle in der Küche, und ich hielt mich zurück, verkniff mir jegliche Einmischung. Carolyn suchte gerade die Zutaten für eine Gemüsepfanne zusammen.

»Ich habe mich über die beiden informiert«, erklärte Tom. »Sie klettern schon seit Jahren. Gerade diese Route haben sie vier Jahre lang geplant. *Vier Jahre*«, wiederholte er. »Könnt ihr euch so eine Hingabe vorstellen? Die ganze Vorbereitung? Ihren Einsatz …« Seine Stimme verlor sich. Und da sah ich es in seinem Blick: Neid. Sehnsucht. Den Wunsch, eine vergleichbare Leidenschaft zu spüren. Etwas ähnlich Überwältigendes in seinem Leben zu haben, und damit einhergehend die schlichte Bewunderung für jene, bei denen es so war.

»Und all die anderen, die das betrifft? Was ist mit der Rettungsmannschaft, die sie irgendwann garantiert rufen müssen? Mit der Geldverschwendung … und der Verschwendung von Menschenleben?«

Tom starrte David wütend an. Einige Augenblicke herrschte Stille. Der Vater musterte den Sohn und der Sohn den Vater. Anfangs war Toms Blick verächtlich. Doch schon bald wirkte er eher mitleidig.

»Es geht darum, frei zu sein«, sagte er schließlich, »draußen zu sein, Wind und Sonne zu spüren. Eins mit der Natur.«

»Genau wie in Taos«, warf meine Mutter ein. »Seite an Seite mit der Natur leben. Als würde sie einen willkommen heißen. Freiheit ist das, was wirklich zählt.« Sie breitete die Arme aus. »Du und ich«, und sie nickte Tom zu, »wir sind uns so ähnlich. Wir sind Freigeister.«

Kurz schloss ich die Augen.

David beachtete sie nicht weiter. »Was, wenn einer von den beiden stirbt? Was meinst du, wie ihre Eltern sich dann fühlen?«

Tom hielt einen Moment inne. Carolyn hörte auf zu schnippeln.

»Es wäre ja möglich, ganz eventuell«, erwiderte er, »dass

sie zwar traurig wären, aber vielleicht auch stolz. Stolz, weil ihr Sohn etwas gefunden hatte, das ihn erfüllt. Dass er wegen etwas starb, das er geliebt hat. Vielleicht haben sie kapiert, wie wichtig das für ihn war.« Dann, etwas betonter: »Vielleicht konnten sie ihren Sohn verstehen.«

»Die zwei sind sechsundzwanzig und siebenundzwanzig Jahre alt. Das sind Erwachsene. Die sollten es besser wissen«, murmelte David.

»Und stattdessen was tun?«, feuerte Tom zurück. »In einer Bank arbeiten? BWLer werden? Rechtsanwälte? *An der Uni lehren*«, höhnte er, »und all die Vorzüge und Privilegien genießen? Den Wein? Die Festessen? Jo, klingt ja voll unegoistisch.«

»Also, bis du es geschafft hast, im Land der Träume dein eigenes Geld zu verdienen, schlage ich vor, dass du über *meine* Berufswahl den Mund hältst«, blaffte David.

Donnerndes Schweigen trat ein. Carolyn wirbelte herum. Tom wirkte entsetzt, und David merkte ich an, dass er seine Worte bereute, sobald er sie ausgesprochen hatte. Er hatte es nicht böse gemeint, war schlicht außer sich gewesen, weil er die Kluft zwischen sich und seinem Sohn nicht zu schließen wusste. Tom zuckte bloß mit den Schultern und verließ die Küche. Um meinen Anschuldigungen zu entgehen, folgte David ihm.

»Teenager«, meinte meine Mutter lachend. »Er wird flügge. So sehe ich das bei vielen jungen Leuten.«

Ich stand am Küchentisch, die Hände auf die Stuhllehne gestützt.

»Ich habe dich immer ermutigt, es genauso zu machen«, plapperte sie weiter. »Und im Rückblick hättest du wohl ein paar mehr Risiken eingehen sollen, als du in seinem Alter warst.«

Ich krallte mich am Holz fest.

»Immer so eine Stubenhockerin«, fuhr sie fort. »Immer besorgt. Bist mit diesem ewigen Stirnrunzeln durchs Haus geschlichen.« Sie seufzte. »Ich wollte dich immer dazu kriegen, dass du mehr vor die Tür gehst …«

Während sie den Kopf schüttelte, sah ich mich selbst. Ein Kind, vielleicht gerade schon eine Teenagerin, ich weiß es nicht mehr. Wir waren einkaufen, suchten etwas Passendes für ein Fest. Ich hatte mein Herz an ein blaues Seidenkleid verloren.

»Das hier möchte ich«, sagte ich und streckte die Hand nach dem türkis schimmernden Stoff aus. Sie warf einen Blick darauf und rümpfte voller Missfallen die Nase.

»Gefällt dir das Grüne hier nicht?«, fragte sie und hielt ein ödes tümpelfarbenes Etuikleid hoch.

»Nicht ganz so«, meinte ich vorsichtig, »ich mag das Blaue lieber.«

Ein ganz leichtes Kopfschütteln. »Ich finde das grüne *entzückend*«, sagte sie mit fester Stimme. »Das ist meine Lieblingsfarbe.« Sie hielt es mir triumphierend vor die Brust und ging dann damit zur Kasse.

»*Mach dein eigenes Ding*, habe ich immer zu dir gesagt«, redete meine Mutter noch immer vor sich hin. »Weißt du noch?«

Meine Hände schmerzten. Ich konnte kaum sprechen.

Am nächsten Tag würde sie zurück nach Taos fliegen.

»Ja«, entgegnete ich. »Das weiß ich noch gut.«

Wenn ich über Tom nachdachte, war mir natürlich klar, dass sechzehn ein schwieriges Alter war. Und dass David und Carolyn ständig über Carolyns Schulaufgaben zusammengluckten, machte die Sache nicht besser. Dauernd hockten die zwei am Küchentisch und steckten die Köpfe über einem Buch für ihre Prüfungen zusammen. Und in vielerlei Hinsicht wirkte der Schutzzauber der Pubertät entlastend, wurde zu einer Ausrede, hinter der man sich verstecken und so Toms mürrisches, unbeteiligtes Verhalten wegerklären konnte.

»Teenager«, meinten die Leute mit verständnisvollem Nicken, »das geht vorbei.«

David zog sich zurück. Er stand unter Druck, und mit der Zeit konzentrierten sich seine Ängste auf seinen Körper. Während die Risse und Brüche in seiner Familie immer deutlicher wurden, spürte er nun, in der Lebensmitte, auch zunehmend die Schwächen seines alternden Körpers. Und damit einher ging die wachsende, sich auf Kleinigkeiten richtende Sorge um die eigene Sterblichkeit und die einschlägigen körperlichen Anzeichen und Symptome. Leberflecke waren für ihn zweifelsfrei Melanome, Kopfschmerzen ein Hirntumor, Halsweh das erste Anzeichen für Kehlkopfkrebs. Man konnte überhaupt nicht mit ihm darüber sprechen. Seine Besorgnis konnte ausschließlich durch regelmäßige, angstbesetzte Krankenhausbesuche gelindert werden, die ihm schlussendlich Entwarnung gaben. Als man bei einer CT-Aufnahme keinen Tumor entdeckte, wurde sein Jubel durch eine Google-Recherche getrübt, die ihn wissen ließ, dass es eine bestimmte Tumorart gebe, die von traditionellen CTs nicht nachgewiesen werden könne. »Die neuen gibt es nur in Privatpraxen«, fand er heraus. Das führte zu einer langwierigen Diskussion über die Vor- und Nachteile einer privaten Krankenversicherung, die mir, nach einer Laufbahn beim NHS, ein Dorn im Auge war. Da ich wusste, dass er, was auch immer ich einzuwenden hätte, nicht auf mich hören würde, dass *er* diese Entscheidung letztlich treffen würde, sagte ich nichts dazu.

Es war klar, was ablief. All die Anspannung und Sorge um seinen Sohn, ums Älterwerden sowie um seine jüngste erfolglose Bewerbung als Dekan wurden auf seine Gesundheit umgelenkt. Nach einem in seiner Wahrnehmung guten Bewerbungsgespräch wurde die Stelle jemand Jüngerem und Dynamischerem angeboten, der laut David »einen Scheißdreck von Literatur versteht, aber schöne Excel-Tabellen erstellen kann«. Manchmal sah ich ihn nachts im Dunkeln an irgendeiner Drüse an seinem Hals herumdrücken. Während er besorgt daran nestelte, wurde sie unter seinen Fingern zur Krebsgeschwulst. Einmal fand ich in seiner Tasche eine Quittung über fünfhundert Pfund für einen Besuch in einer Leberfleckenklinik. Ein befreundeter Hausarzt hatte ihm noch davon abgeraten. »Das ist ein Unternehmen«, hatte er achselzuckend gemeint, »kein Wohltätigkeitsverein. Die haben immer ein Interesse daran, was zu finden, was sie dir wegschnippeln können – auf deine eigenen Kosten. Solche Läden werden von ängstlichen Patienten mit dem nötigen Kleingeld am Laufen gehalten.«

Im Vorfeld der Abschlussprüfungen der Zwillinge herrschte bei uns zu Hause nervöse Spannung. Carolyn war fleißig und gewissenhaft und traf sich mit ihren vielen Freundinnen und Freunden regelmäßig in selbst organisierten »Lerngruppen«. Sie war gesellig und führte ein ausgefülltes, wenn auch in diesen Monaten vom Lernen eingeschränktes Leben. Ich konnte die gähnende Kluft, die sich zwischen meinen Kindern auftat und zunehmend weitete, einfach nicht ertragen.

Ich verbrachte Stunden damit, Tom beim Ausarbeiten eines Lernplans zum Wiederholen seines Prüfungsstoffes zu helfen und ihn in seinen Fächern abzufragen. Ich merkte, wie niedergeschlagen er war, aber statt den Tatsachen ins Auge zu sehen und darauf einzugehen – mich überhaupt damit zu befassen –, machte ich verbissen weiter, mit einem komplexen Zeitplan zum Büffeln, ausreichend Bewegung und gesundem Essen.

»Lass uns einfach erst mal die Prüfungen hinter uns bringen«, sagte ich zu David, als er sich einmischen wollte. Im Großen und Ganzen ließ Tom sich von mir leiten, weniger aus Eifer, sondern wohl eher, weil es sich nach dem Weg des geringsten Widerstands anfühlte. Dann wieder gab er der erdrückenden Last nach, die er mit sich herumzuschleppen schien, und beschloss, »in meinem Zimmer zu lernen«, und ich ließ ihn in Ruhe.

Die Prüfungen kamen und gingen. Bei Carolyn hörte ich zufällig mit, wie sie jede Klausur ausführlich mit ihren Freundinnen am Telefon durchanalysierte – uns erzählte sie kaum etwas davon –, doch sie schien alles mit links zu schaffen. Bei Tom wusste man nie, woran man war. Meistens kam er nach Hause und verschwand sofort in seinem Zimmer. »Das machen sie doch alle so«, meinte eine der Mütter, der ich zu jener Zeit über den Weg lief. Ich dachte an ihren Sohn Nick. Einen großen schlaksigen Jungen mit dichtem schwarzem Lockenschopf, der gut in Musik war. Ich stellte mir vor, wie er sich neue Tracks herunterlud, an seiner Gitarre herumzupfte und mit seinen anderen schlaksigen Freunden in seinem Zimmer abhing. Als Tom seine Zimmertür einmal leicht angelehnt ließ, sah ich ihn auf dem Bett liegen, blass und still, und einfach nur schweigend an die Decke starren. Eilig ging ich weiter und wünschte im Grunde, ich hätte ihn nicht so gesehen.

Nach den Prüfungen nahm Carolyn ihr Sozialleben, das auf Sparflamme vor sich hin geköchelt hatte, wieder auf. Es war, als würde sie den Gashahn weit aufdrehen. Sie war ständig unterwegs, verabredete sich mit ihren Freundinnen, spielte Hockey und Fußball, ging auf Partys und Treffen, die in anderer Leute Häusern stattfanden. Nie bei uns.

Eines Abends war sie gerade wieder auf dem Sprung, und ich bekam zufällig mit, wie sie sich mit ihren Freunden langwierig und aufwändig über einen Treffpunkt verständigte. Beim Kino, im Café, am Bahnhof? Es nahm kein Ende. Ich war die ganze Zeit in der Küche und Tom nebenan im Wohnzimmer, wo er sich ziellos durch die Fernsehsender zappte. Kurz darauf hörte ich ihn in der Diele. »Bin nur mal kurz draußen. Bisschen frische Luft schnappen.«

Als die Tür sich hinter ihm geschlossen hatte, ging ich zu Carolyn. Ich konnte nicht anders.

»Ich glaube, wenn Tom nur ein paar gute Freunde hätte«, setzte ich an, »so ähnlich wie deine … Wenn er ein paar Leute hätte, mit denen er etwas unternehmen könnte.«

Sie starrte mich an, mit undurchdringlichem Blick.

»Dann wäre vielleicht manches anders für ihn.«

Carolyn zog gerade ihren Mantel über und stellte sich vor den Flurspiegel. Nachdem sie sich einen Seidenschal um den Hals geschlungen hatte, befreite sie ihre darunter eingeklemmten Haare. Sie fielen ihr wie ein Fächer über die Schultern.

Sie schwieg.

»Weißt du … gute Freunde. Irgendeine Perspektive im Leben …«

Immer noch nichts.

»Na, wie auch immer – wo willst du hin?«

»Auf ein Konzert«, sagte sie. »Eine Band. In Chalk Farm.«

»Oh. Das würde Tom sicher auch gefallen.«

Sie erstarrte.

»Er war seit Wochen nicht mehr aus«, meinte ich. »Das

kann einfach nicht gut für ihn sein, den ganzen Tag in seinem Zimmer rumzuhängen. Ich finde wirklich, er sollte häufiger rauskommen …«

Irgendwo in diesen Worten war eine Frage versteckt, die Carolyn mit Absicht überhörte.

»Könntest du Tom nicht mitnehmen?«

Einen Moment herrschte kühles Schweigen.

»Nein. Das würde ihm nicht gefallen«, sagte sie. Dann drehte sie sich langsam zu mir um. »Aber was noch wichtiger ist: mir auch nicht.«

»Manchmal ist es gut, auch mal an andere zu denken.«

Ihre Wangen glühten, aber als sie sprach, blieb ihre Stimme leise und beherrscht.

»Du musst aufhören damit«, sagte sie bedächtig.

»Wie meinst du das?«

»Kau ihm nicht ständig alles vor. Nimm ihm nicht immer alles ab, was er anscheinend nicht selbst schafft. Und hör auf, mir die Schuld dafür zu geben. Ich bin nicht für ihn verantwortlich. Wir sind nicht mehr in der Grundschule. Das ist nicht wie bei irgendwelchen Nachmittagsverabredungen in der dritten Klasse. Das hier ist was anderes. Er ist erwachsen. Er ist sechzehn. Das ist so was von naiv, und ich hab echt die Schnauze voll davon, dass du mir dauernd das Gefühl gibst, die Verantwortung für ihn zu tragen. Für sein Glück, für sein Unglück. Dafür, dass er ein gutes Leben hat. Das ist nicht mein Job.« Sie hielt inne und nahm einen tiefen Atemzug. »Meine Psychologin …« Und dann folgte eine Pause, in der sie darauf wartete, dass die Bombe platzte.

»Deine *was*?«

»Meine Psychologin«, wiederholte sie mit großem Vergnügen. »Die Schulpsychologin, sie glaubt, dass du ein schlechtes Gewissen hast. Dass du es nicht ertragen kannst, dass er nicht klarkommt, und deshalb alles auf mich abwälzt. Dass du es nicht erträgst, dass ich Freundinnen und Freunde habe. Dass ich ein Leben habe. Das macht dich fertig. Manchmal frage ich mich, ob es leichter wäre, wenn wir beide abkacken würden …«

»Eine Psychologin?« Ich war entsetzt. »Warum um alles in der Welt brauchst *du* eine Psychologin?«

Die Worte waren kaum über meine Lippen, da wollte ich sie schon wieder zurücknehmen.

Einen Sekundenbruchteil war es still. Carolyn hob die Hände, was wohl so viel wie »Ich sag's ja« heißen sollte. Dann drehte sie sich um, und als sie aus der Tür ging, hörte ich bloß ein leises Klicken.

Einige Tage später passierte es dann. An einem Donnerstag, dem 24. Juni. Von außen betrachtet, gab es keinen Auslöser, kein besonderes Ereignis. Natürlich war mir Toms gedrückte Stimmung aufgefallen, aber ich hatte das Ausmaß nicht erkannt oder die Augen davor verschlossen. Vielleicht hatten die langen, leeren Wochen nach den Prüfungen dazu beigetragen. Wer weiß. Auf jeden Fall hatte damals nicht nur seine Schwester ihren Spaß, alle Welt schien draußen in der Sonne zu sein, zu lachen, zu trinken und den Sommer zu genießen. Ich machte Vorschläge, was wir gemeinsam unternehmen könnten. Höflich lehnte er ab. Wenn man kein eigenes Sozialleben hat, ist es umso qualvoller, sich eines mit den Eltern zu teilen.

Wir aßen gerade zu Abend. Ich erzählte von einem Film, den David und ich uns ansehen wollten.

»Du kannst gern mitkommen, wenn du willst. Er hat gute Kritiken bekommen«, sagte ich und schob ihm die Zeitung zu.

Er stocherte in seinem Essen herum und wendete die

Nudeln, als könnte er darunter irgendwelche Antworten finden.

»Danke«, meinte er, schüttelte aber den Kopf. »Ich glaub, ich bleib heute Abend lieber hier.« Bei ihm klang es, als wäre das irgendwie außergewöhnlich. Ein ruhiger Abend zu Hause, nach all dem ausschweifenden Gesellschaftsleben. Nachher ging ich unseren kurzen Wortwechsel in Gedanken zigmal durch. Hatte er anders gewirkt? Hätte man es ihm am Gesicht ablesen können? Hatte ich etwas übersehen? Oder war mir etwas in seiner Stimme entgangen?

Um elf waren wir wieder zurück. Im Haus war alles still. An und für sich war das nichts Ungewöhnliches. Allerdings machte Tom es sich meist mit dem Hund auf dem Küchensofa bequem, wenn wir ausgingen, und sah fern. Dort war er aber nicht, und Hester verhielt sich irgendwie eigenartig, schien durcheinander.

»Tom!«, rief ich.

Keine Antwort.

»Vielleicht ist er noch mal weggegangen?«, meinte David, aber wir wussten beide, dass das unwahrscheinlich war.

Als ich die Treppe hochstieg, empfand ich mit einem Mal tiefes Unbehagen. Eine Unruhe bis in die Knochen. Als ich ihn nicht in seinem Zimmer fand, rief ich noch einmal nach ihm. Wieder keine Antwort. Die Badezimmertür war abgeschlossen. Ich schrie und rüttelte daran. Stille.

»Tom!«

Dann rief ich nach David.

Ich hämmerte gegen die Tür, schrie seinen Namen. Nichts. Der Hund zu meinen Füßen huschte ängstlich von der Tür weg, dann wieder zurück zu mir und bellte gegen mein Geschrei an.

»Es ist abgeschlossen«, sagte ich überflüssigerweise, als

David die Treppe hochkam. Vielleicht lag es an seinem Gesichtsausdruck, jedenfalls spürte ich plötzlich etwas sehr Schweres in der Magengrube, kalt und weiß, wie ein Stein.

David musste die Tür dreimal mit der Schulter rammen, ehe sie aufflog. Tom lag am Boden auf dem Badvorleger, das Gesicht in einer Lache von Erbrochenem. Er war bewusstlos, aber er atmete noch. David rief einen Krankenwagen. Er wiederholte für mich die Anweisungen, die ihm die Notrufzentrale durchgab. Seine Hände, die das Handy umklammert hielten, zitterten. Er redete klar und deutlich, und ich sprach seine Worte nach und befolgte sie dann mit der Gewissenhaftigkeit eines verängstigten Kindes. Wir taten alles, was man uns sagte: Wir hielten ihn warm, machten seine Atemwege frei, brachten ihn in die stabile Seitenlage. In unserem stummen Entsetzen gingen wir äußerst methodisch vor. Wir schwiegen, nickten, wiederholten bloß die Anweisungen. Die Zeit schien plötzlich langsamer zu laufen. Ein schmerzender Hohlraum aus Zeit, in dem wir kaum mehr atmeten. Während wir auf den Krankenwagen warteten, saß ich klein und still da, den Kopf meines Sohnes im Schoß.

Das sind die Eindrücke, die mich auch heute noch aus dem Schlaf schrecken lassen. Das Wummern meines Herzens. Der Anblick seiner blauen Lippen. Der Schmerz in Davids Augen. Hester, die panisch kläffend um unsere Knöchel strich.

Die erste Stunde sei entscheidend, heißt es. Das Gleiche sagt man auch über vermisste Kinder. Doch in diesem Fall hatten wir keinerlei Anhaltspunkt, wann unsere goldene Stunde begonnen hatte. Wann setzte sie ein, und wann endete sie? Nach mehreren Stunden im Krankenhaus sagte man uns, dass die »Vitalzeichen« gut seien. Carolyn kam geradewegs in die Klinik. Zum ersten Mal seit langer Zeit umarmten wir uns. Wir sagten nichts, hielten uns bloß aneinander fest und weinten. Tom blieb drei Tage auf der Intensivstation; am dritten Tag ging es ihm so gut, dass er auf die Regelstation verlegt werden konnte. Dort wurde er von einem Psychiater betreut, einem Dr. Hanley, den ich durch meine Arbeit flüchtig kannte. Er war freundlich und gewissenhaft, und, was am wichtigsten war, Tom schien ihn zu mögen.

Der Schock umgab mich wie eine harte Schale. Eine Rüstung, die mich roboterhaft-mechanisch meine alltäglichen Pflichten verrichten ließ. Ich stand auf. Ich trank Kaffee. Ich wusch meinen Körper. Ich schob mir Essen in den Mund. Eine Woche später dann, nachdem Tom bereits mehrere Tage auf der normalen Station gelegen hatte, gab das, was mich bis dahin aufrecht gehalten hatte – was auch immer es gewesen war –, plötzlich nach. Ich legte soeben im Schlafzimmer die Wäsche zusammen und schüttelte jedes Kleidungsstück aus, ehe ich alles zu ordentlichen Stapeln sortierte. Ein Handtuch, ein Kissenbezug, Davids Shorts. Dann, als ich nach Toms grünem Fruit-of-the-Loom-Sweatshirt griff und den vertrauten, abgetragenen Stoff unter den Fingern spürte, knickten mir plötzlich die Beine weg. Es kam unerwartet und brutal, als hätte man mich von hinten getreten. Ich ging in die Knie. Keine Tränen. Nur trockene Schluchzer, die von irgendeinem leeren, hohlen Ort zu kommen schienen. Sie schüttelten meinen Körper, teils Weinkrampf, teils Würgen, ein tierischer Laut.

Ich ließ mich für zwei Wochen von der Arbeit freistellen, unter dem Vorwand, meine Mutter brauche »nach einem Sturz« meine Hilfe. Natürlich habe ich meiner Mutter von alldem nichts erzählt. Auch so konnte ich im Geiste ihr vorwurfsvolles Seufzen hören und, noch viel schlimmer, ihre mutmaßlichen Anregungen in Bezug auf seine Reha: »Hier bei uns haben wir spezielle Programme dafür. Setz ihn einfach in ein Flugzeug ...«

Was das Körperliche betraf, erholte Tom sich ohne bleibende Schäden, aber er war still, in gedrückter Stimmung, und machte keinerlei Anstalten, mit uns über seine Gefühle zu sprechen oder den Vorfall zu erklären. Auf Dr. Hanleys Rat hin stellten wir keine Fragen. Die Besuchszeiten verbrachten wir in trüber Beklommenheit und mieden beharrlich das Thema, das keiner von uns ansprechen wollte. Wenn ich nicht bei ihm war, las ich Bücher, konsultierte Fachleute und suchte ihren Rat. Ich eignete mir alles an, was es über Suizide im Jugendalter zu wissen gab, doch letztlich erfuhr ich so gut wie nichts über den Suizidversuch meines eigenen Sohnes.

»Ist ja nicht so, als wäre das wie aus heiterem Himmel gekommen«, meinte David.

Ich hörte nicht auf ihn. Ich erklärte ihm mein Vorgehen und was meiner Meinung nach helfen könnte.

»Ruth«, sagte er erschöpft, »es geht hier nicht um dich. Du musst dich da raushalten.«

Während ich mit Feuereifer recherchierte und zu verstehen suchte, verleugnete ich vieles, wie mir rückblickend klar wird, zugleich zutiefst.

Alle Spannungen konzentrierten sich zwischen mir und David. Wie überstehen andere Eltern ein solches Ereignis? Wie nehmen andere ihr Leben wieder in die Hand und machen weiter?

Am schlimmsten war das, was unausgesprochen blieb. Der untergründige Sog gegenseitiger Vorwürfe und Schuldzuweisungen wurde stärker und wuchs zu einem erbitterten, zersetzenden Groll an. Wir gerieten aneinander. Prallten schonungslos, hämisch und hasserfüllt zusammen.

Carolyn machte sich teils Sorgen um Tom, teils zürnte sie uns stillschweigend. Oder mir. Das Einzige, was sich zum Besseren zu wenden schien, war das Verhältnis zwischen den beiden Geschwistern. Beinahe über Nacht fanden sie wieder zueinander, steckten die Köpfe zusammen und führten geflüsterte Unterhaltungen, als wären sie noch einmal Kinder.

Als Tom aus dem Krankenhaus entlassen wurde, überwies man ihn an die Kinder- und Jugendpsychiatrie, und er begann mit einem Programm in der hiesigen Tagesklinik.

»Sie haben Glück«, meinte der Leiter, »wir haben hier ein Pilotprojekt, das sich gezielt an Menschen wie Tom richtet.«

»An *Menschen wie Tom*?«

»Jugendliche, die versucht haben, sich das Leben zu nehmen.«

Wir haben es nur wenigen erzählt. Diejenigen, die es erfuhren, waren freundlich, aufbauend. Jedes Mal, wenn wir es laut ausgesprochen hatten, entstand eine kurze Pause. Manchmal wurde sie mit Fragen überbrückt. Manchmal gab es auch keine Fragen. Nur einen blitzschnellen Blick, einen kleinen, düsteren Schatten, der über ein Gesicht huschte.

Warum? Was ist passiert? Habt ihr es nicht kommen sehen?

Über Nacht wurden wir unbegreiflicherweise zu Aussätzigen. Als könnte durch die Verbindung zu uns auch ihre eigene Familie, ihr eigen Fleisch und Blut, plötzlich und unmerklich durchs Raster fallen. Größtenteils verstand ich sie. Wenn etwas Schlimmes passiert, wünschen die Menschen sich Antworten. Ich verstand das brennende Verlangen, etwas voll und ganz nachvollziehen zu können. Es war beruhigend, wenn sie Unterschiede zu sich selbst entdeckten, sich davon überzeugen konnten, dass ihnen so etwas nicht passieren konnte. Letztlich waren wir doch alle Egoisten. Es ist ein völlig natürlicher Instinkt, ein primitiver Trieb, die eigenen Nachkommen zu schützen. Wenn andere sich diesbezüglich bei mir rückversichern wollten, weigerte ich mich. Ich wollte einfach nicht. Ich hatte keine Erklärung. Ich wusste es nicht. Ich schüttelte den Kopf.

Es könnte jeden von euch treffen, wollte ich ihnen am liebsten entgegenschleudern, doch ich wusste, dass das nicht stimmte.

Warum? Was ist passiert? Wie konnte das passieren?

Es war, als würde ich einen fremdartigen Gegenstand zwischen den Fingern wenden und ihn zu ergründen versuchen. Was wäre eine einfache Erklärung? *Unter Gleichaltrigen hat er sich immer schwergetan. Er war ängstlich. Er war depressiv. Der Prüfungsstress war schuld.*

Aber viele Teenager tun sich mit alldem schwer.

Nur wenige versuchen, sich umzubringen.

Das Trauma ließ irgendwann nach. Es war, wie ich durch meine Arbeit wusste, für den Körper unmöglich, in diesem Ausnahmezustand von gesteigerter Nervosität und Schock zu verharren. Etwas anderes tritt an diese Stelle. Manchmal eine heftige Angst, die einem den Atem raubt. Manchmal ist es etwas Zermürbenderes, wie das Kratzen eines Tiers an einer Tür. Ich fand schließlich einen Weg, mit den ständigen Sorgen umzugehen und zu leben. Mit dem *Und wenn er nun …? Geht es ihm gut? Was macht er gerade? Was fühlt er?* Da Toms Stimmung an jenem Abend, jenem Tag und in jenem Monat für mein Empfinden nicht anders gewesen war als zu irgendeiner anderen Gelegenheit, hatte das grundsätzliche Nicht-wissen-Können etwas zutiefst Beunruhigendes.

Er ging jeden Tag in die Tagesklinik. Das Reha-Programm lief über vier Wochen; es gab seinem Sommer ein wenig Struktur, was mich erleichterte. Zur selben Zeit fuhr Carolyn mit Freundinnen per Interrail durch Europa. Sie schickte ihm Postkarten aus verschiedenen Städten – Venedig, Rom, Prag und Budapest – und rief verlässlich zweimal die Woche bei uns an, an Tagen, die sie zuvor mit Tom abgesprochen hatte. Sie rief übers Festnetz an, und wir hörten dann, wie er zum Telefonieren nach oben in sein Zimmer verschwand. Er erzählte wenig von der Reha, und uns hatte man geraten, nicht zu sehr nachzubohren. Dr. Hanley empfahl »unvoreingenommenes Interesse«, und ich verkniff mir die Frage, wie gut er selbst das wohl hinbekäme, wenn *sein* Sohn versucht hätte, sich umzubringen. Nach ein paar Tagen erwähnte Tom einen Jungen namens Oliver, den er in der Tagesklinik kennengelernt hatte. Oliver war es auch, der ihm Jon Krakauers Buch über Christopher McCandless gab.

Damals dachte ich, ich müsste Oliver äußerst dankbar dafür sein. Meines Wissens war *In die Wildnis* das erste Buch, das Tom seit zwei Jahren gelesen hatte. Er schaffte nicht nur, es durchzulesen, es weckte bei ihm auch echtes Interesse und Begeisterung. Die Art, wie er über das Buch sprach – und über McCandless –, hatte etwas Sehnsuchtsvolles. Tom wurde von der Geschichte zweifellos gepackt und las anschließend auch sämtliche Bücher, aus denen Christopher McCandless zitierte: Jack Londons *Ruf der Wildnis* und Werke von Henry David Thoreau. Er sprach angeregt über McCandless' mutigen Entschluss, sich gegen die Kommerzialisierung des Lebens zu wenden. Wie er fast sein gesamtes Geld einer Wohltätigkeitsorganisation spendete. Sein Auto zurückließ. Konventionen den Rücken kehrte. Er sprach über die Sinnlosigkeit von Besitz, von Konsumdenken und wie McCandless sich der Natur zugewandt und ganz und gar in ihr gelebt hatte. Seine Verbundenheit zu dieser freien Natur. Seinen Mut, das Leben zu leben, das er sich wünschte.

»Alaska wurde für ihn zum Symbol für Freiheit.« Anfangs freute ich mich. Tom hatte seit Langem keine Begeisterung mehr für irgendetwas gezeigt, daher war es wirklich nicht leicht, »unvoreingenommenes Interesse« zu wahren und nicht übereifrig zu werden. Es dauerte jedoch nicht lange, da wurden das Buch und das Leben dieses jungen Mannes für ihn zu einer Art Obsession.

Der für ihn zuständige Mitarbeiter der Tagesklinik, ein schlaksiger Mann namens Declan mit weichem irischem Akzent, meinte, darüber müsse man sich keine Sorgen machen. Er erklärte uns, dass nach einer solchen Zeit der Verzweiflung häufig das Bedürfnis entstehe, sich sehr schnell auf etwas anderes zu konzentrieren. *Verzweiflung?* Früher, als Kind, war Tom immer wieder regelrecht fixiert auf gewisse Dinge gewesen. Ein kompromissloses Eintauchen in neue Hobbys und Interessen, leidenschaftlich, inbrünstig, ihn vollständig einnehmend. Und dann, als wäre ein Schalter umgelegt worden, hörte das Interesse urplötzlich auf, und das Klavier, die Steinesammlung oder das Teleskop wurden nicht mehr angerührt. Fast war es, als versuchte er durch seine Bindung an solche Äußerlichkeiten die Antwort auf etwas sehr viel Tiefgreifenderes in sich zu finden. Insofern war ich von Christopher McCandless' Eintritt in unser Leben nicht übermäßig besorgt. Zu Beginn hielt ich das Ganze für eine weitere vorübergehende Laune.

»Er redet von nichts anderem mehr«, sagte ich jedoch ein paar Wochen später bei einer unserer regelmäßigen Besprechungen mit Declan. »Chris McCandless dies, Chris McCandless das. Dann hat er noch von jemandem namens Alexander Supertramp gesprochen. *Wer ist denn das jetzt?*, habe ich ihn gefragt. Und wie sich rausstellt, handelt es sich um ein und dieselbe Person. Chris' Alter Ego. Sollte Tom sich nicht eigentlich etwas mehr mit sich selbst beschäftigen, sich finden, statt ständig jemand anderen zu zitieren? Jemanden, der allem Anschein nach selbst ein paar Probleme hatte? Wie soll er auf die Art ein größeres Selbstwertgefühl entwickeln?«

Zu Hause begann Tom, während seiner Diskussionen mit David ganze Passagen aus *In die Wildnis* zu zitieren. Als Reaktion auf einige Argumente seines Vaters zu Konsum und Materialismus kam er David auf einmal mit Sätzen, die er so normalerweise nie gesagt hätte. Als ich später das Buch las, entdeckte ich, dass sie Wort für Wort dem Text entstammten.

Declan zuckte mit den Achseln. Ich schätzte ihn auf Anfang vierzig, obwohl er deutlich älter aussah, schwer gezeichnet von einem Lebensstil, von dem ich lieber nichts wissen wollte. Dennoch war ich erleichtert, dass alles, was er tat und sagte, meinem Sohn zu helfen schien. Eines Tages, als Carolyn, David und ich ihn besuchen wollten, sah ich Tom und Declan draußen im Garten, wie sie im Schneidersitz unter den Bäumen saßen und sich unterhielten. Tom wirkte lebhaft, ins Gespräch vertieft. Als ich zu ihnen hinüberging, wurde er still, missmutig und verschlossen.

»Das ist ganz normal«, beruhigte Declan mich später. »Er muss gerade mit ein paar Dingen fertigwerden.«

Und auf alle Fälle war ich dankbar. Es schien ihm besser zu gehen. Endlich öffnete er sich, redete mit jemandem außerhalb der Familie. Dass ich ausgeschlossen war, nahm mich schrecklich mit. Aber ich sah zugleich auch die Vorteile.

»Es gibt schlimmere Interessen«, meinte Declan, als ich bei der Zwischenbesprechung nach der Hälfte von Toms Programm meine Sorgen über das Buch erwähnte.

»Aber der Junge stirbt am Ende«, sagte ich.

»Ja.« Declan nickte langsam. »Aber ich glaube eigentlich

nicht, dass das der springende Punkt ist. Haben Sie es mal gelesen?«

Ich schüttelte den Kopf. »Na ja ... ein bisschen angelesen.«

»Haben Sie eine Vorstellung davon, was Tom an Chris fasziniert? Erkennen Sie, warum ihn dieser junge Mann so anzieht? Ein Mann, der keine Angst hat, seinen eigenen Weg zu gehen? Sich an seinem Alleinsein zu erfreuen? Unabhängig zu sein?«

»Er verlässt seine Familie«, entgegnete ich. »Sie hören nie wieder von ihm. Er stirbt allein. Er verhungert in einem verlassenen Bus mitten in Alaska. Was soll daran bitte gut sein?« Meine Stimme bebte.

Einen Augenblick schwieg Declan. Dann sagte er: »Ich schlage vor, Sie lesen das ganze Buch, versetzen sich in Chris hinein. Wie könnte es sich anfühlen, Chris McCandless zu sein? Suchen Sie nach etwas anderem in den Buchseiten. Suchen Sie nach dem, was in Ihrem Sohn etwas angestoßen haben könnte.«

Ich nickte. Aber natürlich befolgte ich seinen Rat nicht. Hatte ich zu viel Angst, wie ich David gegenüber behauptete? Oder war ich zu unflexibel? Zu sehr mit mir selbst beschäftigt? Zu sehr in meinem eigenen Weltbild verhaftet? Vielleicht war ich auch einfach zu wütend, um mir von einem Mann, den ich kaum kannte, erzählen zu lassen, was ich zu tun hatte.

»Ich weiß nicht, was von ihm zu halten ist«, äußerte ich meine Bedenken eines Abends David gegenüber.

Er schwieg, während ich all meine Sorgen und Ängste abspulte.

»Du kannst es nicht ausstehen, dass jemand anderes an Tom herangekommen ist«, meinte er dann.

Ich sagte nichts. Das Buch blieb ungeöffnet auf meinem Nachttisch liegen.

16

Der Urlaub war meine Idee gewesen.

»Es ist eine Hütte«, sagte ich, »an einem See.«

Keine dieser beiden Tatsachen löste bei den anderen große Begeisterung aus, abgesehen von Tom, der verhaltenes Interesse daran zu haben schien, aus London wegzukommen.

»Wie einsam ist es denn?«, erkundigte er sich. »Gibt es da Strom?«

Als ich bejahte, wirkte er enttäuscht.

Ich buchte die Hütte trotzdem. Carolyn war gerade von ihrem Interrail-Trip zurück und nicht besonders scharf darauf, schon wieder irgendwo hinzufahren.

»Ich wollte mich eigentlich mit meinen Freunden treffen«, protestierte sie. Aber Toms vierwöchiges Reha-Programm war zu Ende, und bevor er ab September zweimal die Woche zur Therapie gehen würde, gab es eine Lücke – und es dauerte noch zehn Tage, bis die Ergebnisse der Abschlussprüfungen kamen. Ich hatte das Gefühl, ein Urlaub würde uns allen guttun. Allerdings nannte ich es nicht so. Ich sprach von einer »Auszeit«.

Als wir spätnachmittags losfuhren, begann Tom, uns zu erzählen, dass er *Into the Wild* gesehen habe, die Verfilmung von Christopher McCandless' Buch.

»Wir haben ihn in der Reha geguckt«, sagte er. »Jeder durfte einen Film vorschlagen. Und meiner wurde ausgewählt.«

Ich nahm Davids Missmut wahr, als Tom uns ausführlich die Stärken und Schwächen von Film und Buch erläuterte.

»Sean Penn hat Regie geführt. Er konnte wirklich ein Gefühl von der Landschaft vermitteln, von der puren Schönheit Alaskas.« Wieder dieser sehnsüchtige Tonfall. »Er wollte das Buch schon jahrelang verfilmen, aber die Familie hatte sich quergestellt.«

Er redete und redete. Seine Besessenheit schien kein bisschen nachgelassen zu haben. David schwieg, fummelte jedoch am Radio herum und wechselte ständig den Sender, um die aktuellen Verkehrsmeldungen mitzubekommen. Ich machte die eine oder andere Bemerkung und suchte den schmalen Mittelweg, der Tom einerseits zeigte, dass ich ihm zuhörte, ihn aber andererseits nicht in seinem unbeirrbaren Spleen bestärkte. Doch meine Kommentare fielen nichtssagend und beschwichtigend aus. Das war Tom anzusehen, als er in seine Tasche griff. Den Rest der Fahrt verbrachten wir schweigend. Die Kinder steckten unter ihren Kopfhörern: Carolyn hörte Musik, Tom war in einen Film vertieft.

Die Hütte lag in einem Teil von Devon, den wir noch nicht kannten. Während David fuhr, las ich die Wegbeschreibung des Vermieters vor, die uns durch immer kleinere Örtchen führte, bis wir an einem dieser alten roten, in die Wand eingelassenen Briefkästen rechts abbogen. Am Ende einer schmalen, gewundenen Straße durch ein dichtes Waldgebiet erreichten wir die Hütte. Sie lag weit oben, inmitten von Bäumen, und die einzigen Häuser in Sichtweite standen auf der anderen Seite des Tals oder unten im Dorf. Es war ein einfacher Holzbau, das ehemalige Maschinenhaus des weiter oben am Hügel gelegenen Schieferbergwerks. Früher hatte sich die Windenanlage zum Transport des gebrochenen Schiefers darin befunden. An einer Seite der Hütte gab es eine Terrasse mit Blick auf einen tiefer gelegenen, stark abfallenden Hang. Eine einfache Küche, ein Zimmer mit Doppelbett und ein kleineres mit Etagenbett. Die Kinder hatten sich seit der Grundschule kein Zimmer mehr geteilt. Vielleicht waren sie müde von der Fahrt, aber ich war trotzdem erstaunt, dass sie sich gar nicht beschwerten. Aller Unmut richtete sich auf das fehlende WLAN. Wir aßen die Fish and Chips, die wir unterwegs gekauft hatten, und gingen schlafen. Ich lag noch eine Weile wach und fragte mich, ob das Ganze ein großer Fehler war.

Am Morgen stand ich früh auf und sah das satte Grün in der Ferne leuchten. Ich setzte mich mit einem Becher Tee auf die Terrasse, die Sonne schien mir warm ins Gesicht, und ich beobachtete das Morgenlicht auf den Bäumen und den über die Hügel ziehenden Hitzeschleier. Lange goldene Sonnenstrahlen fächerten über das samtene Tal. Man hörte nichts als Vogelgezwitscher und das Summen der Bienen. Ich stellte Melone, Brot und Marmelade auf den Terrassentisch, und einer nach dem anderen füllten sich die Stühle. Tom gefiel es hier, das sah ich sofort. Er wollte unbedingt den Hügel hochwandern und den See im inzwischen stillgelegten Schieferbruch suchen. Er aß zügig und zog los.

»Kann man da oben schwimmen?«, fragte Carolyn.

Ich hatte keine Ahnung.

»Ich kann unser Badezeug mitbringen«, bot ich an.

»Ich hole Tom ein«, meinte sie, stand auf und kippte schnell den Rest ihres Kaffees hinunter.

Die einfache Küche war zwar voll ausgestattet, aber draußen in der Sonne stand noch ein Spültisch mit Abtropfbrett, und ganz ohne Diskussion wusch und trocknete David dort ab, so wie früher beim Campen, als die Kinder noch klein gewesen waren.

Zum See ging es steil bergauf, und die alten Eisenschienen, auf denen früher die Schieferloren fuhren, waren noch vorhanden, eingebettet ins wilde Dickicht, wo man einst per Flaschenzug und Winde den Schiefer den Hang hinunterbefördert hatte. Als der Mensch schließlich den Rückzug antrat, gewann die Natur wieder die Oberhand, sodass man sich inzwischen nicht mehr vorstellen konnte, dass dies einmal eine emsige, florierende Arbeitsstätte gewesen war. Der Pfad hoch zum See wirkte durch seine Farbe und das dichte Laub ringsum geradezu urzeitlich. Riesige Farnwedel entrollten sich wie große lockende Finger. Dicke knorrige Stämme waren mit Efeu umrankt, und der Erdboden wurde von einem weichen, federnden Moosteppich bedeckt.

»Es sieht so aus, als ob hier noch nie jemand gewesen wäre«, meinte Tom später am Vormittag, »wie in einem Land vor unserer Zeit.«

Als wir oben am Hang ankamen, waren sowohl David als auch ich außer Atem. Der Pfad, der sich ab hier zwischen den Bäumen hindurchwand, verlief eben, und als wir aus dem Wald hervortraten, sahen wir zum ersten Mal den See, der wie ein Juwel in glitzerndem Dunkelgrün vor uns lag.

Tom lag bereits auf dem Rücken im Wasser.

»Hier gibt es Fische«, rief er aufgeregt, »Karpfen und Hechte. Wir könnten welche fangen und uns später hier was zu essen kochen.«

Am Ufer stand ein kleiner Holzschuppen, in dem Carolyn sich umzog, und dann David und ich. Die Sonne schien hell. Staub wirbelte durch ihre Strahlen, die in langen Bahnen auf den Boden fielen. Von draußen hörte man den Schrei eines Vogels und das leise Plätschern von Toms Schwimmbewegungen im See. Ein Kreischen, als Carolyn hineinsprang. Davon abgesehen nichts als Stille. Als ich in meinen Badeanzug schlüpfte, sah ich, wie David mich anlächelte, und an der Tür griff er nach meiner Hand, zog mich an sich und küsste mich. Eine andere Art Kuss als die flüchtigen Alltagsküsschen, die wir in den vergangenen Monaten ausgetauscht hatten.

Als ich die Arme im See vor und zurück bewegte, fühlte sich das Wasser auf der Haut frisch und sauber an. Ich drehte mich auf den Rücken, blinzelte in den klaren blauen Himmel. Ich war wie von breiten Streifen leuchtender Grundfarben umgeben: der blaue Himmel, der tiefgrüne See. Es war unwirklich, als befänden wir uns in der Kinderzeichnung eines Märchenwaldes.

»Das hat mit der Wassertiefe zu tun«, erklärte Tom, als ich die Farbe bewunderte. »Und mit dem Sonnenstand zu dieser Jahreszeit.«

»Wir haben Rehe gesehen«, bemerkte Carolyn, als wir uns am Ufer abtrockneten.

»Eine Ricke mit Kitz«, sagte Tom, »auf der Lichtung kurz vor dem See.«

Carolyn klang sachlich, unsentimental. Vielleicht zu sehr dem Großstadtzynismus verhaftet, um zu begreifen, dass so etwas nicht alltäglich war. Erst am Ende der Woche, als sich herausstellte, dass dies ihre einzige Begegnung mit den zwei anmutigen Geschöpfen bleiben würde, schienen ihre Gesichter aufzuleuchten, wenn sie erneut darüber sprachen, voll Stolz und Erstaunen ob dieses gemeinsam erlebten Augenblicks.

Niemand wollte den See an jenem ersten Tag verlassen. Es ging langsam auf die Mittagszeit zu, und wir bekamen alle Hunger. Schließlich bot David an, einkaufen zu fahren.

»Wir machen es so, wie Tom gesagt hat«, meinte er. »Wir essen heute hier oben.«

»Kannst du Speck mitbringen?«, fragte Tom. »Als Köder?«

David lachte. »Alles klar. Vielleicht hole ich auch noch ein paar Würstchen, nur zur Sicherheit.«

Doch in seinen Worten schwang eine Leichtigkeit mit; frei von den vorschnellen Verurteilungen und dem Zynismus vergangener Monate.

»Vertrau mir«, meinte Tom. »Wir werden hier nicht verhungern.« Und zusammen erstellten sie eine Liste, was sich gut über einem Feuer zubereiten ließe.

Während David unterwegs war, legten Carolyn und ich uns Handtücher auf die Felsen, streckten uns in der Sonne aus und lasen.

Tom machte es sich zur Aufgabe, uns allen Angelruten zu schnitzen. Er ging in den Wald, um passendes Holz zu sammeln. In einer verschlossenen Blechdose im Schuppen fand er ein paar alte Taschenmesser, ein Stück Zwirn und etwas Zündmaterial. Beim Lesen warf ich immer wieder verstohlene Blicke auf ihn und staunte, wie viel Zeit er sich für seine Arbeit nahm. Mit welcher Sorgfalt er das Holz bearbeitete, mit den Fingern darüberstrich. Mit welcher Geduld er die Stöcke zurechtschnitzte. In das eine Ende der Ruten bohrte er vorsichtig Löcher. Er dröselte den Zwirn in dünnere Fäden auf und führte sie hindurch. Schon bald gesellte Carolyn sich zu ihm, und zu zweit hockten sie gebeugt da, sodass ihre Köpfe sich beinahe berührten. Lächelnd erinnerte ich mich an seine Waldcamps während der Sommerferien. »Er kann gut mit Holz umgehen«, hieß es jedes Mal.

»Die sind superschön«, sagte Carolyn und strich mit den Fingern über ihre Angel. »Danke.«

Die Griffe waren etwas dicker, und in jede Rute hatte er unsere jeweiligen Initialen geschnitzt.

»So glatt und sauber gearbeitet«, sagte ich. »Einfach wundervoll.«

Unter dem Sonnenhut, den er sich aus Farnwedeln gewunden hatte, strahlte er.

»Esche«, meinte er nickend. »Die wird immer so schön glatt. Aber mal abwarten.« Er wies mit dem Kopf zum See. »Jetzt müssen sie sich ja noch beweisen …«

Auftragsgemäß kehrte David mit Kartoffeln zum Backen, Speck für die Köder, Bananen, Mangos, Schokolade und Alufolie zurück. Ich holte Chips, Wein und Bier aus der Tasche, ließ die beiden Würstchenpackungen jedoch verborgen am Boden liegen.

Wir alle sammelten Holz. Tom baute einen Dreifuß. Machte Feuer, ohne das Zündmaterial zu benutzen. Er fing vier Fische, David zwei, von denen allerdings einer wieder entwischte, und Carolyn und ich je einen. Tom fand Feldthymian, und wir brieten die Fische am Spieß, die Tom aus schlanken Zweigen geschnitzt hatte. Wir aßen mit den Fingern von glänzenden Tellern aus riesigen Ampferblättern. Dann gab es gebackene Banane, Schokolade und Mangoscheiben, deren Saft uns das Kinn hinuntertropfte.

In jenen ersten Tagen erwachte ich morgens noch immer in Panik, für einen Augenblick von der drängenden Sorge geplagt, wie wir vier die vor uns liegenden, gähnenden Stunden ausfüllen sollten. Wie würden wir uns bis zum Schlafengehen beschäftigen? Was sollten wir unternehmen? Worüber könnten wir reden? Wir verbrachten so selten Zeit miteinander, und wenn, dann war sie stets voller Spannungen und unausgesprochener Anschuldigungen.

Und doch richteten wir uns im Lauf der folgenden Tage immer gründlicher an diesem Ort ein. Die Zeit verging langsam und träge, die Stimmung war verträumt, nachdenklich, als wären unsere Leben mit wässrigen Pinselstrichen hingetupft. Es gab keine endlosen Diskussionen über Terminpläne oder darüber, wann wir was tun sollten. Wir taten jeden Tag das Gleiche, ganz ohne Auseinandersetzungen. Das Wetter blieb anhaltend warm und sonnig. Wir frühstückten draußen, dann gingen wir hoch zum See und blieben bis kurz vor der Dämmerung dort. Obwohl wir den nächsten Pub ausfindig gemacht hatten, herrschte eine allgemeine Unlust, ihn zu besuchen, und einem von uns fiel immer ein Gegenargument ein, bis wir die Idee schließlich ganz verwarfen. Einkaufsfahrten zum Laden im Ort wurden nur der Notwendigkeit halber unternommen, und der geplante Ausflug nach Exeter, über den wir auf der Hinfahrt gesprochen hatten, fand nie wieder Erwähnung. Sogar David, der seine tägliche Nachrichtendosis schätzte, war immer weniger dazu aufgelegt, morgens ins Dorf zu fahren, um sich eine Zeitung zu kaufen. Am Mittwoch kam er dann zu dem Schluss: »Die Weltlage ist sowieso immer düster. Ich glaube, die Mühe spare ich mir von jetzt an.«

Da der Fernsehempfang in der Hütte schlecht war, spielten wir nach unserer Rückkehr vom See manchmal Karten, oder wir suchten uns einen Film aus dem DVD-Stapel aus. Es waren alte Familienfilme, *Mrs. Doubtfire*, *Eine Wahnsinnsfamilie* oder *Indiana Jones*, solche, die wir zu Hause links liegen gelassen hätten. Carolyn hatte ihren Skizzenblock dabei und fertigte von uns allen Bleistiftzeichnungen an. Ich stellte sie auf der Fensterbank der Hütte aus. Sie hängen noch immer zu Hause an der Pinnwand über meinem Schreibtisch: Tom, wie er seine Stöcke schnitzt, David schlafend in der Sonne, ich, wie ich auf einem Felsen liege und lese.

»Die sind wirklich gut«, sagte ich zu Carolyn, nachdem sie mir etwas schüchtern den Block gereicht hatte.

Sie murmelte irgendetwas von wegen, sie könne keine Hände zeichnen, aber ihr Gesicht glühte so stolz unter dem Sonnenhut hervor, dass ich am liebsten geweint hätte.

Wir machten ein paar Fotos, aber größtenteils blieben die Kamera und die iPhones unbenutzt auf dem Tisch liegen. Es war, als hätten wir alle eine stillschweigende Übereinkunft geschlossen, jegliches Eindringen der modernen Welt zu meiden, das den von uns erschaffenen Zauber hätte brechen können. Gemächlich erledigten wir die täglichen häuslichen Pflichten: Tisch decken, Boden fegen, draußen in der Sonne das Geschirr abspülen, all diese Aufgaben wurden zu langsamen, angenehmen Ritualen. Als ich einmal Obst für einen Obstsalat schnitt, spürte ich plötzlich ganz bewusst die Früchte unter den Fingern: die glatt glänzenden Äpfel, die feste Mango und die raue, schwielige Schale der Birnen, die vielen Grübchen in der Orange. Meine Finger verweilten auf den unterschiedlichen Texturen, während ich planvoll weiterschnippelte und den Blick über die sonnige Hügelflanke gleiten ließ. Tom saß draußen im Gras und las, sein langes Haar fiel ihm ins Gesicht. In jener Woche geschah etwas mit mir. Mit uns allen.

Wir zeigten uns von unserer besten Seite.

Es ist mir nie leichtgefallen, mich zu entspannen. Das Bedürfnis, nützlich zu sein, durchpulst mich wie das Blut in meinen Adern. Entspannung war in meinem Leben als Kind und Jugendliche nicht vorgesehen, sie wurde mir einfach nie zur Gewohnheit. Wenn es einmal Leerlauf gab, wandte ich mich immer schon der nächsten Aufgabe zu, noch bevor ich mit dem, was ich gerade tat, fertig geworden war. Die bescheidene Hütte empfand ich deshalb als wohltuend. Eine kleine praktische Küche. Ein Tisch im Freien, den man abwischen konnte, ein Holzfußboden zum Kehren. Wir trugen jeden Tag dieselben Klamotten. Wir lebten von wenig und brauchten wenig, und das führte dazu, dass wir uns aufeinander zu- statt voneinander wegbewegten. Unsere Ecken und Kanten wurden abgeschliffen. Wir waren vier geschmeidige Kieselsteine, die im seichten Uferwasser hin und her kullerten.

Ich hörte auf, Ohrringe und Make-up zu tragen. Ich band mir die Haare zum Pferdeschwanz zusammen. Ich ließ mir die Sonne ins Gesicht scheinen. Meine Sommersprossen kamen zum Vorschein. Carolyns auch. Und Tom wurde innerhalb von zwei Tagen tiefbraun, und sein Haar war von der Sonne blond gebleicht.

»Du Glückspilz«, sagte Carolyn und schlug ihm sanft mit ihrem Sonnenhut auf den Rücken. »Guck dir nur mal deine Haut an! Ich dagegen sehe aus wie eine scheckige Tomate.«

Tom lachte. »Los, Tomatengesicht, lass uns mit dem Boot rausfahren.«

Und dann schaute ich ihnen dabei zu, wie sie das kleine Holzboot vom sandigen Ufer in den See schoben. Tom ruderte, während Carolyn im Bug fläzte und mit den Fingern durchs flache grüne Wasser strich. Schon bald ließ Tom die Ruder sinken und das Boot am Ufer entlangtreiben. Ich hörte zu, wie er aus seinem Buch vorlas und einige Absätze laut rezitierte. »*Hier war Natur etwas Wildes und Schreckliches, trotzdem Schönes. Denkt an euer Leben in der Natur – wo wir täglich mit Materie konfrontiert werden, mit ihr in Berührung kommen – Felsen, Bäume, Wind, auf unseren Wangen! Die feste Erde!* Berührung! Berührung!«, rief er theatralisch und lachte, während er sich mit der Faust gegen die Brust schlug. »Wer *sind wir*? Wo *sind wir*?«, und plötzlich stand er im Boot auf, sodass Carolyn loskreischte.

»Henry Thoreau«, sagte er und schlug das Buch zu. »Einer von Chris' Lieblingsautoren. Krasses Zeug, oder?«

Und ausnahmsweise waren wir uns da wohl alle einig.

Fort von zu Hause, gelang es den Zwillingen, über ihre

üblichen Differenzen hinwegzusehen, und sie erlaubten sich, die zu sein, die sie einst gewesen waren. Carolyn, von der ich geglaubt hatte, sie würde das Leben in den Wäldern schnell satthaben, schien es tatsächlich in vollen Zügen zu genießen. Im Laufe der Tage räumte sie Tom ein, im Mittelpunkt zu stehen, wie eine Schauspielerin, die Platz für ihre Zweitbesetzung macht, welche, anfangs nervös, bald im Rampenlicht glänzte. Er zeigte ihr, wie man Hölzer anspitzte. Wie man mit einem Messer ein Muster hineinritzte.

»Nein«, sagte er und legte ihre Finger sanft um das Messer, »eher so eine Bewegung.«

Er brachte ihr bei, wie man das Holz für ein Feuer aufschichtete und es ohne Streichhölzer anzündete. Als er am Donnerstag meinte, er wolle die Nacht in dem kleinen Holzschuppen am See verbringen, fragte ihn Carolyn zu meiner Überraschung, ob sie mitkommen dürfe.

Wir alle bemerkten ein neues Selbstvertrauen bei Tom. In unserem normalen, geschäftigen Alltag fand er sich ständig in Situationen wieder, die ihm Dinge abverlangten, welche er nicht zu geben imstande war. Aber hier draußen entwickelte sich sogar zwischen David und Tom eine nie da gewesene Leichtigkeit. Wie die blassen, von ihrer Rinde befreiten Stöcke waren die beiden fern ihrer üblichen Streitigkeiten aufs Wesentliche reduziert, nur noch Vater und Sohn. David, weit weg vom Pomp und Prestige des Unilebens, trug Shorts und ein altes T-Shirt. Gemeinsam sammelten sie Anfeuerholz und hackten Scheite für unsere Lagerfeuer. David konnte Tom ganz in seinem Element erleben und die Fertigkeiten bestaunen, die im Grunde niemand von uns bisher wahrgenommen hatte.

Es war schwer zu glauben, was bloß sechs Wochen zuvor vorgefallen war. Dieser düstere Zustand, in dem er gefangen gewesen war. Und vielleicht war in jener einen Woche auch mein Realitätssinn außer Kraft gesetzt. Dank der Hütte am See konnte ich so tun, als wäre alles in Ordnung. Jene furchtbaren Momente, die mich im Dunkel der Nacht heimsuchten: der Gang die Treppe hinauf, mein klopfendes Herz, Davids Schulterstöße gegen die Badezimmertür. Für den Zeitraum jener sieben Tage konnte ich so tun, als wäre nichts davon je passiert. Ich konnte das grüne Juwel von See überblicken und vor allem anderen die Augen verschließen.

An dem Tag, an dem David einen Ausflug in die Zivilisation machen musste, um eine Arbeitsmail abzuschicken, unternahmen wir drei einen Spaziergang. Es war Toms Idee, dem Bach unterhalb unserer Hütte zu folgen.

»Mal sehen, wie nah wir an die Quelle rankommen«, schlug er vor.

Wir entdeckten einen Pfad entlang des sprudelnden, strömenden Wassers, überquerten sanfte, grüne, mit Kühen, Schafen und Lämmern betupfte Hügel und folgten dem Bach stromaufwärts, bis zu einer Wiese auf freiem Feld. Vor uns lag ein großes Bauernhaus, und weiter hinten war eine merkwürdige Bewegung, ein Auf und Ab zwischen den Bäumen.

»Seht mal«, sagte ich, als wir uns näherten, und deutete mit dem Finger in die Richtung, »ein Junge – auf einem Trampolin.«

Es stand in einem weitläufigen Garten. Der Junge trug Jeans, sein Oberkörper war nackt. Neben mir spürte ich, wie sich Tom beim Anblick dieses anderen Menschen anspannte. Die Brust des Jungen war breit, muskulös. Das war kein kleines Kind. Es war ein Teenager, und als er uns sah, winkte er uns zu.

»Wollt ihr auch mal?«, rief er.

Ich merkte, wie Carolyn sich freute und nach vorn drängte, während Tom im selben Moment zurückwich.

»Lasst uns zum See zurückgehen«, meinte er. »Da können wir schwimmen.«

Wir stimmten ihm zu. Für Carolyn und mich hatte der Junge, der sich dort vor uns drehte und wendete und wie ein Vogel durch die Luft sauste, etwas Hypnotisches. Für Tom schien er eine Bedrohung zu sein, eine Quelle der Angst. Eine Mahnung an all das, was er selbst nicht war.

Was wir möglicherweise alle erkannten, aber nicht wahrhaben wollten, war, dass Tom sich besonders in Situationen abseits anderer Menschen hervortat. Er glänzte, wenn er allein war. Ich fand das unerträglich. Vielleicht war es für jemanden wie mich, deren Leben untrennbar mit dem Leben anderer verwoben war, schlicht unverständlich. Ich brauchte andere Menschen, war auf sie angewiesen, und deshalb kam mir seine Abgrenzung wie ein Versagen vor, nicht wie eine mögliche Kraftquelle. Das Konzept war mir so fremd, dass es mich ängstigte.

Am Morgen unserer Rückfahrt erwachte ich mit einem tiefen Schrecken. Der Gedanke, von hier fortzugehen, tat mir körperlich weh, wie ein schneidender Schmerz in der Brust. Als ich unsere Kleider zusammenlegte und den Holztisch auf der Terrasse abwischte, war ich den Tränen nahe. Während David und ich aufräumten, gingen die Zwillinge ein letztes Mal an den See. Vielleicht war es mein Bedürfnis, das Erlebte irgendwie mit nach Hause zu nehmen, mich vor dem zu wappnen, was uns bei unserer unvermeidlichen Rückkehr nach London erwartete, doch indem ich beharrlich pries, was hier draußen mit Tom passiert war, machte ich es zu etwas anderem.

»War es nicht toll, wie Tom das Holz zurechtgeschnitzt

hat? Und am See die Fische gefangen? Hast du gesehen, wie er ohne Streichhölzer ein Feuer angezündet hat? Und dieses Floß aus Baumstämmen … der Dreifuß fürs Lagerfeuer … Es war wie in einer dieser Realityshows im Dschungel. In so einer hätte er sich gut geschlagen.« Ich lachte. Es war Unsinn. Natürlich wäre er mit all den Menschen in diesen Shows nicht gut zurechtgekommen. Ich beschrieb David das alles, als wäre er gar nicht dabei gewesen. Und Davids Schweigen machte deutlich, was er von meinen Worten hielt.

Er nickte, erwiderte aber nichts, und ich hätte es dabei bewenden lassen sollen. Stattdessen schwafelte ich weiter, als könnte ich durch mein Reden über Tom dessen Wesen einfangen, ihn wie eine kleine, seltene Pflanze in Harz konservieren. »Unglaublich«, sagte ich, »dass es er geschafft hat, ein Floß zu bauen. Ein Floß!«

Da konnte David sich nicht länger zurückhalten. »Herrgott, Ruth. Was zur Hölle ist eigentlich los mit dir? Vor sechs Wochen lag er noch mit dem Gesicht in seiner eigenen Kotze. Bitte entschuldige, dass mich ein Bear-Grylls-Survival-Abenteuer da nicht so vom Hocker reißt. Sollen wir jetzt den Champagner köpfen, weil er im Wald kacken gehen und ein paar Stöcke schnitzen kann?« Seine Augen loderten. »Es hat sich nichts geändert.« Er sah mir geradewegs ins Gesicht. »Und es wird sich auch nie etwas ändern, stimmt's?«

Schweigend packten wir weiter. Die Zwillinge kamen zurück. Tom hatte die handgeschnitzten Angeln mitgebracht, wie wir ihn gebeten hatten, und er legte sie vor die Hütte, damit wir sie mit nach Hause nehmen konnten. Als David den Wagen zurücksetzte, um den Kofferraum zu beladen, ertönte das unverkennbare Knacken von splitterndem Holz.

»Was zum Teufel war das denn?«, schrie David und sprang aus dem Auto.

»Dad!«, kreischte Carolyn, während sie zum Heck des Wagens rannte und die Bruchstücke der Angelruten aufhob. »Sieh nur, was du angerichtet hast!«

David wirbelte zu Tom herum. »Warum um Himmels willen hast du sie ausgerechnet dahin gelegt?«

Tom funkelte ihn an und zuckte mit den Achseln. »Hätten in London ja eh nicht viel gebracht.« Er klaubte die Bruchstücke zusammen und schleuderte sie in den Wald, wo sie klappernd weiter ins Tal stürzten.

»Ich wollte meine behalten«, klagte Carolyn und wendete ein Holzstück in den Händen. Es war nicht ganz klar, ob sich ihre Trauer und Wut auf ihren Vater oder auf Tom richtete.

»Bescheuert, sie gerade da hinzulegen«, murmelte David vor sich hin.

Und da stutzte ich und überlegte, ob Tom sie wohl absichtlich dorthin gelegt hatte. Als wüsste er, dass sie, genau wie er selbst, nicht nach London passten.

Auf der Rückfahrt redete ich über unsere Woche und wie perfekt sie gewesen war. »Wir sollten wiederkommen.« Und obwohl alle mir rasch zustimmten, war klar, dass wir es niemals wiederholen könnten. Was ich damals allerdings noch nicht wusste, war, dass es das letzte Mal sein würde, dass wir gemeinsam als Familie wegfuhren.

Bevor wir die Autobahn erreichten, schlug ich vor, noch in einem Pub in einem der Dörfer zu halten. »Wir könnten dort zu Mittag essen. Zum letzten Mal die Sonne und frische Luft genießen.« Ich hörte meine Stimme mit den Ohren der anderen. Zu munter. Zu fröhlich. Bedürftig und nervig. Der Vorschlag stieß auf wenig Gegenliebe.

»Ich hab noch was zu erledigen«, meinte Carolyn schließlich, und David schloss sich ihr an und sagte, er würde lieber bald nach Hause kommen. »Ich muss noch meine Mails checken, bevor der Montagswahnsinn anfängt.«

Tom sagte nichts.

Die Rückfahrt verlief weitgehend schweigend.

Als wir die Autobahn verließen und durch London fuhren, erfasste mich ein Schmerz. Ein Heimwehgefühl nach der Hütte, nach dem See – und nach der Familie, die wir gewesen waren.

17

Dan ist zu spät für seine Sitzung. Während ich auf ihn warte, rufe ich bei der Arztpraxis in Bristol an. Als ich die Sprechstundenhilfe nach seiner Akte frage, sagt sie, sie habe der Praxis in Hackney soeben etwas rübergeschickt.

»Können Sie es mir weiterleiten?«, frage ich. Aber natürlich weiß ich, dass sie das nicht kann. Sie darf die Informationen nur an den neuen Hausarzt weitergeben, also verweist sie mich noch einmal an Dr. Davies. Ich hinterlasse dort eine Nachricht, dass sie mir die Unterlagen weiterschicken sollen.

Eine halbe Stunde der Sitzung ist bereits um, als er eintrifft. Er sieht blass und aufgewühlt aus und sitzt in sich zusammengesunken vor mir. Er hat dunkle Augenringe und einen frischen Verband am Handgelenk.

»Über all das zu reden«, fängt er an, »dieses Fass wieder aufzumachen … das war schwierig für mich.« Seine Worte klingen abgehackt. »Ich habe versucht, nicht nachzugeben.« Sein Blick fällt auf das verbundene Handgelenk in seinem Schoß. »Aber die Stimme wurde lauter.«

»Welche Stimme?«

»Habe ich Ihnen nicht von der Stimme erzählt?«

»Nein.« Plötzlich überläuft es mich kalt. »Was für eine Stimme?«

Er zuckt mit den Schultern. »Ihre, schätze ich. Die von Mary Tyler Moore.« Dann, als er mein fragendes Gesicht bemerkt: »Also die von meiner Mutter.« Er spricht leise. »*Der Falsche musste sterben*, das sagt sie immer. Ich habe zum allerersten Mal Wut gespürt. War aufgebracht. Und froh, dass sie das verloren hat, was sie liebte. Froh, dass sie Michael verloren hat. Froh, dass sie durch seinen Tod bestraft wurde.« Seine Sätze sprudeln nur so hervor. »Aber es hat nicht gereicht, diese Dinge zu fühlen. Ich wusste nicht, was ich mit ihnen anfangen soll. Da habe ich mich geritzt. Nur ein bisschen. Es hat nicht geholfen. Ich habe mich nicht besser gefühlt, so wie sonst. Ich brauchte etwas anderes. Ich habe daran gedacht, was Sie zu mir gesagt haben ...« Und als er zu mir aufblickt, werde ich hellhörig. Argwöhnisch. »Darüber, dass ich nicht alles in mich reinfressen soll.« Und er legt sich die verbundene Hand auf den Bauch. »Ich habe sie angerufen.«

»Ihre Mutter?« Ein schleichendes Unbehagen erfasst mich. Unverbunden. Unbestimmt. Eine Ahnung von etwas.

Er nickt. »Ich war mir sicher, dass sie nicht umgezogen sein würde. Ich habe sie unter der alten Nummer angerufen. Es war seltsam, nach all den Jahren ihre Stimme zu hören.«

»Was ist passiert?«

»Sie hat abgehoben, aber ich habe nichts gesagt. Nach ein paarmal *Hallo?* hat sie aufgelegt. Ich glaube, ich sollte sie lieber persönlich treffen. So ein Gespräch kann ich nicht am Telefon führen. Ich muss nach Bristol.«

Ich blicke auf die Uhr: In dieser Sitzung bleiben uns nur noch zehn Minuten. Sein Plan bereitet mir Sorgen. Wir haben nicht viel Zeit. Ich muss ihm mein Unbehagen mitteilen, ohne belehrend zu wirken.

»Ich kann das alles mit ihr besprechen«, fährt er gepresst fort. »Auge um Auge, verstehen Sie?«

»Auge um Auge?«

Er nickt. »Wenn jemand nachlässig war, dann sollte er bestraft werden. Finden Sie nicht?«

»Sie sprechen von Rache? So etwas wie Vergeltung für das, was Ihnen zugestoßen ist?«

»Dieser ganze Mist«, meint er und sieht sich nickend im Zimmer um. »Es war besser, als er noch weggepackt war.«

Er klingt atemlos. Verängstigt.

Ich stimme ihm zu, dass seine Bewältigungsstrategie bisher funktioniert hat. Nun, da die Dinge offen zutage liegen, scheinen sie ihm außer Kontrolle.

»Der Angriff im Park hat die Schleusentore geöffnet«, erkläre ich. »Sie haben Flashbacks des Ereignisses – und, vielleicht noch bedeutsamer, aus Ihrer Kindheit. Das sind sehr komplexe Gefühle. Alles ist durcheinandergeraten. Es fühlt sich sehr kompliziert an.«

Er knetet die Hände im Schoß.

Ich schlage ihm vor, sich eine Kommode vorzustellen. Die Schubladen springen wahllos auf, Kleidungsstücke verteilen sich über den Fußboden.

»Während Sie noch versuchen, alles aufzuräumen, fliegt schon die nächste auf, und es gibt noch mehr Unordnung. Noch mehr Chaos.«

Ich erkläre ihm, dass das Ziel nicht darin besteht, die Unordnung loszuwerden. Das Leben, das er bis jetzt hatte, kann er nicht mehr ändern. Dieses Ausgangsmaterial muss er akzeptieren und nun versuchen, eine gewisse Kontrolle darüber zu gewinnen und neue Ordnung zu schaffen.

»Wir wollen erreichen, dass Sie jederzeit selbst eine Schublade öffnen können, wenn *Sie* das möchten. Dass Sie hineinsehen und darin herumwühlen, die Dinge ordentlich wieder zurücklegen oder durcheinanderbringen können, ganz wie Sie wollen.«

Er sieht mich gespannt an.

»Aber worauf es wirklich ankommt: Sie werden in der Lage sein, die Schublade wieder zu schließen, wann immer *Sie* es wollen.«

Er scheint sich zu beruhigen, offenbar sagt ihm die Vorstellung zu. Das Bild von der Kommode.

Ich sehe, wie seine Hände im Schoß lockerer werden. Etwas hat sich gedreht. Ich habe die Lage in kurzer Zeit entspannt. Ich bin erleichtert und auch ein wenig stolz.

»Im Moment fühlt es sich wie das absolut beschissenste Chaos an«, sagt er schulterzuckend. »Und so, als könnte ich allein nicht damit fertigwerden.«

Ich nicke. »Das verstehe ich, und ich behaupte nicht, dass es leicht wird. Oder dass es von einem Tag auf den anderen aufhört. In unserer Arbeit geht es gerade um den Vorgang des Zurückblickens, darum, den Inhalt der Schubladen hervorzuholen, sorgfältig durchzusehen und die unordentlichen Gefühle zu begreifen, die bisher weggesperrt waren. Das ist unser *gemeinsames Ziel*. Ich werde Ihnen dabei helfen.«

Er starrt mich so grimmig an, wie ich es bei ihm noch nicht erlebt habe.

Ein kurzes Schweigen tritt ein.

»Also ist es keine gute Idee, plötzlich bei ihr aufzukreuzen?«, meint er schließlich. Er klingt weniger angespannt, lächelt.

Ich lächle zurück. »Es ist nicht meine Aufgabe, Ratschläge zu erteilen. Was ich allerdings immer wieder sage: Wenn man angefüllt ist von einem heftigen Gefühl, wenn man möglicherweise Verbindung zu einem Gefühl hergestellt hat, das bisher unter Verschluss war, etwa Wut oder Ärger, dann kann sich das sehr unangenehm und ungewohnt anfühlen. Man hat den Wunsch, es schnell wieder loszuwerden. Da würde ich aber zur Vorsicht raten.«

Wir sprechen darüber, wie die Selbstverletzungen in der Vergangenheit diesen Zweck erfüllt haben. Dass die überwältigenden Gefühle dadurch in Schach gehalten wurden, sich nun aber etwas verändert hat.

»Diese Wunde wird sich nicht einfach wieder schließen«, betone ich. »Das Trauma ist ein klaffender Riss. Was bisher wirksam war, ist es nicht zwangsläufig weiterhin. Sie brauchen eine neue Strategie.«

»Eine neue Strategie«, wiederholt er, als versuchte er, den Gedanken zu erfassen.

Wir sprechen über seinen Wunsch nach Rache. Wie dieses Verlangen zeigt, dass er Zugang zu seiner Wut hat. Ich erkläre, dass ich ihm nicht sagen kann, ob es richtig oder falsch ist, irgendwann seine Mutter zu treffen. Aber ich weiß, dass es hilfreich sein kann, abzuwarten. An dem Gefühl festzuhalten – und an dem Wunsch, zu handeln.

»Ich schlage vor, jede Handlung aufzuschieben, bis Sie Gelegenheit hatten, die Schubladen zu öffnen und die Sachen so zurückzulegen, wie Sie es möchten.«

Er nickt.

»Ich würde empfehlen, dass Sie diese Gefühle hier bearbeiten. Mit mir. Bringen Sie sie an diesen Ort, richten Sie sie hierher.«

Die Mutter, die er nicht hatte, so hat Robert es formuliert.

Und als Dan nickt, starrt er mich dabei so eindringlich an, dass ich blinzeln und dann wegsehen muss.

An diesen Augenblick werde ich später immer wieder zurückdenken. Ich werde ihn im Geiste hin und her wenden. *Richten Sie sie hierher.* Sein durchdringender Blick. *Auge um Auge.*

Als ich sage, dass wir zum Ende kommen müssen, wirkt er gefasst. Sein Atem ist ruhig. Das Gesicht entspannt.

»Danke«, erwidert er. »Das war gut. Wirklich hilfreich.« Er steht auf. »Dann bis nächste Woche. Und viel Glück.«

Ich runzle die Stirn und sehe ihn fragend an. Ich weiß nicht, wovon er spricht.

»Ihr Termin? Nächsten Freitag? Außerhalb der Klinik?« Er greift nach seinem Rucksack.

Für einen Augenblick ist mir schleierhaft, was er meint.

»Aber wir sehen uns doch am Donnerstag?«, frage ich.

»Ja. Na klar.« Er tippt sich seitlich an den Kopf.

Als er geht, spüre ich ein unbestimmtes Ziehen. Ein kleines Störsignal. Wie der Wollfaden eines Pullovers, der an einem Nagel hängen bleibt und sich sacht aufribbelt, während ich davongehe.

*

An jenem Abend suche ich nach einem Film, den ich mir anschauen kann, und stoße auf *Eine ganz normale Familie*. Als er anfängt, ist mir etwas mulmig zumute; ein Junge, Tom nicht unähnlich, der sich nach einem Suizidversuch wieder zu Hause und in seinem Alltag einfinden muss. Ich bin völlig gebannt. Wie konnte ich diesen Film nur vergessen? Mary Tyler Moore und Donald Sutherland. Ihr kalter, spröder Weggang am Schluss. Ich muss daran denken, was Dan über den Film gesagt hat, dass er die *Unvermeidlichkeit des Endes* mochte. Ich sitze noch eine Weile da und starre auf den Abspann. Die Trauer der Mutter ist wie ein Felsblock. Tränen strömen mir über die Wangen. Ich muss an Dan und seine Mutter denken, an die Parallelen zu Mary Tyler Moore mit ihrer Vorliebe für den Sohn, der stirbt. Der entzückende, hübsche, talentierte Bucky. Ihre Liebe, ihre Freude über den Älteren. Es ist so offensichtlich, warum Dan gerade diesen Film als Projekt ausgewählt hat. Wie stark muss ihn die Geschichte aufgrund seiner eigenen Erfahrungen berührt haben. *Eine Offenbarung.* Und erst da wenden sich meine Gedanken den anderen Filmen zu, über die er gesprochen hat. Ich kann mich nicht an alle erinnern, aber die kürzlich erwähnten fallen mir ein. *Einer flog über das Kuckucksnest ... Sophies Entscheidung.* Und erst als ich an *Thelma & Louise* denke, und an das Standbild des Ford Thunderbird ganz am Schluss, keuche ich auf und stelle die Verbindung her. Ich schaue auf die Uhr. Es ist zu spät, um Robert anzurufen, also schreibe ich ihm eine E-Mail.

»Die Filme«, tippe ich. »Sie sind alle miteinander verbunden. Durch Suizid.«

*

Roberts Anruf erreicht mich gleich am Montagmorgen.

»Ich hatte über deinen Fall nachgedacht, schon bevor ich deine Mail bekommen habe«, meint er. »Hast du gerade etwas Zeit?«

Mir bleiben fünfzehn Minuten bis zum nächsten Patienten.

»Etwas hat mich nach unserer letzten Sitzung nicht mehr losgelassen«, sagt Robert. »Ein Gefühl von Scham. Sie war mit uns im Zimmer. Zwischen *uns beiden*.« Er redet langsam und mit Bedacht.

Ich werde rot.

»Es hing vor allem mit der Patientenakte zusammen, war aber deutlich spürbar. Etwas sehr Machtvolles in der Gegenübertragung. Es hatte mit Scham zu tun. Deshalb musste ich an *seine* Scham denken.«

Ich kann ihm nicht sagen, dass diese Scham echt war. Dass sie tatsächlich mit uns *im* Zimmer war. Meine Scham wegen der Akte, wegen der Lüge. Ich weiß nicht, was ich ihm antworten soll.

»Die Vorstellung, dass seine Mutter ihn gehasst hat?«, fährt er fort. »Ist das seine Wahrnehmung? Oder die Wahrheit? Ich habe den Eindruck, damit könnte seine Scham zusammenhängen. Das fehlende Puzzleteil. Das andere, von dem du das Gefühl hattest, dass er es nicht ausspricht.«

»Aber was ist mit den Filmen?«, frage ich unvermittelt. »Der Verbindung durch die Suizide?«

»Ich weiß es nicht«, sagt Robert leise. »Ich denke, wir sollten für alles offen bleiben.«

Plötzlich bin ich verärgert, dass er die Sache nicht so ernst nimmt, wie ich erwartet hatte.

»Erzähl mir von deiner letzten Sitzung mit ihm.«

»Er hat sich bei seiner Mutter gemeldet. Bei ihr angerufen.«

Schweigen am anderen Ende.

»Sie haben nicht miteinander gesprochen. Er hat sofort wieder aufgelegt. Er war sehr erschüttert. Wütend. Enttäuscht. Verwirrt von seinen Gefühlen ihr gegenüber. Er hat sich selbst verletzt. Aber er meinte, das hat nicht geholfen.«

Robert schweigt noch immer. Dann meint er nachdenklich: »Seine Abwehr bricht in sich zusammen.«

»Ich habe ihm geraten, abzuwarten, bevor er erneut Kontakt zu seiner Mutter aufnimmt, und alles in den Sitzungen mit mir durchzusprechen.«

»Sehr gut«, meint Robert.

Wieder eine Pause.

»Irgendwas Neues bezüglich der Patientenakte?«, will er dann wissen.

»Da hab ich letzte Woche nachgehakt«, antworte ich und bin froh, dass ich mich darum gekümmert habe.

»Gut. Lass uns noch eine Sitzung ausmachen. Um das weiter zu besprechen. Er wird eine Menge Containment brauchen. Ein vertrackter Bursche.«

Ich höre, wie Robert in seinem Taschenkalender blättert.

»Diesen Freitag hätte ich was frei. Passt dir das?«

»Eigentlich habe ich da Urlaub«, entgegne ich. »Wie sieht es Anfang nächster Woche aus?«

Nachdem wir uns auf einen Termin geeinigt haben, fragt er, ob ich übers Wochenende wegfahre.

»Nein, nur ein freier Tag. Eine Familienfeier.«

»Viel Spaß«, sagt er. Und dann: »Pass gut auf dich auf.«

*

Während der restlichen Woche bin ich in Gedanken schon beim Freitag und bei Nicholas' Geburtstagsfeier. Nachdem ich lange und ausgiebig über ein Geschenk nachgedacht habe, steige ich auf den Dachboden und suche Toms alte Spielzeugautos hervor. Es gibt noch ein ganzes Set kleiner Modellautos der gleichen Serie, alle noch in ihren Pappschachteln. Es schmerzt mich, als ich an Toms Pingeligkeit denke, an die Sorgfalt, mit der er seine Spielsachen und anderen Besitztümer behandelte.

Als der Tag näher rückt, öffne ich unwillkürlich immer häufiger mein Portemonnaie und sehe mir das Foto des kleinen Jungen an, der in seinem karierten Sonnenhut am Strand sitzt und mit der Hand auf den Sand patscht. So oft schon habe ich brennende Eifersucht verspürt, wenn ich andere beiläufig ihre Hand- oder Brieftaschen aufklappen sah. An meinen dunkelsten Tagen haben diese Gesten sich böswillig und stra-

fend angefühlt. Salz in die Wunde meiner eigenen zerbroche-
nen Familie. Eines Nachmittags stehe ich im Café gegenüber
der Klinik in der Warteschlange und mache unversehens und
unnötigerweise mein Portemonnaie auf. Ich lasse es offen, als
ich die Münzen hinüberreiche. Klappe es nicht einmal zu,
nachdem ich meinen Kaffee entgegengenommen habe. Seht
mich an. Seht her, mein Leben. Seht, wie normal ich bin. Als
könnte ich, indem ich es nur laut genug zu allen sage, die mir
vielleicht zuhören, allmählich selbst daran glauben.

*

Unsere familiäre Eintracht war bloß von kurzer Dauer. Das
hatte ich im Voraus gewusst, aber nicht, dass sie so jäh enden
würde. Zurück zu Hause, verdüsterte sich Toms Stimmung.
Die Ergebnisse der Abschlussprüfungen waren keine Überraschung. Carolyn hätte nicht besser abschneiden können,
und Tom übertraf womöglich die Erwartungen, musste aber
trotzdem drei Klausuren nachschreiben. Wir einigten uns
darauf, dass er das tun und die Prüfungen zur Hochschulreife
um ein Jahr aufschieben würde. Schon bald bekam unser
Ausflug nach Devon etwas Unwirkliches, als wäre es der Urlaub einer anderen Familie gewesen, die wir einmal gekannt
hatten. Die Abgeschiedenheit der Hütte schien Toms Sinn
für seine Unzulänglichkeiten in der »echten Welt« geschärft
zu haben. Ihm wurde umso bewusster, dass der steife unbe-
queme Mantel seines wirklichen Lebens ihm immer weniger
passte. Rückblickend frage ich mich, ob er einfach beschloss,
seine Arme nicht länger in die Mantelärmel zu zwängen.

Ein paar Wochen nach den Ferien kam ich von der Arbeit
nach Hause und fand ihn am Küchentisch sitzen. Er sah nicht
auf, als ich eintrat, und sprach schnell.

»Ich war nicht in der Schule, schon das ganze Halbjahr nicht. Ich pack es einfach nicht.«

Er hing über dem Tisch und grub den Daumennagel in die Maserung des Holzes. Er wirkte blass, schmal und sehr müde.

Ich schaltete den Wasserkocher ein und stützte die Hände auf die Arbeitsfläche. Seit zwei Wochen hatte er jeden Morgen zur gewohnten Zeit das Haus verlassen. Und nach dem Abendessen hatte er sich in sein Zimmer zurückgezogen, um für seine Kurse zu lernen.

»Es ist schwierig, nach einer Pause wieder in den gewohnten Rhythmus zu kommen«, sagte ich behutsam. Gedankenverloren griff ich nach dem Stück übrig gebliebener Lasagne und einer Gabel und aß einen Bissen. Sie war kalt, ein Felsbrocken in meinem Mund. Ich schluckte.

»Ich habe kürzlich Finns Mutter in der U-Bahn getroffen.«

Tom saß ganz still. Wieder nahm ich die Gabel in die Hand.

»Finn spielt Fußball in der Schulmannschaft. Sie meinte, der neue Trainer sei sehr offen …« Ich nickte in seine Richtung. »Für neue Spieler, weißt du …«

»Ich kann nicht mehr in die Schule«, sagte er ausdruckslos.

Ich legte die Gabel beiseite. »Vielleicht könnte ich mal vorbeikommen. Mit deinem Lehrer sprechen?« Schon drehte ich mich um, warf einen Blick auf den Wandkalender, überlegte, wie ich in der Woche ein Gespräch unterbringen könnte.

»Mum«, sagte er leise. »Es geht einfach nicht.« Kurz schwieg er, zwirbelte sich eine Haarsträhne um den Finger. »Es gibt einfach so viele Sachen … so vieles, was einem Sorgen macht. Ich werde einfach nicht fertig damit.«

Erst in diesem Augenblick erlaubte ich mir, ihn anzusehen. Ihn wirklich anzusehen. Sein angstverzerrtes Gesicht. Und mein Herz zog sich zusammen. Ein flüchtiger Eindruck der Finsternis, die seine Welt war. Die plötzliche Furcht, die Erkenntnis, was die düsteren Alternativen sein könnten. Im verängstigten Gesicht meines Sohnes sah ich das Weiß der Intensivstation. Das Blau seiner Lippen. Spürte all den Schmerz, der dumpf gegen meine Brust prallte. Die Kraft und zugleich die Zartheit des Lebens. Seine Zerbrechlichkeit. Leben. Tod. Manchmal unergründlich. Ich sah kleine Entscheidungen, die nicht revidierbar, und Momente, die unwiederbringlich waren, als würde man einen Stein in einen tiefen dunklen See werfen.

»Natürlich«, sagte ich, deckte die Lasagne wieder mit Frischhaltefolie ab und stellte sie zurück in den Kühlschrank.

In dieser Sekunde hatte ich einen Blick auf etwas Düsteres erhascht, und ich wollte nicht hinsehen. Ich wartete nicht, dass er es mir genauer erklärte. Ich wollte nicht hören, was er vielleicht dazu zu sagen hatte. Es machte mir Angst, und ich wollte es ausschalten.

»Dann musst du aufhören«, war alles, was ich erwiderte, und ich griff über den Tisch nach seiner Hand. »Du musst aufhören. Und ich werde dir helfen.«

In diesem Moment kam mir eine Erinnerung. Weihnachten als Kind. Meine Mutter in ihrem schicken lila Kleid, ihr verrutschtes Make-up, die vom Rotwein verfärbten Lippenränder. Das Glitzern der Weihnachtslichter. Ein Tisch mit rotem und goldenem Schmuck und der für meinen Vater gedeckte, leere Platz. Als sie über dem Tisch zusammensackte, fiel das Kochen mir zu. Hoch türmte ich das Essen auf die Teller: Truthahn, Bratkartoffeln und Schüsseln voll mit dampfendem, glänzendem Gemüse. »Zwei verschiedene

Füllungen!«, rief ich. Wie von Zauberhand füllte sich ihr Glas hinter meinem Rücken neu. Dann warf sich meine Mutter mit glasigen Augen nach vorn und stieß es um, und der Wein sickerte wie aus einer offenen Wunde und verteilte sich quer über den Tisch. »Essen wir, bevor es kalt wird«, sagte ich munter und nahm den Servierlöffel.

Bei meinen Worten an Tom rasten meine Gedanken und gingen Alternativen durch. Er könnte andere Kurse belegen ... eine Ausbildung machen ... ein Praktikum bei einem unserer Freunde. Irgendetwas Neues, was wir ihm anbieten könnten, um die unangenehmen, schmerzhaften Gefühle zu übertünchen. Wieder einmal war ich dabei, den Tisch mit glänzenden Weihnachtskugeln zu dekorieren und randvolle Teller daraufzustellen, auf dass alles ganz normal aussähe. Ich machte Tom an jenem Abend viele Vorschläge. Einige waren verrückt und überspannt. Ich tastete im Dunkeln umher. »Wie wäre es mit Schreinern?«, sagte ich plötzlich, und seine Augen leuchteten auf.

Natürlich war es ein Fehler, das Ganze nicht zuerst mit David zu besprechen. Es gab Möglichkeiten und Gelegenheiten dazu, aber ich entschied mich dagegen. Nach meiner Logik wäre David nicht in der Lage, angemessen mit dem Problem umzugehen, und ich wollte es ihm später erzählen und gleich die passende Lösung mitliefern. Es bekömmlicher für ihn machen.

Früher in unserer Ehe pflegte David in solchen Situationen vor mir auf und ab zu laufen. »Warum um alles in der Welt hast du mir nichts davon erzählt?«, fragte er und raufte sich verzweifelt die Haare. »Ich hätte doch helfen können, wenn du etwas gesagt hättest.«

Oft ging es um Kleinigkeiten, die ich ihm verheimlicht hatte: ein Problem in der Schule, aufgrund dessen dringend ein paar Kurse gewechselt werden mussten, die Suche nach einer neuen Fußballmannschaft, weil Tom so ausgeschlossen wirkte. Ich log nicht, ich verschwieg nur die Wahrheit, bis ich alles in Ordnung gebracht hatte. Es war eine bewusste Entscheidung, die Dinge nicht zu diskutieren, denn ich wusste, dass David gestresst und überzogen reagieren und seine Laune mein Denken vernebeln würde. Doch außer seinen Reaktionen gab es da noch meinen Unabhängigkeitssinn. Die Notwendigkeit, es allein zu schaffen. Heute erkenne ich die Selbstsucht dieser Entscheidung, aber damals hatte mein Bedürfnis, eine schnelle Lösung zu finden, oberste Priorität. In meiner Arbeit allerdings war ich dazu angehalten, das Gegenteil zu tun. Dort bestand meine Aufgabe darin, das Chaos auszuhalten, Schmerzen zu ertragen, so lange wie nötig. Zu Hause mit Tom war es anders. Wie bei einer heißen Kartoffel, die ich nicht lange in der Hand halten konnte.

Bis zum Januar hatte ich Tom für einen Schreinerkurs angemeldet, und in den folgenden Monaten fing er außerdem an, Kanu zu fahren. Im Frühling stellte er dann ein selbst gebautes Kanu fertig und arbeitete an den Wochenenden freiwillig im Verein. Alles schien gut zu laufen. Zwei Wochen später kam meine Mutter nach Hause zurück.

Der Anruf traf mich völlig unerwartet.

»Ruth«?, sagte die Stimme am anderen Ende gedehnt. »Hier ist Ted.«

Ted?

»Deiner Mutter geht's nicht gut.«

Nicht gut. Diese Worte kannte ich. Über die Jahre hatte ich sie selbst häufig benutzt. Die ultimative Beschönigung eines Rückfalls.

»Nein«, meinte er gleich, als könnte er meine Gedanken

lesen. »Sie hatte irgendeine Art von Anfall. Und seitdem ist sie …« Er hielt inne. »Ein bisschen durcheinander.«

Er erklärte, dass sie einige Tage im Krankenhaus verbracht habe. »Am Dienstag kommt sie raus. Ich muss sie zu euch nach Hause bringen. Wie du sicher weißt, hatten wir *eine Übereinkunft*.« Er schwieg kurz. »Ich kann nicht …,hier kann sie jetzt natürlich nicht mehr bleiben.«

Drei Tage später empfing ich die beiden in Heathrow. Zuerst sah ich sie nicht. Sie gingen geradewegs an mir vorbei. Ich nahm die ältere Frau wahr, die den Plakaten der Wartenden zuwinkte und lächelte. Es lag am Rollstuhl, damit hatte ich einfach nicht gerechnet.

Ted war die Karikatur eines Texaners, mit kräftigem Kinn, silbernem Haar, Cowboyhut und den entsprechenden Stiefeln. »Ursprünglich komme ich aus Houston«, dröhnte er. »Bin irgendwann in New Mexico gelandet, wie so viele Streuner und Heimatlose. Mir ist noch keiner untergekommen, der tatsächlich in Taos geboren wäre.« Er lachte laut und herzhaft. Haute mir auf den Rücken. Unter uns hockte der vogelartige Körper meiner Mutter. Sie hatte flaumiges weißes Haar und lächelte gütig, als hätte man sie soeben auf die Bühne einer Spielshow gerollt. Er gab mir ihre Tasche. Und einen kleinen Koffer.

»Cheerio«, sagte er und machte auf seinen breiten Absätzen kehrt.

Ich war dankbar für das einfache Leben, das sie in der Wüste geführt hatte. Ihre Ersparnisse waren unangetastet. Sie hatte noch Geld. Ich recherchierte. Fand ein anständiges Pflegeheim in Finchley. Man kümmerte sich gut um sie. Ihre Launen waren unberechenbar. Manchmal erkannte sie mich, manchmal nicht. Manchmal war sie ruhig, manchmal nicht. Ich empfand nichts. Ich schämte mich für mein fehlendes Mitleid. Mein fehlendes Mitgefühl. Doch da *war* einfach nichts. Ich besuchte sie einmal im Monat. Mehr ertrug ich nicht. Schon so musste ich mich für diese Besuche wappnen. Ich schrieb sie mir in den Kalender und hoffte auf irgendeinen bedauerlichen Zwischenfall, auf höhere Gewalt, die mir den Gang unmöglich machen würde.

Wenn ich dort war, gierte sie nach Aufmerksamkeit. Ihr Narzissmus hatte sich in gefühlsduselige Bedürftigkeit verwandelt. Wie sie so in ihrem Stuhl saß, klein, gebrechlich und triefäugig, drang unter all der altersschwachen Verletzlichkeit immer noch das vertraute Brüllen der Verzweiflung hervor. Von ihren wilden, hungrigen Augen und ihrer Hand auf meinem Arm wurde mir übel. Alle anderen Gefühle in meinem Körper schwanden. Ich spürte nur das: ihre klauenhaften Finger, die sich in mein Fleisch bohrten. Ich ertrug es, solange ich konnte. Manchmal waren es bloß Sekunden, ehe ich ihr meinen Arm entziehen musste. Ich kramte in meiner Tasche nach einem Stift oder nach einem Taschentuch – Hauptsache, ich konnte die Hand wegnehmen.

Die Blicke der Pflegekräfte verurteilten mich still. Ich vernahm ihr Geflüster in meinem Rücken, wenn ich das Heim betrat. *Wohnt so nah und kommt so selten zu Besuch.*

Claire, eine der Krankenschwestern, mochte meine Mutter besonders. »So eine liebe alte Dame«, sagte sie oft und verwickelte mich bei meiner Ankunft grundsätzlich in ein Gespräch. »Sie wird sich *sooo* freuen, Sie zu sehen.« Und dann sprudelte sie weiter und berichtete mir, an welchen Aktivitäten meine Mutter im Lauf der vergangenen Wochen »teilgenommen« hatte. Ich nickte und lächelte. »Und Sie arbeiten also im Gesundheitswesen? Als Therapeutin?«, fragte sie vorwurfsvoll.

Bei einem meiner Besuche war ich später dran als üblich.

Claire erklärte mir, dass man um acht Uhr ein leichtes Abendessen servieren würde.

»In zehn Minuten«, meinte sie und sah auf die Uhr. »Vielleicht möchten Sie ja so lange warten? Sie könnten sie füttern.«

»Beim nächsten Mal«, sagte ich und eilte den Gang entlang.

Manchmal, wenn ich aufbrach und die Augen des Pflegepersonals auf mir spürte, war ich versucht, mich zu ihnen zu setzen und mit ihnen in ein paar Erinnerungen aus dem Leben ihrer »lieben alten Dame« zu schwelgen. Vielleicht könnte ich ihnen erzählen, wie schwer es für eine Zehnjährige war, ihr nach einem Sturz aufzuhelfen. Oder wie sie den Mund voller Alkohol und Beleidigungen hatte, wenn ich mich mühte, ihr ihre durchnässte Unterwäsche auszuziehen. Vielleicht könnte ich erzählen, wie ich nachts häufig aufwachte, weil sie zu mir ins Bett gekrabbelt war, weinerlich und besoffen und voller Selbstekel, und sich an mir festklammerte wie ein Baby. Ich könnte ihnen erzählen, dass ihre Wüterei schlimmer wurde, als mein Vater uns verließ, sich in unbeherrschbaren Zornausbrüchen entlud. Ich könnte ihnen von ihrem Kontrollwahn erzählen. Dass ich mich als Kind nirgendwo verstecken konnte. Nichts war heilig. Nichts privat. Dass, wann immer ich versuchte, mich von ihr zu entfernen und ein wenig Atem zu schöpfen, ich in ihren Augen etwas war, das sie wieder an sich reißen konnte. Tagebücher wurden gelesen und lächerlich gemacht. Telefongespräche mitgehört. Sie betrachtete mich als Erweiterung ihrer selbst. Ich war kein eigenständiges Wesen, hatte keine eigene Gestalt. Ich war unsichtbar.

Ich wusste, dass sie über mich urteilten.

Wer gibt euch das Recht dazu?, wollte ich ihnen entgegenschreien.

18

Als Hayley eintritt und sich hinsetzt, lächelt sie kaum merklich. So, wie sie auf ihrem Stuhl sitzt, wirkt sie schüchtern. Sie trägt Jeans und ein T-Shirt mit Hundemotiv. Ihr gewelltes Haar fällt ihr offen auf die Schultern. Sie sieht jung aus.

Sie spricht offen und mühelos darüber, wie es ihr zu Hause geht. Wie sie am Wochenende mit ihrem Dad das Fußballturnier ihres Bruders besucht hat.

»Zaks Team hat den zweiten Platz gemacht«, sagt sie stolz. Sie erzählt, dass sie zur Feier des Tages auf dem Rückweg Pizza geholt hätten. Sie spricht darüber, dass sie lokale Zeitungsmeldungen gelesen, die Nachrichten im Fernsehen gesehen und bemerkt habe, wie die Welt voll von solchen kleinen, zufälligen Ereignissen sei.

»Es ist überall«, meint sie. »Ein Zugunglück. Eine kaputte Mauer, die über einem Passanten einstürzt. Dieser Busunfall in den Alpen – die Schulkinder …« Sie verstummt und schaut aus dem Fenster. »All diese winzigen Entscheidungen, die Menschen jeden Tag treffen. Manchmal geht es gut aus.« Sie zuckt mit den Schultern. »Und manchmal nicht.«

Während ich zuhöre, stelle ich fest, dass ihre Stimme anders klingt. Weniger schrill. Weniger anklagend. Sie wendet sich wieder an mich. »Ich sehe ein, dass es nicht meine Schuld war. Dass ich nichts dagegen machen kann, wenn jemand am Steuer einen Schlaganfall bekommt. Dass da niemand was gegen machen kann. Ich wünschte nur, wir hätten nicht gerade gestritten, als es passiert ist. Ich wünschte, wir hätten einfach ein bisschen rumgealbert, sodass ihre letzten Sekunden fröhlich und lustig gewesen wären.«

Ich nicke. »Und wenn das so gewesen wäre, wie würdest du dich jetzt fühlen?«, frage ich.

»Schrecklich. Wir würden uns alle schrecklich fühlen.« Sie senkt den Blick. »Aber wissen Sie, das wäre dann etwas Schreckliches da draußen«, und sie wedelt mit der Hand durch die Luft. »Etwas, das nichts mit mir zu tun hat.« Kurz schweigt sie. »Wovon ich nicht loskomme, ist, dass sie an dem Tag nie nach Wood Green gegangen wäre, wenn ich es nicht so unbedingt gewollt hätte. Sie hatte keine Lust. Ich habe sie überredet. Ich wollte dieses Kleid kaufen. Es war nur wegen mir.«

Sie hält inne und sieht zu mir auf. »Alles tut so weh«, sagt sie plötzlich und legt sich eine Hand auf die Brust. »Überall.« Dann meint sie schlicht: »Ich vermisse sie«, und Tränen steigen ihr in die Augen. »Armer Zak. Er ist doch erst neun …«

Wärme liegt in ihrer Stimme. Sie klingt weniger vorwurfsvoll. Die bittere Wut früherer Sitzungen ist verschwunden. Was ich am deutlichsten heraushöre, ist Resignation. Echte Traurigkeit. Und daraus schließe ich, dass sie möglicherweise bereit ist, den langen Trauerprozess zu beginnen.

»Du hast dich bereit erklärt, die sechs Sitzungen mitzumachen, aber ich glaube, es wäre gut, wenn du noch etwas weiterarbeitest – die Therapie nach diesem Verlust fortsetzt –, um dich nur mit deiner Mum zu beschäftigen. Es kann hilfreich sein, mit jemand anderem darüber zu reden. Jemandem, der nicht zur Familie gehört. Jemandem, der nur für dich da ist.«

Ich sehe, wie ihre Augen sich bei meinen Worten verschleiern. Sie blinzelt die Tränen weg und nickt. »Das fände ich gut«, sagt sie langsam, offensichtlich erfreut über den Vorschlag. »Das wäre schön. Also machen wir nach nächster Woche einfach weiter?«

Eine kurze Pause tritt ein. Sie hat angenommen, dass ich sie weiter behandeln werde.

Sanft schüttle ich den Kopf. »Was unsere Arbeit hier angeht, bleibt uns noch die eine Sitzung. Die neue Therapie wird jemand anderes übernehmen ...«

Während ich rede, versteift sie sich. Alle Farbe weicht aus ihrem Gesicht.

»Das machen nicht Sie?«, fragt sie und runzelt verwirrt die Stirn.

»Nein«, antworte ich, »ein Kollege. Wie ich schon sagte: Unsere Therapie besteht aus den sechs Sitzungen, speziell für das Trauma. So ist es bei allen Patienten, die zu uns kommen. Und dann verweisen wir sie manchmal weiter an andere ...«

»Wieso?«

»So arbeiten wir hier in der Abteilung«, erkläre ich. Meine Stimme ist ruhig, gefasst, trotz ihres Stimmungsumschwungs.

Ich könnte ihr von unseren Budgetkürzungen erzählen. Dass uns früher mehr Mittel zur Verfügung standen. Dass Personal fehlt. Dass man noch vor ein paar Jahren flexibler war, wenn man die Behandlung eines Patienten, mit dem man angefangen hatte, fortsetzen wollte, und über längere Zeit. Doch all das behalte ich für mich, weil es nicht von Bedeutung ist. Was in diesem Fall zählt, ist, dass Hayley Rappley eine Therapie zur Trauerbewältigung braucht, und nicht für ihr Trauma.

»Also behaupten Sie ... dass hier niemand mehr als sechs Sitzungen bekommt?«

Ich zögere kurz, spüre die Spannung im Raum.

»Nein«, erwidere ich vorsichtig, »das behaupte ich nicht. Manchmal reichen sechs Sitzungen, manchmal benötigen Menschen mehr. Und ich glaube, du würdest sehr von ein paar weiteren Sitzungen profitieren, von einer Unterstützung beim Trauerprozess.«

»Diese Sitzungen ... die habe ich dann bei jemand anderem? An einem völlig anderen Ort?«

»Ja, ganz genau.«

Sie sieht mich ungläubig an.

»Und wie viele Sitzungen kriege ich dann? So viele, bis ich sage, dass es reicht?« Ich bemerke Tränen in ihren Augen. Sie blinzelt sie fort und zwirbelt an dem silbernen Armband mit den vielen kleinen Anhängern um ihr Handgelenk. »Oder entscheidet das jemand anders?«

»Das wird eine Sache zwischen dir und dem neuen Therapeuten oder der neuen Therapeutin«, antworte ich. Dann halte ich inne und falte die Hände im Schoß. »Meiner Meinung nach haben wir hier zusammen sehr wichtige Arbeit geleistet, Hayley. Es war mutig von dir, herzukommen und über ein äußerst traumatisches und belastendes Ereignis zu ...«

»Sie lügen«, unterbricht sie mich. »Diese ganze Scheiße von wegen: *Bei uns kriegt jeder nur sechs Sitzungen.* Das stimmt einfach nicht. Einem anderen Patienten haben Sie kürzlich noch gesagt, dass er so viele Sitzungen haben kann, wie er braucht. Warum dann nicht ich?« Ihre Augen lodern.

Ich spüre, wie mir die Röte blitzschnell den Nacken hochkriecht.

»Ich verstehe nicht ganz ...«

»Der Typ, der nach mir dran ist. Dan. Warum haben Sie ihm gesagt, dass er so viele Termine haben kann, wie er will? Hat der eine höhere Punktzahl erreicht als ich? Wird das auf diese Art entschieden? Drei aus seiner Familie sind gestorben, aber nur eine aus meiner ... läuft das hier so? Ein Mensch gleich ein Punkt? Oder zählt Brandstiftung mehr als ein Autounfall?«

Ich wahre einen ruhigen, gelassenen Tonfall. »Ich bin nicht befugt, über die Behandlung anderer Patienten zu sprechen. Wir entscheiden hier von Fall zu Fall. Am Anfang bekommt jeder sechs Sitzungen. Einige Menschen brauchen mehr. Andere weniger. So ist das.«

Während ich rede und die bekannten Vorschriften wiederhole, versucht mein verwirrter Geist zu begreifen, was sie da eben gesagt hat. *Dan? Drei Familienmitglieder gestorben? Brandstiftung?* Vor allem bemühe ich mich, ein wenig Kontrolle zurückzugewinnen. Ihre Wut köchelt still vor sich hin und heizt sich bis zum Siedepunkt auf. Ich weiß, ich muss von dieser Fixierung auf die Anzahl der Sitzungen wegkommen und verstehen, was all das eigentlich für Hayley bedeutet. Der Schmerz und Kummer, wenn etwas zu Ende geht, inmitten derart großer Verlustgefühle. Der Verlust ihrer Mutter. Der Verlust von mir. Doch als ich wieder etwas sagen will, wischt sie meine Worte weg.

»Also so machen Sie das hier? Lassen uns über das Schlimmste reden, was uns je passiert ist, und dann sagen Sie: Verpisst euch! Geht und redet mit wem anders.«

Ich setze zu einer Erwiderung an, aber Hayley kommt immer mehr in Fahrt. Ihr Körper auf dem Stuhl ist ganz aufrecht, die Finger im Schoß verschränkt, mit weiß hervortretenden Knöcheln. Ihre Stimme ist unnachgiebiger geworden, der Blick hat sich erneut in dieses aufsässige Starren verkehrt.

»*Bring deine Fotos mit, Hayley. Es ist nicht deine Schuld, Hayley*«, äfft sie mich nach. »*Ich will dir wirklich helfen, Hayley ...*«

In ihrem Mundwinkel sammelt sich blasiger Speichel.

»Wie können Sie sich eigentlich selbst in die Augen sehen?«, will sie wissen. »Leute wie Sie kotzen mich an. Voll selbstgefällig, Sie halten sich für was Besseres mit Ihrem ach so perfekten Leben. Ihrem superschicken Behandlungszimmer …« Beim Sprechen sprüht Spucke von ihren Lippen auf die Akte vor uns.

»Hayley …«

»Ihr perfektes Luxusleben, total posh!« Sie spuckt die Wörter geradezu aus. »Ich wette, Sie wohnen in einer von diesen riesigen Kackvillen hier in der Gegend. Leute wie Sie kotzen mich an. Aber so was von. Echt, ich würde jetzt am liebsten loskotzen. Gleich hier.« Und sie tut so, als würde sie sich die Finger in den Hals stecken und würgen. »Ich will mir alles aus dem Leib kotzen, direkt auf Ihren Scheißteppich.« Sie holt tief Luft. »Gucken Sie sich das doch alles nur mal an«, und sie deutet wild um sich. »Diese bescheuerten Stühle. Die Schachtel mit den Taschentüchern, immer schön griffbereit. Dieses bekloppte Bild«, und sie wendet sich zu meinem Schreibtisch. »Echt jetzt, was soll das überhaupt sein? Sieht aus wie von einem Fünfjährigen.«

Ich folge ihrem Blick. Sie starrt auf eine der Zeichnungen aus der Hütte in Devon, die Carolyn gemacht hat.

»Sie picken sich hier doch nur die Rosinen raus«, fährt sie fort. »Ja genau, Sie suchen sich aus, mit wem Sie sich abgeben wollen – und auf mich haben Sie keinen Bock. Machen Sie sich Sorgen, dass Ihnen was Schlimmes passieren könnte? Haben Sie etwa Angst vor mir?«, fragt sie und lässt ihre Finger vor meinem Gesicht herumzappeln, *huu-huuu*, wie ein Gespenst. Und ohne Atem zu holen, redet sie weiter: »Schieben Sie mich deshalb ab und schicken mich zu jemand anderem?«

»Hayley«, sage ich ruhig. »Ich spüre, dass du wütend bist und …«

Wieder unterbricht sie mich. Starr sitzt sie vor mir, mit geballten Fäusten und garstigem Gesicht. »Ich bin froh, dass ich nicht mehr zu Ihnen kommen muss«, schleudert sie mir entgegen. »Sie sind bösartig. *Sie* haben doch hier das Problem. Meine Mutter ist tot, aber sie war wenigstens nett. Sie war wenigstens nicht so selbstsüchtig wie Sie. Zum Glück hatte ich eine nette Mutter. Zum Glück hatte ich nicht Sie als Mutter.«

Zum Glück hatte ich nicht Sie als Mutter.

Das Wichtigste ist, ihre Wut aufzunehmen und auszuhalten. Ich weiß, wie das geht. Über die Jahre sind wahre Wutstürme auf die vier Wände meines Sprechzimmers eingeprasselt. Fast immer waren sie brutal, aber einen solch persönlichen Angriff hat es noch nie gegeben. Es ist entscheidend, diese Gefühle aufzunehmen. Und dann gemeinsam zu versuchen, sie zu verstehen.

Während Hayley mich weiter beschimpft – ein unerbittlicher Ansturm auf mein Zimmer, meine Kleidung, mein Dasein an sich –, erkenne ich, dass ich im Moment nichts unternehmen kann. Kurz sehe ich einfach ihren Mundbewegungen zu. Ihren Armen und Händen, die vor- und zurückschnellen. Die Miene verbissen. Als sie Luft holt, sage ich ruhig ihren Namen.

»Hayley. Wenn du schreist, können wir unmöglich miteinander sprechen. Und es ist schwierig für mich, dir zuzuhören …«

»Sie sind nutzlos«, schnauzt sie. »Nutzlos, dumm und überhaupt keine Hilfe. In Wirklichkeit fühle ich mich schlechter wegen Ihnen. Ich fühle mich schlechter, wenn ich hierherkomme. Ist das etwa Ihr Ziel?«

Ich nehme ihre Worte mit Fassung hin. Ich weiß, sie fühlt sich zurückgewiesen, allein und verlassen. Und ich weiß, dass sich gerade all ihr Zorn auf diesen kurzen Moment mit mir konzentriert. Ich sehe nichts als ihr angespanntes, wütendes Gesicht, ihren verächtlichen Blick. Höre nichts als ihren Hass.

»Hayley«, versuche ich es erneut.

Vielleicht befeuert meine ruhige Stimme ihre Wut noch mehr, denn unvermittelt beugt sie sich vor. Ihre hellblauen Augen flackern, und sie ist mir so nahe, dass ich ihren Zigarettenatem rieche.

»Ich bete zu Gott, dass Sie keine Kinder haben«, meint sie und schiebt ihr Gesicht noch näher an meines. »Was für eine nutzlose Fotze von Mutter müssten Sie sein?«

Das sind die Worte, die ich nicht mit Fassung tragen kann. Sie treffen mich mit voller Wucht, wie schallende Ohrfeigen.

In diesem Moment steht sie auf. Ich nehme den starken Wunsch in mir wahr, sie aufzuhalten, und auch ich stehe auf. Ich kann an nichts anderes denken. Ich muss sie dazu bringen, sich wieder hinzusetzen, muss ihren Ärger irgendwie einhegen, bevor sie geht.

Giftig zischt sie: »Wenn ich Ihr Kind wäre, würde ich so weit von Ihnen weglaufen, wie es nur geht.«

Der Schlag sitzt.

Als sie sich umdreht, trete ich auf sie zu. Ich strecke die Arme aus, die Handflächen nach unten, eine Art fächelnde Bewegung. Um sie zu besänftigen. Um irgendwie Ruhe in die Situation zu bringen. Und als sie zur Tür geht, bewegen sich die fächelnden, beschwichtigenden Hände auf sie zu. Ich will sie dazu bringen, sich wieder mit mir hinzusetzen.

»*So weit, wie es nur geht*«, wiederholt sie noch einmal sehr langsam.

Die Worte dröhnen in meinen Ohren. Ich sehe, wie meine Hand sich nach ihr ausstreckt. Meine Finger berühren ihren mageren weißen Arm.

Sie fährt zusammen.

»Was zur Hölle machen Sie da? Fassen Sie mich nicht an!«, kreischt sie, und Spucke trifft mich an der Wange. Die genaue Abfolge der Ereignisse ist nicht ganz klar. Ich weiß noch, dass die Empfindungen in ihrem Gesicht geradewegs durch mich hindurchzuströmen scheinen. Wie ein plötzliches, unerwartetes Aufflackern meiner eigenen Wut. Dann, Sekunden später, starren wir beide auf das Durcheinander unserer Arme hinab. Sie sagt nichts. Ich lasse los, schnell. Sie zieht ruckartig den Arm zurück, mit entsetztem Blick.

»Bitch«, sagt sie und kommt meinem Gesicht dabei ganz nahe. »Sie sind eine verfickte Schande.«

Dann greift sie nach ihrer Tasche, knallt die Tür hinter sich zu und ist fort.

Ich sacke auf meinem Stuhl zusammen. Meine Hände zittern. Ihre Wut. Meine Wut. Ich wasche mir am Waschbecken das Gesicht und öffne das Fenster. Gierig atme ich frische Luft ein. Ich bin nervös, panisch, aber ich zwinge mich, mich an meinen Schreibtisch zu setzen und tief und langsam zu atmen, und dann fällt mir ein, dass mir noch zwanzig Minuten bis zu Dans Sitzung bleiben.

Es ist vier Uhr. Kein Anruf. Um zehn nach wähle ich Paulas Nummer. Von Dan keine Spur. Ich bin erleichtert. Ich sitze da, meine eine Hand umklammert die andere, und ich beschwöre ihn geradezu, nicht zu kommen.

Um Viertel vor fünf ist klar, dass er nicht mehr auftauchen wird, und ich fange an, meine Sachen zusammenzupacken, um nach Hause zu gehen. Da klingelt das Telefon.

»Hier Dr. Jane Davies, Dan Griffins Hausärztin.«

Sie berichtet mir, dass sie einen Anruf von einer Notaufnahme bekommen habe, die ihr mitteilen wollte, dass Dan auf eine Behandlung warte, »aber dann ist er aufgestanden und gegangen. Er hatte Ihren Namen dort angegeben.«

»Was ist passiert?«

»Ich weiß es nicht genau«, antwortet sie. »Das war nicht hier in London.« Ich höre Papiergeraschel. »Bristol«, meint sie dann.

»Wann?«

»Vor ein paar Stunden. Mehr weiß ich nicht. Es ging wohl um eine Verletzung.«

Rasch laufe ich nach Hause. Schon jetzt hat der Vorfall mit Hayley etwas Unwirkliches bekommen. Wie in Dauerschleife läuft er immer wieder in meinem Kopf ab, spult vor und zurück. Ich schäme mich für meine Wut. Schäme mich, dass ihre Worte zu mir durchdringen konnten, und ich erkenne meinen Fehler. Ich war ganz darauf konzentriert, sie zum Bleiben zu bewegen, aber das war falsch. Sie war zu aufgebracht. Ich hätte sie einfach gehen lassen sollen. Manchmal besteht das wirksamste Containment darin, jemanden ziehen zu lassen. Damit er sich beruhigen kann.

Meine Gedanken wandern zwischen Hayley und Dan hin und her. Ich bin nervös. Sobald ich von Hayley und ihrem entrüsteten Blick loskomme, kreise ich im Geiste um Dan, um seine Fahrt nach Bristol. Und dann kennen meine Angstgefühle kein Halten mehr, sie explodieren wie Feuerwerk, hoch über meinem Kopf.

19

Als ich nach Hause komme, rufe ich sofort Robert an. Er hebt nicht ab, also schicke ich ihm eine E-Mail. Daraufhin bekomme ich eine Abwesenheitsmeldung bis Freitagmittag zurück. Ich schreibe ihm noch einmal und bitte dringend um einen Termin, sobald er wieder da ist.

In jener Nacht fühlt sich das Haus leer an. Ich sitze auf dem Sofa. Als ich die Augen schließe, sehe ich Hayleys Gesicht vor mir. Wutverzerrt. Spüre ihren heißen Atem auf dem Gesicht. *Bitch.* Ich gieße mir Rotwein ein und beobachte, wie er in dem großen bauchigen Glas hin und her schwappt. Wein in einem Glas. Das Geräusch, wenn man den Korken herauszieht. Früher war das ein festlicher Klang. Ein Zeichen der Freude. Der Heiterkeit. Jetzt ist es häufig das Gegenteil.

Ich bin angespannt. Ich merke, dass ich ganz vorn auf der Stuhlkante hocke, als wartete ich auf den dramatischsten Moment in einem Theaterstück. Am Samstag steht der monatliche Besuch bei meiner Mutter an. Ich weiß schon jetzt, dass ich dazu nicht in der Lage sein werde. Ich sitze ganz still. Starre ins Nichts, lausche nur dem Regen, der an die Küchenfenster prasselt. Ich denke daran, dass wir die Oberlichter beim Ausbau der Küche haben einbauen lassen. Wir wollten einen großen offenen Bereich für uns als Familie schaffen. Als die Kinder in die weiterführende Schule kamen, stellte ich mir vor, wie sie nebeneinander am langen Esstisch sitzen und ihre Hausaufgaben machen würden. Ich hatte oft Bilder von unserem zukünftigen Leben im Kopf. Das habe ich noch immer.

Der Regen wird stärker, peitscht gegen das Glas, als würde man Hände voller Kies an die Scheiben schleudern. Wenn es regnet, muss ich immer an Tom denken. Ich schließe die Augen und versuche mir vorzustellen, wo er sein mag. Ich frage mich, ob er irgendwo da draußen ist, durch die Straßen wandert, tief gebeugt und mit gesenktem Kopf, ohne schützenden Mantel. Manchmal kann ich mich gerade noch fangen und male mir aus, dass er drinnen ist, irgendwo im Warmen mit einem Dach über dem Kopf. An jenem Abend zieht es meine Gedanken an dunklere Orte. Der Hauseingang eines Geschäfts? Der Grund eines Sees? Ich denke an die Gespräche während der ersten Tage, als schnell klar wurde, dass er keinerlei Bankkarten oder Bargeld mitgenommen hatte.

»Ohne Geld oder andere Zahlungsmittel kann er nicht weit sein«, hieß es. Dann, als Nachsatz: »Denken Sie daran, lebendig ist es leichter zu verschwinden als tot. Leichen tauchen früher oder später wieder auf.« Damals trafen mich diese Worte wie ein Fausthieb. Die kalten, unverblümten Worte eines älteren Polizeibeamten. Wenn ich sie jetzt, nach all dieser Zeit, im Stillen wiederhole, sind sie zu ihrem Gegenteil geworden. Ein merkwürdiger Trost. Vielleicht eine unsinnige Quelle der Hoffnung, aber eine Hoffnung sind sie doch.

Nach dem zweiten Glas Wein sitze ich vor dem Computer. Ich kann nicht anders. An solchen Tagen ist das eine seltsame Art der Aufmunterung, wenn der Mauszeiger über Gesichter fährt, die mir inzwischen so vertraut sind. Nachdem ich das Profil meines Sohnes besucht habe, scrolle ich weiter zu Denis Watson und gehe auf seine Website. Dort sieht alles ganz anders aus als sonst. Die vielen schwarzen Schleifen. Die Bekanntmachung, die über der Fotocollage gepostet wurde. Als ich die Sätze überfliege, scheint alle Kraft aus mir zu weichen.

Wie ihr vielleicht in der Presse gelesen habt, wurden in einer Höhle auf Korfu, in der Nähe des Strandes, wo Denis zuletzt gesehen wurde, menschliche Überreste entdeckt. Die britische Polizei hat die Funde gemeinsam mit den griechischen Behörden untersucht, und tieftraurig müssen wir mitteilen, dass die Gerichtsmedizin bestätigen konnte, dass es sich um die Leiche unseres geliebten Denis handelt. Denis Watson, der vielen Menschen so lieb und teuer war. Ruhe in Frieden. Wir werden seine Leiche nach Hause holen und hier begraben.

Nach einer so langen Zeit der Ungewissheit, des Leids und der Hoffnung müssen wir nun mit einem unglaublichen Verlust umgehen, denn unsere unermüdliche Suche ist an ihr Ende gekommen. Wir hoffen auf Ruhe und Frieden sowohl für Denis als auch für uns selbst und werden uns von jetzt an auf die kostbaren Erinnerungen konzentrieren, die uns von Denis und seinem wundervollen Leben bleiben.

Wir möchten an dieser Stelle sowohl der Öffentlichkeit als auch den Medien für ihre jahrelange Unterstützung danken, doch ab jetzt bitten wir um Zurückhaltung, während wir mit unserem Verlust zu leben lernen.

Die Worte verschwimmen, Tränen steigen mir in die Augen.

Ich google Denis' Namen in Verbindung mit Korfu und stoße tatsächlich auf zahlreiche Berichte über eine in den Höhlen unterhalb eines Felsvorsprungs gefundene Leiche.

Ich klicke auf die Pressemeldungen und lese jede durch, gierig nach neuen Informationen. Als ich schließlich auf die Website zurückkehre und die Maus über die Fotos wandern lasse, die ich so gut kenne, schluchze ich. Da ist sein bester Freund mit dem neugeborenen Baby. Die Hochzeit seines Bruders. Der Tod seines Großvaters. Zwölf Jahre all dieser Leben, die weitergegangen sind. Sein eigenes blieb mit einem Mal stehen, wie die Zeiger einer Uhr. Es gibt keine genauen Angaben zum Todeszeitpunkt, aber man kann sich erschließen, dass es schon damals passiert sein muss, in jener Nacht, im Urlaub, vor so vielen Jahren. All die Zeit, all die geposteten Blogbeiträge und Bilder. All die Besuche seiner Brüder. Alles umsonst. Er war lange tot. Ich beuge mich nah an den Bildschirm. Sein verschmitztes Lächeln. So lässig vor dem Hintergrund des strahlend blauen Meeres. Ich schenke mir ein weiteres Glas ein. Trinke in großen Schlucken. Fiebrig klicke ich mich durch die Fotos. Tauche in dieses Leben ein, das so plötzlich endete. Die Familie, die weiterlebt. Ich weine bitterlich, während ich in die Leere in ihrem Leben blicke. In die Lücke, die sie mit ihm gefüllt haben, mit ihrer Hoffnung, ihrer Suche; all ihre Erwartungen waren vergebens. Kurz darauf merke ich, dass mein Glas leer ist und ich eigenartig und unkontrolliert weine. Mein Körper ruckt unter starken, trockenen Schluchzern vor und zurück, und die Tränen fließen weiter, als wäre ich angestochen und leck.

Als es an der Tür klingelt, ist es fast Mitternacht. Vielleicht sogar später. In der Weinflasche ist kaum mehr ein Fingerbreit übrig. Und das schrille Klingeln in der Stille lässt mich zusammenfahren. Zu rasch stehe ich auf. Mir ist schwindlig vom Alkohol. Ich bin benommen, und in meiner erregten Hast stolpere ich gegen den Sofatisch. Die Flasche ruckelt und schwankt und kippt dann um. Der Wein ergießt sich als rote Schnittwunde über den Teppich. Es klingelt noch einmal.

Vielleicht liegt es daran, dass ich an Tom denke. Vielleicht liegt es daran, dass meine Gedanken ihn in genau diesem Augenblick eng umfangen. Vielleicht bewege ich mich voll drängender Hoffnung und Erwartung, weil mir niemand anderes in den Sinn kommt, der so spätnachts vor meiner Tür stehen könnte. Und im Geiste sehe ich ihn vor mir. Wie er dort auf der Schwelle steht. Ohne Mantel. Und das Wasser strömt ihm übers Gesicht.

»Hey, Mum«, wird er sagen und an mir vorbei ins warme Haus treten. Wieder klingelt es, eindringlicher. Ich gehe in den Flur und sehe die Gestalt draußen. Ich öffne die Tür. Ein gebeugter Kopf im Dunkeln.

»Bitte …«, sagt die Stimme, »helfen Sie mir.«

Dan steht vor meinem Haus. Seine Lippe ist angeschwollen. Der Regen tropft von ihm nieder.

Sein Gesicht ist blass und verkniffen. Die Hände zittern.

Ohne zu zögern, ziehe ich die Haustür weit auf, und er tritt ein.

Ich werde mich später an viele Momente zurückerinnern, sie gründlich überdenken und hinterfragen. Die Entscheidung, Dan nicht an einen anderen Therapeuten zu überweisen, das erste Verschwimmen meiner Grenzen, das zu der größeren Lüge geführt hat. Und einer dieser Momente wird jener sein, als ich ihm so überaus schnell die Tür öffnete und ihn hereinließ. Ihn in meinen Flur ließ. In mein Haus. In meine Welt.

Wasser sammelt sich auf dem Parkett.

»Tut mir leid, tut mir total leid«, murmelt er und sieht sich hilflos um, als würden Teile von ihm selbst hinabtropfen und die Pfütze bilden.

Im Flurlicht erkenne ich seine blutverschmierte Nase und einen Bluterguss, der sich auf der Wange über der verletzten Lippe immer dunkler färbt. Seine Zähne klappern, und es ist offensichtlich, dass er trockene Kleidung braucht. Ohne nachzudenken, gehe ich die Treppe hoch und suche einen Pullover, Hose, Unterwäsche und Socken in Toms Zimmer zusammen. Durchdenke ich das, was ich da tue? Ich weiß es einfach nicht mehr. Sehr wohl erinnere ich mich allerdings, wie ich betrunken auf den Stufen gestolpert bin, als ich wieder herunterkam.

»Hier«, sage ich und ziehe die Tür zum Hauswirtschaftsraum neben der Küche auf. »Da können Sie sich umziehen.«

Er geht hinein, macht die Tür aber nicht zu. Rasch schält er sich aus seinem nassen Hoodie, und kurz ist sein nackter Oberkörper zu sehen. Fest, muskulös, aber von einem Muster aus alten Narben überzogen. Ich schaue weg.

Ich sollte die Polizei rufen. Es ist nur zu offensichtlich, dass er Angst hat. An der Art, wie er sich behutsam und mit Bedacht bewegt, kann ich erkennen, dass er angegriffen wurde. Ich sollte ihn zu einem Arzt bringen. Ich habe keine Ahnung, warum ich weder das eine noch das andere tue. Ich frage ihn nicht, woher er weiß, wo ich wohne. Ich sage ihm nicht, dass er überhaupt nicht hier sein dürfte. Dass ich ihm ein Taxi rufen muss. All das sind Dinge, die ich sagen sollte, aber ich tue es nicht. Stattdessen mache ich ihm in meiner Küche einen warmen Kakao.

»Ich bin nach Bristol gefahren«, nuschelt er, mit den Händen vor dem Mund. »Ich wusste nicht, wo ich sonst hinsoll …« Und er blickt zu mir auf. Dieses Gesicht. So offen. Flehend. »Es tut mir leid.«

Ich weiß nicht, ob er sich dafür entschuldigt, dass er zu mir nach Hause gekommen oder dass er nach Bristol gefahren ist, nachdem wir in der letzten Sitzung darüber gesprochen hatten.

»Ich wusste nicht, an wen ich mich sonst wenden soll …«
Er nimmt große, hastige Atemzüge, sein Körper zuckt, die Finger fliegen an sein Gesicht, dann wieder ringt er die Hände. »Ich war mir sicher, dass Sie mir helfen würden«, meint er.

Bitch. Sie sind eine verfickte Schande.

»Woher wussten Sie, wo ich wohne?«, frage ich nun doch und nehme mein leichtes Lallen wahr.

Er lässt den Kopf in die Hände fallen. »Tut mir leid«, meint er schlicht. »Ich bin Ihnen einmal nach Hause gefolgt. Ist schon ewig her. Es tut mir wirklich leid. Ich weiß, das war falsch. Es war an dem Tag, als ich früher gegangen bin. Ich habe gewartet und bin Ihnen nach. In der Sitzung war ich unhöflich. Ich wollte mich entschuldigen. Aber dann habe ich mich umentschieden. Dachte, Sie würden das vielleicht gruselig finden.«

Rückblickend ist es seltsam, wie vieles ich absichtlich übersehen habe. Wie vieles mit einem Mal hervorspringt. Manches wie klamme kleine Knallfrösche, anderes hell und klar, wie rote Flammenzungen. So einige Dinge sehe ich, entscheide mich aber bewusst, den Blick von ihnen abzuwenden. Die Verleugnung zu wählen. Wenn meine Kindheit mich eines gelehrt hat, dann, dass Verleugnung ein tröstlicher Ort ist, ein Ort, an dem man sich gut verstecken kann. Wäre ich in meinem Sprechzimmer gewesen und hätte ich nicht fast eine ganze Flasche Rotwein intus gehabt, hätte ich vielleicht etwas anderes gesagt. Aber so sage ich gar nichts. Ich schmiere ihm ein Brot. Als ich ihm den Rücken zukehre und ein paar Sachen aus dem Kühlschrank ziehe, fällt mir eine Packung Schinken auf den Boden. Die rosa

Fleischscheiben verteilen sich über die Fliesen, glänzen auf dem schwarzen Schiefer. Ich hebe sie auf und werfe sie in den Müll. Vom Bücken pocht mir der Kopf. Ich merke, wie ich mich an der Arbeitsfläche festhalte, um nicht mehr zu schwanken.

Während ich erneut in den Kühlschrank greife, sehe ich ihn in den Kleidern vor mir, die ich von oben runtergebracht habe, und nur für einen Moment stelle ich mir vor, dass Tom in meiner Küche ist. Dass wir am Tisch sitzen, spätabends, und ich ihm sein Lieblingsbrot mache. Vielleicht frage ich Dan wegen dieses Wunschbilds nicht, was er essen möchte. Ich mache ihm einfach das, wovon ich weiß, dass Tom es gern gemocht hätte. Er schlingt es hungrig in sich hinein. Ich schmiere ihm noch ein Brot. Schneide einen Apfel auf, in kleine, ordentliche Schnitze, wie ich es früher für die Kinder gemacht habe.

Als ich an den Schrank trete, um einen Teller zu holen, stehe ich hinter ihm. Ich komme näher. Ich bin ihm zu nah. Ich bin so nah, dass ich seine Wange berühren könnte. Ich könnte einen Arm um seine Schulter legen und ihn an mich ziehen.

Ich lege die Apfelschnitze auf den Teller, stelle alles auf den Tisch und mache mir einen starken schwarzen Kaffee.

»Ich hatte das Gefühl …« Er stockt. »Ich weiß auch nicht. Irgendwie wollte ich sie einfach sehen. Wollte ihr in die Augen sehen. Ich habe nicht darüber nachgedacht. Bin einfach los nach Paddington, hab den erstbesten Zug genommen.«

Ich nicke.

»Unterwegs war ich irgendwie aufgeregt. Ich hatte so eine Vorahnung.« Er zuckt mit den Achseln. »Wie von einer Art Ende.«

»Was ist passiert?« Die Worte fühlen sich in meinem Mund dicht und schwer an. Es liegt nicht nur am Wein, ich merke, dass ich eine trockene Kehle habe. In seiner Miene lese ich Anspannung. In seinen hin und her huschenden Augen funkelt Angst.

Er erzählt, dass er zu ihrem Haus gegangen sei, es von außen aber anders ausgesehen habe. Als er den Mut aufbrachte zu klingeln, öffnete ihm eine junge Frau mit Baby auf der Hüfte.

»Die wohnen da schon seit drei Jahren ...«, sagt er und stockt dann. »Meine Mutter ist weggezogen. Sie muss ihre alte Nummer behalten haben, also ist sie vermutlich noch in der Gegend ...« Er verstummt.

Ich wage nicht, zu sprechen, traue meiner Stimme nicht. Falls Dan mein vom Weinen fleckiges, gerötetes Gesicht bemerkt hat oder das leichte Lallen oder meine schwerfälligen Bewegungen, sagt er nichts dazu. Er ist zu sehr mit seiner eigenen Geschichte beschäftigt.

»Ich hab nach einer Nachsendeadresse gefragt, aber die Frau hatte keine. Als sie eingezogen sind, hat sie eine bekommen, aber das war vor einer Ewigkeit – und dann hat sie sich so umgeschaut, das Baby auf ihrem Arm angeguckt, als wäre es Urzeiten her.«

Er erzählt, wie er davongestolpert ist, rein in den nächsten Pub. »Ich stand unter Strom, war total aufgekratzt und stinksauer, dass sie nicht mehr da war. Dass sie weggegangen ist. Woanders hingezogen. Dass ich ihr verfickt noch mal schlicht und einfach egal war.« Er hat die Hände zu Fäusten geballt. »Ich hab drei Bier gekippt. Viel zu schnell. Billard gespielt. Ich hab gesoffen, als würde die Welt untergehen. Bier und Tequila-Shots. Ich war gut dabei.«

Plötzlich schaut er mich an und sieht dann noch einmal

genauer hin. »Oh, bei Ihnen alles in Ordnung? Sie wirken irgendwie …«

»Mir geht's gut«, sage ich. »Ich war eingeschlafen. Es ist spät.«

»Tut mir echt leid«, entschuldigt er sich erneut.

Seine grünen Augen sind überwältigend. Intensiv. Ich schaue weg.

»Ich hab Streit angefangen. Weiß gar nicht mehr richtig, was abging. Zu dem Zeitpunkt war ich schon völlig dicht. Ich trinke fast nie. Nicht so. In mir hat es gebrodelt. Ich war voll verballert, abgefuckt, der allerletzte Wichser. Am Ende hab ich irgendeinen Schwachkopf in seinem eigenen Revier zur Sau gemacht, umgeben von all seinen Kumpels. So viel zum Thema Todeswunsch.« Er lacht.

Eine Erinnerung drängt an die Oberfläche. Das Gespräch mit Robert. *Fast wie eine Art Todeswunsch.*

»Ich muss ohnmächtig geworden sein. Bin im Krankenhaus aufgewacht. Mit jeder Menge Stichen.« Er dreht sich um und zeigt mir das säuberliche Kreuzmuster einer Naht an seinem Hinterkopf. »Paar gebrochene Rippen. Echt abgefuckt, was?«, wiederholt er und schüttelt den Kopf. »Der ganze Kummer … und das wegen einer Mutter, die sich einen Scheißdreck um einen schert. Ich kann nur sagen: Sie sind noch mal glimpflich davongekommen.« Er lacht bitter. »Kinder … Familie … ein verdammtes Minenfeld.«

Da versetzt es mir einen Stich. Als würde ich einen Blick auf etwas Dunkles unter dem Wasser erhaschen. Etwas, dem ich eigentlich meine Aufmerksamkeit schenken sollte. Das sich an die Oberfläche zu kämpfen versucht. Aber immer wieder abtaucht. Außer Reichweite.

Er erzählt, dass er einen der Typen aus dem Pub später wiedergesehen hat. »Ich bin sicher, dass es einer von denen war; der hat in der Notaufnahme rumgelungert. Ich hatte Schiss und bin abgehauen, bevor das Ergebnis der Röntgenaufnahme da war ...«

Er lässt den Kopf hängen. »Sie hatten recht. Es war bescheuert, nach Bristol zu fahren. Ich wollte einfach nur ein paar Antworten. Ich versteh das einfach nicht. Was hab ich getan, dass sie mich so sehr hasst?«

Dann, ganz plötzlich, fängt er an zu weinen. Mir geht auf, dass ich ihn noch niemals habe weinen sehen. Er neigt sich vor. Tränen rollen ihm über die Wangen. Dann beginnt er zu schluchzen. Laute, ruckartige Schluchzer, die seinen ganzen Körper durchschütteln. Für eine Weile sage ich nichts. Reiche ihm eine Schachtel Taschentücher.

»Ich hatte solche Panik. Allein schon, in die Stadt zurückzugehen ... Ich hatte Schiss, als hätte ich was verbrochen.«

Seine Beine und Hände fangen an zu zittern.

Als ich auf die Uhr sehe, ist es schon nach eins.

»Können Sie bei irgendwem unterkommen? Einem Freund vielleicht?«

Er schüttelt den Kopf. »Bitte ...« Wieder diese leidende Stimme. Die zitternden Hände.

Die Polizei wird mich fragen, warum ich sie nicht verständigt oder ihn in die Notaufnahme gebracht habe. Darauf gibt es keine rationale Antwort. Der Anblick seines verängstigten, verlorenen Gesichts vor mir wird als Erklärung nicht reichen. Auch nicht die Tatsache, dass ich wohl kaum in der Lage bin, ihn irgendwo mit dem Auto hinzufahren. Flüchtig kommt mir der Gedanke, ihm ein Taxi zu rufen, aber daraus wird nie ein stimmiger Plan. Es ist bloß etwas, das mir schattengleich durch den Kopf geistert.

Ich würde gern behaupten, dass ich durch Abwägen der Vor- und Nachteile zu meinem Entschluss gekommen bin.

Doch in Wirklichkeit fühlt es sich mehr wie ein Taumel an, wie ein Blatt, das von einem Baum trudelt. Ein unbestimmbares Gefühl treibt mich hoch in Toms Zimmer.

»Es ist spät«, sage ich im Weggehen. »Ich bringe Sie morgen früh ins Krankenhaus. Heute Nacht können Sie hierbleiben.«

Unter Erschöpfung und Dankbarkeit weicht die Anspannung aus seinem Gesicht.

Ich gehe in Toms Zimmer, schalte die Nachttischlampe ein, suche einen sauberen Schlafanzug heraus und hole eine frische Zahnbürste aus dem Bad. Als ich zurückkomme, hat sich Dans Stimmung verändert. In jenem Augenblick denke ich, dass es an seiner Erleichterung liegen muss, er fühlt sich in Sicherheit; aber er sieht anders aus und verhält sich auch anders.

»Kann ich etwas Wasser mit hochnehmen?«, fragt er.

Ich nehme eine Flasche aus dem Kühlschrank, und als ich die Kühlschranktür schließe, deutet er mit dem Kopf auf die Fotos.

»Süßes Kind«, sagt er. Seine verletzte Unsicherheit ist verschwunden. Der Schrecken. Die Angst. Er bewegt sich mit einem Selbstvertrauen durch meine Küche, das ich so noch nicht an ihm gesehen habe. Er steht sehr aufrecht. Wirkt groß. Irgendwie älter.

Als wir wieder in den Flur gehen, sieht er sich um. »Schönes Haus«, meint er, während er mir die Treppe nach oben folgt. Und als wir an all den Fotos an der Wand vorbeikommen, spüre ich, wie er plötzlich langsamer wird. Ich merke, wie sich seine Augen an den vielen Familienbildern laben: Ferien am Strand, Carolyn und Tom beim Kanufahren auf dem Fluss, Zelturlaube in Devon, Geburtstagsfeiern mit Kuchen voller Kerzen, wir vier auf Schneemobilen, Kamele vor Sanddünen.

»Marokko?«, fragt er und deutet auf die Wüste. Er sieht sie sich alle an. All die vielen Bilder der Kinder. Die Bilder von Kindern, von denen ich behauptet habe, ich hätte sie nicht.

Ich zeige ihm das Zimmer und das Bad nebenan. Er gibt mir das Schlafanzugoberteil zurück.

»Das brauche ich nicht«, sagt er und blickt mich mit seinen hellgrünen Augen durchdringend an.

Ich nehme es wieder an mich. »Ich hole Ihnen ein Handtuch«, erwidere ich.

»Und Ihr Mann? Ist das okay für ihn?«

Es ist wie eine plötzliche Verdüsterung. Als würde das Licht in einem Tunnel nachlassen. Die Stimmung wendet sich in Unbehagen und lässt eine schwer lastende Spannung zurück. Ich erröte. Was würde David sagen, wenn er hier wäre? Ich kann mir keine einzige Situation vorstellen, in der ich etwas Derartiges in seiner Anwesenheit in Betracht gezogen hätte.

»Natürlich«, antworte ich möglichst lässig. Wegwerfend. Doch an der Art, wie er mich ansieht, wird deutlich, dass uns beiden meine Lüge bewusst ist. Sein leidvoller, wunder Gesichtsausdruck ist passé. Er wirkt wachsam. Auf der Hut.

»Er ist auf einer Konferenz«, erkläre ich. »Er kommt heute Nacht oder sehr früh am Morgen wieder, je nachdem, welchen Zug er erwischt.«

Dan nickt. Er weiß, dass ich lüge. Woher? Bin ich eine so schlechte Lügnerin? Ich weiß, dass es so ist. Kann er es sehen? Wieder fühlt es sich an, als würde er mich geradewegs durchschauen.

»Dan …«, setze ich an, zögere dann und fange noch einmal neu an. »Dass ich Sie heute Nacht hier schlafen lasse. Dass sie bleiben dürfen, das ist unüblich. Das hier ist ein Notfall. Es ist nicht …« Wieder fühlen sich die Worte in meinem Mund groß und unfertig an. »Es ist eine Ausnahme.«

»Das verstehe ich.« Er nickt ernst. »Normalerweise machen Sie so etwas nicht. Eine Ausnahme«, wiederholt er und scheint den Ausdruck ausführlich zu kosten, als würde er einen neuen Geschmack genießen. Wieder versucht sich etwas in mein Bewusstsein zu drängen.

»Darüber können wir nächste Woche in unserer Sitzung sprechen.«

»Ich verstehe. Wirklich. Und ich rechne es Ihnen hoch an«, erwidert er und legt sich eine Hand auf die Brust, zum Zeichen seiner Aufrichtigkeit.

Als ich ihm das Handtuch reiche, fällt es zu Boden. Habe ich es fallen lassen? Oder hat er es mir nicht abgenommen? Wie auch immer, wir beugen uns beide abrupt vor, um es aufzuheben. Dabei stoßen unsere Schultern recht ungeschickt aneinander, und schnell richten wir uns wieder auf.

»Entschuldigung, hier, bitte«, murmle ich und ziehe die Tür zu Toms Zimmer auf.

Er schaut mich an. Ein seltsamer, nicht zu deutender Blick, und wieder überkommt mich dieses Gefühl. Dass wir zwei unterschiedliche Unterhaltungen führen. Zwei verschiedene Sprachen sprechen. Als ich an ihm vorbeigehen will, tritt er auf mich zu.

»Danke«, haucht er, sodass ich seinen Atem auf meiner Wange spüre. Dann streckt er den Arm vor und beugt sich zu mir. Ich weiche zurück, doch er folgt. Das Aufblitzen seiner grünen Augen. Sein Gesicht nähert sich meinem. Als ich mich wegdrehe, streifen seine Lippen über meine Wange.

»Dan …«, stoße ich hervor und mache jäh einen Schritt zurück. »Was tun Sie da? Was …«

Ich finde keine Worte.

»Ist schon gut«, meint er. »Es ist eine Ausnahme, außergewöhnliche Umstände. Ich verstehe.« Wieder kommt er mir verschwörerisch näher. »Wirklich, ich kapier das voll. Und außerdem«, fährt er leise fort, »würde ich es ja niemandem weitersagen – nicht wahr?«

Ich starre ihn an und habe das Gefühl, als könnte ich jede Sekunde aus großer Höhe abstürzen.

»Gute Nacht«, sagt er dann und verfällt erneut in sein Benehmen von zuvor. In seiner Dankbarkeit wirkt er beinahe schüchtern. Doch ich habe etwas anderes gesehen. Etwas Dunkles und Bedrohliches. Es hinterlässt bei mir den Eindruck, dass er mir etwas gestohlen hat und ich nicht sicher bin, was es ist. Zu dem Zeitpunkt weiß ich es noch nicht, aber dies ist die letzte Unterhaltung, die ich jemals mit Dan führen werde.

Ich murmle ein »Gute Nacht«, und er dreht sich weg. Ich gehe aus dem Zimmer, und als ich in meinem Schlafzimmer bin, schließe ich fest die Tür hinter mir. Mein Gesicht ist heiß, meine Wange brennt von der Berührung seiner Lippen. Der Anblick seiner glühenden grünen Augen. Seine entspannte Haltung. Wie er sich durch die Küche bewegt hat, leichtfüßig, wie ein Tänzer.

Schönes Haus.

In meinem Schlafzimmer quält mich die Fehleinschätzung wie eine Brandwunde. Ich setze mich aufs Bett und starre auf die Zimmertür. Dann stehe ich wieder auf und klemme einen Stuhl unter die Klinke. Ich lege mich hin. Das Haus ist still. Was habe ich mir nur gedacht? Die reine, weiße, pochende Angst hält mich umklammert. Ich nehme tiefe Atemzüge. Seltsamerweise überlege ich, David anzurufen. Ihn zu bitten herzukommen. Ich weiß, dass er es tun würde. Aber ich kann den Gedanken an das daraus folgende Gespräch nicht ertragen. An seinen entsetzten Blick, wenn ich ihm erzähle, was ich getan habe. »Ein Patient? In deinem Haus? Du kannst es einfach nicht lassen, oder?«, würde er sagen. Ich sitze da und blinzle den unter die Türklinke geklemmten Stuhl an, dann stehe ich erneut auf. Ich schiebe den Stuhl beiseite und dafür die Kommode vor die Tür. Sie ist schwer, und in meinem betrunkenen Ungeschick kippt ein Becher um und fällt zu Boden. Ich kümmere mich nicht darum, was Dan wohl denken mag. Das ist mir inzwischen alles egal. Ich rücke die Kommode vor dem Türrahmen zurecht. Erst als sie gut steht, atme ich etwas freier.

Ich lege mich vollständig bekleidet ins Bett. Mit dem Handy unterm Kopfkissen. Das Haus ist so still. Ich kann nicht einschlafen.

Ich liege da und blinzle in die Dunkelheit. Furchtsam, wie ein Kaninchen. Seine Anwesenheit am anderen Ende des Flurs, in Toms Zimmer, ist mir sehr bewusst; das Bild ist in meinem Kopf. Mein Gesicht, mein ganzer Körper brennt, weil ich etwas so Falsches getan habe. Irgendwann schließe ich kurz die Augen und glaube gleich, ein Geräusch im Haus wahrzunehmen. Mit einem Ruck setze ich mich auf und lausche starr in die Stille. Kein Laut. Nur Regen und Wind draußen am Fenster.

Um drei Uhr nachts bin ich immer noch hellwach. Ruhelos und fiebrig denke ich darüber nach, wie das hier unsere Arbeit, die Beziehung zwischen Therapeutin und Patient, beeinflussen wird. Von meiner Lüge ganz zu schweigen. Und von der Unmöglichkeit, mit ihm weiterzuarbeiten. Vom Rotwein dröhnt mir der Kopf. Ein enges Band aus Schmerz liegt um meine Stirn. Ich nehme eine Schmerztablette und starre auf den Wecker. Das letzte Mal, dass ich die Uhrzeit registriere, ist es 4.40 Uhr.

Beim nächsten Blick zeigt er 6.30 Uhr. Ich stehe auf. Der Stuhl mitten im Zimmer und die Kommode vor der Tür wirken lächerlich. Der Morgen bringt Erleichterung, und Nüchternheit – alles fühlt sich beherrschbarer an. Ich schiebe das Möbelstück beiseite, und als ich zur Treppe gehe, weiß ich sofort, dass das Haus leer ist. Als ich an Toms Zimmer vorbeikomme, sehe ich das ordentlich gemachte Bett. Das Handtuch, zum Quadrat gefaltet, auf der Decke. Dan ist weg.

In der Küche ist ein Zettel an die Kühlschranktür geheftet:

Vielen Dank für die Gastfreundschaft. Die Unannehmlichkeiten tun mir schrecklich leid. Mir geht es besser. Wir sehen uns bei meinem Termin nächste Woche.
Viele Grüße, Dan

Zuerst überkommt mich Erleichterung, dass er fort ist. Sie spült über mich hinweg wie eine Welle. Ich fühle mich leicht und unbeschwert. Ich lese die Nachricht noch einmal. Sie klingt normal. Angemessen und die Grenzen wahrend – zurück in den Gefilden von Patient und Therapeutin. Fast will ich über meine lächerliche Angst lachen. Noch vor wenigen Stunden habe ich meine Tür mit einer schweren Kommode verbarrikadiert. Was habe ich mir bloß gedacht? Es war wie die Szene aus einem von Dans Filmen.

Ich stelle mich unter die Dusche und lasse das Wasser meinen Körper hinabströmen. Ich schließe die Augen. Neige den Kopf und spüre die Tropfen auf dem Gesicht. Ich denke an Hayley. Wie ich versucht habe, sie aufzuhalten. *Bitch.* Ich muss mich bei ihr melden. Per Brief? Oder vielleicht mit einem Anruf? Ich muss sie an den Termin ihrer nächsten Sitzung erinnern. Muss ihr zeigen, dass ich für sie da bin. Dass sie zurückkommen kann. Ich lasse die Augen fest geschlossen und drehe den Wasserstrahl stärker. Spüre das Wasser wie kleine Nadeln auf meine Wangen einprasseln. Und ich denke an Denis Watson. An das Klingeln an meiner Tür. An Dan in meinem Haus. *In meinem Haus.* Meine Erleichterung in Bezug auf ihn ist zu etwas anderem geworden. Ich sehe uns beide vor Toms Zimmer stehen und spüre brennende Scham. Ich will über nichts davon nachdenken. Ich stelle die Dusche ab und setze mich, in mein Handtuch gewickelt, aufs Bett.

Ich schaue zu den Kleidern hinüber, die ich heute für die Geburtstagsfeier anziehen will. Eine blaue Cordhose, Sandalen und eine weiße Bluse. Kurz kommt es mir in den Sinn, nicht hinzugehen. Ich könnte einfach unter die Decke krabbeln und im Bett bleiben. In meinem derzeitigen Zustand und bei dem Schlafmangel wäre das nur verständlich. Mein Gesicht ist so blass und abgespannt, dass ich krank aussehe. Doch dann denke ich an die sorgfältig verpackte Schachtel mit den Modellautos. Und an Nicholas. An sein kleines rosiges Gesicht. Dieses Lächeln. Seine Wange an meiner. Und ich hieve mich hoch. Ich ziehe mich an und setze mich vor den Spiegel. Ich bin in einem Alter, wo Make-up nicht mehr viel zu nützen scheint, aber ich gebe mir Mühe mit meinem Gesicht. Ich tue, was ich kann.

Es ist seltsam, an einem Freitag nicht zur Arbeit zu gehen. Ich kann mich nicht erinnern, wann ich zuletzt einen Tag frei hatte. Die Feier findet in einem Raum des Parkcafés in ihrem Viertel statt. Ich bin sehr nervös, als ich durch die Tore und auf das rote Backsteingebäude zugehe. Ich trete ein und bin in einem Meer aus Geräuschen. Auf Tischen stehen Teller voller Sandwiches und Gebäck und Getränke. Mehrere Babys krabbeln zwischen Kisten mit Plastikspielzeug und Musikinstrumenten umher. Die Eltern halten Pappteller mit Essen und versuchen, ein normales Gespräch zustande zu bringen, während sie ihre herumtollenden Kinder im Blick behalten.

Ein kleines Mädchen läuft mit großen trunkenen Schritten durch den Raum, wankt und rudert mit den Armen, das Gesicht voller Staunen. Nicholas oder Julie kann ich nicht entdecken. Es ist laut und lärmig, aber vielleicht liegt das auch am Wein und am Schlafmangel. Ein dumpfer Schmerz pocht mir in den Schläfen, und meine Augen fühlen sich nicht besonders wach an. Ich komme mir exponiert vor, so allein zwischen den Grüppchen junger Eltern, die sich alle kennen. Um irgendetwas zu tun, gehe ich auf den Getränketisch zu. Vom Geruch der Wurstbrötchen wird mir übel, und als ich mir einen Orangensaft einschenke, zittert der Becher in meinen Händen. Ich stelle ihn ab und schließe kurz die Augen. Ich wäre jetzt lieber zu Hause.

Dann, plötzlich, höre ich meinen Namen. Ich drehe mich um, und Julie steht hinter mir. Ihre Umarmung ist warm und herzlich. Sie hat sich die Haare wasserstoffblond gefärbt und zu Knoten eingedreht. Ich deute auf die Schachtel, die ich auf den Geburtstagstisch gelegt habe.

»Leider noch mehr Autos. Ich wusste nicht so recht, was ich ihm schenken soll«, erkläre ich. »Es sind welche von Tom. Als Kind hat er die geliebt. Ich hoffe, das ist okay?«

Sie lächelt. »Danke.« Sie greift nach meiner Hand und meint dann leise: »Es ist ein schöner Gedanke, dass er mit etwas spielen kann, das seinem Vater gehört hat.«

Ich lächle zurück.

»Ich bin so froh, dass du kommen konntest«, fährt sie fort. »Nicholas wird sich freuen, dich zu …«

Wir werden durch die Ankunft einer weiteren Frau unterbrochen. Julie und sie umarmen sich. Dann dreht Julie sich zu mir um und stellt uns einander vor: »Bella, aus meinem Geburtsvorbereitungskurs. Und das hier ist Ruth.«

Ruth. Nicht *Nicholas' Großmutter.*

Als Julie bemerkt, wie ich den Raum absuche, sagt sie: »Er ist draußen. Mit Frank.«

Ich nicke und gehe zur Tür.

Ich stelle mich in den Türrahmen und sehe ihn sofort im Gras. Sie haben Decken und Spielsachen ausgebreitet, und es gibt auch eine kleine Plastikrutsche. Nicholas trägt ein rot-blaues T-Shirt und beobachtet fasziniert einen Ballon, der an einen Stuhl gebunden ist. Er stupst ihn mit den Fingern an und kreischt vor Freude, wenn er auf und ab hüpft und ihn gegen die Nase knufft. Ich setze mich auf einen Stuhl neben der Tür, zufrieden, ihm einfach nur zuzusehen, auch wenn es mir in den Fingern juckt, die Arme nach ihm auszustrecken, seinen kleinen Körper an meinem zu spüren. Nicholas hopst auf und ab, hoch zum Ballon und wieder zurück. Noch mehr jauchzendes Lachen.

»Ruth?«

Ich schaue auf. Es ist der Mann, den ich mit Julie in South Bank gesehen habe.

»Ich bin Frank, Julies Freund«, sagt er sehr betont. Wir reichen uns höflich die Hand.

»Schön, Sie kennenzulernen«, erwidere ich.

Er wirkt älter als Julie, um mindestens zehn Jahre. Er sieht nett aus.

Wir nicken einander zu. Es ist eine komische Situation. Ich spüre seine Zurückhaltung. Seine Vorsicht.

Julie kommt heraus, und vielleicht bemerkt Nicholas da seine Mutter. Er krabbelt auf uns zu. Auf halbem Weg hält er plötzlich inne und starrt mich an. Er scheint eine Verbindung herzustellen, denn er greift nach seinem Bagger auf der Picknickdecke und schaut erneut zu mir. Er fängt an, übers ganze Gesicht zu strahlen, und krabbelt in Windeseile übers Gras.

»Da kommt ja der kleine Mann«, sagt Julie. Und dann saust er an Frank vorbei und auf mich zu. Ich kann nicht leugnen, dass ich mich wahnsinnig darüber freue. Mein Herz geht auf, weil er zu mir kommt. Er stoppt bei meinen Beinen und zieht sich bis an meine Knie hoch. Er kommt zu *mir*.

Er streckt die Arme nach oben, und ich bücke mich und hebe ihn hoch in die Luft.

»Herzlichen Glückwunsch, du kleiner Sonnenschein!« Ich drücke seine Wange an meine, und dann strecke ich die Arme weit von mir. Er lacht, als ich ihn durch die Luft wirble. Vielleicht gebe ich ein bisschen an. Vielleicht koste ich meinen Moment unter Franks wachsamem Blick besonders aus. Stecke mein Revier ab. *Seht mich an*, sage ich, *er kennt mich. Ich bedeute ihm etwas.*

Als ich ihn absetze, wedelt er wild mit den Armen. Also beginne ich noch einmal von vorn. Und noch einmal. Und noch einmal. Da sind wir, verbunden, während ich ihn hoch über meinen Kopf halte. Er fliegt, glucksend und voller Freude.

Als die Partyspiele anfangen, dröhnt mir der Schädel. Es ist Zeit, zu gehen.

»Ich verabschiede mich, viel Spaß noch«, sage ich.

Erst protestiert Julie, doch dann nimmt sie mich in die Arme. Frank nickt. Er versucht nicht, mich umzustimmen. Als ich den Park verlasse und zur U-Bahn gehe, schaue ich auf mein Handy. Drei verpasste Anrufe von John Grantham. Der Geschäftsführer der Klinikstiftung ruft mich nie auf dem Handy an. Und das an meinem freien Tag? Mein Herz zieht sich zusammen. Dann trifft eine Nachricht von ihm ein. *Rufen Sie mich bitte zurück, sobald Sie können.* Danach entdecke ich noch zwei verpasste Anrufe von Paula. Mein Unbehagen wächst, als ich die Ticketkontrolle zur Northern Line passiere.

Gerade im Zug, schreibe ich John zurück. *Rufe in 20 Minuten an.*

Als ich aus dem Bahnhof komme, wähle ich seine Büronummer. Er hebt direkt ab.

»Können Sie sofort herkommen?«, sagt er, und in der Sekunde, bevor ich antworte, geht mir auf, dass das nicht als Frage gemeint ist.

20

Tom trug keine Schuld an dem Unfall. Das behauptete auch niemand. Nicht einmal die Mutter des Jungen, die, wie sich herausstellte, die Schwimmkenntnisse ihres Sohnes Jack deutlich überschätzt und diesbezüglich falsche Angaben gemacht hatte. Es geschah bei einem der Wochenendfreizeitlager der Pfadfinder, und Tom war genau nach Vorschrift vorgegangen, hatte jedes Kind, das mit Schwimmweste aus dem Wasser kam, abgehakt. Als alle den Uferbereich verlassen hatten, spritzte er den Steg ab, legte alle Westen in die dafür vorgesehenen Truhen, stellte den Schlauch an und ging sich umziehen. Wenn irgendjemanden eine Schuld traf, dann den Gruppenleiter, der die Aufsicht über die Umkleiden hatte. Niemand sah Jack durch das Café nach draußen rennen. Niemand sah ihn nach etwas suchen, dann auf den nassen Bohlen ausrutschen und ins Wasser fallen. Erst als Tom wieder nach draußen kam, um den Wasserhahn abzudrehen, hörte er die Hilferufe. Er entdeckte Jack, der sich an einen Pfosten des Stegs klammerte, und zog ihn heraus.

Der Vorfall nahm Tom deutlich mehr mit als den Jungen. Nach dem Anruf fuhr ich zu ihm raus, und als ich beim Verein ankam, sah ich sofort seine vornübergebeugte Gestalt. Den dunklen, verhangenen Blick. Er saß auf einer Bank und starrte aufs Wasser.

»Ich bin verantwortlich für die Kinder.« Er wirkte zutiefst bedrückt. »Ich habe ihn im Stich gelassen.«

Und was immer ich auch sagte, er war von seiner Nachlässigkeit überzeugt. Davon, dass er seine Arbeit nicht anständig gemacht hatte.

Niedergeschlagen schüttelte er den Kopf. »Er hätte sterben können.«

Ehe wir losfuhren, sprach ich mit Geoff, dem Leiter des Kanuvereins, der von Toms Geistesgegenwart beeindruckt war.

»Bei den jüngeren Kindern ist immer jemand mit draußen«, erklärte er, »aber bei denen über zwölf war das bisher nie nötig. Der Gruppenleiter hätte mitbekommen müssen, dass er rausgelaufen ist. Wir werden unsere Richtlinien überprüfen.« Er meinte, es werde eine Vorfallsmeldung geben, aber Tom habe nichts zu befürchten. »Jack geht es gut. Der ärgert sich immer noch mehr darüber, dass er sein Pfadfinderabzeichen verloren hat.«

Als ich uns nach Hause fuhr, saß mir die Furcht im Nacken. Ich wusste, dass die Schuld nicht von außen zu kommen brauchte. Dass Tom sie sich ganz allein aufladen würde. Trotz aller Beschwichtigungen war mir klar, dass keiner meiner Einwände bei ihm verfangen würde, dass nichts, was irgendjemand sagen könnte, den geringsten Unterschied machte.

»Ich war es«, sagte er verzweifelt. »Ich habe ihn draußen allein gelassen.«

Das erinnerte mich an sein kleines ängstliches Kindergesicht, wenn er früher über *Kleiner Hase Tom* gebrütet hatte. Das draußen im Regen vergessene Kuscheltier. Ich redete ihm gut zu, wiederholte, was Geoff gesagt hatte. Ich ertrug es einfach nicht.

»Jetzt hör schon auf damit«, meinte ich schließlich.

An jenem Abend war er fahrig. Dann klingelte Julie, und er verließ das Haus und kehrte erst spät in der Nacht zurück. Am Morgen schien es ihm schlechter zu gehen. Nach dem Frühstück hatte er eine Panikattacke und war den Rest des Tages sehr unruhig. Dann rief Geoff an, aber Tom bat mich, den Anruf für ihn entgegenzunehmen. Ich erklärte Geoff, dass Tom noch eine Weile unterwegs sein könnte.

Als ich später mit ihm redete, erwähnte ich Julie. Er reagierte ausweichend und gereizt. »Was soll schon mit ihr sein?«, fragte er achselzuckend. »Sie ist einfach eine Freundin von der Arbeit, weiter nichts.«

Am nächsten Morgen war er früh wach, und als ich nach unten in die Küche kam, hing ein leichter Geruch nach Holzrauch in der Luft, wie von einem Lagerfeuer. Doch meine Aufmerksamkeit wurde sofort von seinem Aussehen gefesselt. Er hatte sich die Haare abgesäbelt. Sein kahl geschorener Schädel sah brutal aus, wie eine Selbstbestrafung, und im Badezimmer sammelte ich die Haarlocken ein, die noch im Waschbecken lagen. In den darauffolgenden Tagen war er nicht in der Lage, zu seinem Ausbildungskurs zu gehen. Seine panische Angst hatte etwas Kindliches. Als wäre er wieder fünf Jahre alt und müsste sich an meinem Portemonnaie festhalten, um das Haus verlassen zu können. Ich hatte Sorge, dass das Ganze ihn nach den Fortschritten des Sommers zurückwerfen würde, daher vereinbarte ich mit seinem Einverständnis eine Sitzung bei Dr. Hanley. Vielleicht beruhigte mich Toms Zustimmung zu sehr, seine Bereitschaft, dort hinzugehen. Vielleicht sah ich auch wieder einmal nur das, was ich sehen wollte.

Als ich zwei Tage später, am Tag seines Termins, von der Arbeit zurückkam, herrschte eine gespenstische Stille im Haus. Da mein Herz beim Betreten eines stillen, leeren Hauses inzwischen fast unwillkürlich zu hämmern begann, musste ich mich arg zurückhalten, um nicht sofort nach oben zu eilen. Als ich nach ihm rief, war ich voll und ganz darauf konzentriert, nicht zu alarmiert zu klingen. Um ruhig zu bleiben, zwang ich mich außerdem, die Treppe nur langsam hochzusteigen. Ich sah in seinem Zimmer und im Badezimmer nach, wobei ich seinen Namen mit einer Lässigkeit rief, die ich nicht empfand. »Tom?« Er war nicht zu Hause.

Ich machte mir einen Kaffee und warf einen Blick in den Garten, wo ich ihn vielleicht zu entdecken hoffte. Ich rief ihn auf dem Handy an, aber es ging gleich die Mailbox ran. Ich legte auf, ohne eine Nachricht zu hinterlassen. Ein wenig später versuchte ich es erneut, und diesmal sprach ich ihm etwas drauf, um zu fragen, ob er zum Abendessen wieder zu Hause wäre. Meine Stimme klang ruhig, gefasst.

»Ich mache Hähnchenbraten«, sagte ich.

Zum Essen tauchte er nicht auf, und ich rief noch einmal bei ihm an. Diesmal lief ich oben im Flur entlang und hörte irgendwo sein Handy summen. Ich fand es in seinem Zimmer, auf dem Boden neben dem Bett; es war auf lautlos gestellt und vibrierte nur. In diesem Augenblick überkam mich ein kaltes, schleichendes Grauen.

Später würde ich im Geiste noch einmal unsere Gespräche in den Tagen direkt nach dem Unfall durchgehen. Ich überlegte, ob meine Unbekümmertheit, meine beruhigenden Worte, die Tom etwas von seinen Sorgen nehmen sollten, möglicherweise das Gegenteil bewirkt hatten. »Das hätte jedem passieren können«, hatte ich ihm versichert. »Und außerdem war der Gruppenleiter verantwortlich, nachdem die Jungen den Steg verlassen hatten.« Vielleicht hatte all das schlicht dazu geführt, dass er sich unverstanden und ungehört gefühlt hatte. Als würde man ihm gar nicht zuhören. Vielleicht hatte ich die Macht seines Verantwortungsgefühls unterschätzt.

Ich rief David an. Er war damals gerade in Los Angeles. Ich hatte nicht an den Jetlag gedacht; er klang sehr erschöpft.

»Hast du was von Tom gehört?«, fragte ich atemlos.

Ein winziges Zögern. Dann seine spöttische Stimme: »*Hallo, David. Wie geht's dir? Wie war dein Flug? Viel Erfolg bei der Konferenz heute. Tut mir leid, dass ich dich geweckt habe. Wahrscheinlich hast du gerade versucht, vor deinem großen Tag noch ein bisschen Schlaf nachzuholen.*«

»Tut mir leid«, erwiderte ich, »aber ich mache mir Sorgen um Tom.«

David brauchte mir nicht zu sagen, was er davon hielt.

»Ich weiß schon«, fuhr ich fort, »aber diesmal fühlt es sich irgendwie anders an. Er ist nicht zum Abendessen nach Hause gekommen. Er ist nicht hier ...« Ich merkte, wie meine Stimme beim Reden immer schneller wurde. »Und er hat sein Handy nicht mitgenommen. Ich habe es gerade gefunden. Neben seinem Bett.« Inzwischen klang ich sehr schrill.

Ich weiß nicht mehr, wie das Gespräch endete. Kurz und bündig, nehme ich an. Da war eine gewaltige Kluft zwischen uns, die immer breiter wurde. Ob es Worte des Trostes gab? Irgendetwas Verbindendes? Etwas Zärtliches? Vermutlich nicht. Später, so erinnere ich mich, ging ich von Zimmer zu Zimmer und lauschte der Stille im Haus. Ich weiß noch, dass ich nach der Zeitung griff, dann nach einer Zeitschrift, und mich anschließend durch die Fernsehsender zappte, aber ich konnte mich auf nichts konzentrieren. Da war irgendetwas, genau am Rand meines Sichtfelds, wie ein Traumgespinst, das verblasst, ehe man es richtig erkennt. Ich versuchte es bei Dr. Hanley, aber natürlich rief ich außerhalb seiner Sprechzeiten an, und sofort meldete sich der Anrufbeantworter. Einer Eingebung folgend, griff ich nach Toms Handy und scrollte durch seine Nachrichten. Ich hörte die Mailbox ab. Da war ein Anruf von Dr. Hanleys Sprechstundenhilfe. Tom war nicht zu seinem Termin erschienen. Sie bat ihn, zurückzurufen und einen neuen zu vereinbaren. Ich musste an Mark Webster und seine letzte unbeschwerte Sitzung mit mir denken. Ich sah den dunklen Tunnel vor mir. Den heranrauschenden Zug. Seine glänzenden schwarzen Schuhe, als er den Schritt vom Bahnsteig tat. Angst machte sich in mir breit. Ich hatte Mühe, einen klaren Gedanken zu fassen und ruhig zu bleiben. Das war der Moment, als ich bei der Polizei anrief.

An das Gespräch kann ich mich kaum erinnern. Inzwischen war es 22.30 Uhr. Ich muss aufgewühlt und panisch geklungen haben.

»Mein Sohn ist verschwunden«, sagte ich eindringlich, das weiß ich noch. Und meine erregten Worte mussten die Verwirrung gestiftet haben.

Nur zehn Minuten nach dem Anruf standen zwei Polizisten vor meiner Tür. Eine Frau und ein Mann Ende fünfzig, groß, kräftig, mit stoppeligem Bart und grau meliertem Haar.

»*Siebzehn?*«, wiederholte er und sah mich verdutzt an.

Ich nickte und legte mit meiner Geschichte los. Die Worte sprudelten nur so aus mir hervor: »Ein Unfall bei der Arbeit … seine Gefühlslage … in keiner guten Verfassung.«

Er starrte mich an, dann blickte er auf sein Handy und erklärte, sie hätten eine Vermisstenmeldung über einen siebenjährigen Jungen erhalten. Er beugte sich vor. Er hatte ein breites, kantiges Gesicht, biss die Zähne aufeinander. »Sie sagten, Ihr Sohn wäre sieben. Und jetzt erzählen Sie uns, er ist siebzehn? Also quasi erwachsen?« Er klang gereizt.

Die Polizistin übernahm. »Da muss es ein Missverständnis gegeben haben«, meinte sie beschwichtigend. »Das tut mir leid. Gut möglich, dass wir da selbst etwas durcheinandergebracht haben. In der Zentrale. Sie wirken sehr erschüttert. Wieso gehen wir nicht rein, dann können Sie uns alles erzählen.«

Wir setzten uns an den Küchentisch, und sie hörte mir sehr aufmerksam zu. Ich überlegte, ob sie wohl selbst Kinder hatte, widerstand jedoch dem Drang, sie zu fragen.

»Wann hatten Sie ihn denn zurückerwartet?«, wollte sie wissen.

»So gegen sechs oder sieben.«

Bei diesem Wortwechsel unterdrückte der Mann ein Gähnen und blickte auf die Uhr.

»Also ist er vielleicht nur ein bisschen länger ausgeblieben?«, meinte sie. »Haben Sie bei seinen Freunden angerufen?«

Ich sah sie verständnislos an. »Ich glaube, er steckt in Schwierigkeiten.«

»Was für Schwierigkeiten denn?«, fragte sie und schlug ihren Notizblock auf.

»Es hat einen Unfall gegeben, in dem Kanuverein, wo er arbeitet.« Ich schilderte ihnen die Einzelheiten.

Während ich erzählte, stellte ich mir Tom kurz vor seinem Feierabend vor. Fleißig. Gewissenhaft. Beim Abspülen und Aufräumen der Rettungswesten.

»Es war ein kleines Metallabzeichen«, sagte ich. Ich erklärte ihnen, dass der Junge es aufs Boot mitgenommen hatte, in seiner Hosentasche, es aber danach nicht mehr finden konnte. »Er ist auf dem Steg ausgerutscht. Tom hat ihn aus dem Wasser gefischt.«

Ich wusste, dass ich zu weit ausholte. Als würde ich es selbst ganz klar vor Augen haben wollen, um vielleicht etwas zu entdecken, das ich bisher übersehen hatte. »Der Leiter dort, Geoff«, fuhr ich fort. »Er hat zu mir gesagt, dass Tom einer ihrer besten Leute ist. Tüchtig. Dass er gut mit den Kindern kann. Geoff hat ihm versichert, dass er nichts zu befürchten hat. Aber Tom hat nur den Kopf geschüttelt. ›Es war meine Schuld‹, hat er gesagt.«

Flüchtig dachte ich an früher, als meine Sorgen noch klein gewesen waren. Als ich alles noch verarzten, reparieren und ausbessern konnte. Wie viel einfacher war es doch gewesen, als er sieben war.

»Also das Kind, das ins Wasser gefallen ist, dem geht's gut?«, fragte der Polizist.

Ich nickte.

»Keine Anzeige? Nichts?«

»Nein.«

»Also … braucht Ihr Sohn sich im Grunde keine Sorgen zu machen.«

»Nein. Aber die Verantwortung lastet auf ihm«, entgegnete ich. »Er *fühlt* sich schuldig, obwohl er es gar nicht ist.«

Schweigen.

»Und er hat sein Handy hiergelassen«, rief ich triumphierend, als würde ich meine beste Karte ausspielen.

Der Polizist sah mich ungerührt an. Das Missverständnis nahm er mir offenbar immer noch übel. Seine Stimme hatte einen vorwurfsvollen Unterton. Da war der Anflug eines Tadels. Als hätte ich selbst irgendwie Schuld daran, dass mein Sohn verschwunden war.

»Arbeiten Sie, Mrs. Hartland?«

»Dr. Hartland«, verbesserte ich ihn unnötigerweise. »Ja. Ich bin Psychotherapeutin, ich leite eine Trauma-Abteilung.«

»Ah«, meinte er, als würde das all seine Fragen beantworten.

Verzweiflung stieg in mir auf. »Die Sache im Kanuverein«, sagte ich, »das hält er nicht aus.« Ich knetete die Hände im Schoß und brachte das Folgende kaum über die Lippen: »Er ... er hat versucht, sich umzubringen. Vor über einem Jahr. Er war stationär«, und die Tränen liefen mir über die Wangen.

Der Mann machte sich ein paar Notizen, und die Polizistin übernahm erneut, behutsam und wortlos. Sie beugte sich zu mir. Ich schämte mich für meine Tränen. Die Tränen, wegen denen die Frau sich vorbeugte und der Mann sich zurücklehnte. Sie hatte akkurat geschnittenes, kurzes, dunkles Haar mit ein wenig Grau hier und da. Sie wirkte effizient, gut organisiert. Sie sprach in einem ruhigen Tonfall. Bei ihr fühlte ich mich sofort in guten Händen. Ihre Stimme war zurückhaltend und leise. Ich entspannte mich ein wenig.

Sie stellte mir Fragen zum letzten Jahr, zu Toms psychischer Verfassung, wollte wissen, ob er noch in Behandlung war.

»Wir müssen sein Risiko abschätzen«, erklärte sie. Es müssten Formulare ausgefüllt werden. Sie bräuchten eine Personenbeschreibung und aktuelle Fotos.

Sie stellte weitere Fragen, und ich gab ihr bereitwillig Auskunft. Ich beschloss zu warten, bis sie fertig war, sie ausreden zu lassen, ehe ich ihr die Frage stellte, die mir unter den Nägeln brannte.

Kurz trat Stille ein. Dann war ich endlich an der Reihe.

»Also, was glauben Sie, wann Sie ihn finden werden?«

Ganz kurz zuckte es in ihrem Gesicht, und der Polizist warf erneut einen alles andere als verstohlenen Blick auf seine Uhr.

»Gemäß seiner Gefährdungseinschätzung werden wir unverzüglich einige Maßnahmen einleiten.«

»Was denn zum Beispiel?«

»Ihnen wird ein Ermittlungsbeamter zugeteilt. Die Vermisstenstelle sowie das Jugendamt werden benachrichtigt ...«

»Was soll das heißen?«, fiel ich ihr ins Wort. Plötzlich schien mir alles vor den Augen zu verschwimmen.

»Weil er unter achtzehn ist und wegen seines früheren Suizidversuchs wird man sein Risiko als hoch einstufen ...«

»Als hoch?«

»Ja. Die zuständigen Kollegen werden sich sofort damit befassen. Die Polizei wird landesweit über den Fall informiert. Wir werden seine Beschreibung und Fotos in Umlauf bringen.«

Kurz herrschte Schweigen.

»Ist das alles?«

»Falls es eine Sichtung gibt, werden wir Sie umgehend benachrichtigen. Außerdem wird man Ihrer Familie seelsorgerische Unterstützung anbieten ...«

»Ich will keine seelsorgerische Unterstützung«, unterbrach ich sie.

Erneutes Schweigen.

»Es gibt auch noch andere Risikofaktoren, aber ich glaube nicht, dass er ...«

»Was für Faktoren?«

»Hat er eine Lernschwäche?«

Ich schüttelte den Kopf.

»Ist er aufgrund seiner psychischen Verfassung schon einmal straffällig geworden?«

»Nein.«

»Besteht eine erhöhte Wahrscheinlichkeit, dass er einer anderen Person ernstlichen Schaden zufügen könnte?«

Wieder schüttelte ich den Kopf. Ich starrte die beiden an.

»Er ist mein Sohn. Ich mache mir Sorgen um ihn«, flüsterte ich. Ich schlug die Hände vors Gesicht und sackte auf meinem Stuhl zusammen.

»Hat er irgendetwas mitgenommen?«

Ich muss verwirrt ausgesehen haben.

»Geld? Kleider? Seinen Pass?«

»Was? Das … das weiß ich nicht.«

»Könnten Sie bitte nachsehen?« Ihre Stimme war sanft.

Ich ging in sein Zimmer und schaute mich um. Öffnete den Kleiderschrank. Soweit ich beurteilen konnte, fehlte nichts.

Als ich in der Schreibtischschublade im Arbeitszimmer nach seinem Pass sehen wollte, fiel mir ein, dass er dort nicht sein konnte. Tom hatte ihn für seinen Nebenjob gebraucht.

»Er hat ihn ins Freizeitzentrum mitgenommen«, erklärte ich den Beamten, »für den Job beim Kanuverein. Er musste sich dafür ausweisen. Und sein Führungszeugnis brauchte er auch.«

Die beiden wechselten einen Blick.

»Das muss beides noch im Zentrum liegen.« Ich klang durcheinander, das merkte ich selbst.

Stille.

»Er bewahrt Bargeld in einer Blechdose in seinem Zimmer auf, die ist noch da. Fünfundfünfzig Pfund und ein wenig Kleingeld.«

Der Polizist wurde unruhig und warf seiner Kollegin vielsagende Blicke zu. Er fand wohl, es sei an der Zeit zu gehen. Sie erwiderte die Blicke nicht, blieb ruhig sitzen.

Plötzlich hatte ich den dringenden Wunsch, die beiden aufzuhalten, sie in meinem Haus einzuschließen. Ich hatte das Gefühl, dass alle Hoffnung dahin wäre, sobald sie von hier weggingen. Sein Funkgerät plärrte. Er drehte es leiser, stand auf und lief zur Terrassentür, wo er mit Blick auf den Garten stehen blieb und hineinsprach. Er drehte sich zu seiner Kollegin um. Sie sah ihn an und nickte, dann erhob sie sich.

»Der für Sie zuständige Ermittlungsbeamte wird sich morgen mit Ihnen in Verbindung setzen«, erklärte sie. Dann öffnete sie eine Mappe und reichte mir ein Faltblatt. »Das sind die Organisationen, die wir empfehlen.«

Als wir in den Flur gingen, wurde ich langsamer. Ich hatte das Bedürfnis, sie die Treppe hinaufzuführen. Ihnen die Wände voller Fotos zu zeigen. Oder die Bilder aus ihren hübschen Holzrahmen zu nehmen und sie ihnen in die Hand zu drücken. Urlaubsfotos. Geburtstagsfeiern. Tom am Strand.

Innerlich schrie ich. *Bitte. Bitte sehen Sie uns an. Bitte sehen Sie uns. Bitte helfen Sie uns.*

»Danke, dass Sie gekommen sind«, sagte ich an der Haustür.

Der Mann verschwand rasch den Gartenweg hinunter und sprach weiter in sein Funkgerät. Die Frau blieb noch kurz bei mir stehen.

»Es tut mir sehr leid«, meinte sie. »Ich hoffe, Sie hören von Ihrem Sohn.« Sie erzählte, dass ein Drittel aller Vermisstenmeldungen Jugendliche zwischen sechzehn und achtzehn beträfen. »Die meisten sind innerhalb von achtundvierzig Stunden wieder zu Hause. Manche brauchen einfach etwas Abstand. Den Eltern macht das Angst. Aber die Kids rüttelt es oft ein bisschen auf, wenn sie merken, wie schwer man allein da draußen zurechtkommt. Sie sind dann mehr als dankbar, wieder nach Hause zu kommen. Zurück in ihre gemütlichen warmen Betten.« Sie suchte nach dem passenden Tonfall. Hoffnungsvoll? Witzig? Beruhigend? Für mich klang es nach nichts davon.

Als ich wieder im Obergeschoss war, durchsuchte ich sein Zimmer nach Hinweisen. Alles war ordentlich. Das Bett gemacht. Seine Kleider hingen auf ihren Haken. Bücherregal und Schreibtisch waren aufgeräumt. Auf dem Nachttisch ein Wecker und ein Bücherstapel. Ich überflog die Titel. Dann sah ich noch einmal genauer hin; unter dem Bett und auf den Regalen. Nichts.

»Ein Buch fehlt«, sagte ich, als ich auf der Wache anrief.

»Ein *Buch*?« Der Polizist am anderen Ende schwieg.

»Sie haben mir gesagt, dass ich anrufen soll, wenn ich merke, dass etwas fehlt. Sein Lieblingsbuch ist weg. Das ist das Einzige, was mir bisher aufgefallen ist.«

An jenem Abend gab es keine Neuigkeiten mehr. Später rief David an und meinte, er habe seinen Rückflug vorverlegt. Carolyn war auf einem Auswärtsturnier der Hockeymannschaft ihrer Schule, und wir fanden beide, dass sie die Reise nicht unterbrechen sollte.

»Samstag ist sie zurück. Bis dahin ist er wieder zu Hause«, meinte David.

Der Ermittlungsbeamte kam am nächsten Morgen. Noch mehr Formulare. Fotos und Informationserfassung. Er erklärte, was als Nächstes geschehen würde.

»Wie sieht denn bei Jungen wie Tom der übliche Zeitplan für die Suche aus?«, wollte ich wissen.

Kurz herrschte Schweigen.

»Wir halten Sie auf dem Laufenden«, meinte er dann, und wieder wurde ich auf die einschlägigen Websites und Organisationen verwiesen.

Auch am nächsten Tag gab es nichts Neues. Ebenso wenig am Tag darauf. Es schien mir unbegreiflich, dass nichts anderes unternommen werden konnte, dass niemand ihn finden und nach Hause bringen konnte.

Der Ermittlungsbeamte versicherte mir, dass er jede neue Information sofort an mich weiterleiten würde. Doch als ich weiterhin drängte, erinnerte er mich sanft an Toms Alter.

»Dr. Hartland«, sein Tonfall war freundlich, aber auch bestimmt. »Wir tun, was wir können, aber London ist voll von vermissten Kindern. Junge Teenager, Jungen und Mädchen, von dreizehn oder vierzehn Jahren, manche auch noch jünger. Vielleicht haben sie Probleme zu Hause. Drogen. Zerrüttete Familienverhältnisse. Psychische Probleme. Aber sie werden vermisst. Sie brauchen sich nur irgendein beliebiges Lokalblatt anzusehen. Tom ist streng genommen noch ein Kind, aber in den Augen des Gesetzes steht er kurz vor dem Erwachsenwerden. Mit achtzehn gilt er als fähig, seine eigenen Entscheidungen zu treffen. Falls wir ihn finden, werden wir ihn dazu ermutigen, Kontakt zu Ihnen aufzunehmen, aber die Entscheidung liegt bei ihm. Wir werden tun, was in unserer Macht steht.«

In den Stunden und Tagen darauf schlief ich kaum, und wenn ich doch einmal eindöste, erwachte ich erhitzt und schweißgebadet, mit einer Flut entsetzlicher Bilder im Kopf. Am häufigsten sah ich vor mir, wie er in einen See fiel. In die Tiefe sank, die ausgebeulten Taschen voller Steine, die Arme ausgebreitet wie riesige Flügel.

Am nächsten Tag rief ich Geoff an, um nach Toms Pass zu fragen. Er meinte, er habe ihn Tom vor ein paar Wochen zurückgegeben. »Aber wir haben sein Sweatshirt«, sagte er. »Das hat er an dem Tag hier vergessen. Es war noch in seinem Spind. Zusammen mit einem Buch. Ich bringe Ihnen beides vorbei.«

Tatsächlich war es dann Julie, die seine Sachen brachte. Sie weigerte sich hereinzukommen, blieb auf der Schwelle stehen und zwirbelte an ihren pinken Zöpfen. Sie wich mir aus, als ich nach dem Abend fragte, an dem er zu ihr gegangen war. Tat es mit einem Achselzucken ab, als ginge mich das alles nichts an. Schließlich nannte sie mir doch ein paar Einzelheiten, vielleicht wegen meines müden, von Sorge gezeichneten Gesichts. Sie sagte, als er bei ihr auftauchte, sei er völlig außer sich gewesen, unruhig, habe »sich Vorwürfe gemacht«. »Aber dann haben wir uns ein bisschen unterhalten, und er schien sich etwas abzuregen. Wir haben den Abend dann noch zusammen abgehangen.« Sie zögerte, zupfte an ihren Fingernägeln herum. »Er hat gefragt, ob er ein paar Tage bei mir bleiben darf. Auf dem Sofa. Meinte, er bräuchte etwas Abstand …«

»Etwas *Abstand*?«, schoss ich zurück. »Wovon denn?«

Doch sie schüttelte den Kopf. »Ich hab ihm gesagt, dass das keine gute Idee ist. Die Wohnung gehört einer Freundin. Sie hat mir sowieso schon einen Gefallen getan …«

»Du hast *nein* gesagt?« Meine Stimme war eisig.

»Na ja, ich … es war ja nicht meine Wohnung …«

»Aber er hat dich um Hilfe gebeten!«

Ich bin nicht stolz auf mein Verhalten damals. Ich war müde und voller Sorge und suchte nach einem Sündenbock.

»Was hast du dir nur dabei gedacht?«, giftete ich. Ich warf ihr vor, dass ihr Timing fürchterlich gewesen sei. Ich glaube, ich habe sie egoistisch genannt. »Er ist erst siebzehn«, schrie ich hysterisch. »Das ist deine Schuld!«

Das Letzte, woran ich mich erinnere, ist, wie sie Toms Sachen vor unserer Haustür fallen ließ und mit wirbelndem Batikkleid davonmarschierte.

Es ist nicht leicht, zu erklären, wie niederschmetternd es war, als ich Toms Ausgabe von *In die Wildnis* entdeckte. Ich wendete das Buch in den Händen und schlug es auf. Es war völlig zerlesen, und viele Stellen waren mit Bleistift unterstrichen. Ohne dieses Buch war er nirgends hingegangen, und mir wurde klar, wie sehr ich das Fehlen des Buches als einen Beleg für sein vorsätzliches Verschwinden gedeutet hatte. Und so schmerzhaft ich die Vorstellung auch fand, dass er freiwillig fortgegangen war, so hätte es doch eine gewisse Absicht erkennen lassen, einen Entschluss, was ich persönlich den anderen, düstereren Bildern vorgezogen hätte. Wie er in einem Graben lag zum Beispiel. Oder am Fuß einer Klippe. Oder am Grund eines Sees. Mir wurde bewusst, wie viel Angst ich davor gehabt hatte, das Buch wiederzufinden, unter einem Papierstapel oder hinter irgendwelchen Rechnungen auf dem Kaminsims. Als Julie es also zurückbrachte, wollte ich die Überbringerin nicht etwa dafür bestrafen – ich wollte sie vernichten.

Später an jenem Tag entdeckte ich im Garten die Überreste des Feuers. Die Feuerschale, die wir früher immer zum Campen mitgenommen hatten, lehnte an der Schuppenwand. Ich kniete mich hin. Im Gras lag, achtlos beiseitegeworfen, Toms Portemonnaie. Es war leer. Ich durchwühlte das Häufchen weißer Asche, spürte etwas Hartes unter den Fingern und zog es hervor. Ein kleines, blaues, an einer Ecke geschmolzenes Plastikdreieck – unverkennbar das Stück einer Oyster Card. Daneben, auf dem Boden, ein Papierfetzen. Ich starrte darauf. Ich erkannte genau, was es war. Ein Eckchen von Toms ausgefülltem, noch nicht eingereichtem Antrag für die vorläufige Fahrerlaubnis. Ich setzte mich ins Gras und versuchte, mir vorzustellen, wie er an dem Morgen, als er sich die Haare abgeschnitten hatte, hier herausgekommen war, oder vielleicht auch spät am Abend zuvor. Ich versuchte mir vorzustellen, wie er das Feuerholz aufgeschichtet hatte, das Reisig entzündete und dann nach und nach all seine persönlichen Dokumente den Flammen übergab. Seinen College-Ausweis. Seinen Pass. Seine Bankkarten. Ich malte mir aus, wie er sie in der Hitze brennen, sich einkräuseln und schmelzen sah. Wie er die Dinge in Brand steckte, die definierten, wer er war. Sämtliche Spuren vernichtete; alle Hinweise auf seine Identität, einen nach dem anderen. *Woran hat er wohl dabei gedacht?*, fragte ich mich. Dann stand ich unvermittelt auf. Darüber wollte ich gar nicht nachdenken.

David kehrte vorzeitig aus Los Angeles zurück, und am Samstag war auch Carolyn wieder zu Hause. Als sie sah, dass wir sie beide abholen kamen, ging ihr wohl auf, dass etwas passiert sein musste.

Gemeinsam setzten wir uns um den Küchentisch und arbeiteten einen Plan aus. David konzentrierte all seine Energie auf eine umfassende Suchaktion. Er ging frühmorgens aus dem Haus und fuhr stundenlang durch London, klapperte mit Fotos von Tom, die Carolyn ausgedruckt hatte, sämtliche Hostels ab. Er heftete einen Stadtplan an die Wohnzimmerwand und kreiste Gegenden ein, in denen Tom sich seiner Meinung nach aufhalten könnte. Er erstellte eine Liste von Orten, an denen unser Sohn glücklich gewesen war; als Kind in den Ferien, auf Campingausflügen. Er fuhr sogar nach Devon, zu der Hütte am See. Carolyn startete eine gezielte Suche in den sozialen Netzwerken, mit Accounts auf Twitter und Instagram, die sie regelmäßig aktualisierte; sie spannte ein weites Netz. Ich hielt zu Hause die Stellung und diente als Kontaktperson zu Polizei und Vermisstenstelle. Jeden Abend setzten wir uns zum Essen zusammen und brachten einander auf den neuesten Stand unserer jeweiligen Fortschritte. Es gab keinen einzigen Hinweis, keine Sichtungen. Nichts.

21

Unmittelbar nach Toms Verschwinden stand ich unter Schock. Ich war im freien Fall. Zwanghaft überprüfte ich all unsere Bankkonten, und jedes Mal wenn ich mich einloggte, hoffte ich, irgendeine ungewöhnliche Kontobewegung zu entdecken, die Abhebung eines größeren Geldbetrags, die uns einen Hinweis auf seinen Aufenthaltsort geben würde. Nichts. Leer und schmerzerfüllt bewegte ich mich durch mein Leben. Eine Zeit lang war dem Anschein nach alles normal. Ich behandelte meine Patientinnen und Patienten. Führte mein Team. Leitete die Besprechungen. Niemand wusste Bescheid. Ich riss mich erfolgreich zusammen – bis mir eines Tages Sally Adams über den Weg lief. Anschließend erkannte ich, dass es bloß eine Frage der Zeit gewesen war. Ein leichter Löffelschlag auf die Eierschale meines Lebens genügte.

Sally war Finns Mutter. Finn hatte ich zuletzt bei dem Zufallstreffen am Bahnhof gesehen, nach dem Fußballspiel der Jungs. Sally stand plaudernd im Gedränge einer Bushaltestelle. Ich rechnete mir aus, dass ich, wenn ich mit starrem Blick schnell geradeaus weiterlief, unbemerkt an ihr vorbeikommen würde. Gerade als ich dachte, ich hätte es geschafft, hörte ich ihre schrille Stimme.

»Ruth?«

Ich erstarrte und drehte mich um.

»Ruth! Ich dachte mir doch, dass du es bist.« Und dann ging es los. »Ich bin gerade auf dem Weg zum Sportgeschäft. Finn hat doch bald dieses Turnier in Holland.« Sie seufzte. »Du solltest mal sehen, wie viel Zeug er dafür braucht ... Holland! Stell dir das mal vor. Was ist eigentlich aus Spielen innerhalb Londons geworden?« Sie verdrehte theatralisch die Augen. »Sie wohnen in Eindhoven. Ein internationales Turnier. Du liebe Güte! Mit siebzehn? Was soll denn da noch kommen, he? Finn ist überglücklich. Er hat gar nichts anderes mehr im Kopf – Fußball, Fußball, Fußball ...« Ihr Frust war eindeutig gespielt.

Plötzlich zog sie ihr Handy hervor. »Guck mal hier«, sagte sie und scrollte durch ihre Fotos. »Weißt du noch, wie sehr es Finn immer genervt hat, dass er so klein ist? Und jetzt sieh ihn dir mal an!« Und ihr pinker perlmuttglänzender Fingernagel tippte auf das Bild eines hoch aufgeschossenen Jungen in Fußballkluft. Er war nicht wiederzuerkennen. Für den Bruchteil einer Sekunde sah ich die beiden in der Kita vor mir. Finn und Tom zusammen im Sandkasten. Ihre kleinen konzentrierten Gesichter, während sie Sand von einem Eimer in den anderen kippten.

»Gestern Abend hat Bill noch gestöhnt: *Wann packen die endlich ihre Sachen und lassen uns verdammt noch mal in Frieden?*«, meinte sie lachend. »Aber eigentlich liebt er das alles. Adam ist gerade wieder von der Uni zurück. Die Bumerang-Jahre! Ist jetzt im letzten Jahr seines Medizinstudiums und zieht für eine Weile wieder zu uns. Ist ja auch kaum anders möglich, bei den Londoner Mietpreisen ...«

Wie ein Wasserfall plapperte sie weiter und heuchelte immer wieder Unmut, während sie in Wahrheit ganz außer sich war vor Glück über ihre Familie. Ich stand wie erstarrt da, gepfählt vom funkelnden Schwert ihrer glänzenden, preisgekrönten Kinder. Als sie kurz Luft holte, war ich so darauf bedacht, jeglicher Frage an mich zu entgehen, dass ich mich sagen hörte: »Hast du jetzt eigentlich vier oder fünf? Ich kann es mir nie merken.«

»Vier«, antwortete sie stolz. »Ich hätte auch gern noch weitergemacht. Wollte eigentlich sechs, aber Bill hat irgendwann ein Machtwort gesprochen. Oder vielmehr den Kuhstall geschlossen«, kreischte sie und beugte sich verschwörerisch zu mir vor. »Es fühlt sich aber auch immer nach mehr an. Alle scheinen ständig bei uns rumzuhängen – Freunde, Freundinnen, Kommilitonen … Oft kommt es mir so vor, als würde ich eine ganze Fußballmannschaft verköstigen. Ich weiß nie, für wie viele ich kochen soll; kann mich gar nicht mehr erinnern, wann es zuletzt mal nur wir sechs waren. Am Ende koche ich dann immer die doppelte Menge. Geht's dir nicht auch so?«, fragte sie, ohne wirklich auf eine Antwort zu warten, während ich an unseren langen, leeren Küchentisch dachte.

Ich weiß noch, wie ich Tom einmal bei Finn abgeholt habe, als sie beide in der ersten Klasse waren. Sally hatte vier Kinder unter sieben Jahren, wobei ihr das Jüngste, ein Säugling, im Tragetuch vor der Brust hing. Ihr Haar hatte einen seidigen Glanz. Sie war perfekt angezogen, ganz in Lycra, mit dazu passendem Pullover. Sie pürierte gerade Fischpastete, »für Molly«, erklärte sie mir, schuckelte das Baby und löffelte die Kartoffel-Fisch-Masse in einen Eiswürfelbehälter, während sie zugleich die Arbeitsfläche sauber wischte. Ich war schon allein vom Zusehen erschöpft.

»*Schon wieder Tag der offenen Tür?*, murmelt Bill oft vor sich hin. Aber weißt du …« Und plötzlich hielt sie inne. »Keine Ahnung, was wir machen, wenn die alle erst mal aus dem Haus sind. Dann ist doch in vielen Ehen Schicht im

Schacht – ein riesengroßes *leeres* Nest ... Da werde ich wohl anfangen müssen, Körbe zu flechten. Oder ich hoffe darauf, dass ein paar von ihnen schlecht bezahlte Kreativjobs annehmen, mit denen sie es sich niemals leisten können, von zu Hause auszuziehen.« Sie wieherte vor Lachen.

»Ja«, sagte ich, »Gott sei Dank gibt es noch die Arbeit.«

Sie gluckste allerdings gerade so sehr über ihren eigenen Witz, dass sie meinen trockenen Kommentar nicht zu bemerken schien. Dann schüttelte sie den Kopf. »Weiß der Geier, wie ich auch noch einer bezahlten Arbeit hätte nachgehen sollen. Und gerade dein Job – du tust anderen Menschen ja so viel Gutes.«

Mir war heiß, und ich schwitzte. Der Geruch nach klammer Wolle stieg mir in die Nase. Ich lockerte meinen Schal. Ihr Gesicht verschwamm vor meinen Augen. Für einen Moment wurde alles still. Ihr erbarmungsloses, unaufhörliches Geschnatter ging weiter. Ich sah, wie ihr Mund sich bewegte. Ihre Hände fuchtelten wild vor meinem Gesicht herum. Aber ich hörte nichts.

Es erforderte eine enorme Willensanstrengung, auf die Uhr zu sehen.

»Aber hier quassele ich die ganze Zeit. Wie geht's denn *dir*? Den Zwillingen? David?«

»Gut«, presste ich hervor. »Aber ich muss jetzt zum Zug.« Ich trat einen Schritt zurück und hob die Hand wie einen Schutzschild.

»Lass uns bald mal treffen«, rief sie mir hinterher, als ich in Richtung Bahnhof davonstolperte.

*

Ich nahm mir drei Monate frei. Gab bei der Arbeit an, ich sei auf einem vereisten Gehweg ausgerutscht und müsse mich einer Notoperation am Rücken unterziehen. Maggie vertrat mich während meiner Abwesenheit. Der Einzige, der Bescheid wusste, war Robert.

»Bei der Arbeit soll es niemand wissen. Ich will das getrennt halten. Die Arbeit hilft mir. Sie ist ein Teil von mir – und irgendwann, bald, will ich, egal was passiert, wieder zurückkehren. Ich möchte nicht, dass sie mich dann in einem anderen Licht sehen. Immer nur Mitleid, Mitgefühl und Samthandschuhe, das halte ich nicht aus. Das würde nicht funktionieren«, sagte ich vehement.

Robert hörte mir zu, und falls er nicht meiner Meinung war, verschwieg er es. Trotzdem merkte ich, dass ihm die Sache nicht gefiel. Dass es nicht das war, wozu er mir geraten hätte.

»Was immer du für richtig hältst«, erwiderte er. »Darauf kommt es an. Aber wenn du John und das größere Team nicht ins Vertrauen ziehst, wirst du, wenn du wieder arbeiten gehst, dein eigener Gradmesser sein müssen. Dafür, was du schaffen kannst und was nicht. Welche Fälle du übernehmen und welche du ablehnen solltest. Das sind Dinge, über die wir hier sprechen müssen. Und ich hätte gern dein Wort, dass du das auch tun wirst. Hier, mit mir.«

Ich versprach es ihm, und er schien sich mit der Wirbelsäulengeschichte zufriedenzugeben. In vielerlei Hinsicht war sie von der Wahrheit gar nicht so weit entfernt. Ich konnte mich kaum auf den Beinen halten. Verlor leicht den Boden unter den Füßen.

Und an dem Tag, als ich mich nach »meinem Sturz« krankmeldete, brach ich buchstäblich zusammen, und zwar so erschreckend schnell, dass ich mich fragte, ob es falsch gewesen war, mit der Arbeit zu pausieren.

Den ersten Weihnachtstag verbrachte ich im Bett. Ich entwickelte Grippesymptome und dann eine postvirale Erkrankung, was bedeutete, dass ich drei Wochen im Bett bleiben musste. Es zog mir im wahrsten Sinne die Schuhe aus. David reichte eine Woche Urlaub ein und nahm für mich die Anrufe und Genesungsmails aus der Abteilung entgegen. Als es mir in der zweiten Woche kein bisschen besser ging, arbeitete er von zu Hause aus. Er war rücksichtsvoll und hilfsbereit. Ungewöhnlich zugewandt und aufmerksam. Vielleicht erkannten wir beide, dass dieser plötzliche Zusammenbruch die Strategie meines Körpers war, mit all dem Stress und Schock umzugehen, und obwohl wir es nicht geschafft hatten, ohne gegenseitige Anschuldigungen über das Vorgefallene zu sprechen, war David nun ganz darauf konzentriert, meinen Körper zu hegen, zu pflegen und zu heilen.

Viele jener Tage vergingen für mich wie im Nebel. Ich wachte auf und spürte einen kühlen Waschlappen auf der Stirn, fand ein frisch gefülltes Glas Wasser oder heiße Zitrone auf dem Nachttisch. Einmal, nachdem ich ein Bad genommen hatte, war meine schweißgetränkte Bettwäsche abgezogen und gegen saubere Laken ausgetauscht. Es schien so untypisch für David, war eine solch liebenswürdige Geste, dass ich am liebsten geweint hätte. Später stellte ich fest, dass er sogar meine Mutter für mich besucht hatte.

Auch Carolyn trug im Hintergrund still das Ihre bei, wusch die Wäsche, bügelte und bereitete in einem fort köstliche Mahlzeiten zu – stärkende Suppen, Aufläufe und Salate –, die sie mir mit kleinen Klebezetteln auf den Herd oder in den Kühlschrank stellte. Die Wochen verstrichen. Der achtzehnte Geburtstag der Zwillinge kam und ging. Carolyn musste am folgenden Tag ein Referat halten und wollte sich noch darauf vorbereiten. David hatte für den Abend zahlreiche

Vorschläge gemacht, die ich allesamt mit einer Handbewegung abtat. Schließlich ging er allein ins Kino, und ich verbrachte den Abend in Toms Zimmer, wo ich einfach nur auf seinem Bett saß.

Carolyn äußerte Zweifel bezüglich ihrer bevorstehenden Australienreise, trug sich mit dem Gedanken, sie abzusagen, aber David und ich waren uns ausnahmsweise sehr einig: Sie musste fliegen. Es hatte keinen Zweck, in London zu bleiben. Ein verschwendetes Jahr.

»Und außerdem«, argumentierte ich, »kannst du die Updates in den sozialen Medien von überall machen.«

Das schien sie letztlich umzustimmen.

In den folgenden Monaten, bis zu unserer unvermeidlichen Trennung und Davids Auszug aus dem Haus, war ich dankbar, seine liebenswürdigen Gesten in Erinnerung behalten zu können. Wir warteten, bis Carolyn nach Australien geflogen war. Falls die Neuigkeit unserer Trennung sie überraschte, ließ sie es sich nicht anmerken.

In jenen Wochen nach meiner Genesung, als ich noch nicht wieder im Dienst war, stürzte ich mich erneut in die Suche nach Tom. Ich trat der Selbsthilfegruppe für Angehörige vermisster Personen bei, die ich auf einer der Internetseiten vom Faltblatt der Polizistin gefunden hatte. Ich besuchte Chatrooms für Eltern. Ich fand die Unterstützung anderer, hauptsächlich anderer Mütter aus aller Welt, die mit genau den gleichen Qualen zu kämpfen hatten. Ich war erschüttert, wie viele Sechzehn- und Siebzehnjährige sowie alle, die älter als achtzehn waren, sich außerhalb des Zugriffs der Gesetze befanden. Im Grunde waren sie doch noch Babys. Wie alt sie auch sein mochten, für uns würden sie immer unsere Babys bleiben. Wir mailten einander. Halfen uns gegenseitig durch schwierige Zeiten. Es gab viele wunderbare, hilfsbereite Menschen. Und dann gab es Minty. Danach ließ ich mein Konto ruhen.

Aus Wochen wurden Monate, aus Monaten schließlich ein Jahr. Ein ganzes Jahr ohne Nachrichten. Es schien unvorstellbar. Irgendwann fand ich mich damit ab, dass die Polizei nichts ausrichten konnte. Ich fand mich damit ab, dass meine Welt sich ständig auf Messers Schneide zwischen Sorge und Angst befand. Eine Anspannung, die sich rund um Geburts- und Jahrestage verstärkte, aber auch durch viele andere, völlig unvorhersehbare und unerwartete Ereignisse. Ich fand mich damit ab, dass ich ihn überall zu sehen glaubte. Fand mich damit ab, dass ich in einem Zustand gesteigerter Erwartung lebte, in einer Vorhölle der Furcht. In ständiger Trauer und dem Gefühl des Verlusts. Mit der Zeit rechnete ich bereits damit, dass Erinnerungen an ihn sich unversehens in meinen Alltag drängen würden.

Mit Dan Griffin rechnete ich nicht.

22

John lächelt nicht. Er ist nicht unfreundlich, runzelt aber sorgenvoll die Stirn. Er sieht müde aus, denke ich beim Ankommen. Für einen Mann Anfang sechzig ist er schlank und fit, aber heute wirkt er grau und matt. Als ich im Türrahmen stehen bleibe, erhebt er sich und deutet auf die Sitzgruppe in der Zimmerecke. Er nimmt einen großen braunen DIN-A4-Umschlag vom Schreibtisch, kommt zu mir und lässt sich schwer auf einen Stuhl sinken.

»In der Pförtnerloge wurden um die Mittagszeit ein paar Fotos abgegeben«, sagt er.

In mir regt sich neuerliches Unbehagen, als ich an meine Fehler der vergangenen Nacht zurückdenke. Ich sehe zu ihm auf. Jetzt ist es so weit, denke ich. Ich werde meinem Chef, dem Geschäftsführer der Stiftung, für die ich seit fünfundzwanzig Jahren arbeite, erklären müssen, dass ich einem Patienten erlaubt habe, bei mir zu Hause zu übernachten. Ich habe keine Ahnung, was ich ihm sagen soll. Es scheint unmöglich – nein, undenkbar –, dass es Fotos davon gibt, wie Dan mein Haus verlässt. Wo sollten sie herkommen? Wer hätte sie machen sollen? John schüttelt die Bilder aus dem Umschlag und verteilt sie, sechs oder sieben Stück, auf dem Tisch. Ich zwinge mich, den Blick zu senken und sie anzusehen.

Die Aufnahmen sind unscharf und fleischfarben. Kurz

sieht es nach Körpern aus, vielleicht ein Gesicht von der Seite, und mit Schrecken denke ich an Dans Lippen auf meiner Wange. Ein angespanntes Schweigen entsteht, während ich sie mir genauer anschaue. John ist still. Zu still. Ich bin verwirrt. Ich beuge mich vor. Zuerst ist es schwer, zu erkennen, was die Fotos darstellen.

Ich nehme eins in die Hand; es sieht aus wie Haut. Ich wähle ein anderes: ein roter Fleck. Und dann springt es mir ins Auge. Das Armband mit den kleinen Silberanhängern. Eine Schubkarre. Ein Stern. Ein winziges Herz. Ich blicke auf. Alle Farbe weicht mir aus dem Gesicht.

»Hayley Rappley«, sagt er nickend, ernst. »Fotos von ihrem Arm. Sie hat die Ausdrucke vorhin beim Pförtner abgegeben, nachdem sie alle Bilder um zwei Uhr morgens auf Instagram gepostet hat – und kurz danach auch auf Twitter. Der Hashtag lautet: *#SpielMitOderStirb* mit Ruth Hartland in der Trauma-Abteilung.«

Ich halte die Luft an. Dann greife ich nach einem anderen Foto. Es ist etwas weniger unscharf. Man erkennt die Abdrücke meiner Finger auf ihrem Arm. Die Bilder scheinen vor meinen Augen größer und kleiner zu werden. Ein dumpfer Schmerz pocht in meinem Hinterkopf. Ich denke an die Situation in meinem Sprechzimmer zurück. Wie mir ihr rasender Zorn in den Ohren klingelte. Wie ich sie unbedingt aufhalten wollte. Meine Hand auf ihrem Arm. Kurz schließe ich die Augen.

»Nun?« Johns Stimme klingt freundlich, sanft. Eine winzige Pause entsteht. »Bitte sagen Sie mir, dass es nicht das ist, wonach es aussieht.«

Johns Gesicht zeigt grimmige Entschlossenheit. Sein Körper ist auf die drohende Katastrophe gefasst. Das Letzte, was er jetzt braucht, ist ein weiterer Skandal. Er wartet auf meine Bestätigung, dass alles bloß ein Irrtum ist. Dass ich das Opfer einer erfindungsreichen Patientin geworden bin. Eines Schwindels. Dass es nicht mehr als ein vorübergehender Kopfschmerz sein wird, ein Ärgernis. Dass wir der Abteilung für Öffentlichkeitsarbeit sagen können, sie sollen eine Stellungnahme herausgeben, die Sache schnell wieder zurechtrücken.

Ich öffne den Mund. Als ich den Blick erneut auf die roten Male richte, brennen mir vor Scham die Wangen. Ein in ihren Arm eingebrannter Abdruck meiner Wut. *Bitch.* Es ist ein trotzig erhobener Arm. Ich sehe den Zeitstempel auf dem Foto und stelle mir vor, wie sie geradewegs zu den Toiletten im Erdgeschoss gegangen sein muss, die Aufnahmen noch an Ort und Stelle gemacht hat, im grellen Neonlicht bei den Waschbecken. Ich schüttle den Kopf. John atmet schwer aus, am Boden zerstört.

»Ich … ich weiß nicht, was ich sagen soll …«, stammle ich. »Zwischen uns ist was vorgefallen. Es gab eine Szene. Sie war sauer, hat mir Dinge an den Kopf geworfen. Ich wollte sie aufhalten, habe nach ihrem Arm gegriffen. Ich erinnere mich nicht mehr genau.« Ich massiere mir die Schläfen. Ihr mürrisches Gesicht. Die Sätze, die mich so getroffen haben. »Ich habe sie angefasst. Das weiß ich noch. Aber ich erinnere mich nicht, zugedrückt zu haben.« Erneut schüttle ich den Kopf. »Ich weiß nur noch, dass ich sehr wütend war«, und ich bedecke mein Gesicht mit den Händen.

Langes Ausatmen. »Herrgott, Ruth.« Eine Weile sitzt John still da. Dann fährt er sich langsam mit der Hand übers Gesicht, wie mit einem Waschlappen.

Es war kein leichtes Jahr für ihn in der Stiftung. Finanzielle Einschnitte in der gesamten Klinik haben großflächig zum Wegfall von Arbeitsplätzen geführt, und die resultierende Wut führte zu einer Reihe heftiger Anklagen aus der

Personalabteilung. Noch dazu war ein Mitarbeiter in einen Suizid auf der Jugendstation verwickelt. Es gab Gerichtsverfahren, endlose Pressemitteilungen, und gerade als alles wieder in ruhigeren Bahnen zu laufen begann, erkrankte Johns Frau an Brustkrebs. Sie wurde operiert und befindet sich derzeit im Genesungsprozess. Alles in allem ein düsteres und stressiges Jahr.

Wir diskutieren ein wenig. Nicht sehr lange. John erklärt, dass Hayley die Polizei kontaktiert habe. Dass die Beamten sich wegen einer Aussage bei mir melden würden. Es fällt das Wort Strafanzeige. Er meint, dass er tun werde, was in seiner Macht stehe. »Den Schaden möglichst kleinhalten«, sagt er. Dann teilt er mir mit, dass ich mit sofortiger Wirkung suspendiert bin.

»Aber was ist mit meinen Patienten?«, frage ich hilflos. Im Geist gehe ich meinen Terminplan für die kommende Woche durch. Die Teambesprechung. Die Supervision mit Stephanie. Meine zweite Sitzung mit dem Team in Balham. All meine Patienten, die auf mich angewiesen sind. All die Menschen, die ich einmal pro Woche oder alle zwei Wochen sehe. Und was ist mit Dan? Ein stechender Schmerz fährt mir in die Brust.

»Ich habe ungefähr zweiundzwanzig laufende Fälle«, sage ich. »Da ist dieser eine Patient ...«

John ist pragmatisch. Ich soll eine Liste meiner derzeitigen Patientinnen und Patienten für die Übergabe schreiben. »Paula wird sie heute alle kontaktieren. Per Telefon oder Brief.« Er meint, er werde ihr eine Vorlage formulieren, die sie rausschicken kann. »Man wird Ihren Patienten einen anderen Therapeuten anbieten.«

»Wen denn?«, will ich wissen. »Wir sind doch alle schon überlastet, es gibt niemanden ...«

»Ruth«, unterbricht er mich nun heftig. »Man wird den Leuten eine Alternative anbieten müssen. Vermerken Sie auf der Liste, wer am stärksten gefährdet ist. Wen wir priorisieren sollten. Wir werden keine genauen Zeitangaben machen. Jemand anderes muss Ihre Fälle übernehmen.«

Ich sehe, wie er spricht. Sein Mund geht auf und zu.

»Keine genauen Zeitangaben?«, wiederhole ich schwach.

»Die Ermittlung«, meint er resigniert, »das wird drei Monate dauern, mindestens.«

Ich bewege die Lippen. Ich finde keine Worte mehr. Ich nicke. Plötzlich fällt mir die Ermittlung zu dem Patienten einer Nachbarstation aus dem vergangenen Jahr ein. Am Ende waren es eher sechs Monate, bis der Therapeut wieder arbeiten durfte.

»Möglicherweise brauchen wir eine Vertretung für Sie«, sagt John. »Oder jemanden, der die Abteilung interimsmäßig übernimmt. Bis das hier geregelt ist.«

»Eine *Vertretung*?«, entgegne ich. Vertretungen gehen bei uns nie durch. *Ihr lasst euch doch nie auf Vertretungsregelungen ein*, möchte ich am liebsten sagen. »Wozu?«

Da wirkt er gereizt. Als wäre ich ein Kind, das klare Anweisungen nicht befolgen kann. »Ruth. Sie sind die Abteilungsleiterin. Sie haben eine Führungsposition. Jemand wird für Sie einspringen und das Team leiten müssen.«

»Einspringen? ... Aber das Ganze sollte doch nicht allzu lange dauern. Die Aufregung wird sich legen. Oder nicht?«

Sein Gesichtsausdruck wandelt sich. Er starrt mich an. Streng und unnachgiebig.

»Die Aufregung *wird sich legen*?«, wiederholt er aufgebracht. »Ruth, verstehen Sie eigentlich, wie ernst diese Sache ist? Hayley Rappley könnte *Anklage erheben*. Ich hoffe sehr, dass sie das nicht tut. Später am Nachmittag habe ich eine

Verabredung mit ihrem Vater. Aber falls sie sich doch dazu entschließt ... nun ja ...« Er hebt abwehrend die Hände. »Das könnte sie jedenfalls, es klingt so, als hätte sie Anspruch darauf.« Und sein Tonfall ist mehr als nur ein bisschen anklagend.

Er schweigt, kratzt sich an der Wange. Das tut er oft, wenn er besorgt ist.

»Was ist denn los, Ruth? Wie um Himmels willen konnte das passieren?«

Er respektiert mich. Wegen meiner Stellung und meiner Professionalität, meinen vielen Dienstjahren in der Stiftung. Er will verstehen. In meinem Gesicht sucht er nach einer Antwort.

Das ist der Zeitpunkt, um ihm von Tom zu erzählen. Ihm zu sagen, dass mein Sohn verschwunden ist. Dass ich nicht weiß, wo er steckt. Dass ich ihn seit über eineinhalb Jahren nicht gesehen habe. Das ist der Zeitpunkt, um ihm eine Erklärung zu liefern. Ein kleines Bröckchen. Etwas, das er annehmen und nachvollziehen kann. Aber ich weiß, dass es keine angemessene Entschuldigung wäre. Es gibt keine Entschuldigung.

Ich schüttle den Kopf. »Es tut mir schrecklich leid. Wirklich. Es tut mir leid.«

Ich verspreche ihm, mich umgehend um die administrativen Angelegenheiten zu kümmern. Dass ich jetzt in mein Büro gehen werde.

»Ja. Gut«, meint er knapp. »Ich habe Paula Bescheid gegeben. Sie erwartet Sie.«

Die Dringlichkeit in seiner Stimme bestürzt mich. Seine Eile. Ich erhebe mich.

»... und ich brauche noch Ihren Mitarbeiterausweis.«

Erst in diesem Augenblick fange ich beinahe zu weinen an.

Ich spüre, wie mir die Tränen kommen, und senke den Blick, durchsuche meine Tasche umständlich nach dem Zugangs-Badge und lege es auf den Tisch. Wie schnell sich die Dinge doch ändern können, denke ich. Nur ein winziger Schritt über eine unsichtbare Linie.

*

Paula wirkt angespannt. »Warst du bei John?«, fragt sie mit bleichem Gesicht.

Ich nicke. Und ihre plötzliche Umarmung bringt die Tränen dann zum Fließen. Sie klopft sanft auf den Stuhl neben sich.

»Lass es uns hinter uns bringen«, sagt sie behutsam. »Ich helfe dir.«

»Meine Patienten für Montag … kannst du versuchen, sie alle zu erreichen? Sie im Voraus zu informieren? Und Dan Griffin«, füge ich hinzu, »kannst du ihn bitte anrufen?«

Als ich nach draußen auf den Parkplatz trete, fühle ich mich benommen und lädiert. Doch irgendwo ist da auch Erleichterung. So etwas wie die Erkenntnis, dass mir die letzten achtundvierzig Stunden hoffnungslos entglitten sind und ich nun gerettet werde. Dass ich gerade von einem Autounfall forthumple, der sehr viel schlimmer hätte ausgehen können. Eine Patientin zu fest am Arm gepackt? Ein Patient, den ich bei mir habe übernachten lassen? Was kommt als Nächstes? Eine leise Stimme in mir sagt, dass ich Glück habe. Dass dieses erzwungene Exil gut für mich sein wird. Dass man mich vor mir selbst gerettet hat.

Angesichts dessen, was mir noch bevorsteht, wird mir dieser Gedanke in weniger als vierundzwanzig Stunden grotesk vorkommen.

23

Ich bin eine der Letzten, die es erfährt. Es ist Freitag Nachmittag, eine Woche nach meiner Suspendierung. Ich bin zu Hause und durch den plötzlichen Wegfall meiner Arbeitswoche noch immer aus dem Gleichgewicht. Ich habe Mühe, mich an die leeren Nachmittage zu gewöhnen, die früher zum Bersten gefüllt waren, allzu vollgepackt mit Helfen und Zuhören und Nützlichsein. Nun dehnt sich die Zeit gähnend vor mir aus, während ich überall nach Dingen suche, die meinen Tag füllen können. Ich bin wie verkümmert. Verloren. Allein auf hoher See.

Irgendwann in jener Woche liegt eine Karte von Stephanie in der Post. Ein Küstenmotiv mit windgepeitschtem Strand, Sanddünen und bunten Holzhüttchen. Ich stelle mir vor, wie sie an ihrem Schreibtisch sitzt und die Karte schreibt, mit ihren Gefühlen ringt, weil sie mitten in der Ausbildungszeit ihre Supervisorin verloren hat, aber trotzdem das Richtige tun will. In ihrer ordentlichen, sorgfältigen Handschrift entscheidet sie sich für die Worte: »Bin in Gedanken bei Ihnen.«

In den kommenden Tagen werde ich mich fragen, wo genau ich war, als es passiert ist. Vielleicht an der Spüle? Habe ich gerade einen Becher abgewaschen? Oder bin ich alte Arbeitsunterlagen durchgegangen? Habe ich vielleicht in den Blumenbeeten Unkraut gejätet und die Töpfe auf der Terrasse mit gelben Primeln bepflanzt? Bin ich mit den Fingern just in jenem Moment über die samtig-weichen Blütenblätter gestrichen? Ich werde eine Weile brauchen, um die Bedeutung des zeitlichen Ablaufs zu erfassen. Und natürlich wird der Zeitpunkt auch vor Gericht eine wichtige Rolle spielen; der Umstand, dass es ausgerechnet während unseres vereinbarten Termins geschah. Erst später finde ich heraus, dass er, obwohl Paula ihm eine Nachricht hinterlassen hatte, zur Sitzung erschien, in einem Zustand, den die anderen als »äußerst aufgewühlt« beschrieben. Und dann wurde ihm gesagt, dass ich nicht da sei. Vielleicht fiel ihm darauf unsere vorige Sitzung wieder ein, das Bild von der Kommode. *Ich werde Ihnen dabei helfen.* Vielleicht kam er voll Hoffnung. Sah seine Chance, Ordnung ins Chaos zu bringen. Vielleicht auch nicht. Wer weiß.

Über die Abfolge der Ereignisse an jenem Nachmittag kann ich nur spekulieren. Paula wird den Anruf entgegengenommen haben. Sicher hat man nach mir gefragt. In Anbetracht des öffentlichen Interesses und des kriminellen Hintergrunds vieler unserer Fälle sind Anrufe von der Polizei nicht ungewöhnlich. Zunächst wird Paula den Beamten erklärt haben, dass ich nicht im Hause bin. Sie wird ihnen die knappe Antwort gegeben haben, die von John abgesegnet wurde: »Sie ist die kommenden Wochen nicht in der Klinik. Ich kann gern eine Nachricht entgegennehmen und jemand anderen bitten, Sie zurückzurufen.« Der abgestimmte Ausdruck, die Floskel, zu der John meinen Kolleginnen und Kollegen geraten hatte, lautete natürlich: *auf absehbare Zeit.* Vielleicht sind sie aber noch nicht bereit dafür. Auch sie müssen sich erst an die Neuigkeit gewöhnen, langsam und vorsichtig, wie ein Schwimmer, der in allzu kaltes Wasser eintaucht. Seltsam, wie nichts davon jetzt noch von Bedeutung ist. Es gibt keine Verschwiegenheit mehr. Keinen Ort, an dem man sich verstecken könnte.

Als die Dringlichkeit der polizeilichen Anfrage deutlich wird, hat Paula die Beamten, tüchtig, wie sie ist, vermutlich an einen der erfahreneren Therapeuten verwiesen: an Maggie oder Jamie, die mich beide vertreten, wenn ich nicht da bin. Nacheinander stelle ich sie mir vor, in ihren jeweiligen Sprechzimmern, wie sie ihren täglichen Pflichten nachgehen, E-Mails schreiben, therapieren, Patientenakten durchsehen. Ein ganz normaler Freitagnachmittag. Am anderen Ende des Gangs hat gerade die PTBS-Gruppe begonnen. Stephanie ist in ihrer Sitzung mit Samira. Es ist ein Nachmittag wie jeder andere, von den bevorstehenden Neuigkeiten noch unberührt.

Sehr bald darauf wird man John angerufen haben. Vielleicht kommt die Polizei gleich nach diesem ersten Telefongespräch, vielleicht auch erst etwas später, um meine Akten sicherzustellen. Kurz verspüre ich Mitleid mit John. Wegen dem, was nun kommen wird. Armer John. Eine Woche zuvor bestand seine größte Sorge noch darin, mit den Auswirkungen des Instagram-Posts einer Fünfzehnjährigen fertigzuwerden.

Sicherlich herrscht geschäftiger Aufruhr. All die tragischen Neuigkeiten, die allmählich durch die Abteilung sickern. Die randvolle Badewanne ist kurz vorm Überlaufen. Ein silbriger Wasserfaden bahnt sich kräuselnd seinen Weg über die Kante, bis sich eine riesige Wasserhand langsam über den Wannenrand wälzt. Sie schwappt zu Boden, fließt langsam weiter, durchdringt den Stoff des Lebens anderer Menschen. Und die ganze Zeit über bin ich zu Hause. Spüle einen Becher ab oder fahre mit den Fingern über samtweiche Blütenblätter. In meinem Exil. In einer Blase der Unwissenheit.

Zum ersten Mal erfahre ich überhaupt irgendetwas, als um 18.35 Uhr mein Handy klingelt. Ich greife danach, sehe Johns Nummer, und als ich auf den Bildschirm tippe, um abzuheben, läutet es an der Tür. Ich trete in den Flur. Ein schmaler Sonnenstrahl fällt durch die Glasscheibe und bildet einen Lichtwirbel auf den Holzdielen. Ich mache einen Schritt darüber und halte das Handy dicht ans Ohr.

»Ruth«, sagt John mit leiser Stimme, »es ist etwas passiert ...«

Jetzt öffne ich die Tür. Ein Mann mittleren Alters und eine Frau Mitte dreißig stehen auf der Schwelle, mit ihren Dienstausweisen in der Hand.

»Ruth Hartland?«, fragt die Polizistin. »Dürfen wir reinkommen?«

Ganz kurz denke ich, dass diese zwei Vorkommnisse nichts miteinander zu tun haben. Dass John und die beiden Kriminalbeamten vor meiner Haustür zwei zufällige Ereignisse sind, die an diesem Freitagnachmittag aufeinanderprallen. Als ich die Polizei sehe, muss ich sofort an Tom denken. Ich habe ein Gefühl wie bei einem Sturz und das heftige, verzweifelte Verlangen, vom Telefon wegzukommen. In diesem Moment scheint Johns Anruf zweitrangig, eine Ablenkung von der wichtigen Angelegenheit direkt vor mir.

»Ich muss auflegen«, sage ich zu John, und mein Magen zieht sich zusammen.

Er erwidert irgendetwas, aber seine Stimme klingt weit entfernt. Sie schwindet, während ich das Handy vom Ohr sinken lasse. »Ich bin auf dem Weg zu Ihnen«, meint er noch. Ich glaube, ihn irgendetwas von einem Anwalt sagen zu hören. Von der Presse. Falls ich überhaupt einen Zusammenhang herstelle, dann zu Hayley. Vielleicht hat sie sich für eine Anklage entschieden. Es ist ein vager, flüchtiger Gedanke, und ich verstaue ihn irgendwo weit hinten in meinem Kopf. Das ist jetzt nebensächlich, denke ich, als ich ihn fortscheuche, Platz mache für die andere wichtige Neuigkeit über meinen Sohn. Vielleicht teilt John mir weitere Einzelheiten mit. Vielleicht schildert er mir irgendwelche Vorfälle, vielleicht auch nicht. Ich weiß es einfach nicht mehr. Ich erinnere mich nur noch, dass ich mich für bedeutende Nachrichten wappne. Meine eigene Panik nimmt mich ganz in Beschlag. Meine schreckliche Angst um Tom. Was auch immer John gesagt hat, sinkt ins Nichts, als ich die Kriminalbeamten hereinlasse.

Wir gehen ins Wohnzimmer. Ich setze mich hin, ganz vorn auf die Stuhlkante. Es verdutzt mich, als die Polizistin eine Klarsichthülle hervorzieht. Darin steckt ein kleines Foto, das sie nicht herausnimmt, sondern zwischen uns auf den Sofatisch legt. Ich starre sie verständnislos an. Senke nicht den Blick.

»Geht es um Tom?«, frage ich eindringlich. »Ist ihm etwas passiert? Bitte, sagen Sie es mir. Ich muss es wissen …«

»Tom?«

»Mein Sohn.«

Die Polizistin sieht zu mir auf. Fragend. Dann ein kleines, kaum merkliches Kopfschütteln. Damals ist das Wissen der Polizei noch lückenhaft. Sie setzen die Ereignisse gerade erst zusammen. In diesem Stadium ist ihr Auftreten freundlich, aber das wird sich natürlich ändern.

»Darf ich Sie bitten, sich dieses Foto anzusehen? Erkennen Sie es wieder?«

Ich schaue auf den Schnappschuss vom Strand. Den kleinen karierten Sonnenhut. Die Hand, die auf den Sand patscht. Das glückliche Lächeln auf seinem Kindergesicht.

»Das ist Nicholas«, sage ich. »Mein Enkel.« Ich bin verwirrt. »Wo haben Sie das her? Es ist mein Foto.«

Ich drehe es um. Auf der Rückseite steht die Adresse. Julies Privatadresse in meiner aufgeregten Handschrift.

Die Polizistin nickt und schiebt es behutsam beiseite.

»Es war in meinem Portemonnaie, in meiner Handtasche. Wo haben Sie das her?«

»Und was ist mit dem hier?«, fragt sie, und plötzlich liegt ein weiteres Foto auf dem Tisch. Diesmal ist es stark vergrößert und unscharf. Die Kamera hat die Gesichter nah herangeholt. Ich nehme die Plastikhülle in die Hand und sehe es mir genau an. Da bin ich. Mit Nicholas in den Armen. Wie ich ihn hoch über den Kopf hebe, ein Vogel im Himmel. Sein Gesicht zeigt ein begeistertes Lachen; das Foto wurde aufgenommen, als ich ihn gerade wieder zu mir ziehe und unsere Gesichter sich berühren.

Ich begreife nicht. »Das bin ich«, sage ich. »Das ist ein Bild von mir und Nicholas.«

Sie schreibt in ihr Notizheft, und etwas an der seltsamen Stille der beiden macht mich plötzlich stutzig. Eine sich verdüsternde Stimmung. Ein schleichendes Grauen.

»Können Sie mir sagen, wo es aufgenommen wurde?«

Ich sehe die roten Backsteine des Cafés. Erkenne sein rotblau gestreiftes T-Shirt. Meine weiße Bluse.

»Auf seiner Geburtstagsfeier«, sage ich. »Letzten Freitag.«

»Und Julie und Nicholas McKenzie – können Sie uns sagen, in welcher Beziehung Sie zu diesen beiden Personen stehen?«

»Julie war eine Freundin ... eine Art Ex-Partnerin meines Sohnes. Nicholas ist mein Enkelsohn.« Meine Worte sind ungeduldig, forsch, als versuchte ich, den Nebel zu durchdringen und auf die andere Seite zu gelangen. Zu jenem Zeitpunkt erscheint mir das alles noch immer irrelevant, eine

Aufwärmübung zur Haupthandlung, in der mein Sohn vorkommen wird.

Ihre Gesichter sind nicht zu deuten. Es herrscht ein gespenstisches Schweigen. Das ist der Augenblick davor, und seine Reinheit wird mir im Gedächtnis bleiben. Ich werde mich an das von einer glänzend braunen Klammer zusammengehaltene Haar der Frau erinnern. An die feine lose Strähne, die ihr in die Stirn fällt. Das Baumwollfädchen auf ihrer grauen Jacke. Ich werde mich an die Verlangsamung erinnern. An kleine Details. Eine Schwerfälligkeit, die vor dem Moment Gestalt annimmt, in dem man mir sagt, was geschehen ist.

»Wo haben Sie das her?«, frage ich, aber natürlich weiß ich es, noch bevor sie es mir erzählt. Ich weiß, wer das Foto gemacht hat. Nicht bewusst. Die Wörter haben sich in meinem Kopf noch nicht ausgeformt, aber mein Körper weiß es. Ein jäher Angstschub. Wie ein tiefer Atemzug. Das Empfinden und Erkennen der Angst ist ein eiskalter Luftstrom. Scharf eingesogen, eine entsetzliche Kälte in der Lunge.

»Dan Griffin«, erwidert sie. »Können Sie uns bestätigen, dass er Ihr Patient war?« Und sie zieht ein Foto hervor, das wie ein Verbrecherbild aussieht, und legt es zwischen uns auf den Tisch. Ich mustere es. Es ist Dan in seinem schwarzen Hoodie. Mit zerzaustem Haar. Ausdrucksloser Miene. Als ich es mir später erneut anschaue, ist sie überhaupt nicht ausdruckslos. Etwas anderes, etwas Schlimmeres liegt darin. Es ist ein Blick, den ich bei ihm noch nie gesehen habe. Irgendwie entspannt. Am ehesten würde ich ihn als gleichmütig bezeichnen.

Dan Griffin und Julie McKenzie. Als ich diese beiden Namen zum ersten Mal in einem Satz höre, klingt es unpassend, misstönend, wie ein disharmonischer Akkord. Dan Griffin und Julie McKenzie. Falsch zusammengestellte Namen, in ein und demselben Satz verbunden. Doch in den kommenden Monaten wird das, durch die öffentliche Berichterstattung über den Prozess, zu einer Alltäglichkeit werden. Es wird sich normal anfühlen, diese zwei Namen in einem einzigen Satz nebeneinanderzustellen.

»Ein junger Mann wurde heute auf einer örtlichen Polizeiwache vorstellig, und wir haben ihn im Zusammenhang mit dem Mord an einer dreiundzwanzigjährigen Frau, mutmaßlich Julie McKenzie, festgenommen. Der Mann befindet sich in Haft, er wird Ihnen unter dem Namen Dan Griffin bekannt sein, aber sein Geburtsname lautet Stephen Connolly.«

Erneut fühle ich mich, als würde ich fallen. In die Tiefe stürzen.

»Haben Sie irgendeine Erklärung dafür, wie das Foto aus Ihrem Portemonnaie in die Hände des Beschuldigten gelangen konnte? Hatte er zu irgendeinem Zeitpunkt Zugriff auf Ihre Handtasche?«

Ich versuche zu sprechen. Zunächst kommt kein Ton heraus.

»Ich bin nicht … was sagen Sie da?«

»Stephen – oder Dan – ist heute Nachmittag um etwa 16.45 Uhr in die Wohnung von Julie McKenzie und Frank Martin eingebrochen. Er war dort, als Julie und Nicholas nach Hause kamen.«

»Nicholas?« Meine Stimme ist nur mehr ein Flüstern.

Mir ist schwindlig und schlecht. Ein stechender Schmerz pocht mir in den Schläfen, und eine Weile sehe ich bloß, wie die Lippen der Beamtin sich bewegen, aber ich höre nicht, was sie sagt. Ich klammere mich an meinem Stuhl fest.

»Wir benötigen eine Zeugenaussage von Ihnen«, erklärt sie. »Sie werden eine Vorladung auf die Wache erhalten.«

Ich schließe die Augen.

»Dr. Hartland?«, sagt sie sanft. »Geht es Ihnen gut? Sollen wir Ihnen ein Glas Wasser bringen? Oder vielleicht jemanden für Sie anrufen?«

Eine Pause entsteht, als sie in die Küche geht. Kurz darauf reicht sie mir ein Glas Wasser und eine Tasse gesüßten Tee. Ich stelle beides auf den Tisch. Meine Hände zittern.

Vor Schreck erstarrt, sitze ich da und lausche den Sätzen, von denen ich weiß, dass sie sie sagen wird. Dann übernimmt der Mann. Vielleicht weil sie zögert, oder sie haben es vorher so abgesprochen. Jedenfalls erfahre ich die Einzelheiten von ihm. Er beschönigt nichts, fasst sich kurz. Es ist an mir, all die Gefühle zu ergänzen. Die Angst. Den Schmerz. Das Grauen. Die vorherrschende Empfindung ist eine, die mir allein gehört. Sie ist schwer wie Blei, die Last meiner eigenen Schuld.

*

In den folgenden Wochen und Monaten werde ich nach und nach die vollständigen, entsetzlichen Details erfahren. Dass Dan (oder Stephen) bereits in der Wohnung war, als sie nach Hause kamen. Dass er sich fein säuberlich und geschickt einen Weg durch die Glasscheibe der Hintertür geschnitten hatte. Obwohl ich im Lauf der monatelangen Verhandlungen niemals ihre Wohnung betrete, wird sie mir bald so vertraut wie mein eigenes Haus. Die Position der Lampe, der Esstisch in der Wohnzimmermitte. Die genaue Entfernung zwischen dem Sofa und den Fenstern zum Garten und die Schrittzahl, die es braucht, um von hier nach dort zu gelangen. Man wird mir Beweisfotos zeigen. Und indem ich den Blick von den Dingen abwende, die ich nicht sehen will, werden mir andere ins Auge fallen, die ich eines Tages vielleicht kennengelernt hätte; das Muster der Vorhänge, die schiefergrauen Untersetzer, die pinken Rosen im Garten.

Die Wohnung geht über zwei Etagen, in Souterrain und Hochparterre. Sie liegt in einer großen, ausufernden viktorianischen Häuserzeile mit Gemeinschaftsgärten. Über die Hintertür des Souterrains verschaffte er sich Zugang. Er durchquerte die Küche, nahm ein Messer mit einer zehn Zentimeter langen Klinge aus der Schublade und stieg die Treppe hoch. Bewaffnet wartete er im Wohnzimmer auf sie, als sie nach Hause kamen.

Ich werde erfahren, dass Julie mit Nicholas bei Monkey Music war, einer Sing- und Musikgruppe in der Nachbarschaft, von der sie mir einmal erzählt hatte. Ein wöchentlicher Kurs, deren Stunden Nicholas grinsend und laut glucksend zubrachte, während er auf ein Becken einhämmerte. »So was von nicht im Takt«, hatte sie lachend gemeint. »Aber offenbar liebt er es.«

Ich sehe vor mir, wie sie den Buggy in den Flur schiebt, Nicholas' Gurte löst und ihn auf den Boden setzt. Wie er zu seiner Spielzeugkiste krabbelt. Der genaue Tathergang ist nicht bis ins Letzte geklärt, aber anhand der Erkenntnisse der Spurensicherung, der Gerichtsmedizin und der Aussagen von Nachbarn konnte die Kriminalpolizei den Ablauf rekonstruieren.

Zunächst gab es ein Handgemenge beim Sofa im Wohnzimmer, das sich dann Richtung Fenster verlagerte. Das Beweismaterial legt nahe, dass Julie sich absichtlich dorthin bewegte, um ihren Sohn zu retten. Die Ermittler waren der einhelligen Meinung, dass Dan es auf den Jungen abgesehen hatte. Dass seine Hauptintention darin bestand, Nicholas Schaden zuzufügen. Dem kleinen Nicholas. Dem Jungen, den er mich durch die Luft hatte wirbeln sehen. Dem Jungen, der seine Wange an meine drückte. Dem Jungen, der mir so viel Freude bereitete. Dem Jungen, der seinen Platz einnahm, genau wie Dans Bruder so viele Jahre zuvor. Der kleine Junge, der alle Liebe aufsog.

Ein Nachbar, der in der angrenzenden Souterrainwohnung gerade am Schreibtisch gesessen hatte, schilderte, was als Nächstes geschah:

Jemand schrie, dann hörte ich Glas splittern und sah irgendetwas runter auf den Rasen fallen. Ich dachte, es wäre ein großer Ball oder so etwas. Erst als ich aufgestanden bin, hab ich total entsetzt erkannt, dass es ein Kleinkind war. Der kleine Sohn meiner Nachbarin. Nicholas. Da bin ich zu ihm rausgerannt.

Der Polizeibericht kam zu dem Schluss, dass Julie die Absichten ihres Angreifers recht bald erkannt haben musste. Sie schaffte es, lange genug ein Gespräch mit Dan aufrechtzuerhalten, um sich zum Fenster zu bewegen, die Scheibe zu zerschmettern und ihren Sohn hinunter ins Gras zu schleudern.

Die Autopsie zeigte, dass die Verletzungen, die Julie bei dem Angriff erlitt, umgehend zum Tod führten.

Obwohl der Sturz aus dem Fenster tief genug war, um einem Menschen ernste Verletzungen zuzufügen, kamen Nicholas sein Alter und seine Körpergröße zugute. Er kugelte sich ein wie ein Ball. Das Glas fügte ihm ein paar kleinere Schnitte zu, und er stieß mit dem Knie an einen Stein im Gras, doch ansonsten blieb er unverletzt. Die Presseberichte über den Vorfall hoben sein wundersames Entkommen hervor – und Julies Heldenmut.

Die qualvolle Bedrängnis dieser jungen Frau kann man sich nur schwer ausmalen. In den letzten Augenblicken ihres Lebens dachte sie an ihren Sohn; ihn versuchte sie vor dem wahnsinnigen Angreifer zu retten. Dass sie ihr Leben für ihr Kind opferte, stellt die größte und selbstloseste Tat dar, die eine Mutter vollbringen kann. Sie hat ihr Leben auf tragische Weise verloren, doch ihr großer Mut wird, so ist zu hoffen, ihrem Lebensgefährten Frank und dem kleinen Sohn Nicholas in Zukunft ein Trost sein.

24

Das Verlangen, mich selbst zu verletzen, geht tief. In den ersten Wochen ist es überwältigend. Es kommt nicht etwa schleichend, sondern ist plötzlich da, wie ein Besucher an der Haustür, der sich als Antwort auf meine Verantwortung und Schuld einstellt. Eine Antwort auf den Schmerz dieses schrecklichen Endes. Dieses Ausgangs, zu dem ich beigetragen habe.

Sobald der Besucher eingetroffen ist, tritt er zu unterschiedlichen Zeiten hervor, zeigt mir die Alternativen, die zur Wahl stehenden Optionen. Dinge, die ich tun könnte. Ich gestatte mir einen Blick. Ich stehe am Rand einer zweispurigen Straße und sehe den Lastwagen zu, die an mir vorüberdonnern, und ich frage mich, wie es wäre, einen Schritt nach vorn zu machen und das harte Metall auf meinem weichen Fleisch zu spüren. Oder ich gehe über die Fußgängerbrücke in der Nähe unseres Hauses und überlege mir, wie es wäre, einfach nach unten auf die Hauptstraße zu fallen, mit ausgebreiteten Armen, und meine Glieder brechen zu spüren, oder wie mein Gesicht auf den harten, schwarzen Asphalt aufschlägt.

Das sind keine Selbstmordgedanken. Ich will nicht sterben. Ich will mir nur wehtun. Um den Schmerz zu vertreiben. Anfangs bin ich überreizt und zittrig und kann nicht schlafen. An den meisten Tagen kommt Robert vorbei.

Manchmal sitzt er einfach da, während ich in der Küche auf und ab gehe, und an anderen Tagen, wenn ich mich leblos und schwer fühle, liest er mir vor, und ich starre mit leerem Blick in den Garten hinaus.

Die Schuld hat einen metallischen Beigeschmack in meinem Mund hinterlassen, und mein Magen ist wie mit Säure ausgekleidet. Eines Nachmittags, noch in der Anfangszeit, ehe David wieder hier einzieht, um mir beizustehen, bin ich in der Küche, mache mir eine Tasse Tee. Der Himmel ist wässrig grau, und die letzten ehemals weißen Kelche der Magnolie liegen am Boden, bedecken das Gras mit welken braunen Blüten. Ich stehe neben dem Teekessel, der Dampf steigt in großen majestätischen Wirbeln auf, ein sanftes Scheppern ist zu hören, als das Wasser zu kochen beginnt, und ich strecke die Hand aus und presse sie flach dagegen. Der Dampf bauscht sich, der Kessel blubbert, und das blaue Lämpchen erlischt.

Ich sehe zu, wie die Haut meiner Handfläche rot wird. Es reicht nicht. Bei Weitem nicht. Es dringt nicht zu mir durch. Zwei große weiche Blasen, die ich mit den Fingern der anderen Hand drücke und in ihnen stochere. Einfach lächerlich.

Wenn jemand nachlässig war, dann sollte er bestraft werden, hatte Dan gesagt.

Der Entschluss, was ich zu tun habe, kommt plötzlich, wie aus dem Nichts. Und sobald er da ist, ist es natürlich das absolut Naheliegendste.

Falls meine geänderten Besuchszeiten die Pflegerinnen im Heim überraschen, erwähnen sie es nicht. Bloß Claire will es genauer wissen.

»Haben Sie Urlaub?«, fragt sie, nachdem sie mich drei Tage in Folge gesehen hat. Ich teile ihr mit, dass ich für längere Zeit von der Arbeit freigestellt bin.

»Ich freue mich so, dass ich diese Zeit mit meiner Mutter verbringen kann.«

Ich besuche sie jeden Tag um zwei und bleibe bis sechs. Manchmal sagt meine Mutter die ganze Zeit über kein Wort. Manchmal ist sie klar, und die Unterhaltung verläuft harmlos und ohne viel Engagement: das Wetter, die Ausstattung, die Zimmernachbarin. Manchmal ist es, als würde man in tosender See hin und her geschleudert; riesige, schäumende Wellen der Wut und Verbitterung peitschen mir ins Gesicht.

Am Nachmittag werden alle Bewohnerinnen und Bewohner in den Aufenthaltsraum geschoben. Es ist eine merkwürdig opulente Kulisse, mit einem prächtigen alten Holztisch und roten Samtvorhängen. Die Rollstühle werden mit Blick zum Garten nebeneinandergestellt, eine weitläufige Rasenfläche, mit roten Rosen in den Beeten.

Die Leute stieren mehrheitlich mit trüben Augen nach draußen; ihre Hände nesteln unruhig im Schoß herum, als suchten sie nach verloren gegangenen Dingen. Wenn ich meine Mutter an ihren Platz geschoben habe, mit einer Decke über den Knien, beugt sie sich zu mir, gräbt die Finger in meinen Arm.

Meist komme ich nach dem Mittagessen, aber heute treffe ich erst um fünf Uhr zur Teezeit ein. Im Lauf der letzten Monate haben ihre Mobilität und Geschicklichkeit abgenommen. Sie kann nicht mehr selbst essen und durch ein noch recht neues Problem mit ihrer Magenschleimhaut auch keine feste Nahrung mehr bei sich behalten. Ihre Mahlzeiten werden größtenteils püriert. Je nach Stimmung kann das Füttern äußerst mühsam sein. Mir ist es lieber, wenn sie gereizt, übellaunig und voller Boshaftigkeit ist. An den anderen Tagen ist es schlimmer. Jenen, an denen sie klein und vogelhaft in ihrem Rollstuhl hockt, das Gesicht in schmerzvoller Bedürftigkeit verzerrt. Das feine Haar steht ihr wattig vom Schädel ab, sodass ich ihre schuppige Kopfhaut sehen kann. Ihre flehenden, wässrig grauen Augen bohren sich in meine, während ich ihr das Essen in den Mund löffle wie einem Baby.

Als es zum ersten Mal passiert, sind die Schwestern überrascht.

»Bei den anderen Mahlzeiten kommt das nie vor«, sagt Claire kopfschüttelnd. »Normalerweise hat sie ihren festen Rhythmus. Und sie kommt gut mit dem Toilettenstuhl klar, hat nie Unfälle.« Sie macht ein ziemliches Gewese. Es ist ihr unangenehm. Als hätte ihr eigenes Kind sie enttäuscht.

Sie wollen mich aus dem Zimmer komplimentieren, zurück in den Aufenthaltsraum.

»Ist schon gut«, entgegne ich. »Ich kann das machen. Zeigen Sie mir einfach, wo alles ist.«

Ich wasche meine Mutter. Putze die Sauerei weg. Ich helfe ihr, saubere Unterwäsche anzuziehen. Noch immer sind ihre Augen unverwandt auf meine gerichtet. Ihre »Unfälle« zur Teezeit werden zu einem festen Bestandteil meiner Besuche.

Zweimal in der Woche schiebe ich sie zum Bingo in den Aufenthaltsraum. Während ich die Zahlen über das Brett schiebe, stiert sie geistesabwesend darauf. Manchmal findet sie ausreichend Beweglichkeit in ihrem Arm, um die kleinen Plastikquadrate vom Tisch zu wischen, und sie verteilen sich quer über den Fußboden. Still und reglos sieht sie mir zu, wie ich die Plättchen auf Händen und Knien vom Teppich aufsammle.

Ich ertrage die üblen, fauligen Gerüche. Das Desinfektionsmittel. Die schale, abgestandene Luft. Das schwere betäubende Duftspray, das den Gestank der Körpersäfte überdecken soll. Den Anblick der zusammenschrumpfenden Körper, leck und dünn wie Papier. Ich schlucke meinen Ekel hinunter. Ich lasse meine Mutter ihre klauenartige Hand auf meinen Arm legen. Ich ertrage die gezwungene Heiterkeit der Pflegerinnen. Den Umstand, dass die Zeit hier wie eingefroren wirkt, nur unterbrochen von den niederen Arbeiten einer Mahlzeit, eines Toilettengangs oder eines Besuchs im Aufenthaltsraum. Zwischen diesen Tätigkeiten dehnt sich träges, riesiges Nichts, in dem die Minuten wie Stunden erscheinen und ich nur ja nicht zu oft dem Drang erliegen darf, auf die Uhr zu schauen. Das alles ertrage ich, weil Menschen, die nachlässig waren, bestraft werden sollten.

Nachlässigkeit. Das kann so vieles bedeuten; zu wenig tun, wegsehen, willentlich verleugnen. Manchmal heißt es auch, zu viel zu tun und eine gottgleiche Verantwortung für andere zu übernehmen. Im Lauf der Jahre habe ich mich beider Spielarten schuldig gemacht: einer Art mutwilligen Kurzsichtigkeit, wenn es mir passte, und eines übertriebenen Kontrollbedürfnisses, wenn ich glaubte, dass es notwendig sei. Und irgendwo dazwischen die Leben anderer Menschen.

*

Julies Begräbnis war eine kleine private Feier für die Familie und enge Freunde. Ich erfuhr nichts davon. Ich bat nicht darum, kommen zu dürfen. Ich schrieb Frank, um mein Beileid zu bekunden. Zweifellos hoffte ich auf Vergebung. Auf ein Nicken, irgendeine Anerkennung meiner eigenen bedauernswerten Lage. Er wollte mich nicht sehen. Ich schickte ihm Bücher und Links zu Organisationen, die in solchen Fällen Hilfe leisten. Hilfe für ihn, aber vor allem Informationen über frühkindliche Traumata für Nicholas. Meine Anrufe erwiderte er nie, und nach dem dritten Päckchen bekam ich es mit einer kurzen Notiz von ihm zurück:

Bitte kontaktieren Sie mich nicht mehr. Wir verlassen London und ziehen nach Schottland. Ich habe Familie dort. Ich will für Jess und Nicholas ein neues Leben aufbauen.

Er schrieb nicht, dass er mir die Schuld gab. Das musste er gar nicht. *Ich habe Familie dort.* Ich dachte an unser Treffen auf Nicholas' Geburtstagsfeier. Er war höflich und zuvorkommend gewesen und unterhielt sich mit mir, aber er wirkte reserviert, skeptisch. Nicht besonders herzlich. Über mein Erscheinen aus heiterem Himmel dürfte er sich kaum gefreut haben. Und wer sollte es ihm verübeln? Eine Verbindung zum verschwundenen One-Night-Stand seiner Freundin? Dessen rein zufällig getroffene Mutter, die schließlich auf den ersten Geburtstag von Julies Sohn eingeladen wurde? Wie fühlte Frank sich damit? Das frage ich mich heute. Ich glaube nicht, dass ich damals allzu viele Gedanken an ihn verschwendete. So sehr war ich mit meiner eigenen Freude beschäftigt, meiner eigenen Anspruchshaltung. Meinem eigenen Bedürfnis nach Genugtuung. Hätte die Entscheidung bei ihm gelegen, hätte er es sicherlich vorgezogen, nichts mit mir zu tun zu haben. Hätte es besser gefunden, wenn Julie und ich uns an jenem Tag auf der Balham High Road niemals begegnet wären. Und wenn man bedenkt, wie alles ausgegangen ist, muss man ihm da natürlich recht geben.

Als David davon erfuhr, konnte er es kaum glauben. »Julie?« Es tat sehr weh, ihn so traurig zu sehen. Für mich wäre es leichter gewesen, wenn er geschrien, mich beschimpft hätte für das, was ich getan hatte. Als er herausfand, dass es Nicholas gab, eine Neuigkeit, die man ihm bis dahin verschwiegen hatte, lief er mit einem Ausdruck völligen Unverständnisses in der Küche umher.

»Großeltern haben Rechte«, beharrte er, sehr viel später.

Armer David, er wusste nicht einmal, dass er einen Enkelsohn hatte, bis dieser ihm blitzschnell entrissen wurde.

Ich erwiderte seinen Blick. »Das weiß ich. Und wenn du für dich das Bedürfnis hast, dem nachzugehen, dann musst du es tun. Aber für mich ist es vorbei.« Ich schüttelte den Kopf. »Ich habe keine Rechte mehr.«

David schwieg. Sein Gesicht war schlaff. Er widersprach mir nicht.

Carolyn wollte aus Australien zurückkommen. Ich bat sie, es nicht zu tun. »Das wird sich noch ewig hinziehen. Wenn sein Prozess losgeht, bist du sowieso wieder zurück.« Und so war es auch.

Während ihrer Abwesenheit schickte sie mir Briefe und Bilder; Skizzen, die sie auf dem Boot angefertigt hatte. Riesige Meeresschildkröten und fächerförmige, gitterartige Hornkorallen in Rot und Purpur.

Das Verfahren erforderte monatelange Vorbereitung. Verschobene Gerichtstermine, Zeugenaussagen, psychiatrische Gutachten, Treffen zwischen den verschiedenen Parteien, ein endloses Hin und Her. Als die Verhandlung schließlich begann, wurde in der Presse ausgiebig darüber berichtet. Man interessierte sich für die Trauma-Abteilung, sowohl als Dienst des NHS als auch als renommierte Einrichtung mit ganz eigenem therapeutischen Ansatz, und das fügte der üblichen Lüsternheit eines Mordprozesses eine zusätzliche Dimension hinzu. Auch der Fall an sich war bemerkenswert.

Wenn Menschen schreckliche Dinge tun, dann wollen wir verstehen. Nach unsäglichen Taten wünschen wir uns Antworten. Ein Amokläufer, der auf einem Campus unschuldige Studierende erschießt, zwei Jungen, die ein Kleinkind töten, ein junger Mann mit einem Messer, der einer Frau und ihrem kleinen Sohn auflauert, die er nie zuvor getroffen hat. Wir wollen wissen, warum. Natürlich wollen wir das, solche Taten sind entsetzlich und verabscheuenswert. Sie ergeben nicht den geringsten Sinn. Und in dem Wunsch, zu verstehen, liegt auch das heftige Verlangen, von der grauenvollen Tat abzurücken, auf dass sie nichts mehr mit uns zu tun habe. Eine Diagnose oder ein Etikett können in gewisser Weise eine Zuflucht sein. Sie sondern den Menschen und seine Taten von uns ab. Machen ihn zu etwas Abnormem, Fremdartigem. Sie können erleichternd wirken. Das alles verstehe ich. Ich habe diesen Sog oft gespürt. Doch obwohl mir klar ist, dass solche Taten nicht normal sind, weiß ich auch, dass die Welt komplexer ist als Schwarz-Weiß-Kategorien wie »verrückt« oder »böse«. Die meisten Dinge sind von einem trüben, verwaschenen Grau. Im Lauf meiner Karriere habe ich gewöhnliche Menschen außergewöhnliche Dinge tun sehen, gute wie böse. Ich habe gelernt, dass das Leben kompliziert ist. Dass Zufallsbegegnungen und heftige Gefühle aufeinandertreffen können. In Dans Fall gab es – natürlich – mich selbst. Meine Taten und meine Tatenlosigkeit. Aber da waren noch andere Menschen: seine Mutter, Michael, Tom, Julie und Nicholas – kleine, unverbundene Splitter eines Kaleidoskops, die sich zu einem endgültigen, tragischen Muster verquickten.

Wann immer ich in der Taubheit jener Monate meinen Namen in der Presse las, gestattete ich mir die Fantasie, dass Tom irgendwo dort draußen in einem Café saß und beiläufig nach der Zeitung griff. Dass er die Geschichte las und sie ihn dazu treiben würde, zum Telefon zu greifen und uns anzurufen. Doch dieser Anruf kam nie. Noch in der Sekunde, in der die Vorstellung ein winziges, glimmendes Flämmchen in mir entfachte, löschte es sich bereits selbst wieder aus. Ich wusste, dass es reines Wunschdenken war.

Carolyn musste erst aus Australien zurückkommen, damit ich das Haus mit ihren Augen sehen konnte. Die Lücke, wo Davids Schreibtisch gestanden hatte. Seine fehlenden Mäntel und Schuhe. Die Bücher, die er mitgenommen hatte. Vielleicht war es der Zustand des Hauses, im Zusammenspiel mit meiner Ziellosigkeit und ihrer Rastlosigkeit, die zu dem Vorschlag führten.

»Die Küche wirkt irgendwie öde«, verkündete sie. »Ich finde, wir sollten mal wieder renovieren.«

Schon der Gedanke erschöpfte mich. Doch da ich keine triftigen Gründe hatte, abzulehnen, ließ ich mich von der Idee mitziehen.

Als sie mich zu den Farben befragte, war mein Geist plötzlich wie leer gefegt.

»Grüntöne? Irgendwas Neutrales?«, überlegte ich achselzuckend. »Oder vielleicht Grau?«

»Nein, kein Grau.« Sie schüttelte den Kopf.

In den folgenden Tagen war der Küchentisch übersät von Fächern mit Farbproben und Materialmustern, klein und akkurat wie Tischdecken in einem Puppenhaus. Das alles interessierte mich nicht. Es erforderte gewaltige Willenskraft, die Sache nicht völlig aus der Hand zu geben, um wieder in mich zusammenzufallen und vom Rand aus zuschauen zu können. Doch ich zwang mich an den Tisch und vertiefte mich mit Carolyn in die verschiedenen Farbtöne, bis wir sie auf zehn eingegrenzt hatten. Am nächsten Tag brachte sie Probetöpfchen mit und strich die verschiedenen Farben an die Wand; ein Mosaik von Dunkel- bis Hellgrün, das dann in weitere blasse Schattierungen überging. Ich berührte die kreidige Farbe, während sie mir die Namen vorlas. Wir lachten darüber: *Elefantenhauch, Grüner als Grün, Steinsand.* Sie legte mir stapelweise Einrichtungsmagazine hin, die ich mir ansehen sollte, manche Seiten mit leuchtenden Post-its und dazugekritzelten Anmerkungen versehen. *Diese Lampe neben das Bücherregal?* oder *Was hältst du hiervon?*, mit einem Pfeil, der auf zwei haferfarbene Zierkissen deutete. Das alte dunkelblaue Sofa unter dem Fenster sparte sie in ihren Planungen aus. Dort hatte Tom am liebsten gesessen, und ich war ihr dankbar, dass sie nicht vorschlug, es zu ersetzen oder die abgewetzten Polster neu zu beziehen.

Man hätte das ganze Projekt schnell über die Bühne bringen können, aber es herrschte ein stilles Einvernehmen, sich Zeit damit zu lassen. Es war gut, dass wir etwas hatten, womit wir uns geistig beschäftigen, auf das wir uns während der endlosen Monate des Wartens konzentrieren konnten. Eine Ablenkung von Gesprächen, die wir nicht zu führen wussten.

Ehe wir zu streichen begannen, räumten wir den großen Holzschrank neben dem Fenster aus. Es war, als würden wir die Tore zu einem Museum der Kindheit der Zwillinge öffnen. Gemeinsam sahen wir Bilder, Zeichnungen und unförmige Tongefäße durch. Carolyn studierte Fotos aus der Grundschulzeit und versuchte, sich an die Namen längst vergessener Klassenkameraden zu erinnern. Wir fanden Kisten voller Spielzeug und Brettspiele, halb zu Ende gezüchtete Kristalle aus einem Experimentierset, ein zur Hälfte gebautes Pappschloss, eingetrocknete Farbreste und einen ungeöffneten Zauberkasten. Ich hielt mich lange mit diesen Dingen auf; unvollendete Kinderprojekte, die den Weg einer Mutter säumen.

Carolyn war wie versunken, ganz eingenommen vom Lesen kleiner Papierschnipsel, die sie in den Schubladen aufstöberte. Einmal saß sie im Schneidersitz auf dem Sofa und war völlig in ein paar handgeschriebene Seiten vertieft. Als sie zu Ende gelesen hatte, lachte sie auf.

»Was ist das?«, fragte ich und sah hoch.

»Eine Geschichte, die Tom und ich mal geschrieben haben. Kann ich sie behalten?«

»Klar«, erwiderte ich leise, und als sie die Blätter zusammenfaltete, verkniff ich mir die Frage, ob ich sie auch lesen dürfe.

Als wir anfingen, die Wände vorzubereiten, schlug Carolyn das mit den Hörbüchern vor. »Die Klassiker«, meinte sie. »Nur weibliche Autorinnen.« Und so lauschten wir ihnen, während wir in entgegengesetzten Zimmerecken loslegten und uns mit Abdeckband und Reinigungsspray vorarbeiteten, bis wir uns irgendwo in der Mitte trafen.

Auf den ersten Blick waren es Tage voll ruhiger, einschläfernder Wiederholung – die Bewegungen der Pinsel und das Metronom gesprochener Wörter im Hintergrund –, aber innerlich war ich in Aufruhr. Ein kleines ramponiertes Zelt im Sturm. Manchmal sah ich mich blinzelnd um und war geradezu überrascht, mich in der Küche wiederzufinden, mit den Füßen auf den Fliesen, dem Pinsel in der Hand, und oftmals schien es mir, als wäre meine Tochter die eine dünne Zeltschnur, die mich am Boden hielt. Nie bin ich dankbarer gewesen, sie an meiner Seite zu haben.

Wir malerten uns durch *Jane Eyre*, *Sturmhöhe* und *Stolz und Vorurteil*, doch als ich *Wer die Nachtigall stört* vorschlug, zögerte Carolyn. »Ein Justizdrama? Meinst du wirklich?« Stattdessen suchte ich mir Mary Shelleys *Frankenstein* aus.

Nachdem wir mit dem Streichen fertig waren, widmete Carolyn sich ausgiebig dem Feinschliff und brachte zwei neue Lampen über dem Tisch an. Große Kugeln aus mattem Glas, die sie auf dem Flohmarkt gefunden hatte.

»Komm mal und guck es dir an«, rief sie irgendwann.

Voller Bewunderung betrachtete ich das fertige Zimmer.

Ich dachte an ihre selbst gemalten Glückwunschkarten. Ihre Bleistiftzeichnungen. Die Kleider, die sie früher geschneidert hatte. Und wie sie immer so sorgfältig auf jedes Detail achtete. Beim Zubereiten und Servieren von Speisen kleine Entscheidungen traf, die eine einfache Mahlzeit zu etwas Kunstvollem machten.

»Bei dir sieht alles immer so schön aus«, sagte ich.

Mein Kompliment ließ sie erröten, und ich fühlte mich schuldig, weil Lob dieser Art ihr nur so selten zuteilgeworden war. Weil sie es als ungewohnt empfand und sich nicht einfach an ihren Talenten und Erfolgen erfreuen konnte. Der Umstand, dass ihr diese Dinge nur so zuflogen, machte sie nicht weniger bemerkenswert, im Gegenteil. Plötzlich zweifelte ich an ihrer Entscheidung, Jura zu studieren. Ich machte mir Sorgen, dass ihre kreative Begabung unter trockenen Verträgen und Delikten verloren gehen könnte. Doch ich hütete mich, meine Bedenken zu äußern.

Wenige Tage später verkündete sie, dass ihre Lektüreliste eingetroffen sei. »Ich dachte, ich würde es aufregender finden«, meinte sie ohne Begeisterung.

Ich zwang mich, ihr zuzuhören. Nicht gleich mit Ratschlägen daherzukommen.

»Ich habe Angst, dass ich mich da in etwas verrannt habe«, fuhr sie fort. »Dass es wie die richtige Entscheidung gewirkt hat. Mitten in all dem …« Sie hielt inne. »All dem anderen.«

Ich nickte.

Kurz schwiegen wir beide. Ich setzte mich neben sie und nahm ihre Hände in meine.

»Es tut mir leid«, sagte ich.

Ein paar Tage später saß sie lesend auf Toms Sofa. Sie blickte auf und erklärte, sie werde den Studienplatz annehmen.

»Wenn es nichts für mich ist, kann ich mich ja immer noch umentscheiden und wieder nach Hause kommen«, meinte sie gelassen. »Oder wäre das so eine Katastrophe?«

»Nein«, antwortete ich. »Es wäre überhaupt keine Katastrophe.«

25

Als ich für meine Aussage in den Zeugenstand gerufen wurde, blickte ich zu Dan hinüber. Er war kaum wiederzuerkennen. Sein Haar war kurz geschnitten. Er trug ein schlichtes weißes Hemd mit dunkelblauer Krawatte und eine graue Hose. Ob er nun Stephen Connolly war oder Dan Griffin, meinem Sohn sah er kein bisschen ähnlich. Ich starrte ihn an, aber er sah nicht einmal in meine Richtung. Er hielt den Kopf ganz still, den Blick geradeaus gerichtet, schaute ins Nichts.

Frank war für den Prozess nach London gekommen. Neben ihm saß ein kleiner grauhaariger Mann. Julies Vater. In seiner Trauer wirkte er schmal und zerbrechlich. Manchmal, in den schmerzhaftesten Momenten der Aussagen, sah ich ihn gequält zusammenzucken. Mehr als einmal glaubte ich, sein schwacher Körper werde unter dem Gewicht der plastischen Schilderungen zusammenbrechen.

Die Verteidigung plädierte auf verminderte Schuldfähigkeit und hob insbesondere Dans früheren Kontakt zu psychiatrischen Diensten hervor. Da er zuletzt bei uns in der Trauma-Abteilung in Behandlung gewesen war, wurde sowohl meine Arbeit als Abteilungsleiterin als auch die als seine Therapeutin genauestens unter die Lupe genommen. Verständlicherweise ging es viel um mein berufliches Versagen und den Dominoeffekt, den es im weiteren Verlauf ausgelöst hatte.

Als ich im Zeugenstand war, begann die Verteidigerin ihr Kreuzverhör, befragte mich zunächst zu meiner Ausbildung, meinem beruflichen Werdegang und dem Aufstieg zur Abteilungsleiterin. Dann ging sie zu unserem Therapiemodell über, wollte, dass ich den Anwesenden den psychodynamischen Ansatz erläutere.

»Würden Sie dem Gericht bitte die Bedeutung der sogenannten *Übertragung* erklären?«

Nach meinen etwas langatmigen Ausführungen fasste sie es für die Jury noch einmal anschaulich zusammen.

»Also ist die Beziehung zwischen Patient und Therapeutin bei dieser Art der Therapie besonders wichtig?«

»Ja, so ist es.«

»Genau in dieser Beziehung können Patienten ihre Probleme aus der Kindheit und die Gefühle in Bezug auf ihre eigenen Mutter- und Vaterfiguren einbringen und sie in den Sitzungen gewissermaßen noch einmal durchleben?«

»›Noch einmal durchleben‹ ist zu viel gesagt«, entgegnete ich. »Aber ja, die therapeutische Beziehung ist der Ort, wo unbewältigte und schwierige Gefühle rund um Vater oder Mutter wieder an die Oberfläche treten können.«

»Und noch einmal für das Gericht: Können Sie uns erläutern, warum Grenzen und *Containment* bei diesem Therapiemodell eine so große Rolle spielen?«

Danach machte sie mit meiner Familie weiter. Meiner gescheiterten Ehe. Mit Tom und seinen Schwierigkeiten. Seinem Suizidversuch. Sie fragte, warum ich niemandem erzählt hatte, dass er verschwunden war. Das Gericht wurde auf meine E-Mail verwiesen, in der ich Urlaub wegen einer »Rücken-OP« beantragt hatte.

»Sie haben Ihren Arbeitgeber also angelogen?«

»Ja, das stimmt.«

»Können Sie dem Gericht sagen, warum?«

Kurz fiel mir darauf keine Antwort ein.

»Ich war …« Ich suchte nach den richtigen Worten. »Es war eine schwierige Zeit für mich.« Ich hielt einen Augenblick inne. »Trauer verläuft nicht linear. Und ist auch nicht rational. Damals habe ich beschlossen, die Sache zu verheimlichen. Um mein Berufsleben nicht von meinem Privatleben beeinträchtigen zu lassen.« Wieder schwieg ich. »Ich hatte das Gefühl, das wäre besser für meine Arbeit. Besser für meine Patienten, diese Sache außen vor zu lassen.«

»*Besser für Ihre Patienten?*«, wiederholte die Anwältin und konnte sich ein Feixen nicht verkneifen.

Und da wurde es mir allzu deutlich: Indem ich es bei der Arbeit versteckt hatte, versteckte ich es vor mir selbst. Verleugnung. Es von mir abzuspalten, war eine Strategie, um weitermachen zu können.

Das sagte ich nicht. Es hätte die Verteidigerin nicht interessiert. Wieso auch?

Als wir zu der Ähnlichkeit zwischen Dan und meinem Sohn kamen, wurde die Jury auf eine Auswahl Fotos in ihren Unterlagen hingewiesen. Die Frau ganz am Ende der Reihe, mit raspelkurzem grauem Haar, studierte die Bilder genau. Sie sah zu Dan auf, schüttelte kaum merklich den Kopf und warf mir dann einen eiskalten Blick zu.

»Wenn ein Kollege Ihnen ein ähnliches Dilemma schildern würde – eine große Ähnlichkeit zwischen einem Patienten und einem Familienmitglied, eine Ähnlichkeit, die der Meinung dieses Kollegen nach negative Auswirkungen auf seine therapeutische Arbeit haben könnte –, was würden Sie tun?«

»Ich würde ihm raten, den Patienten abzugeben. Das wäre

eindeutig im Interesse des Patienten«, antwortete ich, ohne zu zögern.

Stille im Saal. Die Anwältin sah sich vielsagend um.

»*Eindeutig im Interesse des Patienten*«, wiederholte sie dann kopfnickend und überflog rasch ihre Notizen. »Können Sie uns erklären, warum Sie sich nicht nachdrücklich genug um die Unterlagen aus der Hausarztpraxis in Hackney gekümmert haben? Das Beweismaterial belegt, dass Sie dort Nachrichten hinterließen, der Sache dann aber nicht zu Ende nachgegangen sind. Können Sie erklären, warum Sie nicht selbst mit dem Hausarzt in Bristol gesprochen haben?«

Ich erwiderte, dass ich mit seiner Sprechstundenhilfe telefoniert hätte, die mich erneut an Dr. Davies verwiesen habe. Ich erwähnte, dass die Praxis in Bristol von einem einzelnen Arzt geführt wurde. Ich zählte meine verschiedenen Anrufe auf, erklärte, dass meine Bemühungen durch eine erkrankte Bürokraft erschwert worden waren. Ich sagte all die Dinge, die man mir zu sagen geraten hatte.

Die Anwältin nickte dazu, als wollte sie mich zur Eile antreiben.

»Wird die Patientenakte eines neuen Patienten für gewöhnlich an einen neuen Hausarzt übermittelt?«

»Ja.«

»Und wenn ein Patient an Ihre Abteilung überwiesen wird, ist es dann üblich, dessen Akte anzufordern?«

»In der Regel schon. Besonders, wenn der Patient dem Überweisenden nicht bekannt ist.«

»Und wenn die Akte nicht eintrifft, wie würden Sie üblicherweise vorgehen?«

»Ich würde nachhaken. In der Praxis anrufen. Versuchen, dem Problem auf den Grund zu gehen.«

»Und haben Sie all das getan?«

»Ja.«

»Würden Sie mir zustimmen, dass Sie die Akte erst mit erheblicher Verzögerung erhielten?«

»Ja.«

»Hätten Sie die Akte einsehen können, dann hätten Sie alles über die frühere Klinikeinweisung meines Mandanten gewusst ...« Bewusste Pause der Anwältin, um die Dramatik zu steigern. »Ein dreimonatiger Aufenthalt in einer geschlossenen Station in Nordengland. Zwei Jahre vor seiner Festnahme.« Sie sah zu mir auf. »Hätte dieses Wissen Ihre Arbeit möglicherweise beeinflusst? Den Schwerpunkt Ihrer Therapie verschoben?«

»Die Einzelheiten sind mir nicht bekannt. Aber ja, vermutlich schon.«

Die Akte seines früheren Hausarztes hätte uns auf den abweichenden Geburtsnamen aufmerksam gemacht. Und das hätte uns, höchstwahrscheinlich, auf seine komplexe Vorgeschichte und den zurückliegenden Aufenthalt in der Psychiatrie gestoßen. Ich tätigte mehrere Anrufe, verfolgte die Sache allerdings mit weniger Sorgfalt als üblich. Ich hätte ausführen können, warum die Nachforschungen zu seiner Akte ans Ende meiner Prioritätenliste gerutscht waren. Doch das war natürlich nur die halbe Wahrheit. Freud würde sagen, so etwas wie Vergessen gibt es nicht, und zum damaligen Zeitpunkt war ich wohl schon zu sehr in mein eigenes Netz verstrickt, in meine eigene Fassung der Wahrheit. In die Erzählung, die ich hören wollte. Ich denke, tief im Innern wusste ich, dass er äußerst labil war. Aber ich hegte auch gewisse Allmachtsfantasien. Wie verletzt er auch war, ich hatte den Eindruck, ihn retten zu können. Ich nahm hin, dass ich nicht alles über ihn wusste, weil ich keinen Anlass finden wollte, seine Behandlung abzugeben. An der Leerstelle, wo einst die Trophäe meines Sohnes gestanden hatte, diente er als kleiner Trostpreis, an den ich mich verzweifelt klammerte.

Nach einer Verhandlungspause fuhr die Anwältin mit den weiteren Dominosteinen fort, die ich in Bewegung versetzt hatte.

»Kommt es in Ihrer klinischen Arbeit häufig vor, dass Sie Ihre Patienten anlügen?«

»Nein.«

»Kommt es häufig vor, dass Sie Sitzungen mit Ihren Patienten absagen?«

»Nein. Aber die Sitzung wurde auch nicht abgesagt, sie wurde verschoben.«

Die Verteidigerin hob die Augenbrauen. »Haben Sie bereits in der Vergangenheit Sitzungen *verschoben*?«

»Ja.«

»Aus welchen Gründen?«

»Wegen einer Anhörung … oder einer Beerdigung. Die zwei Gründe fallen mir spontan ein.«

»Können Sie dem Gericht sagen, warum Sie die Sitzung des Angeklagten am 16. Mai abgesagt – pardon – *verschoben* haben?«

»Um das Geburtstagsfest meines Enkels zu besuchen.«

Erneut herrschte Schweigen im Saal.

»Vielen Dank. Und nur zur Erinnerung: Das war an dem Tag, nach dem Sie Stephen Connolly, dem Mann, den Sie als Dan Griffin kannten, angeboten hatten, bei Ihnen zu Hause *zu übernachten*.«

Sie machte eine kurze Pause.

Die Richterin sah auf. »Gibt es diesbezüglich eine Frage an die Zeugin?«

»Am 16. Mai folgte Ihnen der Angeklagte, als Sie zu dem erwähnten Fest nach South London fuhren, und sah Sie zusammen mit Ihrem Enkelsohn. Und er machte einige Fotos von Ihnen, auf denen Sie das Kind auf dem Arm halten.«

Die Mitglieder der Jury wurden auf die entsprechenden Bilder in ihren Unterlagen hingewiesen.

»Können Sie bestätigen, dass dies *nach* der Therapiesitzung stattfand, in der mein Mandant Ihnen von seinem Bruder erzählte, der als Baby starb, und Ihnen Fotos seiner Mutter mit besagtem Kind auf dem Arm zeigte?«

»Das ist richtig.«

Mir wurde heiß und schwummrig. Ich griff nach dem Wasserglas.

»Ist es gängige Praxis, dass Sie Patienten bei sich zu Hause übernachten lassen? Betreiben Sie eine Art *therapeutisches Bed and Breakfast*?« Wieder feixte sie.

»Nein.«

»Können Sie bestätigen, dass der Angeklagte durch die Fotos Ihrer Kinder an der Wand an diesem Abend erkannt haben muss, dass Sie ihn belogen haben?«

»Ja.«

»Wir unterstellen Ihnen, dass Ihr eigenes Trauma und die äußerliche Ähnlichkeit des Patienten mit Ihrem verschwundenen Sohn Tom Ihr professionelles Urteilsvermögen getrübt hat.«

Der ganze Saal schien kollektiv Luft zu holen, und auch die Anwältin blähte sich bei ihren Worten mächtig auf. Als wappnete sie sich für einen Kampf. Ein Wortgefecht. Menschen wie sie leben für solche Momente.

»Ja«, stimmte ich nickend zu, »das ist richtig.«

Kurz schien alle Luft wieder aus ihr zu entweichen.

»Geben Sie also zu, dass Ihre eigenen selbstsüchtigen

Bedürfnisse Ihr Urteil beeinflusst haben – und dass dies zu dem tragischen Ereignis am 23. Mai führte?«

Es war erschütternd, die Worte laut ausgesprochen zu hören. Wie ein harter Schlag ins Gesicht. Aber irgendwie auch erleichternd, sich nicht länger wegducken zu müssen.

»Das ist richtig«, sagte ich sehr leise.

»Verzeihung, könnten Sie Ihre Antwort bitte noch einmal wiederholen?«

»Ja. Das ist richtig.«

»Würden Sie mir zustimmen, dass dies eine schwerwiegende professionelle Fehleinschätzung darstellt?«

»Ja.«

Die Verteidigerin folgte dieser Argumentationslinie weiter, arbeitete sich auf gewundenen Pfaden bis zu den Auswirkungen vor, die meine unscharfen Grenzen auf die therapeutische Arbeit hatten … die Lüge … die Übernachtung in meinem Haus.

»Sie sind aus Ihrer Rolle gefallen. Würden Sie mir da beipflichten?«

»Ja.«

»Ich behaupte, dass Sie für Ihren Patienten zu einer Art Mutterfigur wurden, und genau diese Verwirrung war der Auslöser für seine anschließende Wut und Eifersucht. Wut und Eifersucht, die Sie bereits in der Therapie zutage gefördert hatten. Wut und Eifersucht, die Sie in Ihrer Rolle als *Therapeutin* hätten eindämmen müssen.«

Sie lief nun auf und ab, gestikulierte vor der Jury herum.

»Ist es möglich, dass der Anblick, wie Sie ein Kleinkind im Arm hielten, so kurz nachdem der Angeklagte Ihnen die quälende Zurückweisung in seiner eigenen Kindheit geschildert hatte, für ihn schwer zu ertragen war?«

»Ja.«

»Ist es möglich, dass dies, zusammen mit dem verschobenen Sitzungstermin, von Neuem ein Gefühl der Zurückweisung in ihm hervorrief?«

»Ja. Das ist möglich.«

»Und dann, als Sie vom Dienst suspendiert werden, hat er es mit einem *weiteren* abgesagten Termin zu tun. Laut Zeugenaussagen erschien er aufgewühlt in der Klinik. Möglicherweise in dem verzweifelten Wunsch, Sie zu sehen. Und Sie waren nicht da. Dann fuhr er nach South London, und genau im Zeitraum der ursprünglich mit Ihnen vereinbarten Sitzung geschah der Mord.«

Ich nickte.

»Vielleicht«, sagte die Anwältin nachdenklich und blickte zu den Jurymitgliedern, »wäre das alles nicht passiert, wenn Sie Ihre Arbeit anständig gemacht hätten.«

Da musste ich an Robert denken. An seine ruhige, weise Stimme. »Im Anfang ist alles angelegt«, sagte er immer. Und so war es. *Menschen, die ihre Arbeit nicht anständig machen.*

Nach einer weiteren Verhandlungspause beschäftigte man sich länger mit meiner »Fixierung« auf Dans Suizidrisiko und mit meiner Überzeugung, dass er sich mit hoher Wahrscheinlichkeit selbst Schaden zufügen würde. Als angemerkt wurde, dass mich möglicherweise die von ihm thematisierten Filme in die Irre geführt hatten, war seine Anwältin vorbereitet.

»Aber was ist mit *Harry und Sally*? Oder *Die durch die Hölle gehen*? Mit *Der Pate*? Mein Mandant hat ausgesagt, er habe in den Sitzungen verschiedenste Filme erwähnt.« Sie sah dramatisch auf ihre Notizen nieder. »*Mary Poppins*?«, setzte sie triumphierend hinzu. »Wo ist *da* bitte der Suizid?«

Verhaltenes Lachen im Saal.

Man unterstellte mir, ich würde in meiner eigenen unverarbeiteten Tragödie feststecken, meiner eigenen Geschichte von möglichem Suizid und Selbstverletzung, zulasten von allem anderen. Es wurden Verbindungen zum Fall Mark Webster gezogen, und dann zu dem »äußerst erschütternden Suizidversuch« meines Sohnes.

Natürlich wurde auch Hayley als Zeugin vernommen. Im Zeugenstand wirkte sie klein und verängstigt, und ich hatte Mitleid mit ihr. Sie mied meinen Blick. Antwortete so rasch wie möglich.

»Hat der Angeklagte Ihnen gegenüber erwähnt, dass er bei Dr. Hartland in Therapie bleiben könne, *solange er es brauche*?«

»Ja.«

»Hat Dr. Hartland die Beherrschung verloren?«

»Ja.«

»Können Sie uns bitte schildern, was in Ihrer fünften Sitzung mit Dr. Hartland am 15. Mai geschah?«

Hayley sprach leise. Ihre Antworten kamen zögerlich. Sie klammerte sich am Zeugenstand fest.

Als Beweismittel wurden die Fotos vorgelegt.

»Können Sie uns bestätigen, dass *Sie* diese Bilder aufgenommen haben? Dass das die Druckstellen auf *Ihren* Armen sind?«

Und so ging es weiter. Im Gerichtssaal war es stickig. Eng. Alles bewegte sich unglaublich langsam, man hielt sich mit kleinsten, unscharfen Details auf. Es herrschte eine Stimmung, die sehr stark von dem abwich, was einem in den Medien oder temporeichen Unterhaltungsserien vermittelt wird. Die meisten Fortschritte waren winzig. Einzelheiten wurden um- und umgewendet. Das alles erinnerte mich an diese Münzschieber auf der Kirmes, die ich als Kind so geliebt hatte, wo eine Stange sich vor- und zurückbewegt und sanft gegen einen Haufen Münzen stupst, bis schließlich ein oder zwei davon über die Kante fallen. Jeden Tag bestand die größte Herausforderung darin, ausreichend unverbrauchte Luft zu finden, um weiter atmen zu können.

Es gab viele Ungereimtheiten. Auf so manches hatte ich nicht geachtet. Dan hatte mir zahlreiche Brocken hingeworfen. Manche schlang ich begierig hinunter. Andere, die mich vielleicht auf eine andere Fährte gebracht hätten, überging ich geflissentlich. Außer Frage stand allerdings, dass er ein zutiefst zerrütteter und psychisch belasteter Mensch war.

Es gab den Bruder, Michael. Er war im Alter von achtzehn Monaten gestorben. Dan war damals dreieinhalb. Berichten zufolge hatte Michael im Wohnzimmer am offenen Kamin gespielt, in einem Bademantel aus Polyester, der rasch Feuer fing. Die Flammen schlugen in Sekundenschnelle an seinem kleinen Körper empor. Er erlitt Verbrennungen auf über neunzig Prozent der Hautoberfläche und starb fünf Tage später auf der Intensivstation. Dans Mutter hatte die beiden Kinder allein gelassen, als sie ins obere Stockwerk ging. Sie war überzeugt, dass das Kamingitter befestigt gewesen war, als sie das Zimmer verließ. Wie es hatte abfallen können, wurde niemals geklärt. Hatte es sich von allein gelöst? War es fortgestoßen worden? Im Grunde war das unerheblich. Dan war erst drei. Ein so kleiner Junge, dem etwas so Traumatisches und Belastendes widerfuhr … Damals wurde festgehalten, dass er sich an den Vorfall nicht erinnern konnte. Es war sehr wahrscheinlich, dass er das Erlebte »verdrängt« und irgendwo tief in seinem Innern vergraben hatte, sodass es eine Narbe aus Schuld und Scham hinterließ.

Als ich das hörte, erinnerte ich mich an die Sitzung, in der er mir von der Vergewaltigung erzählt hatte. Wie besessen er von dem Feuerzeug gewesen war. Von der Flamme an seiner Wange. *Dieser Geruch. Verbranntes. Ich dachte, ich krieg keine Luft mehr.* Unmittelbar darauf hatte Dan sich gefragt, ob der Übergriff aus einem bestimmten Grund geschehen war. *Karma*, hatte er gesagt. *Weil ich böse bin.* Vielleicht gab es da eine unerwartete Assoziation. Vielleicht hatte sein Geruchssinn eine flüchtige, nicht ganz fassbare Erinnerung wachgerufen, irgendeinen Zusammenhang, den er nicht herstellen konnte.

Vieles war undurchsichtig. Die zwei verschiedenen Namen. Zwei unterschiedliche Krankenversicherungsnummern. Eine falsche Sozialversicherungsnummer. Diverse Schichten aus Wahrheit und Unwahrheit. Einiges, was er mir erzählt hatte, traf zu. Anderes strapazierte die Wahrheit so sehr, dass sie unkenntlich wurde. Was nun wahr oder gelogen war, spielte letztlich keine Rolle. Für mich stand ohne jeden Zweifel fest: Die Sitzung, in der er von seiner Kindheit erzählt hatte, war echt. Wie er als kleiner Junge auf dem Rummelplatz versucht hatte abzuhauen und sich bei einem fremden Mann ins Auto setzte, oder wie er die Küchenschränke nach scharfen Gegenständen durchsucht hatte – ob das alles nun wirklich geschehen war oder nicht (und ich vermute schon) –, in seinem Kopf war es echt und ein authentischer Spiegel seiner Gefühle. Die empfundene Einsamkeit. Sein Eindruck, nicht geliebt zu werden. Und die Suche nach Möglichkeiten, sich selbst zu verletzen, um den schrecklichen Schmerz und die Leere zu überdecken. Das war echt.

Nach ein paar Verhandlungswochen waren mir die Gesichter der Jurymitglieder so vertraut wie die meiner eigenen Familie. Ich kannte auch die Menschen auf der Zuschauergalerie, die sich tagtäglich den Prozess ansahen. Die Gerichtsreporter und die widerspenstige Haartolle des Saaldieners. Ich kannte sie alle. Und inmitten all dieser Vertrautheit erschien eines Morgens ein neues Gesicht auf der Zuschauergalerie. Es gehörte einer Frau ungefähr in meinem Alter. Sie bewegte sich zielstrebig und bestimmt, sah nur geradeaus. Sie hatte kurzes dunkles Haar. Die Frau auf dem Foto. Ihre Miene war ausdruckslos, kalt, ungerührt. Sobald Dan die Anklagebank betrat, witterte er ihre Anwesenheit. Wie ein Tier spürte er sie mit Blicken auf. Für den Bruchteil einer Sekunde starrten sie einander an. Zur Mittagszeit war sie wieder verschwunden.

Im Lauf des Prozesses zerpflückten die verschiedenen Anwälte alle Einzelheiten des Falls. In ihren langen schwarzen Roben und weißen Hemden sahen sie aus wie Elstern, die auf ihre glitzernde Beute aus Mord versus Totschlag niederstießen. Es gab Berichte von Fachärzten, die Dan in der Vergangenheit behandelt hatten. Sachverständige mit endlosen Listen diagnostischer Fachbegriffe, die man auf ihn abfeuerte: Psychopath, Soziopath und krankhafter Narzisst. Unterschiedliche Gerichtspsychiater wurden gehört, Zeugen sowohl der Verteidigung als auch der Anklage, die sich einen terminologischen Hickhack lieferten. Am häufigsten fiel das Wort »Borderline-Persönlichkeitsstörung«, das Pauschaletikett für jene, die unbestreitbar psychisch belastet sind, sich jedoch allen anderen Diagnosen zu entziehen scheinen. Einer der Gerichtspsychiater bezog sich auf Dans »frühkindliche Bindungsstörung«, während ein anderer die Theorie einer »akuten psychotischen Episode« vorbrachte, die durch die »wahnhafte Übertragung« im Rahmen der Therapie ausgelöst worden sei.

Unter den Fachleuten herrschte Einigkeit, was sein Kindheitstrauma und die emotionale Deprivation betraf. Einsamkeit. Vernachlässigung. Ernsthafte, langjährige Bindungsprobleme. Unbewältigte Wut, die sich in einer Familie, die durch den Tod eines Kleinkinds innerlich zerrüttet war, auf seine Mutter richtete. Es war unstrittig, dass die Arbeit in der Trauma-Abteilung einige dieser äußerst problematischen Gefühle wieder an die Oberfläche geholt und es nicht geschafft hatte, sie einzuhegen. Stattdessen erhielt Dan unbeabsichtigt eine Bühne, um seinem Ärger Luft zu machen.

Vielleicht hatte er nach jemandem wie mir gesucht. Und vielleicht hatte ich darauf gewartet, von jemandem wie ihm gefunden zu werden.

In ihren Schlussworten hob die Richterin für die Jury zahlreiche Faktoren hervor, die zu der Tat beigetragen hatten, doch im Gedächtnis blieben mir vor allem die »medizinischen Fehleinschätzungen« und das »Versagen in Bezug auf die Sorgfaltspflicht und gebotene Vorsicht« der verantwortlichen psychiatrischen Einrichtung. Man räumte ein, dass diese Belange jenseits der Zuständigkeit der Gerichte lägen, jedoch Gegenstand laufender Ermittlungen durch den Stiftungsträger sowie durch eigenständige Berufsverbände seien.

Am Ende fiel das Urteil der Jury eindeutig aus. Die Fotos, die Dan aufgenommen hatte, der geplante Wohnungseinbruch, die Verwendung des Küchenmessers, das er zuvor an sich gebracht hatte, all das deutete klar auf ein vorsätzlich begangenes Verbrechen hin. Es war nicht sicher, ob Dan die Wohnung wegen Nicholas aufgesucht hatte oder ob er aufgrund meiner Abwesenheit in der Klinik vermutete, ich hielte mich ebenfalls dort auf, und wegen mir kam. Oder vielleicht waren wir drei – seine Mutter, Julie und ich – in seinem verwirrten, verzweifelten Zustand irgendwie eins geworden. Das werden wir nie erfahren. Die Beweise reichten nicht aus, um ihn für versuchten Mord an Nicholas anzuklagen. Aufgrund der durch die Verteidigung untermauerten verminderten Schuldfähigkeit wurde er des Totschlags an Julie für schuldig befunden und erhielt eine lebenslange Freiheitsstrafe, von der mindestens zweiundzwanzig Jahre abzuleisten waren. Vom Gerichtssaal überführte man ihn geradewegs ins Rampton Hospital.

Nachfolgende interne Anhörungen zu meinem beruflichen Fehlverhalten stellten Fahrlässigkeit in Bezug auf meine Sorgfaltspflicht fest. Als Belege führte man die Sitzung mit Hayley an, das Abweichen von meinen gewohnten therapeutischen Maßstäben bei Dan und meine Entscheidung, ihn bei mir übernachten zu lassen. Die »Verwicklungen im eigenen Privatleben« wurden als etwas angesehen, das zu meinem Unvermögen beigetragen hatte, bei der Behandlung dieses schwer kranken Patienten ein klares und fundiertes Urteil zu fällen. Der Vorsitzende des internen Schiedsgerichts schloss: »Ihre Vergehen betreffen weniger das, was Sie getan, sondern vielmehr das, was Sie unterlassen haben. Sobald Sie Ihre eigenen problematischen Gefühle erkannt hatten, die durch die Ähnlichkeit des Patienten mit Ihrem Sohn ausgelöst wurden, hätten Sie die Behandlung abgeben müssen. Sie hätten ihn an eine Kollegin oder einen Kollegen verweisen sollen. Sie hatten die nötige Erfahrung und das Fachwissen dazu.«

Alle Leumundszeugen waren rücksichtsvoll, fast schon ehrfürchtig in ihrer Achtung meiner Karriere, meiner Stellung und Erfahrung. Besonders Robert mit seiner umsichtigen Einschätzung meiner Kompetenzen war äußerst hilfreich, skizzierte meine klinische Expertise. Doch alle kamen zwangsläufig zu dem Schluss, dass es aufgrund meiner unbewältigten Trauer und der erschwerenden Ähnlichkeit Dans mit meinem Sohn unmöglich gewesen war, therapeutische Arbeit auf hohem Niveau zu leisten.

Mir wurde vorübergehend die Approbation entzogen.

Mein Anwalt drängte mich, unter Mitwirkung von Robert und meiner Abteilungskollegin Maggie, Berufung einzulegen. Noch ehe sie zu Ende gesprochen hatten, wischte ich den Vorschlag beiseite. Ich war fassungslos. Sie begriffen nicht, wie falsch die Vorstellung sich anfühlte. Was für eine vollkommene Fehleinschätzung es war.

»Nein, ich werde nicht wieder arbeiten.« Und erst als ich den Satz laut ausgesprochen hatte, erkannte ich das Ausmaß und die Deutlichkeit meines Entschlusses. Die Erleichterung war für mich mit Händen zu greifen. Als würde ich ein schweres Gewicht loslassen, das ich bis jetzt fest an mich gedrückt hatte.

Maggie war außer sich. »Aber all deine Arbeit«, sagte sie. »Und die Abteilung!« Sie war den Tränen nahe.

Ich versuchte, etwas zu erwidern. »Ich …«

Ich blickte zu Robert. Er nickte.

»Ich … kann das nicht mehr«, sagte ich mit versagender Stimme.

Robert trat einen Schritt vor. Eine kleine Bewegung. Eine sanfte Hand auf meiner Schulter.

Ich wählte meine Worte mit Bedacht. »Ich … Es ist, als ob ich den Schmerz anderer Menschen wie ein Schutzschild einsetze, um meinen eigenen fernzuhalten.« Ich schüttelte den Kopf. »Ich muss damit aufhören.«

»Aber wie sollen wir zurechtkommen?«, fragte Maggie. »Ohne dich?«

»So wie bisher auch. Ihr macht weiter.«

Und so quittierte ich nach über fünfundzwanzig Jahren klinischer Arbeit, mit Hunderten von Patientinnen und Patienten, meinen Dienst. Ich hörte abrupt auf, wie ein Junkie, der den kalten Entzug antritt. Ein Leben ohne den hektischen Rausch des Nützlichseins. Ohne den süchtig machenden Impuls, zu helfen und zu retten und mich wertvoll zu fühlen.

Ich hatte das Glück, über eine Pension des NHS zu verfügen, die ich in sieben Jahren in Anspruch nehmen konnte. Ich hatte ein paar Ersparnisse. Im Wesentlichen wollte ich mich einschränken. Ein einfacheres Leben führen. Die offensichtlichste Lösung bestand darin, das Haus zu verkaufen. Weder David noch ich brauchten ein großes Einfamilienhaus für uns allein. Aber obwohl ich nicht selbst darin wohnen wollte, war es undenkbar, es zu verkaufen, zumindest für den Moment. Es war unsere einzige Verbindung zu Tom und ein Anker, den einzuholen ich noch nicht bereit war, sofern ich es überhaupt je sein würde. Ich teilte David mit, dass ich vorhatte, in etwa einem Jahr nach Mietern zu suchen, eventuell nach Leuten, die wir kannten. Dann würde ich mir etwas Kleineres mieten. Eine Wohnung in Küstennähe vielleicht.

Carolyn begann ihr Studium, brach es jedoch nach dem ersten Semester wieder ab und beschloss, sich stattdessen für ein Grundstudium an der Kunsthochschule zu bewerben. Sie verbrachte Stunden damit, an ihrer Bewerbungsmappe zu arbeiten, und nahm in Bloomsbury einen Teilzeitjob in einem Laden für Künstlerbedarf an. Es war ein wunderschöner Ort, alt und holzgetäfelt und vom Boden bis zur Decke vollgestopft mit besonderem Zubehör und Materialien; in Leder gebundene Skizzenbücher, Papier, Pastellkreiden und Glasgefäße mit gemahlenen Farbpigmenten in leuchtenden Blau-, Rot- und Orangetönen. Manchmal trafen wir uns in der Nähe zum Mittagessen, und danach schlenderte ich zum British Museum weiter und setzte mich einfach still in den Innenhof unter das große weiße Kuppeldach.

In den Wochen unmittelbar nach dem Prozess schlief ich viel. Tatsächlich fiel es mir schwer, wach zu bleiben. Mein

Körper fuhr gewissermaßen herunter, fast wie bei einem selbst herbeigeführten Koma. Wenn ich wieder daraus auftauchte, verbrachte ich meine Tage im Garten, jätete Unkraut, topfte um und buddelte in den Beeten. Eine Freundin von Maggie trat für acht Monate eine Stelle im Ausland an und fragte mich, ob ich mich in dieser Zeit um ihren Schrebergarten kümmern wolle. Das tat ich nur zu gern. Ich baute Gemüse an: Kohl, Lauch und Brokkoli. Ich mochte das Gefühl von Erde zwischen den Fingern. Die körperliche Anstrengung beim Graben. Draußen in Sonne, Regen und Wind zu stehen, kam mir irgendwie heilsam vor, wie eine Art Therapie.

Dann entdeckte ich eine Annonce, in der nach Freiwilligen für ein gemeinnütziges Gartenprojekt in den Hinterhöfen von Haringey gesucht wurde. Man hatte einen wunderschönen, ummauerten Garten geschaffen, der einer Wohltätigkeitsorganisation gehörte, ein kleines grünes Juwel namens St. Margaret's Secret Garden inmitten des zersiedelten Ballungsraums. Dort gab es Angebote für Menschen mit psychischen Schwierigkeiten; für Suchtkranke auf Entzug, für die Verlassenen und Vereinsamten und für die Kinder des örtlichen Pflegeheims. Ich begann, an drei Vormittagen in der Woche ehrenamtlich dort zu arbeiten. Ich kümmerte mich um die Gemüsebeete, und eine meiner Aufgaben war es außerdem, die Vase im Büro stets mit frischen Blumen zu füllen. Das machte ich immer als Erstes, bevor die anderen eintrudelten. Ich traf nicht gern auf andere Menschen. Ihre Morgengrüße, ihr Nicken beim Ankommen und die anderen freundlichen Gesten wollte ich nicht. Ich wollte das alles von mir fernhalten.

Eines Tages fragte mich Joyce, die uns Ehrenamtliche koordinierte, ob ich mich stärker im Projekt einbringen wolle. »Vielleicht als Gruppenbetreuerin für eine der Therapiegruppen am Nachmittag?«

Falls mein unwillkürliches Zusammenzucken sie überraschte, ließ sie es sich nicht anmerken. Sie muss dort schon alles Mögliche erlebt haben.

»Nein, danke«, erwiderte ich. »Ich möchte mich einfach nur um die Gemüsebeete und die Pflanzen kümmern. Und außerdem«, fügte ich noch hinzu, »besuche ich nachmittags immer meine Mutter.«

Abends schrieb ich Tom Briefe über Nicholas. Ich schrieb ihm über seinen Sohn; was er gern aß und dass er Apfelsaft am liebsten aus einem großen Glas für Erwachsene trank. Ich schrieb über sein liebstes Gutenachtlied. Dass er oft im Sonnenschein auf der kleinen Fensterbank saß und mir mit seiner Kinderhand ein Buch in den Schoß drückte. Ich schrieb, dass ich das Gästezimmer zu seinem ganz besonderen Ort gemacht hatte, mit Baggerbettzeug und einer Autolichterkette. Ich schrieb, dass Nicholas es liebte, mir morgens im Garten zu helfen, wenn er bei mir übernachtet hatte.

Sein Lieblingsessen? Seine Kuscheltiere? Das Lied, das er abends gern zum Einschlafen hörte? Natürlich hatte ich von alldem nicht die geringste Ahnung. Solche Einzelheiten waren mir unzugänglich. Doch am Abend oder wenn ich Unkraut jätete, gestattete ich es mir, zu träumen, mir Dinge auszumalen und ein Bild zu erschaffen, auf dem er und ich zu sehen waren.

Ich schrieb auch Briefe an Nicholas, um ihm alles über seinen Dad zu erzählen. Wie einfühlsam und umsichtig er war. Wie sehr er sich um andere sorgte. Manchmal zu sehr. Wie hart er arbeiten konnte. Ich schrieb ihm, dass sein Dad wunderschöne Dinge aus Holz schnitzen konnte. Und dass er ihm eines Tages seine ganz eigene Angelrute schnitzen würde, mit Nicholas' Initialen. Ich schrieb ihm, dass sein Dad Bäume liebte, den Wald, das Meer und die Natur. Dass er es liebte, frei zu sein, draußen in der Wildnis.

26

In jenem Frühling flog Carolyn wieder nach Australien, um Rob zu sehen, und David war mit seiner neuen Partnerin Simone, die er auf einer Konferenz kennengelernt hatte, in Frankreich. Als er mir zum ersten Mal von ihr erzählte, fügte er eilig hinzu, dass sie geschieden sei und eine Tochter an der Uni habe. Ich sagte ihm, dass ich mich für ihn freue. Ich war erleichtert, dass er eine Frau gefunden hatte, die im selben Jahrzehnt geboren war wie er. Sobald sie alle fort waren, buchte ich eine Reise nach Korfu.

Messonghi, der kleine Ort, in dem wir damals mit den Kindern Urlaub gemacht haben, ist in alle Richtungen gewuchert. Inzwischen muss man eher von einer Kleinstadt sprechen. Ich suchte mir eine Unterkunft abseits des Zentrums, oben in den Bergen. Eine einfache Pension mit weiß getünchten Mauern und blauen Fensterläden, die den Blick aufs Meer freigeben. Die alte Frau, die sie führt, ist klein und stämmig, mit einer Haut runzlig wie Walnussschalen. Sie trägt ein schlichtes schwarzes Etuikleid und serviert das Frühstück auf der kleinen Terrasse hinter dem Haus, in einem von Weinreben überwachsenen, geschützten Innenhof. Aus meinem Zimmer sehe ich ihr zu, wie sie mit unendlicher Sorgfalt und Geduld meinen Tisch deckt, das Besteck, die gefaltete Serviette, den frischen Joghurt und einen Teller mit geschnittener Melone hinstellt. Sie nickt und lächelt, als ich mich an meinen Platz setze. Ich lächle zurück. Ich bringe die wenigen mir bekannten griechischen Wörter an, um meinen Dank auszudrücken. Manchmal merke ich, wie sie mich neugierig beobachtet. Vielleicht spürt sie mein Bedürfnis, allein zu sein. Sie lässt mich in Frieden.

An dem Wochenende nach meiner Ankunft findet das griechische Osterfest statt. In den Tagen zuvor ist das ganze Dorf mit Vorbereitungen beschäftigt. Ich war bisher immer nur zur Hauptreisezeit in Griechenland; im Frühling ist das hier ein anderer Ort. Ich mag den hellen, klaren Sonnenschein und die plötzliche Kühle am Abend, wenn die Sonne untergeht.

Ich beobachte, wie das Dorf sich herausputzt. Haustüren werden aufgestoßen, Teppiche draußen auf der Straße ausgeklopft, Töpfe und Pfannen geschrubbt, bis sie glänzen. Vor den zwei Tavernen ganz oben im Dorf sind die Tische und Stühle gestapelt, um für den Sommer einen neuen Anstrich zu bekommen.

Am Ostersonntag um Mitternacht ist die Straße voller Menschen. Familien, Kleinkinder, Gruppen von Jugendlichen, Säuglinge, alles umarmt und herzt sich. Der Priester kommt mit einer entzündeten Kerze ans Kirchenportal. Er steckt die Kerze der Person an, die neben ihm steht, diese reicht das Licht weiter an die nächste und immer so fort. Flammen schwärmen aus wie Glühwürmchen, und bald ist das Dorf ein flackerndes Kerzenmeer, dessen Lichtspur sich den Berg hinabwindet. Als die Menschen an mir vorüberziehen, drücke ich mich gegen die Mauer.

Christos anesti.

Alithos anesti.

In der Ferne funkeln Lichter, man hört Feuerwerkskörper, Gelächter und Musik. Schon bald sind die Tavernen voll. Familien feiern zusammen, halten sich bei den Händen, schmiegen die Gesichter aneinander. Eine erwartungsvolle Stimmung liegt in der Luft. Ich bin ganz durchdrungen vom schimmernden Licht, und während ich dastehe und zusehe, überkommt mich mit einem Mal so etwas wie segensvolle Hoffnung, ein Gefühl der Erneuerung, wie es zu dieser Jahreszeit dazugehört.

Nachdem am Ostersonntag die Messe geendet hat, gehe ich hoch zu der kleinen Kirche am Berghang. Sie ist mit aus Kräutern gewundenen Kränzen, Olivenzweigen und Eukalyptusblättern geschmückt. Draußen in den Ästen eines Baums hängen kleine Blumensträuße, und dazwischen glitzert es silbern. Ich beobachte, wie sich eine Menschengruppe nähert; sie stützen einen Mann. Er ist jung, humpelt aber an einer Krücke. Er reckt sich, um etwas in den Baum zu hängen. Als sie fortgehen, trete ich näher, um es mir anzusehen. Es sind kleine Rechtecke aus Blech, die wie Weihnachtsschmuck von den Zweigen baumeln. Glänzend drehen sie sich im Sonnenlicht. Ich nehme eines in die Hand. Das Bild eines geschlossenen Auges ist hineingestanzt. Ich wähle ein anderes. Ein Kniegelenk. Ich fahre mit den Fingern über die Prägung, ertaste jedes Detail. Dann schaue ich auf. Ein Mann beobachtet mich. Ich tippe mit dem Finger auf das Blechbildchen. »Was ist das?« Mein Gesicht blickt fragend. Er sagt etwas auf Griechisch. Dreht sich zu seinem Begleiter um. Sie wechseln ein paar Worte. »Für Besserwerden«, sagt er. »Für Gott. Wenn du krank«, und er fasst sich an den Kopf und zieht eine Grimasse. »Für besser Gesundheit«, fügt er hinzu, und dann drückt er die Hand an die Stirn. Gegen die Arme. Auf die Augen. Ich schaue wieder zum Baum. Ich erkenne, dass auf all den Blechtäfelchen Körperteile abgebildet sind. Ein Arm. Ein Bein. Eine Niere. Eines mit einem Lungenflügel. »*Efharisto*«, sage ich, und wir nicken. Die Männer lächeln zufrieden.

Später am Abend gehe ich hinunter ins Dorf, dorthin, wo wir vor vielen Jahren als Familie gewohnt haben. Ich kann mich nicht mehr genau erinnern, welche Ferienwohnung es war, aber die Steine finde ich schnell. Der kleine Haufen, der uns damals bis zu den Knien reichte, ist heute höher als ich und erstreckt sich über eine Länge von mehr als vier Metern. Auf viele der Steine und Kiesel ist etwas mit Filzstift, Farbe oder Kugelschreiber gekritzelt. Einige tragen Initialen, andere Namen, manche längere Botschaften. Mein Blick schweift über die, die ich lesen kann. *Wir vermissen dich. Pass auf dich auf. Wir lieben dich. RIP, Pete.* Und auf der Rückseite eines großen flachen Steins: *CT – tut mir leid, dass ich dich nicht retten konnte, so wie du mich einst gerettet hast.* Briefe und Zettelchen flattern im sanften Wind. Papierfetzen mit vom Regen verlaufener Tinte und sorgsam laminierte Fotos. Vermisste Kinder. Vermisste Menschen. Vermisste Töchter. Vermisste Ehefrauen, Ehemänner und Söhne. Es ist ein Schrein für die Verschwundenen. Menschen, die vielleicht noch am Leben sind und zurückkehren werden. Und einige, die bereits fort sind.

Links, im Schatten eines Zitronenbaums, steht eine Holzbank mit einem kleinen Schild.

Im Gedenken an Denis Watson.

An der Rückenlehne ist ein Foto von ihm angebracht, das gleiche wie auf der Website. *Denis. Er ruhe in Frieden. Und für immer in unseren Herzen* ist daneben eingraviert. Der Ort, an dem seine Überreste gefunden wurden, liegt kaum zehn Minuten entfernt.

Hier ist es menschenleer. Es ist noch zu früh im Jahr für Touristen, und nach den Feierlichkeiten der vergangenen Nacht scheint das Dorf noch zu schlummern. Ich setze mich auf Denis Watsons Bank und ziehe den Umschlag aus der

Tasche. All meine Briefe an Tom über Nicholas. Diejenigen an Nicholas über Tom. Ich falte sie in der Mitte zusammen und schiebe sie vorsichtig zwischen die Steine. Ich stecke Fotos von Nicholas und Tom in einen Umschlag, Seite an Seite. Im Olivenhain wähle ich drei Steine aus und lege sie behutsam obenauf. Julie, Tom und Nicholas.

Ich steige den Bergpfad weiter hinauf, zu der winzigen Kapelle oben auf der Kuppe, die die Kinder entdeckt haben, als wir hier waren. Seit unserem letzten Besuch vor etlichen Jahren wirkt sie unverändert. Weiße Wände, kleine zusammengezimmerte Holzbänke, und vorn, inmitten all der rustikalen Schlichtheit, ein überbordender goldener Altar. Dahinter ein großes Fresko von Jesus am Kreuz. In der Ecke eine Engelschar. Ich setze mich und falte unwillkürlich die Hände. Die Luft ist kühl. Still. Die Zeit treibt dahin. Ich zünde Kerzen an. Für Julie. Für Tom. Für Nicholas. Und eine für Denis. Als ich wieder aufstehe, höre ich Schritte hinter mir. Eine Frau kommt herein. Ihr Gesicht ist unter einem dunklen Kopftuch verborgen. Sie sieht mich an; ein vertrauliches Nicken. Es ist die Frau, die sich um meine Pension kümmert. »*Jassas.*« Als ich an ihr vorübergehe, fasst sie mich am Arm, drückt mir etwas Hartes, Metallisches in die Hand und sagt etwas auf Griechisch, das ich nicht verstehe. Draußen blinzle ich ins helle Sonnenlicht und öffne die Faust. Es ist eines der kleinen Blechtäfelchen, die ich unten vor der Kirche gesehen habe. Ich drehe es um. Ein eingestanztes Herz.

Der Augenblick ist wie ein kühler Schluck Wasser nach einem langen, selbst auferlegten Dürsten. Eine einfache, freundliche Geste, die mich fast zum Weinen bringt; nach Monaten der Selbstbestrafung, der freiwillig gewählten Verbannung von allem, was bunt und gut und fröhlich ist. Ich hatte mich als unwürdig erachtet; wie im Hungerstreik versagte ich mir das Schöne im Leben. Ich setze mich hin, schließe die Augen, drehe das Gesicht zur Sonne, meine Finger umklammern das kleine Blechherz.

Als ich aufstehe, werde ich vom Licht geblendet. Ich spüre die warme Sonne auf meinen Wangen, als wäre es das allererste Mal. Ich nehme einen anderen Pfad zurück, der sich durch die Olivenhaine an der Bergflanke schlängelt, und als ich mich wieder der Stadt zuwende, steigt mir der Duft von Feldthymian in die Nase. Die Sonne scheint, und das Meer breitet sich in tiefem Kobaltblau vor mir aus.

Den Rest der Woche verbringe ich damit, über die felsigen Küstenwege zu wandern. Ich mache einen Tagesausflug zu einem Schluchtenweg im Landesinneren. Er steigt über elf Kilometer steil an, durch einen dichten Teppich aus Frühlingsblumen, über sanfte blaue, purpurrote und weiße Hügel. Die Oleanderbüsche fangen gerade erst an, in berstendem Rosa und Rot zu erblühen. Ich überquere steinerne Brücken, unter denen sprudelnde Gebirgsbäche rauschen, komme an kaskadenartigen Wasserfällen vorbei, deren Sprühnebel mir die Wangen kühlt. Ich wandere sechs Stunden lang. Am Ende sind meine Knöchel geschwollen, und als der Weg in einer kleinen Bucht aus weißen Kieseln endet, ziehe ich Schuhe und Socken aus und lasse mir von den kalten, salzigen Wellen die Zehen umspülen. Unterwegs grüßen mich die Leute, setzen zu einem kurzen Schwatz an. Ich bin höflich, freundlich, aber ich bleibe für mich. An jenem Abend, in der kleinen Taverne am Strand, ist eine Veränderung spürbar. Ich halte weiterhin Abstand und esse allein, aber bisweilen hebe ich unversehens den Kopf, freue mich an dem Gelächter und dem Kameradschaftsgefühl, die von den Tischen ringsum aufsteigen.

*

Die Postkarte trifft zwei Tage nach meiner Rückkehr aus Griechenland ein. Ich sehe sie oben vom Ende der Treppe auf der Fußmatte liegen. Ein heiteres, farbenfrohes Bild mit einem Berg und ein paar Bäumen. Aus der Entfernung wirkt es wie Werbung. Eine Autoreklame oder Wurfpost für eine Versicherungspolice. Erst als ich näher komme und mich danach bücke, erkenne ich, dass es eine Postkarte ist.

Als ich mir das Bild genauer anschaue, läuft die Zeit schlagartig langsamer. Es ist ein dichter schroffer Kiefernwald. Ein Fluss rauscht zwischen den Bäumen hindurch, braust gischtend über Felsstufen. In der Ferne ein weiter Himmel und schneebedeckte Berge. Die Sonne geht gerade auf. Goldenes Glitzern auf dem Wasser. Hoch über den Bäumen fliegt ein Vogel mit weit aufgespannten Flügeln. Ein Greifvogel. Vielleicht ein Bussard. Wie ein Pfeil schießt er über den gewaltigen wolkenlosen Himmel.

Es ist wie ein dumpfer Schlag gegen die Brust. Ich kann kaum atmen.

Alaska.

Ich drehe die Karte um. Sie ist leer. Keine Nachricht. Keine Unterschrift. Nur *Mum, Dad und Carolyn* und unsere Adresse in seiner vertrauten, ordentlichen, leicht schrägen Handschrift. Ein Poststempel von vor neun Tagen.

Die Tränen kommen sofort, rollen mir über die Wangen, als ich auf die Knie sinke. Ich weiß nicht, wie lange ich dort auf der Fußmatte sitze, die Karte fest an mich gedrückt. Nach beinahe drei Jahren schmiege ich die Neuigkeit an meine Brust, als hielte ich seinen Kopf in den Armen.

Als ich David und dann Carolyn anrufe, weinen wir über drei Länder hinweg. *Er lebt*, ist alles, was ich hervorbringe.

Später sitze ich am Computer und sehe mir eine Landkarte der Gegend an. Ich vertiefe mich in das Gelände, voll Staunen über Alaskas Weite. Irgendwo in dieser riesigen Einöde, denke ich, ist mein Sohn. *Mein Sohn.* Natürlich packt mich das Verlangen, ihn ausfindig zu machen. Hinzureisen und ihn aufzuspüren. Ihn in die Arme zu schließen. Die Maus wandert über den Bildschirm, fährt langsam und sorgfältig in der unermesslichen, unbewohnten Landschaft umher. Meine Finger folgen den Pfaden, als könnten sie seiner Spur folgen. In die Wildnis. Ein Gedanke scheint auf. Ich könnte ins Flugzeug steigen. Von Seattle aus weiter nach Norden reisen. Doch so schnell der Einfall gekommen ist, verwerfe ich ihn wieder. Betrachte noch einmal die Postkarte. Und was er mir damit sagen will. Sich auf die Suche nach ihm zu machen, ist nicht das, was er sich wünscht. Stattdessen trete ich ans Bücherregal und ziehe das Buch hervor, in das er sich verliebt hat. Das Buch, das sein Herz berührt hat. Das Buch, das ich bisher nicht richtig gelesen habe. Er hat viele Passagen mit Bleistift unterstrichen, Auszüge aus den Tagebüchern von Reisenden im Lauf der Geschichte, doch ein Abschnitt fällt mir besonders ins Auge. Ich schreibe ihn ab und hefte ihn an die Kühlschranktür.

Wann ich das nächste Mal in die Zivilisation kommen werde? Nicht so bald, nehme ich an. Ich bin der Wildnis noch nicht überdrüssig; genieße vielmehr ihre Schönheit und mein Leben auf Wanderschaft, und das mit jedem Tag mehr. Der Straßenbahn ziehe ich den Sattel vor und dem schützenden Dach ein Leben unterm Sternenzelt, folge lieber zweifelhaften, unwegsamen Pfaden als jeder beliebigen Pflasterstraße und schätze den tiefen Frieden der Wildnis höher als den Unmut, der in den Städten schwelt. Willst du mir also vorwerfen, dass ich hierbleibe, wo ich meinem Empfinden nach hingehöre und eins mit der Welt um mich her bin?

Tom ist jetzt ein zweiundzwanzigjähriger Mann. Ich stelle ihn mir in der vorzüglichen Einsamkeit vor, nach der es ihn so oft verlangt hat. Wenn ich mir ausmale, wie er draußen in der Natur lebt, in dieser gewaltigen Wildnis, kommt mir unsere gemeinsame Woche in der Hütte in Devon in den Sinn, und ich muss lächeln. Ich denke zurück an seine Freude, wenn er Stöcke zuschnitt, Feuer machte und uns Angelruten schnitzte. Jene Woche, die das Beste in ihm zum Vorschein brachte. Die das Beste in uns allen zum Vorschein brachte. Ich erinnere mich an seine tatkräftige Findigkeit. Seine Selbstgenügsamkeit. Seine Liebe zu wilden Orten.

Die Postkarte hat eine Heimat in meiner Handtasche gefunden, ich trage sie immer bei mir. Sie steckt neben den kleinen Skizzen, die Carolyn von uns in Devon gemacht hat, und neben der winzigen Blechtafel mit dem eingestanzten Herzen.

Ich denke ständig an Tom, aber jetzt fühlt es sich anders an. Die Gedanken sind nicht mehr so panisch und verzweifelt. Zuvor waren sie gestaltlos und voller Sorge; die Suche nach einem Bild, das mir irgendeine Antwort geben sollte. Nun habe ich den Luxus eines solchen Bildes, einer Spur von Gewissheit, und kann einen Rahmen um sein Leben ziehen.

Es gibt schlechte Tage, an denen ich daran denke, wie weit er weg ist. An denen es mich ängstigt, ihn so allein und unbedeutend dort draußen in der Wildnis zu wissen. Es gibt Tage, an denen das Vermissen sich wie ein Loch in der Brust anfühlt. An solchen Tagen versuche ich, einfach nur zu atmen.

An guten Tagen stelle ich ihn mir glücklich und erfüllt vor. Und ich sende ihm meine Liebe. Ich sehe ihn vor meinem inneren Auge: groß und schlank, mit von Wind und Sonne gegerbter Haut. Ich male mir aus, wie er sich mit einer gewissen Zuversicht bewegt. Sich seinen Weg durchs Unterholz schlägt. Ein Tuch hält ihm die Haare aus der Stirn. Sie sind jetzt lang, seit Wochen nicht geschnitten, und fallen ihm in goldenen Kringeln bis auf die Schultern. Er hat sich irgendwo im Wald einen Unterschlupf gebaut, sich ein Dach errichtet. Dort verschmilzt er mit seiner Umgebung. Ich weiß, er wird den verlassenen Bus besucht haben, den Ort, an dem Christopher McCandless starb, aber ich glaube nicht, dass er dort lange geblieben ist. Es ist zu einem Mekka für Touristen, zu einem symbolischen Ort für Abenteurer geworden. Im Morgengrauen wird er wieder aufgebrochen sein. Wird die leere Hülle des Busses begutachtet, die Nachrichten anderer Reisender gelesen haben, und dann wird er seiner Wege gegangen sein, lautlos und allein. Ich sehe ihn vor mir, wie er sich Pfade sucht, die niemand zuvor beschritten hat. Wie er die Füße auf frischen, unberührten Boden setzt. Er bleibt stehen und beobachtet einen Vogel hoch über seinem Kopf. Der Vogel lässt sich fallen und steigt dann wieder auf, in den weiten tiefblauen Himmel hinein. Ich sehe ihn, wie er aufblickt und lächelt, mit dem Gesicht zur Sonne.

So stelle ich ihn mir am liebsten vor. Und diese Vorstellung ist mein Versuch, ihn loszulassen. In der Hoffnung, dass er vielleicht, eines Tages, wieder den Weg zu mir nach Hause findet.

Dank

Während meiner Laufbahn beim NHS durfte ich mit außerordentlich begabten Ärztinnen und anderen Kollegen zusammenarbeiten. Besonderen Dank schulde ich Mary Burd, Jane Gibbons und Yvonne Millar, die mein Denken und meine Arbeitsweise in inspirierender Form geprägt haben. Sehr dankbar bin ich auch William Halton für seine anhaltende Betreuung, seine Weisheit und sein Verständnis. Zudem möchte ich all meinen Kolleginnen und Kollegen bei Tavistock Consulting danken, und ebenso Brian Rock und Laure Thomas vom NHS Foundation Trust für ihre Unterstützung.

Schon vor der Arbeit an diesem Buch habe ich viele Wörter zu Papier gebracht und hatte das Vergnügen, an vielen verschiedenen Schreibateliers teilzunehmen. Von Tufnell Park bis Taos danke ich all meinen Mitschreibenden für ihre Ermutigung, für das Gefühl der Zugehörigkeit und die gemeinsame, geteilte Liebe für Wörter und Geschichten.

Schreiben kann sich anfühlen, als würde man etwas in blindem Vertrauen erschaffen, aber es ist ein Tun, das von vielen wunderbaren Menschen gefördert und unterstützt wird. Ich bin all jenen zu großem Dank verpflichtet, die mich über die Jahre entweder bestärkt oder das gelesen haben, was ich zu Papier gebracht habe, oder die mir angesichts so mancher Absage anteilnehmende Drinks spendierten; im Einzelnen danke ich Vicky Browning, Fliff Carr, Isanna Curwen, Maggie Greene, Sara Holloway, Nat Hunter, Anna Jones, Rebecca Lacey, Emma Lilly, Shirley McNicholas, Megan Meredith, Chris Murray, Sally Norton, Carey Powell, Liz Stubbs und Kay Trainor. Ein ganz besonderer Dank geht an Sam Cook, der all meine schriftstellerischen Versuche unermüdlich gelesen und weiter an mich geglaubt hat, als ich es schon fast nicht mehr tat.

Dank schulde ich auch Christopher Wakling, dessen unmissverständliche Worte bei einem Arvon-Aufenthalt in Shropshire mir über die Ziellinie geholfen haben. Ein großes Dankeschön an Sean Larkin für seine Hilfe in allen rechtlichen Belangen; jegliche Irrtümer und Freiheiten, die ich mir erlaubt habe, liegen in meiner alleinigen Verantwortung. Außerdem möchte ich Jon Krakauer für *In die Wildnis* danken, das unerwartet seinen Weg in dieses Buch gefunden hat.

Mehr als dankbar bin ich meiner fantastischen Agentin Karolina Sutton für ihre Tatkraft und Freude, ihre Neugier und ihr hervorragendes Talent als Kupplerin, aber auch dafür, dass sie in meinen ersten Kapiteln etwas gesehen hat, das mich bis zum Ende weiterschreiben ließ.

Ein sehr großer Dank gebührt meinen großartigen Verlegerinnen Louisa Joyner in Großbritannien und Pamela Dorman in den USA, ihren Assistenten Libby Marshall und Jeramie Orton und den gesamten Teams sowohl von Faber & Faber als auch von Penguin Random House, die sich so gut um mich gekümmert haben – und außerdem vielen Dank an Anne Collins und Amanda Betts in Kanada. Ihre gemeinschaftliche Begeisterung von Anfang an war unglaublich, ebenso wie die verlegerische Sorgfalt, Einsicht und Fürsorge im Lauf der Monate. Es war ein wahres Vergnügen, mit all diesen Menschen zusammenzuarbeiten, und es ist ein großes Glück, eine schriftstellerische Heimat in den jeweiligen Verlagen gefunden zu haben. Außerdem möchte ich meinen Lektorinnen Tamsin Shelton und Jane Cavolina für ihre forensischen Nachforschungen zu zeitlichen Abfolgen und alles andere danken, und auch Sophie Portas und ihrem ganzen Team, weil sie mein Buch in die Welt hinausgesandt haben.

Zu guter Letzt ist das hier ein Buch über Familie, und ohne meine eigene wäre es niemals entstanden. In Liebe danke ich meinen Eltern, die mir Beharrlichkeit und eine Leidenschaft für Bücher mit auf den Weg gegeben haben, und auch für die Geschichten, mit denen wir aufwachsen und die uns zu denen machen, die wir sind. Unglaublich viel Liebe und Dankbarkeit geht an Paul, für vieles, aber besonders dafür, dass er zu der Schreibgruppe nach Hackney gekommen ist – denn das beste Ergebnis unserer kreativen Abenteuer sind unsere großartigen Jungs Joe und Nate. Ihnen gilt meine ganze Liebe, meinen so wundervollen Weggefährten auf dieser unverhofften Reise; *glaub dran, streng dich an, träume groß.*

Zitatnachweis

Das Zitat auf S. 252 stammt mit Dank für die Abdruckgenehmigung aus: Henry David Thoreau: *Ktaadn*, Jung und Jung Verlag, Salzburg 2017, übersetzt von Alexander Pechmann, S. 88 sowie 89–90.

Das Zitat auf S. 391 aus Jon Krakauer, *Into the Wild* wurde für diesen Roman neu übersetzt von Yvonne Eglinger.